叶旭军 著

赛珍珠介入公共场域的知识分子书写

同济大学出版社
TONGJI UNIVERSITY PRESS

图书在版编目(CIP)数据

赛珍珠介入公共场域的知识分子书写 / 叶旭军著
. —上海:同济大学出版社,2020.9
ISBN 978-7-5608-9266-5

Ⅰ. ①赛… Ⅱ. ①叶… Ⅲ. ①赛珍珠(Buck, Pearl 1892 - 1973)—文学研究 Ⅳ. ①I712.065

中国版本图书馆 CIP 数据核字(2020)第 095058 号

赛珍珠介入公共场域的知识分子书写

叶旭军 **著**

责任编辑 丁会欣 **责任校对** 谢卫奋 **封面设计** 陈益平

出版发行 同济大学出版社 www.tongjipress.com.cn
(地址:上海市四平路 1239 号 邮编:200092 电话:021-65985622)
经　　销 全国各地新华书店
排　　版 南京文脉图文设计制作有限公司
印　　刷 常熟市华顺印刷有限公司
开　　本 889 mm×1194 mm 1/32
印　　张 11.25
字　　数 302 000
版　　次 2020 年 9 月第 1 版 2020 年 9 月第 1 次印刷
书　　号 ISBN 978-7-5608-9266-5
定　　价 58.00 元

浙江省哲学社会科学规划基金重点项目
（16NDJC032Z）

本书由浙江工商大学外国语言文学一级学科
资助出版

目　录

绪　论

赛珍珠(Pearl S. Buck, 1892—1973)在其晚年出版的自传《我的中国世界》(*My Several Worlds: A Personal Record*)中,以极为凝练的一句话概括了她一生的种种因缘际会,“我此生最大的造化便是生而逢时”①。此“时”并非通常意义上“岁月静好,现世安稳”,而“我”尽享太平乐和之福,而是以19世纪末到20世纪70年代整整80年人类风云激荡的历史为其时间纵轴,以横跨太平洋和人类两大文明为其横向振幅,以一位脚踩中西两大文明作家的阅历、智慧和眼光,以一名公共知识分子的良知、公义和担当让这一“生而逢时”演绎成“珍珠版”的“时势造英雄”(西谚亦云:It was the hour that brought the man.),成就了世界文坛上一位传奇女性,亦造就了东西方公共场域令人瞩目的公共知识分子形象,其功绩和影响力足以青史留名。正如赛珍珠最负盛名的传记作家彼德·康(Peter Conn)在其耗时四年撰写的《赛珍珠传》(*Pearl S. Buck: A Cultural Biography*)中以无可辩驳的翔实素材力证其断言——赛珍珠“已成为美国20世纪思

---

① Buck, Pearl S. *My Several Worlds: A Personal Record*. London: Methuen & Co. Ltd., 1955, p.2.

想和文艺状况的任何描述中,全然不可或缺的人物"①。

赛珍珠是第一位获得诺贝尔文学奖(1938 年)的美国女作家,亦是唯一一位兼获普利策奖(1931 年)和豪厄尔斯最佳小说奖(Howells Medal for Distinguished Fiction, 1934)的美国作家。作为一名作家,赛珍珠一生笔耕不辍,著述颇丰,其中有十余本作品荣登美国畅销书榜,她的中国题材小说《大地》(*The Good Earth*, 1931)成为美国小说史上最著名的畅销书之一,行销数百万册,并被翻译成三十余种文字。②《大地》的成功及之后的小说《母亲》(*The Mother*)和其为父母所作的传记《异邦客》(*The Exile*)、《战斗的天使》(*The Fighting Angel*)令她荣膺世界最高文学奖,名扬世界,获得巨额财富的同时,亦产生了无可估量的社会、文化和政治效应。赛珍珠是一名跨文化书写的作家,我们可以从美国历史学家詹姆斯·汤姆森(James Thomson)对她的褒扬中感知西方有识之士对她的推崇,汤姆森认为赛珍珠"是自 13 世纪的马可·波罗以来描写中国最具影响力的西方作家"③。在她辞世后,有感于她毕生呕心沥血为沟通东西文化所做出的不懈努力和贡献,时任美国总统尼克松(Richard Nixon, 1913—1994)形象地称誉她为"一座沟通东西方文明的人桥"④。而作为东西方公共场域一位活跃的社会政治活动家,赛珍珠揽时代风云波澜壮阔之势,

---

① 彼德·康:《赛珍珠传》,刘海平等译,桂林:漓江出版社,1998 年,第 4 页。

② Doyle, Paul A. *Pearl S. Buck*. Boston: Twayne Publishers, 1980, p.29.

③ Thomson, James. "Why Doesn't Pear Buck Get Respect?" *Philadelphia Inquirer* (July 24. 1992), p.A 15.

④ *Honolulu Advertiser*, 7 March, 1973, p.A-5.

以厚重的历史纵深和深邃广阔的多元文化视野，秉持知识分子“士志于道”“向权势说真话”的精神气质，怀抱强烈的社会责任感介入东西方公共场域，对此，美国资深公益人士和畅销书作家詹姆斯·米切尔（James Michener）有一番令人印象深刻的感言：“假如你跟我一样追寻她（赛珍珠）的足迹，你几乎可以跟美国的每一个主要运动——无论是知识界的，还是社会性的或政治性的都有了联系。”①作为一位人道主义者，赛珍珠为世界饥饿问题、为战争孤儿、为殖民地人民、为弱势群体所做的矢志不渝的努力和无私奉献有目共睹，令人动容。彼德·康对此亦是感慨万千：“我对赛珍珠通过非凡的努力，把文学生涯与为人类服务相结合的做法深有触动。说实在的，到底有多少成功的作家或知识分子，除了偶尔作些不会带来任何痛苦的姿态，或写一纸指责性请愿书或信件之类，会实实在在花时间和钱财去从事社会公益事业呢？”②诚然，现代“知识分子”中多的是法国社会学家皮埃尔·布迪厄（Pierre Bourdieu）所谓“舞文弄墨的空谈家”（le Fast Talker）。③

综观赛珍珠一生的非凡成就，已远远超越了一位作家的职责范畴，《时代周刊》（*Time*）就曾发文声称：“她（赛珍珠）作品的影响已远远超越了其文学意义的范畴。”④当我们把赛珍珠的文学书写和社会活动置于当下国际局势和人类社会的发展态势来加以考量和观照时，我们不难发现，她的故事和她的作品依然

---

① 彼德·康：《赛珍珠传》，刘海平等译，桂林：漓江出版社，1998年，第12页。

② 彼德·康：《赛珍珠传》，刘海平等译，桂林：漓江出版社，1998年，第2页。

③ Posner, Richard A. *Public Intellectuals: A Study of Decline*. Cambridge: Harvard University Press, 2001, p.5.

④ "Sino-Japanese Romance". *Times*, 33 (March 6, 1939), p.62.

“提供了通向当下各种社会和文化问题的途径”①。而这正是本书的出发点,试图从跨文化公共知识分子的文化身份这一切入点重新审视赛珍珠的生命历程,以“介入公共场域的知识分子书写”这一视角勾连起赛珍珠在近现代东西方公共场域所引发的一系列文化事件,并做一个从点到面深层次、全方位的系统文化探究,考察其文学创作如何超越文学的范畴,给予所处的宏大历史叙事背景一个宏阔的回应,造就了一种独特而绵长的文化现象,以期在一个更系统、全面而立体的层面拓展赛珍珠作为一位跨文化公共知识分子和社会活动家的整体形象建构,凸显其应有的文化价值和历史地位,并在当前纷繁复杂的全球化语境中以及中华民族伟大复兴的文化叙事中彰显赛珍珠介入公共场域知识分子书写所具有的当代性意义。

一、理论依据和主要内容

1. 理论依据

“公共场域”理论是德国当代大学者尤尔根·哈贝马斯(Jurgen Habermas, 1929—)的重要学术建树,作为第二代“法兰克福学派”的代表性人物,哈贝马斯推崇启蒙运动关于民主公共生活的理念,将自由资本主义模式看成是改革现当代资本主义社会的理性模式。② “公共场域”(public sphere/realm)的提法最先出现在德裔犹太学者汉娜·阿伦特(Hannah Arendt,

---

① Conn, Peter. *Pearl S. Buck: A Cultural Biography*. Cambridge: Press Syndicate of the University of Cambridge, 1996, p.xx.

② 展江:《哈贝马斯的“公共领域”理论与传媒》,《中国青年政治学院学报》,2002 年第 2 期,第 123—128 页。

1906—1975)《人的条件》(*Human Condition*, 1958)一书中,在该书的第二部分"公共领域和私人领域"(*The Public and the Private Realm*),阿伦特对公共领域概念进行了现代意义的开创性阐述。哈贝马斯继承和发展了阿伦特这一重要的理论,在其1962年出版的《公共场域的结构转型》(*The Structural Transformation of the Public Sphere*)中对公共场域的发生、发展、结构类型和政治功能等问题进行深入的考察,并在理论体系上加以完善,使其成为一个世界范围内影响卓著的理论范式。在书中哈氏并未给出明确的定义。"公共领域首先可以理解为一个私人集合而成的公众的领域;但私人随即就要求这一受上层控制的公共领域反对公共权力机关自身,以便就基本已经属于私人,但仍然具有公共性质的商品交换和社会劳动领域中的一般交换规则等问题同公共权力机关展开讨论。这种政治讨论手段,即公开批判的确是史无前例,前所未有。"①在该书出版两年后,哈贝马斯撰写了一篇题为"公共领域"的文章,在前书繁芜庞杂研究的基础上对"公共领域"作了一个简明扼要的界定:"所谓'公共领域',我们首先意指我们社会生活的一个领域。在这个领域中,像公共意见这样的事物能够形成。公共领域原则上向所有公民开放。公共领域的一部分由各种对话构成,在这些对话中,作为私人的人们来到一起,形成了公众……当他们在非强制的情况下处理普遍利益问题时,公民们作为一个群体来行动;因此,这种行动具有这样的保障,即他们可以自由地集合和组合,可以自由地表达和公开他们的意见。当这个公众达到较大规模时,这种交往需

---

① 尤尔根·哈贝马斯:《公共领域的结构转型》,曹卫东、王晓珏、刘北城等译,上海:学林出版社,1999年,第32页。

要一定的传播和影响的手段；今天，报纸和期刊、广播和电视就是这种公共领域的媒介。当公共讨论涉及与国家活动相关的问题时，我们称之为政治的公共领域（以之区别于例如文学的公共领域）。”[①]此后，在20世纪90年代末与中国学者景天魁的通信中哈氏对公共领域这一概念予以进一步的阐述，认为“其最突出的特征，是在阅读日报或周刊、月刊评论的私人当中，形成一个松散但开放和弹性的交往网络。通过私人社团和常常是学术协会、阅读小组、共济会、宗教社团这种机构的核心，他们自发聚集在一起。剧院、博物馆、音乐厅，以及咖啡馆、茶室、沙龙等等对娱乐和对话提供了一种公共空间。这些早期的公共领域逐渐沿着社会的维度延伸，并且在话题方面也越来越无所不包：聚焦点由艺术和文艺转到了政治”[②]。哈贝马斯上述对“公共领域”的阐释涵盖了这一理论范式三大最为根本的特征。

首先是“公共领域原则上向所有公民开放”，开放性、公开性、广泛性保证了“公共领域”最为基础的特质。公共领域是对所有公民都开放的公共空间，所有人都可以自由进入这一公共领域，不受任何主体属性的限制，他/她既可以是专家学者、政府官员，也可以是商贾巨甲、引车卖浆之流；各方人士聚集在这一公共空间就各类公众关注的议题进行平等对话与交流，这种对话与交流是在完全公开的状态下进行的；涉及的话题亦不受限制，从艺术、文艺到政治，可以触及人类生活的方方面面，尤其是

---

① 尤尔根·哈贝马斯：《公共领域》，汪晖译，见汪晖、陈燕谷主编：《文化与公共性》，北京：生活·读书·新知三联书店，1998年，第125页。

② J.哈贝马斯：《关于公共领域问题的答问》，《社会学研究》，1999年第3期，第35—36页。

能引发公众热烈关注的公共事务。哈贝马斯在书中援引康德的话说,“相互交流是人类的本性,特别在关乎人类共同命运的事情上,(就更需要交流)”①。现代科学技术的进步和传媒的发达,使“公共领域”的开放性、公开性和广泛性达到了一个前所未有的程度,传统的剧院、咖啡馆、沙龙等已让位于电视、数字网络和自媒体平台,引发了后现代人类社会文化政治生活的深刻改变。

其次,公共领域是一个理性交往空间,体现了哈氏一直倡导的通过公共话语,即具有批判意识的主体间性的理性交流来构建理想的社会交往模式。批判性是其本质特性,参与其中的公众能够对公民普遍关心的问题进行理性的思考和论辩。哈贝马斯援引康德在《实践理性批判》中的一番话加以阐释:“如果我们留心一下混杂人群(不仅有学者和智者,也有商人和女人)的对话过程,我们就会发现,除了讲故事和说笑话之外,他们还有另外一种休闲活动,这就是批判。”②关于理性批判之功能,哈氏再次引用康德的话,“运用理性的前提下人们的主权原则才能付诸实现”,“具有批判意识的公众相互之间达成的共识具有检验真理的实际功能”。③ 哈贝马斯认为,公共领域中只有具备理性批判精神的主体,才能承担起批判的重任,才能形成与公共权力机关直接抗衡的公众舆论(opinion publique),监督并约束公

---

① 尤尔根·哈贝马斯:《公共领域的结构转型》,曹卫东、王晓珏、刘北城等译,上海:学林出版社,1999年,第125页。

② 尤尔根·哈贝马斯:《公共领域的结构转型》,曹卫东、王晓珏、刘北城等译,上海:学林出版社,1999年,第124页。

③ 尤尔根·哈贝马斯:《公共领域的结构转型》,曹卫东、王晓珏、刘北城等译,上海:学林出版社,1999年,第125页。

共权力,公众舆论是立法的媒介和喉舌。①

再次,哈贝马斯"公共场域"关乎的是公共利益,即由"私人"组成的"公众"关注的是普遍利益,只有关注普遍利益的议题才能最大程度激发人们的共鸣,形成公众舆论。"公众的批判舆论已不仅仅是舆论了,其来源不是单纯的个人偏好,而是私人对公共事务的关注和公开讨论"②,哈氏引用爱尔兰哲学家埃德蒙·伯克(Edmund Burke, 1729—1797)的话予以强调,"在一个自由的国度里,每个人都认为他和一切公共事务有着利害关系;有权形成并表达自己的意见。对于公共事务,他们反复探究、认真讨论"③,诉诸理性批判,形成公共舆论,影响公共事件的相关决策者,使事件朝着公共舆论期望的方向发展,满足公共利益的要求,以追求社会的理性、公义和平等为其宗旨,这是建构公共领域的终极意义之所在。

"公共知识分子"和"公共领域"产生的历史渊源和本质特征标示这二者之间有着紧密关系,公共知识分子产生于成熟的公共领域,没有公共领域,无所谓知识分了的公共性;而具有理性批判精神的公共知识分子是公共领域无可替代的功能主体之一,公共知识分子借其专业性、公共性、批判性引领公共领域的舆论导向和价值判断,发挥其舆论领袖的作用。

爱德华·萨义德(Edward Said)在其广受关注的著述《知识

① 尤尔根·哈贝马斯:《公共领域的结构转型》,曹卫东、王晓珏、刘北城等译,上海:学林出版社,1999年,第112页。

② 尤尔根·哈贝马斯:《公共领域的结构转型》,曹卫东、王晓珏、刘北城等译,上海:学林出版社,1999年,第112页。

③ 尤尔根·哈贝马斯:《公共领域的结构转型》,曹卫东、王晓珏、刘北城等译,上海:学林出版社,1999年,第112页。

分子论》(*Representations of the Intellectual*, 1996)中对知识分子作了如下的定义:

> 知识分子是社会中具有特定公共角色的个人,不能只化约为千人一面的专业人士,被弱化为只是胜任本职工作的能干成员。就我而言关键的事实是,知识分子是具有能力"向(to)"公众以及"为(for)"公众来代表、体现、表达心得、观点、态度、哲理或意见的个人。而且这个角色也有尖锐的一面,在扮演这个角色时必须意识到他的存在就是公开提出令人尴尬的问题,对抗(而不是制造)正统与教条,不能轻易被政府或集团收编,其存在的理由就是代表所有那些惯常被遗忘或弃置不顾的人们和议题。①

萨义德对"知识分子"的这一阐述揭示了"知识分子",亦是"公共知识分子"角色的几大要义:首先是属于知识分子本质特征的"公共性"。知识分子的公共性亦即知识分子以其自身独特的文化视角、精神气质、品格修为,依托其智识资源(关涉专业或非专业知识)就社会公众关注之问题——包括文化、道德、政治等社会热点问题向社会公众写作,表明自己的态度、立场和见解。萨义德对知识分子"公共性"的阐释亦可以在众多西方学者的著述中找到共鸣。法国20世纪最重要的哲学家之一,让-保罗·萨特(Jean-Paul Sartre, 1905—1980)认为知识分子对当下发生的所有重大事件都应有一个公开立场。② 无独有偶,美

---

① Said, Edward. *Representations of the Intellectual*. New York: Vintage Books, 1996, p.11.

② Bourdieu, Pierre. "The Corporatism of the Universal: The Role of Intellectuals in the Modern World". *Telos*, 81, Fall, pp.99-110.

国学者拉塞尔·雅各比（Russell Jacoby）在《最后的知识分子》（*The Last Intellectuals: American Culture in the Age of Academe*）一书中认为，知识分子本来就负有某种公共的使命和政治意识，非公共的知识分子是难以想象的。他把知识分子直接称为"公共知识分子"。[①] 因此仅仅作为"智力活动专业人员"（professionnels de l'intelligence）[②]或"知识劳动者"（knowledge workers）[③]还不足以构成作为一名知识分子的充分条件，同样书斋式的所谓"知识分子"应不在萨义德表述的"知识分子"范畴之内。萨特曾经说过，一位原子能科学家在研究原子物理时不是知识分子，但是当他在反对核武器的抗议信上签名时就是知识分子。同样，一位文化研究者在做非政治性的纯学术文化研究时不是一个知识分子，但是当他把文化研究与具体公共问题上的社会批判联系起来的时候，他就是一个知识分子。在此我们不妨选取著名美籍犹太裔物理学家、曼哈顿计划的领导者奥本海默（Julius Robert Oppenheimer，1904—1967）做一个直观的说明：奥本海默作为美国的"原子弹之父"，思考了人类对核技术和核武器的滥用将给人类带来的道德和生存灾难，他以其强大的专业权威介入公共问题的立场明显超越一般的现实或技术层面，以理性反思的姿态建构公共性的批判舆论，彰显了知识分子毋庸置疑的"公共性"的三个含义：第一是面向（to）公众发言；第

---

① 转引自徐贲：《知识分子和公共政治》，北京：中央编译出版社，2016 年，第 356 页。

② 雷蒙·阿隆：《知识分子的鸦片》，吕一民、顾杭译，南京：译林出版社，2012 年，第 195 页。

③ Posner, Richard A. *Public Intellectuals: A Study of Decline*. Cambridge: Harvard University Press, 2001, p.22.

二是为了(for)公众而思考的,即从公共立场和公共利益,而非从私人立场、个人利益出发;第三是所涉及的(about)通常是公共社会中的公共事务或重大问题。①

与知识分子的"公共性"相辅相成的是知识分子的"批判性"。萨义德在其《世界、文本和批评家》(*The World, the Text, and the Critic*)一书的导言"世俗批评"中写道:"从事批评和坚守批判的立场是知识分子生命的重要方面。"②他进而说道,知识分子"吸引我的就是一种反对的精神(a spirit in opposition),而不是协调(accommodation)的精神"③。刘易斯·科塞(Lewis Coser)则称知识分子是"永远不对事物表示满意的人",是"为思想而非靠(别人)思想的人"④,而这种思想往往是批判性的,对社会现实保持一种清醒理性的审视,用米歇尔·福柯(Michel Foucault)的话说,知识分子"一次次地针对被视为不证自明的当然提出质疑,打碎人们的精神习惯、行为习惯,以及思维方式,驱散人们熟悉而接受的观念,重新审视规则和制度"⑤。鲁迅在《关于知识阶级》中也有着类似的观点:"只是真的知识阶级……对于社会永不会满意的,所感受的永远是痛苦,所看到的永远是缺点,他们预备着将来的牺牲,社会也因为有了他们而热闹。"真

---

① 许纪霖:《中国知识分子十论》,上海:复旦大学出版社,2015 年,第 34 页。

② Said, Edward. *The World, the Text, and the Critic*. Cambridge: Harvard University Press, 1983, p.30.

③ Said, Edward. *Representations of the Intellectual*. New York: Vintage Books, 1996, p.xvii.

④ Coser, Lewis. *Men of Ideas: A Sociologist's View*. New York: The Free Press, 1965, p.viii.

⑤ Foucault, Michel. "The Concern for Truth", in Foucault, *Politics Philosophy Culture: Interviews and Other Writings 1977—1984*, p.265.

正意义上的知识分子不满足于当一个社会观察家,更倾向于做一个挥斥方遒、激扬文字的社会批评家,他们从知识的良知和理性出发,不惧风险,“不畏强权陈述真理”(Speaking truth to power),扫荡不公正的社会秩序,追求社会的自由、平等和理性公义。因此知识分子被誉为“时代的批判性良知”①,是社会良心以及真正价值和理念的支持者。② 萨义德总结说:“根据我的定义,知识分子既不是调解者,也不是建立共识者,而是这样一个人:他或她全身投注于批评意见,不愿意接受简单的处方、现成的陈词滥调,或迎合讨好、与人方便地肯定权势者或传统者的说法或作法。不只是被动地不愿意,而是主动地愿意在公众场合这么说。”③

萨义德知识分子身份的另一个角色要义是有关知识分子代表性问题。作为有深沉社会关切的知识分子,萨义德认为在理想状态下“知识分子代表着解放和启蒙,而不是要去服侍抽象的观念或冷酷、遥远的神祇。知识分子的代表——他或她所代表的以及这些观念如何向观众代表——总是而且应该是关涉社会正在进行的经验中的有机部分:关乎穷人、下层社会、没有声音的人、没有代表的人、无权无势的人”④。然而知识分子往往和他们理当服务的人民和过程失去联系,对此萨义德深表遗憾。对知识分子与大众之间的代表关系出现的分裂,意大利杰出的

---

① 许纪霖:《中国知识分子十论》,上海:复旦大学出版社,2015 年,第 10 页。

② Hollander, Paul. *Political Pilgrims: Travels of Western Intellectuals to the Soviet Union, China, and Cuba 1928—1978*, p.48.

③ 萨义德:《知识分子论》,单德兴译,北京:生活 · 读书 · 新知三联书店,2013 年,第 25 页。

④ 萨义德:《知识分子论》,单德兴译,北京:生活 · 读书 · 新知三联书店,2013 年,第 95 页。

政治哲学家安东尼奥·葛兰西(Gramsci Antonio, 1891—1937)有一番极为精辟的分析:“知识分子作为代表者,体现的是普遍的利益,从而获得大众的认同……只有在知识分子和普通人之间存在着理论与实践之间的统一性的时候,人们才能获得文化上的稳定性和思想上的有机性,才能保证形成人民的‘历史自主性’。这要求知识分子必须成为群众的知识分子,只有当知识分子把群众在其实践活动中提出的问题研究和整理成融贯一致的原则的时候,他们才和群众组成一个文化和社会的历史集团。”①如此知识分子的代表性才得以真正有效地实现,真正做到为民喉舌,致力于为广大民众提供更富智识、理性、眼界的服务和导向。

基于上述认识,本书所谓的“知识分子书写”是指知识分子从公共利益出发,以其自身独特的问题意识、文化视角、批判眼光、精神气质,依托其智识资源介入公共场域,甚至甘冒风险,以全然的努力和意志就社会公众关注之重大问题——包括文化、道德、政治等社会热点问题向社会公众写作,表明自己的态度、立场和见解,表现出深切的公共关怀,体现一种公共良知、担当和社会远见。需要说明的是,这里的“知识分子书写”是最广泛意义上的书写,既包括文本书写,亦包括实践书写,因为赛珍珠的“知识分子书写”张扬的道德力量是以一种实践的人格方式存在的,正如有学者指出“道德永远是一种实践伦理”②。

2. 主要内容

(1) 赛珍珠的文化身份、思想认同和文化格局

作为一名脚踏中西两大文明的跨文化书写的公共知识分

① 葛兰西:《实践哲学》,徐崇温译,重庆:重庆出版社,1990年,第11页。

② 许纪霖:《中国知识分子十论》,上海:复旦大学出版社,2015年,第25页。

子，赛珍珠的精神气质、人格内涵和文化格局无疑得益于东西方文化的共同滋养和淬炼。通过对赛珍珠中西文化共育背景的全息图景透视，我们发现，中西两大文化在她身上交融和合成一个有机整体。“东方和西方这两个世界共同拓宽了赛珍珠的精神领悟力，提升了她的理解力和同情心。东西方在赛珍珠身上融为一体，令她对东西方文化的差异和共性有着更深邃的认识，而这种认识最终成为她人生观的一个显著特征。赛珍珠是两个世界、两种文化的媒介。”①赛珍珠毕生的跨文化书写和社会实践，无不仰赖其中西文化共育的文化背景，这为她日后在东西方公共场域挥斥方遒、激扬文字铺就了最为坚实的文化和精神基质；而作为“文化边缘人”亲历“生而逢时”的大时代背景下中西文化、新旧文化大碰撞给予了她别样的生命历练和文化启悟，促使其对中西文化乃至人类命运的大思考，赋予其独特的问题意识和开阔多元的文化视野，彰显了大时代背景下知识分子具有历史纵深的大见识和一名脚踏中西两大文明的跨文化知识分子的文化格局和气度。

（2）题材聚焦：理论与实践的统一

根据哈贝马斯的“公共场域”理论、萨义德的“知识分子论”和中国传统“士”文化精神，追寻赛珍珠介入公共场域知识分子书写的足迹，我们不难发现，作为一名有着深沉社会关怀的公共知识分子，在不同的历史阶段，无论身处东方或西方，赛珍珠总是直面当下语境，以独立的批判精神，怀抱强烈的社会责任感介入公共场域，表现出对于不同层面、不同等级公共事务及国际事

① Doyle, Paul A. *Pearl S. Buck*. New York: Twayne, 1965, p.21.

务的深切关注。

赛珍珠是"大地"上中国农民命运"零距离"的观察者和最深切的西方同情者；她是中国乡村平民教育运动的积极推进者和支持者，亦是乡村人文生态环境危机的前瞻者；她是当时危机深重的中国社会问题毫不容情的犀利言说者；她是中国抗日战争的有力支持者，她借其"诺奖得主"的身份为中国抗战大声疾呼，她亦是美国民间"紧急援华委员会"主席，筹集了几百万的援华资金；她是最早研究西洋传教士来华传教运动的有影响力的作家之一，她是基督教海外传教运动最具力度的拷问者，其"海外传教意义何在?"(Is There a Case in Foreign Missions, 1933)演讲引发了美国宗教界的地震；她是美国臭名昭著的《排华法案》的尖锐抨击者和身体力行的终结者之一；她是美国种族偏见的大肆鞭笞者和弱势群体的代言者和维护者；她是美国对外政策(尤其是亚洲政策)的监督者、献计者但大多时候是抨击者；她是英美军事同盟的唱衰者，因为在她看来这不啻是白人的种族主义联盟，她抨击"英美联盟改变了'二战'的性质"①，讥讽被英美操控的盟军不能算是为拯救人类文明而战，它仅仅是为拯救欧洲文明而战；她是老牌殖民主义分子丘吉尔的口诛笔伐者；她是中美恢复邦交的积极推进者和游说者；她是印度独立的热心支持者，她游说英国自由人士(包括罗素)为印度独立进言；她是"种族优越论"最激越的炮轰者和不齿者，她一言以蔽之"整个人类就是一种无可救药的

---

① Conn, Peter. *Pearl S. Buck: A Cultural Biography*. Cambridge: Press Syndicate of the University of Cambridge, 1996, p.248.

杂交生物”；[①]她对西方“文化优越论”忧心忡忡，对强势的西方文化表现出的文化霸权主义深恶痛绝；她是致力于促进亚洲与美国之间跨文化理解的领袖人物之一，倡导中西文化的和合共生，美美与共；她是科学的崇尚者，但不是盲从者，她站在人类整体利益乃至地球文明终极命运的高度看待现代科技的开发利用……赛珍珠作为近现代世界文学史和东西方公共场域一位标杆式的历史人物，就其介入公共场域的深度、广度而言，综观世界文坛能出其右者寥寥无几，以其当时在公共场域所产生的国际影响力和正能量，无愧于“公共知识分子”的名号，她所有的关注着力点都沉淀在其不同题材的文学创作中。赛珍珠以其强烈介入公共场域的知识分子书写彰显了一名跨文化公共知识分子的良知、公义、远见和“天下为公”的普世情怀。

（3）赛珍珠介入公共场域知识分子书写的文化特征

赛珍珠“介入公共场域的知识分子书写”是其东西方文化共育的文化和价值理念的实践方式，东西方文化共同拓宽了她的精神领悟力，塑造了她独特的文化批判视野和批判精神，她总是站在人类整体的高度看待国际事务，表现出对人类整体命运的高度关切和思考。赛珍珠总是直面当下社会语境和历史思潮，聚焦公共场域问题，以独立的批判精神，借助知识和精神的力量对社会表现出强烈的公共关怀，体现了知识分子“社会良知守护者”的角色担当，更为重要的是她不仅仅揭露社会问题，针砭时弊，而且进而通过自己的实践和深度思考，提供人们颇具启迪意义的解决之道。有别于传统知识分子

---

① 彼德·康：《赛珍珠传》，刘海平等译，桂林：漓江出版社，1998 年，第 203 页。

"只知坐而论道"的书生意气,赛珍珠介入公共场域的知识分子书写不是以一种高谈阔论的话语模式存在的,而是以一种实践的人格方式存在的,她的介入实践便是她作品理念的最有力的诠释和奉持。作为东西方公共场域一名令人瞩目的公共知识分子,赛珍珠是一位文化营销的"大赢家",但非为一己私利,而是为公众利益发声,为弱势群体代言,为人类福祉而战,成就了历史上真正的文化"赢家"赛珍珠,造就了一种深刻而绵长的文化现象。

二、学术价值和创新之处

首先,本书借用了哈贝马斯的"公共场域"理论、萨义德、葛兰西等的西方"知识分子论"以及中国传统"士"文化精神,首次把赛珍珠的"介入公共场域的知识分子书写"置于整合的多元文化理论框架之下加以研究阐释,并从文本细读到题材聚焦再到社会历史文化语境、公共场域介入、社会历史效应等外部研究来建构文本、实践、理论相融贯的整体研究,以期达到新的理论和文化阐释高度。

其次,本书从"介入公共场域知识分子书写"这一视角切入,以专题探讨的力度对赛珍珠在近现代东西方公共场域所引发的一系列文化事件做一个从点到面深层次、全方位的系统文化探究,考察其文学创作如何超越文学的范畴,给予所处的宏大历史叙事背景一个宏阔的回应,彰显大时代背景下一名国际知名公共知识分子的公义、责任、担当、远见和情怀,以期在一个更系统、更全面而立体的层面拓展赛珍珠作为一名跨文化公共知识分子和社会政治活动家的整体形象建构,凸显其应有的历史文化价值和地位,充分揭示这样的历史和文化人物应是人类文化风景线上不可或缺的符号,换言之,她在人类文化图谱上的缺位“有损于我们对历史的理解”①。

再次,“公共场域”“公共意识”“知识分子的公共性”依然是这个时代的热门话题,赛珍珠介入公共场域的姿态、立场、方式方法和价值取向等,都能在当下的社会语境中找到共鸣源,给予我们极富实践性的启慧。而“互联网”“互联网+”时代高度发达的媒体资讯,社会运作的结构性改变,已打破了传统“公共场域”的概念,赋予“介入公共场域的知识分子书写”这一视角新的内涵和时代气息,为赛氏引发的文化现象无疑提供了新的时代解读。

最后值得一提的是赛珍珠研究领域的一块“硬伤”。赛珍珠一生著述颇丰,共创作中长篇作品 70 余部、各类短篇作品约 350 篇,体裁涉及小说、传记、散文、诗歌、戏剧和儿童文学等。综观近 30 年国内赛珍珠研究成果,不难发现大多“赛研”学者囿于赛珍珠中国题材小说或 10 余本经典作品,文本阐释面过窄妨碍了研究者对赛珍珠作为一名具有国际影响力的跨文化作家和社会政治活动家的整体把握。“赛研”专家姚君伟教授撰文认为:“赛珍珠的许多作品,特别是她的中后期作品,以及她从事的社会活动,我们迄今为止尚未能给予关注,或关注不够,因而亟须研究。”②本书在文本和史料研读阐释上也试图摆脱以往

---

① Conn, Peter. *Pearl S. Buck: A Cultural Biography*. Cambridge: Press Syndicate of the University of Cambridge, 1996, p.xiii.

② 姚君伟:《当下中国赛珍珠研究:对象与方法》,《江苏大学学报》(社会科学版),2017 年第 6 期,第 53—59 页。

的“硬伤”,尽量覆盖赛珍珠各个时期、各类题材的作品,以全面翔实的作品和史料研读为本书奠定坚实的学术基础,亦为国内赛珍珠研究的文本阐释尽一分绵薄之力。

第一章　赛珍珠的文化身份、思想认同和文化格局

西方学者安德鲁·埃德加(Andrew Edgar)和彼得·塞奇维克(Peter Sedgwick)在《文化理论的核心概念》(*Key Concept in Cultural Theory*, 1999)中指出:“就文化研究要考察个体与群体在其中或借其建构、解决和捍卫自己的身份和自我理解的各种语境而言,身份问题对于文化研究来说至关重要。”①因此,首先来考察赛珍珠复杂多元的文化身份是尤其关键和必要的,因为这是赛珍珠介入公共场域知识分子书写的文化和精神源头。

第一节　中华文化:铸我“大地”魂魄,塑我“士”之人格

赛珍珠于1892年中国农历干支纪年的壬辰年——中国传统“龙年”诞生在美国西弗吉尼亚州希尔斯伯勒(Hillsboro,

① Edgar, Andrew and Peter Sedgwick (eds). *Key Concept in Cultural Theory*. London and New York: Routledge, Taylor and Francis Group, 2008, p.166.

West Virginia)外祖父家那幢颇具文化意象的白色小楼里,被父母取名为"Pearl Comfort Sydenstricker",后来父亲赐她中文名"赛珍珠"[Pearl(珍珠)+Sydenstricker(赛)]。不得不说,"赛珍珠"这一中文名字实乃中英两种语言在音、形、义上完美结合之神来之笔,这个名字似乎预示着中西两种文化在这个孩子身上的完美融合。赛珍珠毋庸置疑是中西合璧的成功范例,亦预示着日后她在中西文化交流史上所做出的非凡业绩,其光芒堪"赛"珍珠。赛珍珠是赛家儿女中唯一一个出生在美国本土的孩子。三个月大时,她被身为美国南方长老会传教士的双亲,赛兆祥(Absalom Sydenstricker, 1852—1931)和凯丽(Carie Sydenstricker, 1857—1921)置于购物篮中远渡重洋捎到了东方这片"龙的故乡",从此这个"龙年"诞生的西洋小娃便与这片大地结下了不解之缘。可以说,从襁褓中的她"踏"上中土大地的那一刻起,她的生命便与这片古老大地密不可分了。

赛珍珠与中国的互动始于摇篮终于墓穴,她把自己与中国的故事演绎成了一个中西文化交流史上的传奇,斯人已逝,然而西土墓碑上镌刻的"赛珍珠"三个篆书汉字述说着她与东方这片"故土"绵长深厚的传奇故事。赛珍珠在中国生活了近40年,与中国人民共度了岁月的沧桑巨变,经历了这个古老帝国命运的曲折流变。流年似水,她对中国、中国人、中国文化的认知融入她的整个成长岁月,年幼的赛珍珠曾一度以为自己就是中国人,在其日后的回忆录中指称中国时,她会情不自禁地称之为"我的祖国"(My country),①指称镇江为"我的中国故乡"(My

---

① Buck, Pearl S. *My Several Worlds: A Personal Record*. London: Methuen & Co. Ltd., 1955, p.194.

Chinese hometown)。[①] 赛珍珠终其一生都不会忘记，她牙牙学语时，首先学会的是中国话；她最早的记忆是中国人，最早记住的是她中国保姆王阿妈的东方面孔；她蹒跚学步，紧紧抓住的依然是这位中国保姆的手指。

赛珍珠八岁前在中国江南小城的生活俨然是一首田园牧歌，她无忧无虑地享受着来自父母的关爱，来自中国世界淳朴温暖的友情，还有家中用人无微不至的呵护和宠爱，那是一个由童年嬉戏的小伙伴、货郎的拨浪鼓、引人入胜的民间故事、五彩纷呈的中国年俗编织的世界，中国的童年镌刻在赛珍珠记忆深处的永远是最真挚朴素的温情，一份浓浓的中国情愫。她日后写道："我是多么怀念童年的时光啊！"[②]当代著名文化学家余英时先生在接受访谈时对自己童年的乡居生活亦有一番深切的眷恋和深刻的体悟。"我的八九年乡居使我相当彻底地生活在中国传统文化之中，而由生活体验中得来的直觉了解对我以后研究中国历史与思想有很大的帮助。现代人类学家强调在地区文化研究上，研究者必须身临其境（being there）和亲自参与（participation），我的乡居就是一个长期的参与过程。"[③] 无独有偶，西方学者戴维·斯托里（David Storey）亦强调"身临其境，生活其中才能认识一个地方"，而"地方为人类的存在提供了一个有着深刻情感和心理纽带的内涵深刻的中心，亦是

---

① Buck, Pearl S. *My Several Worlds: A Personal Record*. London: Methuen & Co. Ltd., 1955, p.20.

② 赛珍珠：《我的中国世界》，尚营林等译，长沙：湖南文艺出版社，1991年，第19页。

③ 余英时：《余英时访谈录》，北京：中华书局，2012年，第4页。

个体和群体界定他们自身的复杂过程的一部分”。[1] 因此，打小浸润其中的中国乡居生活和中国百姓的温情以待对赛珍珠的身份认同、文化认同及人格内涵产生了深远影响，铺就她日后知识分子书写中最坚实的情感基础和草根情怀。

赛珍珠孩童时代（1892—1900）的斑斓精彩首先应归功于其父母对待中国文化和中国人的态度。赛氏夫妇虽是虔诚的基督教徒，亦不乏某种程度的本族文化优越感，但与当时绝大多数的白人传教士相比，其态度已是相当的开明，甚或有着离经叛道的意味。赛兆祥认为包括哲学和宗教在内的中国文明理应得到尊重和理解，这在 19 世纪末的传教士群体中可谓是相当的“异类”。基于这种对异域文化的认知和宽容以及对传播福音的热忱和执着，夫妇俩没有选择在白人传教士聚居的高墙大院内安家落户，而是选择与普通中国百姓毗邻而居，夫妇俩的这一举措打开了赛珍珠通往中国人真实世界的大门。赛珍珠在自传中写道：“我有这样的父母，真是我的福分。我没有去过（侨居）亚洲的白人们常过的那种俗套而闭塞的生活，而是和中国人混居在一起，在开口讲英文之前先学会了讲汉语，所交的第一批朋友也都是中国孩子……我的中国朋友们把我带到他们家里，也带到他们生活中，他们在悠长的岁月中自然天成的那份简单纯朴令我们的相处怡然自得，我既享受着来自家中用人的友善温暖，亦沐浴着街坊邻里的温情良善……我能享受如此多的欢乐，皆应归功于

---

① Storey, David. “Land, Territory and Identity”, in *Making Sense of Place: Multidisciplinary Perspectives.* Ian Convery, Gerard Corsane and Peter Davis (eds.). Woodbridge: The Boydell Press, 2012, p.1.

我父母。”①

西洋小娃赛珍珠与中华文化“零距离”的互动故事肇始于中国阿妈的亲情哺育。“我最早的记忆是中国人。我最早记住的是我中国阿妈慈祥的面孔，这是一张并不年轻的脸，于我而言却充满了爱意和权威。”② 这位被赛珍珠唤作王阿妈（Wang Amah）的中国老妪是赛珍珠中国故事中不可或缺的存在。她是小赛珍珠接触中国本土原汁原味文化最为直接的媒介，可以算得上赛珍珠中土原生态文化的启蒙者。她对小赛珍珠的影响体现在生活细节的方方面面，亦绵延影响赛珍珠的一生。赛珍珠在暮年以温暖的文字表达了对这位中国老妪无尽的怀念和感恩之情：“在中国长大的外国人对这个国家的人民是爱还是恨，取决于我们年少时养育我们的阿妈是慈祥还是冷漠无情……当然，就我而言，王阿妈倾注在我身上的无尽的爱，确实唤起了我对爱的回报之心，使我懂得要用爱去报答她的同胞。”③

王阿妈出身于一个破落家庭，一生命途多舛，却安命乐和。她从未进过学堂，但目不识丁的她在赛珍珠看来却有着古老文化滋养的大智慧，赛珍珠日后对中国农民、农妇的深切同情和褒奖之言无不折射着王阿妈给予她的情感和文化的深深烙印。王阿妈虽不识字，但对读书识字尤为看重，对自己一手带

---

① Buck, Pearl S. *My Several Worlds: A Personal Record*. London: Methuen & Co. Ltd., 1955, pp.20-21.

② Buck, Pearl S. *China Past and Present*. New York: The John Day Company, 1972, p.1.

③ Buck, Pearl S. *China Past and Present*. New York: The John Day Company, 1972, p.2.

大的西洋小囡的学业不敢有丝毫懈怠，总不时加以督促，并以自身的经历对年少淘气的赛珍珠加以劝勉：“小囡啊，你可得用功读书哟。千万别像阿妈一样，做个睁眼瞎！连给自己娃儿写封信都难呐！”① 在王阿妈这位贫寒卑微的中国妇人身上，年少的赛珍珠懂得了这片古老大地上的人民对文化和学识的看重和对知识分子的倚重推崇，这与她日后怨怼中国知识分子对农民的轻慢和无知不无关联。王阿妈没上过学，却是位讲故事的能手，神仙鬼怪、梁山好汉、武林侠客、才子佳人、乡俗趣闻，阿妈总能信手拈来，绘声绘色地加以描摹，令年幼的赛珍珠百听不厌。王阿妈鲜活的民间故事多年后依然栩栩如生地镌刻在赛珍珠对童年的记忆中：“我总是拉着一条小板凳挪到她身边，一只胳膊搁在她穿蓝布裤的膝头，一听就是几个小时。”② “故事能手”王阿妈口中的民间故事、神话传说对年少的赛珍珠有着非同小可的影响。多彩纷呈的民间故事向来是一个民族精神特质的体现，日久天长的故事浸染，不仅令赛珍珠对这片古老大地及其普通大众有着更为丰富、立体的认知和理解，亦对赛珍珠的世界观和价值观产生了深远的影响，谁又能否认日后赛珍珠那种疾恶如仇、行侠仗义的个性没有中国侠义故事的基因呢？另一方面王阿妈的故事天赋潜移默化地影响着赛珍珠日后的文学创作，功成名就后的赛珍珠在杂志上撰文声

---

① Harris, Theodore F. & Pearl S. Buck. *Pearl S. Buck, A Biography*, Vol. I. London: Methuen & Co. Ltd., 1970, p.37.

② Harris, Theodore F. & Pearl S. Buck. *Pearl S. Buck, A Biography*, Vol. I. London: Methuen & Co. Ltd., 1970, p.34.

称王阿妈的故事就是她最早接受的文学熏陶，[1] 并公开宣称自己就是一个“讲故事的人”。是啊，年少时接受的熏陶总是那么的刻骨铭心，谁又能否认王阿妈，这位身份卑微的中国老妪对她一手拉扯大的西洋小囡，这位诺贝尔文学奖得主的文学启蒙功劳呢？

作为一个被中国阿妈在与中国人混居的环境中拉扯大的孩子，赛珍珠所触及的中国最为原生态的生活图景，那种市井细民“活色生香”的民间生活，是同时代来华的西洋孩子所无法企及的，而王阿妈无疑是她最可靠而耐心的向导。“她和阿妈在镇江的街头一逛就是几个钟头，无意中听着市井百姓的谈话，看着自行其是的剃头匠、江湖郎中、小吃摊主、木匠和来往的各色家佣仆人。每逢手头上有几个铜板，她就在街边的小推车上买烤地瓜、西瓜，或是装在三角纸包里的花生。若有变戏法的，或有用链子拴住的小猴子，或狗熊跳舞什么的，她总是瞪大眼睛看着。”[2] 幼年的赛珍珠站在镇江街头，品味着热闹肆意的中国民间生活，陶醉其中，也融入其中，忘却自己的“异乡人”身份，以至于小小年纪的她觉得自己即使算不得百分之百的中国人，但身上中国人的成分已不少了，足以吃集市上买来的糖果而不至于生病。[3] 在“民以食为天”的古老国度，自认为是“中国娃”的赛珍珠，对中国百姓的日常饮食

---

① 赛珍珠：《我的中国阿妈》，载于 1932 年 6 月号的《双周评论》，第 757—770 页。

② 彼德·康：《赛珍珠传》，刘海平等译，桂林：漓江出版社，1998 年，第 29 页。

③ 赛珍珠：《我的中国世界》，尚营林等译，长沙：湖南文艺出版社，1991 年，第 9 页。

有着切身的体验和体悟，因为她有一段“吃百家”的别样经历。小时候的她饭点一到总是喜欢跑到用人家或街坊邻里家“蹭吃蹭喝”，乐此不疲。这一“吃百家”的难忘经历即便是数十年后依然留存在赛珍珠记忆的深处：“仆人们用的饭菜虽极普通，但胜在味道。……午饭算是一天中最好的，我瞅准时机就去蹭吃，吃得津津有味。”善良的中国百姓很是待见这个洋小囡，总是热情招待她，以至于多年后，赛珍珠仍由衷地感叹道：“穷人家真是好客啊！跟他们一起吃饭，我可以吃到糙米、粗面、粗糖。”① 而每逢过年过节，源远流长的中华食文化更令小赛珍珠大开眼界，垂涎三尺。“宴席上，菜肴往往多达二三十道，每一道菜都经过了世世代代美食家的改良，臻于完美无瑕。的确，每个中国人都是美食家，他们可以滔滔不绝地谈论一道菜的色香味形。有钱人会高薪聘请一位厨师，但仍要洗耳恭听宾客们对桌上菜肴的品头论足。在中国，烹调是给人提供身心享受的纯艺术；倘若行家们对一道菜提出批评意见，也不会得罪任何人，因为批评针对的是烹饪艺术，而非针对某个人的人身攻击。”②

回归美国多年后，赛珍珠写道：“每当想起中国琳琅满目的食物时，几乎是勾起了我的怀乡情愫。中国各个省份都有特产，各个城市都有名菜，各个餐馆都有招牌菜，每家每户都有

---

① Buck, Pearl S. *My Several Worlds: A Personal Record*. London: Methuen & Co. Ltd., 1955, p.23.

② Buck, Pearl S. *My Several Worlds: A Personal Record*. London: Methuen & Co. Ltd., 1955, p.25.

自己的拿手菜，人们视烹饪和饮食为一种艺术享受。”① 璀璨的中华食文化滋养着中国百姓的日常生活，也滋润着赛珍珠快乐的童年生活，强化着她对这个东方民族的深层认知和情感纽带。德国人本主义哲学家费尔巴哈（Ludwig Feuerbach，1804—1872）曾言：“人就是他吃的东西。”（“Der Mensch istwas er isst.”）② 半生岁月浸润于华夏五千年食文化中的赛珍珠自然带上了这方五谷水土滋养的文化气息和人格内涵，以及由此基质所感悟的中华食文化博大精深之内蕴。日后无论在其自传，还是诸多中国题材的文学作品中，更不用说她为中国饮食撰写的专著，赛珍珠对中华食文化和中华文化的阐释无不带上这方大地的气韵、灵性和文化的魂魄。在此我们不妨以她的长篇小说《闺阁》（*Pavilion of Women*，1946）为例以窥一二。

赛珍珠的小说《闺阁》的叙事场景是民国年间中国江南的一大簪缨望族吴府。由吴太太爱莲掌管的吴府可谓是钟鸣鼎食之家。在这部篇幅不算太长的小说中涉及食物食事描述就有 60 多处，有的一笔带过，有的浓墨以待。无论淡描还是重彩，赛珍珠以其精到的视觉和笔触勾勒出了一幅生动而深邃的中国传统食文化的原生态图景，为西方读者充分展示了肇基久远、积淀深厚的中华食文化丰润的内蕴。植根于儒

---

① Buck, Pearl S. *My Several Worlds: A Personal Record*. London: Methuen & Co. Ltd., 1955, p.24.

② Crous, Marius. *Der Mensch ist was er isst* (Feuerbatch) — Texts on Food, the Eating Process and the Philosophy of Recipes. https://www.tandfonline.com/doi/citedby/10.1080/02564718.2012.644463.

家的“仁爱孝悌”、道家的“天人合一”、中国古典哲学阴阳五行和中医摄生学说的中国饮食文化规范着中国人的饮食行为、心态和饮食伦常，也印证在吴府上下日常膳食、节庆宴饮以及迎来送往的食事活动中。儒教的核心——“礼”是食事活动中最为讲究推崇的。“寿礼”“宴礼”“食礼”——“一切礼仪都在有条不紊地进行着”,① 赴宴的宾客受到周到的款待。作为长子长媳的吴府大少爷、大少奶奶自然按长幼有序的礼俗代母恭迎客人，接受客人的贺喜，并至每桌宾客前还礼致谢；而寿星吴太太同样礼不落人，“不时离席去招呼宾客，确保每桌客人都得到周全的招待。每当她走到客人身边时，对方总是忙不迭地起身请她别再烦劳，而她则回请他们落座”②。好一幅“酒既和旨，饮食孔偕……百礼既至，有壬有林”③ 热闹喜庆的传统礼俗场景。乡情礼约、人脉亲情在此得到有效的滋养和深植。而在席次的安排上同样彰显了“礼”之周全，处处体现出别等级、明人伦、昭有序的伦理思想。“吴府老夫人因其辈份和年事自然尊为上座，左侧是寿星吴太太，右侧是吴老爷，大少爷在父亲的右侧，二少爷在母亲的左侧，三少爷则紧挨着二少爷……”④ 众人均按亲疏远近、主宾尊卑分别入座，来不得半点差池。从“礼”衍生出的中华民族美德中最

---

① Buck, Pearl S. *Pavilion of Women*. New York: The John Day Company, 1946, p.21.

② Buck, Pearl S. *Pavilion of Women*. New York: The John Day Company, 1946, p.21.

③ 殷昆:《诗经·拼音注释版》，北京：当代世界出版社，2007 年，第 152 页。

④ Buck, Pearl S. *Pavilion of Women*. New York: The John Day Company, 1946, p.20.

富特色的“孝道”在食事活动中则有着更为淋漓的展示。位于上座的吴老夫人虽不是今日的主角，却同样享尽尊荣，尤其是寿星吴太太的悉心服伺：看到老太太举箸夹起一大块鸡肉，鸡汤滴落在锦袍上，吴太太便连忙伸箸帮忙接住，直到老太太把整块鸡肉放进嘴里；老太太要用调羹，吴太太又赶紧递了过去。①《荀子》云“礼者，养也”②；《孝经》亦道“礼，敬而已矣”③。筵馔行将结束时，尽兴的吴老夫人摇摇晃晃地站起来要回房，吴太太连忙起身，其他的客人也随之一同起身恭送老太太在女仆的陪同下离席。《论语·乡党》云：“乡人饮酒，杖者出，斯出矣。”④ 中国食文化中讲礼数、尊礼俗、重人伦孝悌的伦理规约便在赛珍珠温暖的笔墨中渲染开来……

赛珍珠的《闺阁》以一幅民国年间吴府的世俗生活场景，通过活生生的食事活动向西方读者阐析了中国食文化深邃厚重的内蕴：崇尚礼乐，顺应自然，谨和五味，食养食治，食分九等。美国科学院院士、哈佛大学教授张光直曾言：“达到一个文化核心的最佳途径之一就是通过它的肚子。”⑤ 对于赛珍珠而言，中华食文化远非只是视觉和味蕾的盛宴，它折射出中华民族的传统伦理道德、风俗人情、审美心理、处世哲学和人生理想，赋予她一个颇为切实的角度向西方诠释一个以食文化为

---

① Buck, Pearl S. *Pavilion of Women*. New York: The John Day Company, 1946, pp.22-23.

② 荀况:《荀子》，北京：中华书局，2007 年，第 158 页。

③ 汪受宽:《孝经·译注版》，上海：上海古籍出版社，2007 年，第 58 页。

④ 陈生玺:《论语——张居正讲评论语》，上海：上海辞书出版社，2007 年，第 154 页。

⑤ 高维恒:《饮食养生全方略》，北京：人民军医出版社，2006 年，第 2 页。

其核心的文明。

中国民间熙攘热闹的街市、市井细民日常的衣食住行、精彩纷呈的民俗文化编织的中国百姓的生活浮世图为自小生活其中的赛珍珠提供了最为直观的视角和最切实的生命体验，感悟蕴涵其中的中华文化的精神特质和价值理念，某种谓之“道”的东西。倘若一个人毫无隔阂地走进一种原生态的文化环境、融入其中，乐此不疲，忘却自己的“异乡人”身份，欣然接受其滋养和熏陶，并潜移默化地受其文化心理和文化观念的影响，那么她对这种文化的理解和认同，与这种文化缔结的文化亲情纽带足以构建起一种新的文化身份。① 赛珍珠在自传中写道：“而我早已不是真正的洋人了，我自己是这么想的，我的那些中国朋友也有同感。”② 中国阿妈亲人般的哺育、中国乡邻温暖的友情、中国文化的宽厚亲和、中国民间文化的丰润滋养让裹着襁褓而来的赛珍珠对这方东土大地怀有矢志不渝的情愫，赋予她一种局内人（insider）的认知模式和情感建构，这为她日后在更高层面上诠释中华文化提供了更接地气的视角、灵性和洞见，又兼具西方文化观照下的清醒和多元视角。

得益于父母相对开明的文化和教育观，赛珍珠自小接受的就是中西合璧的文化教育。父母为她延聘了一位晚清秀才指导她的中文学习，这位先生姓孔，祖籍北京。孔先生饱读四书五

---

① 叶旭军：《和而不同——赛珍珠的中西文化和合观》，北京：中国文联出版社，2014 年，第 27 页。

② Buck, Pearl S. *My Several Worlds: A Personal Record*. London: Methuen & Co. Ltd., 1955, p.29.

经，满腹经纶。他博古通今，上知天文下知地理，为小赛珍珠打开了通往中国传统文化的大门，领其体味中国传统文化的博大精深，而且孔先生的言传身教又令赛珍珠体认到中国传统知识分子阶层的精神世界。即便是孔先生作古多年之后，忆起儿时的这位启蒙恩师，赛珍珠说："他教会我很多东西。"① 作为中国传统文化核心的儒家思想和儒家经典无疑是孔先生施教的重点。赛珍珠在《中国的过去与现状》（*China Past and Present*, 1972）一书中回忆说："孔先生早早就教导我，在中国古往今来的数千位圣贤中，孔夫子是一位无与伦比的伟大人物。"② 在孔先生日复一日、年复一年的悉心传道解惑和儒学经典的教化之下，洋弟子赛珍珠对孔子和儒学有了令先生颇感欣慰的理解和把握。她认为孔夫子是个不纠结于任何空泛抽象理论的道德家，是个实际务实的实干家，坚信秩序的重要性，认为一个人做任何事都应有合适的方法；倡导人际关系中的黄金定律："施诸已而不愿，亦勿施于人"（《中庸》），强调人际交往中的礼仪、自控、自律和宽以待人。但所有这一切都应讲究天地人和，注重阴阳平衡，符合人性之根本。赛珍珠的这些认知自然凝结了孔先生孜孜不倦的教导和心血。赛珍珠日后与世人分享她从孔先生那里接受的教诲：

> 作为一名儒家弟子，孔先生教导我"君子"行事就应镇定自律。"君子"从不情绪失控，对他人动粗；他在

---

① Harris, Theodore F. & Pearl S. Buck. *Pearl S. Buck, A Biography*, Vol. I. London: Methuen & Co. Ltd., 1970, p.85.

② Buck, Pearl S. *China Past and Present*. New York: The John Day Company, 1972, p.59.

所有的人际关系中举止得体，尊重每一个人却不受任何一个人左右。……因为中国没有自己的国教，儒教为中国人提供了最根本的道德秩序和行为规范，因此中国百姓清楚地知道谁是君子，谁不是。……我永远都不会忘记孔先生和他灌输给我的儒教道德观念。……耶稣教导世人“己所不欲勿施于人”这条黄金定律孔子早在此前500年就已提出：“施诸己而不愿，亦勿施于人。(《中庸》)”①

他（孔子）发现了一条心理学上的真理，而西方心理学家直到最近才公开声明这一发现。那就是，按你想要成为的那个人一样行事，你就会成为那样的人，现代的我们被如此这般教导，但这是儒教哲学最根本所在。孔子教导世人外在的行为和控制能塑造我们的内心和人格。礼仪和规矩极其重要，因为礼仪能把社会融为一个整体，而规矩——礼貌、教养、利他主义——造就美好的人类。②

半个多世纪后赛珍珠坐在美国青山农场，遥想大洋彼岸的东方“故里”，抒发着自己的情怀：“从孩提时起，孔子就影响着我的思想，我的行为，我的个性。孔子是我的参考系。”③ 以儒学为核心的中国传统文化是赛珍珠进行文化塑造和自我塑造的一大文化根脉，强化她对中华文化的深层认知。

---

① Buck, Pearl S. *China Past and Present*. New York: The John Day Company, 1972, pp.60-61.

② Buck, Pearl S. *China Past and Present*. New York: The John Day Company, 1972, pp.64-65.

③ Buck, Pearl S. *China Past and Present*. New York: The John Day Company, 1972, p.59.

赛珍珠认为“和”是中国传统文化的精髓和核心价值。“中国的哲学思想向来注重人类生活的条理性和人与自然的关系。即使是中国的法律也是建立在人性和谐的基础之上的，这跟我们西方的法律体系完全不同，我们的法律体系注重惩罚而非讲究人性化。‘和’（harmony）是中华文明的关键词，那些与同类和自然和谐与共的人才算得上文明有教养的人。中国哲学是一种智慧哲学，它促使人内心的平和和自控。……其结果便是一种高级的文明，她井然有序、优雅得体，尤其讲究平和，追求个体的、国家的、世界的平和。”① 在中国传统文化经年的熏陶下，赛珍珠深刻体会到“文明则意味着一种普遍的人道主义，其最终成果应该是和平”②。在赛珍珠整个中国岁月里，儒家的“己所不欲，勿施于人”（《论语·颜渊》）；“己欲立而立人，己欲达而达人”（《论语·雍也》）的忠恕之道；“和而不同”（《论语·子路》）的处世方式；“道并行而不相悖”（《中庸》）的宽容态度；“万物并育而不相害”（《中庸》）的“和合相生”理念都深植于赛珍珠的内心，不知不觉中内化为她的人格特征，塑造其行为规范、处世原则。赛珍珠在自传中写道：“因为我在中国长大，生活在中国人之间，所以懂得了不少关于人的知识。因为在那些历史悠久的国家里，人性与人际关系是人们最关心的问题。对于我的中国朋友来说，了解别人在想什么重于一切，因为如果你不清楚别人

① Buck, Pearl S. *China Past and Present*. New York: The John Day Company, 1972, p.69.

② Buck, Pearl S. *My Several Worlds: A Personal Record*. London: Methuen & Co. Ltd., 1955, p.243.

在想什么，你就无法与其建立起友谊，甚至也无法在共同利益上合作共事。在我的美国邻居、熟人以及那些和我有点头之交的人中间，我也同样恪守这一处世之道。”① 赛珍珠把中国人“和合相生”的理念推广到民族与民族、国家与国家、文化与文化之间的交往互动。她在《我的中国世界》结尾描绘了自己对美国文化的期盼：“的确，我们开始厌恶领导世界这一想法了，我们现在考虑的是国际间的相互合作。如果说说教、甚至是书本不能使美国人幡然醒悟的话，那么美国人总是吃一堑，长一智的。”② 中华文化“和而不同”的文化理念为她日后在东西方公共场域倡导多元文化的交流合作、和合共生提供了丰富的精神和文化给养。

赛珍珠在华的40年正是中国最为动荡没落的年代，内忧外患，民不聊生，中国传统文化遭遇了“三千年未有之变局”。面对中西文化、新旧文化强弱分明的交锋，赛珍珠却能透过文化的表象把握中华文化不死之魂魄。赛珍珠折服于这个古老文明悠久的历史和广阔深邃的智慧，一种文化的气度和底蕴，一种历经数千年时光淘洗沉淀在中华民族文化基因中的哲学智慧，赛珍珠不无感慨地说道：“或许哲学只能为一个拥有数千年历史的民族所拥有”，“对我来说，中国人似乎一生下来就具有一种世代相传的智慧，一种天生的哲学观，他们大智若愚……即使跟一个目不识丁的农民谈话，你也会听到既精辟又幽默的哲理。

① 赛珍珠:《我的中国世界》，尚营林等译，长沙：湖南文艺出版社，1991年，第420页。

② 赛珍珠:《我的中国世界》，尚营林等译，长沙：湖南文艺出版社，1991年，第466页。

而我现在已在自己的国家生活，如果说我还常常想念中国的话，那是因为我在这里找不到一点哲学。我们的民族有自己的教义和思想，也不乏偏见和信条，只是没有哲学。”① 赛珍珠进而说道：“人们只要读一读《论语》《大学》《中庸》就会明白中国哲学思想早已达到一个很高的境界。”② 赛珍珠并不否认“中国社会是有很多的弊端，它们就存在着。但今天不是谈论它的缺陷，因为所有这些缺陷都不足以让中国这个民族虚弱，颓废、消极。世界上最古老的文明古国，同时亦是当今最缺乏现代化的社会，以西方机械的眼光来看，但我却认为，中国是当今最强大的国家，只因为她的人民的精神是如此的强大”③。赛珍珠一再强调中国人绝不是软弱无能，也非堕落颓废。这片土地上的人民坚强、务实有活力，没有什么可以摧毁他们。“只有傻瓜才会无视他们，只有愚蠢无知的人才会鄙视他们。”④ 赛珍珠满怀信心地指出：“等到中国发展自己的现代民主时，它必定是按它自己的方式，而非美国的方式，而它的模式将会拥有生命、自由和追求人民渴望的幸福的机遇。”⑤ 她言词凿凿地宣称：“中国毫无疑问将会在下个世纪，或本世纪下半叶对世界的进程产生深远影响。”⑥

从赛氏上述一系列的言论可以看出，自小生活在中国人世界、深受儒家文化熏陶的赛珍珠无疑对中华文化有一种归属感

---

① 赛珍珠:《我的中国世界》，尚营林等译，长沙：湖南文艺出版社，1991年，第272页。

② Buck, Pearl S. *China As I See It*. New York: John Day Company, 1970, p.24.

③ Buck, Pearl S. *China As I See It*. New York: John Day Company, 1970, p.143.

④ Buck, Pearl S. *China As I See It*. New York: John Day Company, 1970, p.9.

⑤ Buck, Pearl S. *China As I See It*. New York: John Day Company, 1970, p.4.

⑥ Buck, Pearl S. *China As I See It*. New York: John Day Company, 1970, p.17.

和认同感，对中华文化内在的本质和价值有着清醒认识并予以真诚地维护，“赛珍珠……抵制了（或者说不理会）那种根深蒂固地把中国传统文化与封建主义等量齐观的种族主义简单化做法”①。中国传统文化40年局内人的浸润与教化及对其内在价值的清醒认知让她在更高层面上诠释中华文化时具有一种五千年华夏文明赋予她的文化气度和格局，更令她在看待和处理纷繁复杂的社会问题和国际事务时具有历史的纵深和多元文化的开阔视野和见识。

作为一名深受中国传统儒学教化的知识分子，赛珍珠的精神气质很大程度上承袭了中国传统“士”的人格内涵。从孔子开始，就强调“士志于道”，彰显了“士”“为天地立心，为生民立命”② 的强烈济世意识，强调把学术当作天下公器视为至高无上的理想主义精神。传统士人的“先天下之忧而忧，后天下之乐而乐”；“天下兴亡，匹夫有责”的“士”之风骨和忧患意识对赛珍珠文化人格的形成有着深远的影响，她成为一名“尘世传道者”就是追求一种普世的“道”，她以毫不妥协的公共知识分子的形象介入东西方公共场域所彰显和追求的亦是她心目中的“道”，即“公义”。赛珍珠在中国生活的40年间，中国国运多蹇，时局动荡，礼乐崩坏，“道”之不存令其产生了中国知识分子所具有的典型的文化心态——深重的忧患意识，而戊戌变法、辛亥革命、五四运动、新文化运动让她

① 查尔斯·W. 海福德：《〈大地〉·革命和美国在华特殊阶层》，奚兆炎译，转引自董晨鹏、刘龙：《士的人格理想和儒家文化心态——试析赛珍珠的中国传统文化观》，《镇江师专学报》（社会科学版），1998年第2期，第27—30页。

② 张载：《张子全书》，《四库全书》，北京：中华书局，1965年。

见识了中国最末一代士大夫（康有为、梁启超等）和中国第一批真正意义上现代知识分子（胡适、鲁迅、孙中山等）对“士志于道”的精神传承，她写道：“对我，我的年轻的中国朋友和学生来说，梁启超和康有为这时仍然是两个极具魅力的名字。……要在任何一个国家找到一位像康有为那样思想灵活、深刻、有独到见解的人确非易事。康有为学识广，有远见，然而曲高和寡。他早就看出，如果东西方友好合作，互惠互利，则可取长补短。西方的历史和科学的进步激励了他，但他却从不相信中国人为劣等民族。”① 赛珍珠坦言这些知识分子让她看到了这个古老国家焕发的新希望，赛珍珠从他们身上感受到一种强烈的民族忧患意识和士人风骨，可以说这种精神气质深刻地影响赛珍珠的文化人格和价值趋向，她在回归美国后发表了这样的感慨：“我带着深重忧患回到了自己的国度，我的忧患意识并没有马上绽放开来，而是像花苞一样紧紧包裹着，藏在我的内心深处。”②

而20世纪上半叶，美国国内和国际局势的风云激荡不断强化赛珍珠作为公共知识分子的忧患意识。赛珍珠回归西地故土的40年间，“士志于道”的忧患意识依然是其美国岁月的处世准则，她为美国黑人的命运发声、为声援女性权益呐喊、为殖民地人民的独立自由抗争、为中国的抗日战争大声疾呼、为废除臭名昭著的《排华法案》四处奔走游说，叫

---

① 赛珍珠：《我的中国世界》，尚营林等译，长沙：湖南文艺出版社，1991年，第132页。

② Buck, Pearl S. *My Several Worlds: A Personal Record*. London: Methuen & Co. Ltd., 1955, p.97.

板美国不合时宜的外交政策，谴责沆瀣一气的英美军事联盟，凡此种种，她不畏权势、挺身而出，真正体现了她承袭于中国传统“士志于道”的济世理念，去实现她心目中的“道”的世界——“一个合理欢乐的世界”①。

第二节　西方文化：绘我“瑰丽家园”，塑我“自由、平等、博爱”之灵魂

西方文化对赛珍珠的影响自不待言。身为传教士之女，浓郁的家庭宗教氛围使得作为西方文明象征的基督教文化融入她的灵魂和血脉之中，“自由、平等、博爱”的基督精神强烈地塑造了她的个性和价值观。母亲精心营造的西方生活方式和家庭氛围、系统的西方文化教育、四年正规的美国本土求学生涯以及她自小孜孜不倦阅读的英美文学经典都使大半生身处异国他乡的她不曾游离于本族文化之外，对西方的基本价值理念有着较为全面的把握。

首先值得一提的是，年少时赛珍珠对本土文化的认知和情感纽带主要来自母亲凯丽的影响。赛珍珠在为母亲撰写的传记《异邦客》的最后写道：“对于自己生活在遥远异乡环境里的孩子们，她（母亲）总是想方设法，有时甚至是不惜代价地为他们提供美国背景，培养他们成为自己国家的真正公民，赋

---

① 赛珍珠：《我的中国世界》，尚营林等译，长沙：湖南文艺出版社，1991年，第466页。

予他们对美国永恒的爱。对了解她的孩子们而言，无论身处何方，这位妇人就是美国。”① 的确，这位热爱故土的妇人坚信像他们这种选择四处漂泊、四海为家的人，“家和国就是在他们自己的心中，而且可以按照自己的意愿在世界的任何地方创建出来”②。她下定决心无论她到哪里，她就把美国带到哪里，她要为自己的孩子创造一个异国的“美国世界”，给他们营造一种氛围，提供一种生活方式、一种文化理念。她要让自己的孩子在异国他乡也能享受到本族文化中最优秀美好的东西，让自己的孩子更贴近本族文化，认同本族文化，产生一种文化的归属感。

一方面，无论身处何方，生活境遇如何，凯丽总能在自家的房前屋后整出一片像模像样的美国式花园和菜园子，这对她而言，是一种美国式的生活方式、一种生活理念，也是她远离故土、异乡漂泊的生活中一种不可或缺的情感需求和慰藉。赛珍珠在《异邦客》的开篇写道：

> 回忆往事，她（凯丽）的身影通过几十幅画面迅速掠过我的脑际，从中我选取了她最具代表性的一幅。对了，就是这一幅：她正伫立在长江边一座中国城市灰暗的市中心的一个美式花园里。此时的她，正值盛年，身材挺拔有力，风姿秀美洒脱，站在夏日充足炎热的阳光下。她看上去个子不高也不矮，双脚稳稳地站着，手里拿着小铲子，忙碌着给她的花园松土。③

---

① Buck, Pearl S. *The Exile*. New York: Reynal & Hitchcock, 1936, p.315.

② Buck, Pearl S. *The Exile*. New York: Reynal & Hitchcock, 1936, p.260.

③ Buck, Pearl S. *The Exile*. New York: Reynal & Hitchcock, 1936, p.9.

……

是她在这儿种上了美国花卉，在院子的围墙边种上桂竹香、矢车菊和蜀葵；是她耐心地摆弄着树下的青草，使其生长整齐，并修剪平整；是她在阳台脚下筑了一个花坛种植英国紫罗兰；是在她的游说下，线条僵硬难看的教会房子才爬上了五叶地锦，现在已爬满了房子的两面墙。在长长的阳台一端，盛开的白玫瑰沉甸甸地向下倒挂着。①

凯丽要以精心打造的美式花园给孩子们营造一个美式的家居环境，美丽的庭院常令孩子们想起西地故乡那开阔的原野和清新的空气。赛珍珠永远记得凯丽首次重返故里的情景，她站在齐膝深的草丛里，深深地吸了一口气，然后幽幽地说道："你们可知道，我们美国最可爱的东西之一就是它的气味——令人陶醉的气味。"② 而她的美式菜园子里的劳作成果令她的餐桌上呈现出不同于当地中国百姓的西式菜蔬，如利马豆、番茄、芦笋和生菜等，所有这些蔬菜品种在当时的中国还鲜少出现。凯丽还有一手制作西式糕点的绝活，赛珍珠在传记中回忆道："她双手能制作像云片糕一样薄的饼干。她的椰香蛋糕、黑色巧克力蛋糕、水果蛋糕和大理石长条蛋糕味道香醇，足以令几百英里外的人慕名前来。我记得她在最忙碌的日子里揉着大团雪白的面包粉，然后烘焙出许多香甜的方块大面包，整个房间充满了美味的芳香。"③ 每到过西方节日，凯丽总是尽心尽

---

① Buck, Pearl S. *The Exile*. New York: Reynal & Hitchcock, 1936, pp.10-11.
② Buck, Pearl S. *The Exile*. New York: Reynal & Hitchcock, 1936, p.66.
③ Buck, Pearl S. *The Exile*. New York: Reynal & Hitchcock, 1936, p.260.

力让孩子们有一个不折不扣、原汁原味的民族节日，圣诞节更是一年当中重中之重的节日，容不得一丝马虎，且看凯丽花费之心力：

> 每年她都使圣诞节成为孩子们最幸福快乐的时刻。用冬青和翠柏装点房子、搅拌梅子布丁一直是过圣诞节固定的家庭活动仪式。这也像她过去在中国任何其他地方一样，她得提供一切，因为这儿没有玩具店，没有圣诞展销来助她一臂之力。于是乎，她制作了不计其数的男男女女的姜饼小人，使得圣诞节成为姜饼小人、她亲手制作的玩具、一些有用没用或可笑的东西和挂在圣诞夜壁炉边的袜子们的狂欢节。而圣诞早晨家中便会出现一棵圣诞树，被她一年中积攒下来的各色亮晶晶的彩纸和缎带装点着。这是一年中她能尽情欢乐的仅有机会，她不允许任何东西破坏节日的快乐和圣诞夜的神秘美好；也不允许任何东西打扰她在炉火前给孩子们讲耶稣诞生马槽的故事和就寝前伴着风琴唱圣诞颂歌。翌日一早，她清亮的嗓音响彻整个屋子："福佑人间，上帝降临啦！"①

赛珍珠在传记中回忆母亲的辛劳付出和良苦用心时，如此评价道："她为孩子们创造了圣诞节，就这样把圣诞节的传统和深刻意义植入他们的心灵之中，使他们永远不会忘记。直到今天，虽然孩子们分散在三个大陆，而她被埋葬在第四个大陆的异乡土壤下，圣诞节仍激起他们最深刻的记忆。"② 凯丽想

---

① Buck, Pearl S. *The Exile*. New York: Reynal & Hitchcock, 1936, pp.247–248.

② Buck, Pearl S. *The Exile*. New York: Reynal & Hitchcock, 1936, p.248.

方设法让身处异国他乡的孩子们在这个有着浓郁宗教色彩的节日里体味基督教作为西方文明之根本的内涵，强化孩子们的宗教意识。日后，赛珍珠说道："从出身和祖籍来看，我是个美国人；从自我选择和信仰来看，我是基督教徒；从人生阅历和情感共鸣而言，我是个中国人。"① 赛氏一生从未放弃的基督教信仰无疑与其母亲凯丽自小对她的熏陶不无关联。对孩子们而言，母亲凯丽就是美国活生生的象征，她以她的学识、修为和一颗慈母之心让身处异国他乡的孩子们了解和认同本族文化，为孩子们日后回归和融入本土文化打下了如胎记般的情感烙印。

此外，母亲凯丽浓烈的思乡情怀和对美国故土的挚爱描绘令"天堂美国"的意象深入赛珍珠年少时的内心世界。从美国的大好河山、人文风情、英雄人物、立国理念等，母亲凯丽为自己的孩子勾勒出美国和美国文化"此处风景独好"的天堂形象：

> 宁静的乡村巷道，绿树掩映的大房子，房前大片的草坪。每到礼拜日，乡亲们打扮得体涌向古老美丽的教堂祷告；大人们，无论男女，无不遵纪守法，孩子们无论在家还是在校都听话好学；医生们替生病的乡亲诊治，或者送他们到一尘不染的医院救治，当然，没有人患霍乱、痢疾、斑疹伤寒或是死于腺鼠疫，也没有麻风病人当街闲逛，惊吓路人和店主，也不见乞丐的踪影。因此，我从小

---

① Harris, Theodore F. & Pearl S. Buck. *Pearl S. Buck, A Biography*, Vol. II. London: Methuen & Co. Ltd., 1970, p.297.

就把故国想象得美若天堂，这可不是我的错。①

对于母亲从小灌输给她的“天堂美国”意象赛珍珠总是在各类回忆录中频繁提及，她在《发现美国》（*On Discovering America*, 1937）一文中再一次提及当年母亲口中的美国景象——那是一片辽阔的国土，人民生活富裕，个个笃信基督教。他们乐善好施，给中国的穷人捐过大笔的钱财。这令年少的赛珍珠信以为自己的同胞中没有文盲，也没有穷人，更不可能有罪犯了，自己梦中的故乡美国是一片人间的净土，天堂的人间翻版。对故乡美国这份旖旎的怀想在赛珍珠头脑中一直盘萦多年。随着年龄阅历的增长和对人类本性的清醒认知，赛珍珠明白母亲给自己绘制的这幅故土画像是经过了不少人为的修饰，但她不得不承认这幅早期画像始终留存在她的脑海中，一生都不会褪尽色彩，并很大程度上影响着她功成名就后对美国及美国文化的各种看法和期待。

赛珍珠写道：“我回归美国时，心中带着对美国和美国人民的一种过于不切实际的美好看法……我就是伴随着这种虚幻的美丽意象长大成人的。即便我回到美国生活，我亦很难把这些意象清除掉。因此当我看到我的美国同胞和美国政府放任如此不公的事情发生甚至还时不时参与实施这种不公正的行为时，我简直难以相信。在我成长的那片土地上，我的父母总是教育我，使我相信美国人可都是好人呀！”② 所以，当直面美国

---

① Buck, Pearl S. *My Several Worlds: A Personal Record*. London: Methuen & Co. Ltd., 1955, p.23, p.4.

② Harris, Theodore F. & Pearl S. Buck. *Pearl S. Buck, A Biography*, Vol. II. London: Methuen & Co. Ltd., 1970, p.342.

本土肆无忌惮的种族歧视和不平等时，赛珍珠心灵遭受的震荡可想而知，她公开毫不容情地谴责道：“在一个立国基础是人人平等的国家，1 300 万人被剥夺了平等的权利是何等的骇人听闻!”① 因此她对现实美国的图景与儿时母亲描摹的“天堂美国”意象之间的鸿沟一生难以释怀，并执念于母亲心目中那“天堂家园”，为能更接近这一梦想家园，她在西土大地上奉献了她的下半生，成了一个尘世的传道者，呼吁美国人民放弃种族偏见、信仰偏见、国籍偏见，让“慷慨大方、正直高尚、理智清醒”② 成为美国的主导精神。至少在她异国他乡的成长岁月中，故乡美国于她而言，是一个令其自豪的存在，她为自己是美国人而感到庆幸和自豪。“即使我有选择出生地的自由，我还是会选择我出生的那个地方——我外公宽敞的白色楼房，房子两侧带有立柱门廊。外公的家坐落在风景如画的翠绿色平原上，背景是阿勒格尼山。我有热爱自然、乐观开朗的天性，应该说是得益于我出生的这个环境。”③“我猜想我天堂般美丽的故乡必定居住着一个极其善良的民族，一片真正播散天惠的福地。”④

母亲凯丽除了为子女精心营造异域的“美国世界”之外，对孩子文化课教育也从未懈怠。毕业于贝利伍德女子神学院的

① Harris, Theodore F. & Pearl S. Buck. *Pearl S. Buck, A Biography*, Vol. I. London: Methuen & Co. Ltd., 1970, p.30.

② 赛珍珠:《我的中国世界》，尚营林等译，长沙：湖南文艺出版社，1990年，第 467 页。

③ Buck, Pearl S. *My Several Worlds: A Personal Record*. London: Methuen & Co. Ltd., 1955, p.3.

④ Buck, Pearl S. *My Several Worlds: A Personal Record*. London: Methuen & Co. Ltd., 1955, p.3.

凯丽自然担当了家庭教师的职责。赛珍珠在自传中回忆道："每天上午，我阅读美国的教科书，学习母亲布置的功课。母亲完全是依照卡尔弗特教育体系来教我的。"① 凯丽是一位有学养尽职的老师，她给赛珍珠安排了全面系统的跟美国国内接轨的文化课程：基础小学文化课程、欧美和古希腊罗马历史、美国地理、文学、写作等，在每日的上午进行。既有规范的作业布置，又有雷打不动的定期检查。

母亲凯丽对年少的赛珍珠的一项异于一般孩童的培养，就是写作方面的训练，因为赛珍珠打小就显露出了写作的天赋，从她六岁时写给美国《基督观察者报》（*The Christian Observer*）的一封信中可见小荷的尖尖角：

我们天堂真正的家

我是一个小姑娘，我今年6岁啦，我住在中国。我有一个上大学的哥哥，他就要到中国来帮助爸爸告诉中国人关于耶稣的故事。我还有两个小弟弟在天堂里。莫蒂先走的，然后是阿瑟，再后来是伊迪丝。上个月10号，我勇敢的小弟弟克莱蒂也离开我们了，去了我们在天堂真正的家。克莱蒂说，他是一个基督战士，天堂是他最最好的家。克莱蒂4岁。我们都喜欢《观察者》上的小信。这封信都是我自己写的，我的手写得好累哟，那就再见喽。②

---

① 赛珍珠：《我的中国世界》，尚营林等译，长沙：湖南文艺出版社，1990年，第51页。

② *The Christian Observer*, Louisville, Kentucky, April 5, 1899.

从这封早年的信中也可以看出日后赛珍珠创作中最为显著的一个特色——质朴清新，感于心，敏于言。赛珍珠10岁时写的文章已常常能在上海的《信使报》(*Mercury*)上刊登，这是一份由英国人资助的外文报纸。赛珍珠后来回忆说这是她当时零花钱的重要来源渠道。小赛珍珠展示的文学天赋让凯丽相信自己的女儿将来会成为一名作家，尽管她从未言明。赛珍珠的写作天赋得到了凯丽精心的栽培和鼓励，她坚持让赛珍珠不间断地写作练习，至少每星期完成一篇，然后由她亲自检查和讲评。凯丽自身有不俗的文学修养和鉴赏能力，因此在赛珍珠的文学道路上，母亲可算是她的第一个导师和伯乐了。同时凯丽也是一位讲故事的能手，从赛氏家族历史到美国内战，从美国开国元勋到文学经典，赛珍珠就是在母亲娓娓道来的故事中领略到美国的民族历史和民族精神。远离故土的赛珍珠在母亲量身定制的教学计划的精心培养下所接受的西方文化的熏陶绝不会比身处美国本土的学龄儿童少。

更令赛珍珠胜于其他西方孩童一筹的是她极强的好奇心和求知欲，她从年少起就阅读她能接触到的所有西方经典文学作品。赛珍珠在回忆录中记述："我父母有成套的狄更斯、萨克雷、乔治·艾略特、沃尔特·司各特等人的书，还有英国诗集和一套版本很好的莎士比亚全集装饰我们的房间。所有这些书籍，都是我童年充实生活的一部分。母亲在众多的美国杂志中订阅了《人物评论》，父亲订了《世纪》，我们还订了《圣尼古拉》和《青年指南》以与祖国的青年保持联系。"① 年少的

① 赛珍珠:《我的中国世界》，尚营林等译，长沙：湖南文艺出版社，1990年，第65页。

赛珍珠在孜孜不倦的开卷苦读中建构自己对西方世界的认知，用她自己的话说："我读书的目的是为了寻找和发现自己的世界——西方世界，一个终将回归的世界。"① 这些承载着西方人文价值理念和人类通性体验的经典之作丰沛了赛珍珠的人生体验，深邃了她的情感世界、拓宽了她的文化视野、加深了她对西方文明的认识和理解，同时在很大程度上影响了她日后的文学创作风格和创作理念。在所有这些西方经典文学作品中，对赛珍珠影响最为显著和深远的要数狄更斯的小说，她从七岁起便开始阅读②。赛珍珠在《我的中国世界》里回忆狄更斯给年少的她带来的阅读体验：

> 狄更斯的小说对我有着很大的影响，这种影响常激发年轻人的想象力，使他们对芸芸众生产生浓厚的兴趣。我读的第一本狄更斯的小说是《雾都孤儿》，我手不释卷连读了两遍。……读《匹克威克外传》时，我总是独自忍俊不禁，大笑不已，又为《艰难时世》中小内尔的死和残酷的世道默默悲叹；西丝·裘克斯（Sissy Jukes）这一人物我一直铭记在心，当托马斯·葛擂硬（Thomas Gradgrind）问她千分之七的死亡率是否很高时，她虽然胆怯，言语结巴，但她的回答却睿智：千分之七的死亡率自然是高的，因为七个人的死和更多人死是一样的令人悲伤。托马斯对她一通呵斥，斥责她是一个大傻瓜。但我却

① Buck, Pearl S. *My Several Worlds: A Personal Record*. London: Methuen & Co. Ltd., 1955, p.68.

② Harris, Theodore F. & Pearl S. Buck. *Pearl S. Buck, A Biography*, Vol. I. London: Methuen & Co. Ltd., 1970, p.86.

相信西丝是对的，我愈是了解人生、人性，愈是坚信她的回答永远正确。①

在往后的岁月里她更是养成了每年通读狄更斯全集的习惯，持之以恒、刻骨铭心。她对这位文学启蒙恩师的感恩之情溢于言表。她曾写过一篇题为《感恩狄更斯》（*A Debt to Dickens*）的文章，下面我们不妨撷取其中一段来回味赛珍珠对这位文学导师非同一般的感念之情：

> 时至今日，我对狄更斯的感情是任何其他的人都无法比拟的。他拓宽了我看人的眼界。他教会我去爱所有的人，无论贫富贵贱、年老年少；他教会我憎恶虚情假意、油嘴滑舌；他教会我去识别在冷硬的外表下也许藏着的温情和善良；善良和仁慈是这个世界上最美好的东西。②

她对狄更斯的感恩、慕拜之情还体现在她生命最后时刻跟这位伟大的文学导师异乎寻常却令人感慨不已的告别仪式上。她躺在卧榻上，招呼她的私人秘书贝弗莉·德雷克（Beverly Drake）把她那套伴随她一生的狄更斯全集铺陈在她周围，好让她向这位恩师奉上自己最后的崇敬之情。③ 中国古语云“知恩图报”，孔先生的这位关门洋弟子曾为她的中国塾师戴孝送终以报师恩，同样也以这种别具一格的方式诠释了她从小浸淫

---

① Buck, Pearl S. *My Several Worlds: A Personal Record*. London: Methuen & Co. Ltd., 1955, pp.83-84.

② Buck, Pearl S. “A Debt to Dickens”, *Saturday Review of Literature*, 4 April 1936, p.11.

③ Conn, Peter. *Pearl S. Buck: A Cultural Biography*. Cambridge: Press Syndicate of the University of Cambridge, 1996, p.376.

其中的东方文化“知恩图报”的价值理念。尤其值得关注的是，“狄更斯作为一位具有强烈政治确信的教诲型作者，可谓是19世纪一位主要的公共知识分子”，他的作品被认为“是极其重要、真正、极具历史意义的公共知识分子作品之类型”，① 具有强烈的社会批判意识和社会教化作用，赛珍珠日后介入东西方公共场域执着地追求社会公义、天下大“道”，无疑折射了狄更斯给予她的文学和精神的承传。

为了让自己的女儿能更系统地接受正规的西方现代教育，赛兆祥夫妇倾其财力把年满18岁的赛珍珠送回美国本土，进入位于弗吉尼亚州的伦道夫-梅肯女子学院（Randolph-Macon）接受四年（1910—1914）的大学本科教育。伦道夫-梅肯女子学院有着严谨而开明的办学宗旨：

> 学校的日程设置旨在提升学风的严谨，鼓励女性的发展以便日后能承担更多的公民职责。让女性接受更为开明的教育是所有高要求女子学院的共识。19世纪90年代，史密斯女子学院的校长L. 克拉克·赛利（L.Clark Seelye）将他对女子高等教育的观点做了如下的概括：“女子学院的宗旨并不是培养女性适应哪个专门的领域或行业，而是要通过最精心设计的方案，使她们所有的聪明才智都得到发展，从而使她们无论身处何种地位，都能成为更完备的女性。”对此见解，伦道夫-梅肯女子学院的教师和管理

---

① 理查德·A. 波斯纳：《公共知识分子——衰落之研究》，徐昕译，北京：中国政法大学出版社，2010年，第307页、第10页。

层都是打内心认同的。①

从伦道夫-梅肯女子学院的治校理念上可以看出该校对女性的培养自然有别于传统模式。在这里，赛珍珠首次没有因性别而受到另眼相待，对来自一个父权制而深受厌女症困扰的家庭的女性而言，学校的教育氛围令她耳目一新，继而对学校的培养方式感念有加："我们受到了全面的教育，在课程设置方面，丝毫没有表现出我们是女生而非男生而有所不同。"② 除了常规的课程教学外，伦道夫-梅肯女子学院鼓励学生重新认识性别与机会和成就之间的关系，强调她们身为女性肩负的社会责任；鼓励她们将眼光放到家庭之外，寻找能扩展她们效用的途径。赛珍珠日后成为《平权修正案》的积极推进者、争取和平的积极活动者、国际性领养儿童机构的奠基人、以跨文化书写和跨文化社会活动促进东西方文化交流的作家，她在东西方公共场域所发挥的一系列作用正是对个人效用的极致探索，是对母校教育理念的忠实实践和验证，她的成功"有助于重新界定妇女在现代社会中的地位"③。四年美国正规高等教育赋予赛珍珠有别于东方文化的知识结构、心理建构、思维模式和价值判断，同时也给赛珍珠提供了近距离甚至零距离接触和重新认识西方社会和文明的机会，美国再也不是母亲凯丽思乡情怀渲染下的瑰丽家园——清教徒

---

① Conn, Peter. *Pearl S. Buck: A Cultural Biography*. Cambridge: Press Syndicate of the University of Cambridge, 1996, p.47.

② Buck, Pearl S. *My Several Worlds*. New York: John Day Company, 1955, p.91.

③ Conn, Peter. *Pearl S. Buck: A Cultural Biography*. Cambridge: Press Syndicate of the University of Cambridge, 1996, p.xx.

心中梦幻般的理想王国，而是有着现实触感的既熟悉又陌生疏离的文化语境下实实在在的浮世图，正如她在《美国对我意味着什么》(*What America Means to Me*)一文中说的："我们的国家并非极乐世界，也没有用之不竭的财富，而是一个人民努力生活、奋斗的国度，为了生计，为了生活的乐趣，为了家人、街坊邻居、朋友，我们竭尽全力，努力打拼。"①

无论是原生家庭的基督教文化的浸染，还是自小西方文学经典的熏陶以及母亲心中"瑰丽家园"形象经年累月的灌输，还是西式高等教育的培养熏陶，都把西方文化的核心理念"自由、平等、博爱"注入赛珍珠的灵魂和血脉，强烈地塑造了她的个性、价值观、文化人格，乃至她的人生轨迹，促使她成为一名"尘世传道者"，毕生追求人世间的公义和正道。

第三节　双焦透视：文化边缘人身份的生命体验及其文化思考

美国学者罗伯特·帕克（Robert E. Park）在其《人类的迁徙与边缘人》(*Human Migration and Marginal Man*, 1928)一文中首先提出了"边缘人"（Marginal Man）的概念。帕克认为："边缘人是一种新的文化人格类型，是文化的混血儿

① Buck, Pearl S. *What America Means to Me*. New York: The John Day Company, 1971, p.200.

（Cultural Hybrid）。边缘人紧密地生活在两种不同的人群中，并亲密地分享他们的文化生活和传统。他们不愿和过去以及传统决裂，但由于种族的偏见，又不被他试图寻求立足的新的社会完全接受。他站在两种文化，两种社会的边缘，这两种文化从未完全互相渗透或紧密交融。"① 帕克的这番论断是对赛珍珠文化身份的精妙刻画，她毫无疑问是一位文化边缘人。她长在中国，却身为异乡客；她生于美国，却故国遥远。因此即便40载后回归故土，她依然是美国同胞眼中的"异乡人"，一个美国文化的"边缘人"。"文化边缘人"身份之于她，始于摇篮，终于墓穴，当这种身份置于宏大的历史叙事背景下便生化出刻骨铭心的"异乡感""边缘感"，"于她而言，中国和美国都是她的文化根脉，是血浓于水的故国家园，可文化边缘人的身份令她感觉她的家既不在亚洲，亦不在美洲。如果流浪和丧失家园是现代生活的特征，那么我们可以把赛珍珠一生看成时代精神的绝妙写照"②。

赛珍珠作为"异乡客"在中土大地上生活了整整40年，从童年起她就生活在一个双重的世界里："一边是我父母的美国人长老会世界，一个小而整洁的白人世界；另一边是中国人的广阔大世界，一个不太整洁却欢乐有爱的世界。这两个世界之间鲜有沟通。在中国人世界里，我按中国人的方式行事，我的言行举止和饮食习惯跟他们并无二致，我分享着他们的所思

① Park, Robert E. "Human Migration and Marginal Man", *The American Journal of Sociology*, Vol. 33, No. 6 (May, 1928), p.892.

② 彼德·康:《赛珍珠传》，刘海平等译，桂林：漓江出版社，1998年，第184页。

所想，所感所触。而当我身处美国人世界时，我就关上彼此之间的那扇大门。”① 在童年的赛珍珠看来这是两个并行不悖的世界：“我的童年世界当时显得太平稳定，诸事有序，如日月行天。”② 然而，这种太平安稳的岁月在1900年的春天戛然而止，“即使我当时还不足八岁，却也隐约感到好景不长”③。“1900年，我八岁了。我的两个童年世界终于出现了裂痕。”④ 倘若说大街上淘气的中国孩子唤她一声“小洋鬼子”(little foreign devil)，小珍珠干脆利落地回敬他们一句“小王八蛋”⑤ 时，那份毫不示弱的气势掩盖着一个孩子的伤心与耻辱，那么外部世界“山雨欲来风满楼”却令小小年纪的赛珍珠感到陌生和惶恐。赛珍珠后来在《我的中国世界》中回忆道：

> 1900年的春天是美丽的，然而，整个春天，我都感到我的世界在意外的分裂。家里客人明显减少了，有时一连几天也不见一个中国朋友登门。我的伙伴们常常沉默不语，玩得也没有以前尽兴了，到最后，他们也不来我们的山谷爬山了。同学们也不再争着和我同桌。我是个被爱和

---

① Buck, Pearl S. *My Several Worlds: A Personal Record*. London: Methuen & Co. Ltd., 1955, p.10.

② 赛珍珠：《我的中国世界》，尚营林等译，长沙：湖南文艺出版社，1991年，第27页。

③ 赛珍珠：《我的中国世界》，尚营林等译，长沙：湖南文艺出版社，1991年，第27页。

④ 赛珍珠：《我的中国世界》，尚营林等译，长沙：湖南文艺出版社，1991年，第32页。

⑤ Buck, Pearl S. *My Several Worlds: A Personal Record*. London: Methuen & Co. Ltd., 1955, p.36.

礼物宠坏了的孩子，对此种冷遇，先是迷惑不解，继而伤心万分。母亲见此情景，便尽其所能地给我解释：事情与美国无关，我们美国人没做对不起中国人的事，没有强占中国的领土与港口。这都是其他国家白人造的孽……我不解的是，为什么他们要把我们，始终如一的我们，与那些不知来自何国，不知姓甚名谁的白人强盗、贼寇扯在一起！我生平第一次感到冤枉。天真无邪的我，只是因为长着我这个种族特有的金发碧眼白皮肤而被人憎恨；又因为人们对我和我的种族感到畏惧，我处处感到身临险境。①

从赛珍珠的这一段记述中，我们可以感知 1900 年中国局势的急剧变幻及世界局势的动荡不安。1900 年注定是中国历史上最为动荡的年份之一，后人甚至冠之以“国难 1900”。这一年年初，屡战屡败、苟延残喘的晚清政府和以义和团为首的中国民众与气势汹汹的西方列强之间的对峙已到了一触即发的状态，一场中华民族历史上的大浩劫正在酝酿中。当我们把目光往前推溯，就会发现中西两大世界的大碰撞乃至殊死搏杀也是历史的必然。

西方世界在 15 世纪发现新大陆和大航路开通后，巨额的资本积聚和资本冲动急需新的市场掘取超额利润，他们把目光转向了遥远的东方，打开东方这块令人垂涎的资本投资处女地更是被西方列强提高到国家战略的高度。谁赢得先机，谁就为本国的经济发展抢得契机和未来资本全球化的主动权。然而中国

① 赛珍珠：《我的中国世界》，尚营林等译，长沙：湖南文艺出版社，1991 年，第 32—33 页。

这一古老的东方帝国仰仗华夏五千年文明的雄厚积淀，睥睨着远道而来的西洋“夷族”特使，自诩“天朝德威远被，万国来王，种种贵重之物，梯航毕集，无所不有”①，拒绝了西方国家的贸易要求，同时也自动放弃了和平融入世界贸易格局的历史性机遇。然而资本是贪婪的，西方列强是难打发的，他们终将暴露其掠夺成性的本质。在一系列的贸易摩擦和流血事件后，历史进入 19 世纪的下半叶，列强们终于按捺不住，挟着坚船利炮轰开了中国并不太坚固的国门，给闭关锁国的清政府和中国人一个又一个沉重的打击和一系列屈辱的记忆。接二连三的不平等条约，巨额的战争赔款，丧权辱国的治外法权和领土割让给中国人的民族心理产生了极大而深远的影响，中国人对西方帝国主义列强的仇恨日甚，尤其是甲午之殇令中国民情激愤，而落败后签订的《马关条约》对中国经济和国力的影响绵长而深远。由于《马关条约》对外资的全面开放，西方资本蜂拥而入，他们投资铁路、控制沿海航运，令中国物流运输业重新洗牌，造成大批依赖传统运输业的从业人员生活难以为继、流离失所；再加上外国商品的无节制涌入，对本土的手工业者造成了沉重的打击，他们赖以安身立命的营生纷纷破产；而广大农村地区民众的生活更是雪上加霜，本土农产品交易受阻，再加上连年的天灾蝗祸，饥荒频发，流民遍野，而国势日蹙的晚清政府既无有效的改善民生之策，亦无调整经济格局应对外部列强来势汹汹的经济入侵。两亿三千万两白银的战争赔款，让早已入不敷出的清政府俯仰难安，把巨额赔款转加给民众势在必

---

① 《清实录》第 27 册，《高宗实录》卷一四三五，北京：中华书局，1986 年，第 188 页。

行。风雨飘摇的晚清政府出台的苛捐杂税多如牛毛，逐年增加的税赋不仅压垮了丝绸、茶叶等面临外部激烈竞争的中国传统支柱产业，更令中国广大农村地区的农民挣扎在赤贫的死亡线上。“19 世纪末，对于普通的中国农民来说是个不幸的时代。”①

在此艰难时世，哪怕清政府有救民于水火的心，恐怕也没这个力。腐败无能的清政府赈灾的力度压根就无法在乡村基层体现出来。正值中国内忧外患，国力衰微，民生凋敝，文化上已了无汉唐雄风之际，作为西方文明基石和象征的基督教则伴随着西方列强的殖民扩张开展了新一轮声势浩大的海外传教运动。而不平等条约的签订保障了西洋传教士在中国领土上传教的合法性，再加上西方军事力量的保驾护航，他们在中国的传教可谓是“一马平川”，并享有外国人在中国享有的众多特权。于是乎，大批的西洋传教士雄心勃勃登陆中国，甚至深入中国的内陆地区，把人口众多的非基督教中国视为“实现全世界救赎的关键，因为它是撒旦的主要堡垒”②。“中国人归基督”这句带有浓郁文化殖民主义色彩的传教名言在当时的来华传教士中甚嚣尘上。基督教传教士的足迹已深入中国广大农村地区，传教、建教堂、设分会，影响日隆。我们可以从一组数据看出当时基督教在中国乡村的参与度。一个小小的平阴县竟有五六个国家在此设立 17 个教会、教堂③，中国出现了

---

① 《国难 1900：义和团事件始末》，《凤凰大视野》，http://jishi.cntv.cn/C27762/classpage/video/20110526/100705.shtml。

② 彼德·康：《赛珍珠传》，刘海平等译，桂林：漓江出版社，1998 年，第 17 页。

③ 《国难 1900：义和团事件始末》，《凤凰大视野》，http://jishi.cntv.cn/C27762/classpage/video/20110526/100705.shtml。

“教堂几遍天下，传教洋人相望于道”① 的景象。为了招揽当地民众入教，基督教会还提供一些经济和其他方面的支助，因此那些入教的中国教民得到了教会系统的保护。再者，一些地方上的地痞流氓眼见有机可乘，一旦入教即可得到教会的庇护而免受中国官府的惩戒也纷纷入教，而后横行乡里更是有恃无恐，引起民怨民愤。绝大多数不入教而又仰仗不了政府救济的民众转而投向地方帮会寻求救济和保护，导致地下帮会组织急剧扩张进而形成民团、拳会。在晚清政府行政无能、缺位到中后期的放纵、怂恿的情况下，在西方列强大举入侵瓜分中国的浪潮下，再加上东西两大文化之间由来已久、根深蒂固的偏见和隔阂，地方帮会民团与基督教会的冲突日渐紧张，导致教案频发，历史上有名的便有 1897 年的曹州教案、1899 年卜克斯教案等，最后演变成了中国历史上被后人称为“国难 1900”的义和团运动。

义和团运动从最初的“反清灭洋”到后来的“扶清灭洋”，再到最后遭中外势力的联合镇压清洗，可以说揭示了 19 世纪末 20 世纪初中国整个风云变幻的乱局和中西文化大碰撞之激烈乃至最后你死我活的搏杀。无论是“反清灭洋”“扶清灭洋”，还是后来与洋枪洋炮的殊死搏杀，都折射出“西洋”文化与中土文化在那特殊历史年代吊诡扭曲的碰撞何等的惊心动魄以至于最后的血雨腥风满中华。西方人士对义和团运动做了如下的描述：“1900 年春夏之交，义和团的风暴席卷华北。

---

① 李纲己（辑录）：《教务纪略》，上海书店，1986 年，第 9 页。转引自吴雁南主编：《中国近代社会思潮：1840—1949》第 3 卷，第 306 页。

6月13号大量狂暴的拳民涌进了北京内城，开始焚烧教堂、外国人的寓所，并且杀死或者活埋中国教徒，他们甚至掘开了传教士的坟墓，利玛窦、汤若望等教会先辈的墓地都受到了殃及。”① “最残忍的袭击发生在山西省。在当地巡抚的谕令下，几个传教士家庭遭到灭顶之灾，共有44名男女传教士和儿童遭杀戮。”② 更有法国驻华公使毕盛向各国公使报告，义和团在保定附近的村落杀死了61名天主教徒。③ 义和团的暴力行为招致了西方列强对中国暴力程度远甚的报复性打击。八国联军报复性的军事行动一路攻城略地，直捣北京。随军记者托马斯·米勒德（Thomas Millard）写道：“联军所经之地，沿途的城镇、乡村、农舍无不遭劫掠，焚毁。”入侵的军队制造了惨绝人寰的大屠杀，心有余悸的米德勒坚信：“这些侵略者将会给自己的子孙后代在世界范围内留下道德污点。”④ 毋庸讳言，义和团在暴动中残杀过无辜的西方人，但他们的军队何尝不是报以百倍的残暴?！当时旧金山的报纸 *San Francisco Call* 评论道：“在义和拳事件中每死难一名女传教士，就会相应有500名中国女性遭难；每一名殉难的男传教士都有上千名的中国男子陪葬；每一名西方无辜死难孩童背后都有上百名的中国婴儿被西方入侵者的枪矛刺穿。每有一所传教士的房屋遭焚毁劫

---

① 《国难1900：义和团事件始末》，《凤凰大视野》，http://jishi.cntv.cn/C27762/classpage/video/20110526/100705.shtml。

② Conn, Peter. *Pearl S. Buck: A Cultural Biography*. Cambridge: Press Syndicate of the University of Cambridge, 1996, pp.27-28.

③ 马勇：《坦然面对历史的伤——重述1840—1911年故事》，北京：中华工商联合出版社，2013年，第217页。

④ Conn, Peter. *Pearl S. Buck: A Cultural Biography*. Cambridge: Press Syndicate of the University of Cambridge, 1996, p.28.

掠，在天津与北京就有成百上千的中国民居遭同样的洗劫。”① 赛珍珠日后在回忆录中谴责义和团事件中西方的惩罚性解决方式是一种帝国主义的强盗行径。而在1900年的春天，在这场你死我活的东西方文明大冲突中，八岁的西洋小囡赛珍珠便成了被殃及的“池鱼”，小小年纪便切身体验到身为白人在中土大地上那份惴惴不安乃至惶惶不可终日的恐惧：

> 在这场愤怒的风暴中，我们那座宁静的平房也成了漩涡中的一片落叶。那是个闷热的夏天，空气仿佛凝滞了一般。墙外的景色依旧是锦绣如画：河谷碧绿，白鹅摇摆于阡陌之间，农舍掩映在翠柳中，孩子们嬉戏在谷场上，身穿蓝棉布衣服的农夫、农妇在田间耕耘。灰色古城墙外，江河如练，奔向大海——没有一丝巨变的征兆。尽管我只有八岁，但我却记得，走廊下，我伫立良久，痴痴地望着我视之为家的山河，这是我所知道的唯一的家，它和昨天完全一样。尽管我还是孩子，但我想，明天这一切就要变了。②

确实，小赛珍珠的天就要变了。外面已是血雨腥风，杀戮纷纷，局势已到了失控的边缘。一方面义和团势力在不断壮大，另一方面西方列强的欲壑难填，中西方的冲突进一步加剧。其间谣言四起，不断有传教士和中国教民被杀的噩讯传

---

① Miller, Stuart Creighton. “Ends and Means: Missionary Justification of Force in Nineteenth Century China.” in *The Missionary Enterprise in China and America*. Ed. John K. Fairbank. Cambridge: Harvard University Press, 1974, pp.249–282.

② 赛珍珠：《我的中国世界》，尚营林等译，长沙：湖南文艺出版社，1991年，第34页。

来，甚至无辜的孩童也未能幸免。往日门庭若市的赛家也鲜有中国人到访，外国人也更少了。小赛珍珠强烈地感受到她童年时代的两个世界最终被割裂开来了。小小年纪的她深深体悟到自己是个不受中国人待见的“洋人”，她不再属于她从小长于斯的土地，尽管她留恋这里的青山翠谷，留恋这个家，留恋青梅竹马的小伙伴，留恋院子的大榆树、可爱的小鸡仔、可怜的小灰狗内布。身为西洋传教士家庭的赛氏一家不得不在度过充满恐惧的几个月后，最终决定举家避难上海，而后于 1901 年 7 月又从上海搭船回到了美国避离中国乱局。尽管赛家回归了平和安宁的美国故土，但在美一年间的经历却令赛氏一家感触良多。20 年的背井离乡让母亲凯丽对这片生她养她的故土和原有的家庭产生了一种疏离感，不复有往日亲密无间的情感诉求和满足。凯丽感到无论是在大洋彼岸风雨飘摇的东土乱世还是岁月静好的西土故地，她都没有一个真正意义上的家。她把自己这种复杂的情绪倾诉予自己年幼的女儿。而赛珍珠就把这趟美国故土之旅当作她最早的无家可归感觉的开始。

母女俩的“异乡感”在赛氏一家横穿美国的旅行中进一步加深。此时中国义和团运动势头正健，中美关系危机日甚，随着美国本土报纸等各类新闻媒体的大肆渲染、煽风点火，美国国内的反华情绪高涨，“中国人”似乎成了“十恶不赦”的代名词。旅行中赛氏一家强烈感受到大部分美国同胞对待中国和中国人的两种鲜明的态度：冷漠或敌视。“无论是中国还是中国人都不会在美国人的脑海中从这个星期待到下个星期。”①

① 彼德·康:《赛珍珠传》，刘海平等译，桂林：漓江出版社，1998 年，第 34 页。

席卷美国的排华情绪致使《排华法案》取消的日子一延再延①，全国上下弥漫着白人至上的种族主义思潮，再加上这一年美国第二十五任总统麦利金（William McKinley，1893—1901）遭枪杀身亡，凸现了美国社会乐观表象下暗潮汹涌的社会危机。凡此种种令赛氏一家心再难安，故土美国已不再是往昔梦回时分心灵栖憩的平和之地。冷漠和敌视，更是与赛珍珠的文化价值理念格格不入。“尽管她享受待在美国的岁月，但令她备感失望的是她所遇到的美国人对中国压根儿没什么兴趣，这种失望伴随她一生。”② 赛珍珠在晚年的回忆录中宣泄道：

> 有一件事，我过去不能理解，现在仍然不能理解，那就是美国人明显地对其他国家和人民缺乏兴趣或好奇心。记得那时我就很纳闷，为什么我的大学同学从未向我问起过中国的情况，那里的人民吃什么，他们如何生活，以及中国是否像我们的国家一样。我记得从未有人问过我，地球另一边的普通人的情况。当然家里也没人问起过。许多年后，在中国住了半个世纪的父亲最后一次回国探亲回来后，他的感情也受到了很大伤害，因为家里没有人问起他将毕生奉献的人民的情况。又过了几十年，当我回到美国定居时，我发现人们依旧对此漠不关心。今天，在我称心

---

① 首项排华法案于1882年通过，规定暂停移民10年，1892年的盖瑞法案（*Geary Act*）又将期限延长了10年。1902年时又一次延期，直到1943年的完全废止。

② Conn，Peter. *Pearl S. Buck: A Cultural Biography*. Cambridge：Press Syndicate of Cambridge University Press，1996，p.36.

如意的居民小区生活了二十年后，我不得不说，我仍未发现任何一位普通美国民众对亚洲人的生活方式有一丁点儿兴趣。①

上述这一段话是赛珍珠在20世纪50年代发表的感触，在此我们不妨另撷取一则民意调查的结果以起互文效应，“1942年，在珍珠港事件4个月后，一项民意调查表明，在一次美国全国范围内的抽样调查中，60%的人不能在世界地图上指出中国和印度的位置所在”②。四五十年后的美国尚且如此，更何况是1901年的美国。在美国的一年间，无论是亲戚还是美国同胞，谁也没有太多的兴趣关注赛氏一家在东方那片古老大地上倾其毕生心力追随上帝的传教事业和他们所经历的一切。对他乡他族的无知和冷漠是美国国民性中司空见惯的特征，令在他乡漂泊20多年的赛氏一家感触尤为强烈，尽管身在故土，“异乡感”却倍增。从中国的小城镇江—上海—美国这段充斥着惊恐、失望、沮丧的逃难岁月给年少的赛珍珠的心理冲击是巨大而深远的，令她开始正视自己与众不同的身份，更敏感于自己双重文化身份的“边缘人”感受。倘若说义和团运动令8岁的赛珍珠首次由于自己“他乡人”的身份而失落和悲伤，那么多年后只因身为白人在中土大地重遭劫难令成年后的赛珍珠不得不思考文化冲突引发的种种危机。

20世纪上半叶可谓是中华民族历史上风云最为激荡的岁

---

① 赛珍珠：《我的中国世界》，尚营林等译，长沙：湖南文艺出版社，1991年，第102页。

② Isaacs, Harold R. *Scratches on Our Mind, American Images of China and India.* New York: The John Day Company, 1958, p.37.

月。辛亥革命推翻了中国两千年的封建帝制，孙中山建立的中华民国政府开创了古老中华文明的新篇章，但初创的中华民国在积弱积贫的历史沉疴重负下，在经济和政治上实难以与西方列强相抗衡，西方对中国的政治和经济方面的干预依然强大，强加的不平等条约、治外法权，西人的恃强跋扈、欺凌压榨令中国人的反抗浪潮一浪高过一浪。集会、罢工、抗议、示威游行引发的中外冲突日益频繁。震惊中外的“五卅惨案”昭示着中国同西方关系的一个重要转折。历史学家多萝西·伯格（Dorothy Borg）言简意赅地指出：“中国人……已忍无可忍。此次事件在中国人心中激起的敌意，其程度之强烈，即便是最富经验的观察家也震惊不已。”①

中国局势的动荡于1925年孙中山病逝后更加凸现出来。列强争霸，国家主权面临分崩离析，国内各政治集团之间钩心斗角，军阀割据混战不休。蒋介石领导的国民党军队最终在派系斗争中胜出，成功地进行了北伐战争，确立了对大半个中国的统治权。赛氏一家的第二次劫难源于北伐战争中的“南京事件”。1927年的中国危机四伏，动荡不安，中外冲突不减，排外情绪日甚，对身处南京的外国传教士而言感觉尤其强烈，直至“南京事件”中的生死劫难。当时“成千上万的士兵遍布城内和城外的平原一带。他们是南下抵抗国民党的北方军阀部队”。“3月23日晚，城破，国民党军队潮水般涌进城来……大规模交火化作了无数的街头巷战，枪声震耳，杀声四起……一连数日，全城人心惶惶。”“流血战斗从23日持续到

---

① Borg, Dorothy. *American Policy and the Chinese Revolution, 1925—1928*. Octagon Books, 1968, p.38.

24 日，几百名中国人和至少六位外国人遇难。”① 在此期间金陵大学和多名传教士的寓所遭到袭击，金陵神学院遭焚劫。赛氏一家在多名好心的中国友人帮助下藏身于一间黑漆漆的土房内，数日内这几位中国友人冒着生命危险给他们一家送吃送喝，并为他们的活路奔走。在感念中国友人的患难见真情的同时，赛珍珠也忍不住对自己身为“白种人”的处境和命运深深感叹。“我有生以来第一次真正认识到自己是谁，我是一个白人女子，不管我对中国——我的第二祖国的人民有多么深的同情，也没有什么能改变我的血统。我认为从某种意义上来说，就在彼时彼地，在那个矮小而又黑暗的小屋里，我又到了另一个世界。我无法逃避我是白人这一事实。”②

赛珍珠在黑暗中煎熬着，思绪纷繁。藏身小屋的门终于被打开，一家人暴露在年轻的革命军士兵面前，赛氏一家被押往一所大学，那里已羁押了一批白人。赛珍珠对当时那些搜捕他们士兵的面容有一个非常清晰的印象：“那是一张张无知的脸，酗酒般的醉红，目光赤红而狂热。或许他们真的是喝醉了酒，或许只是因为被胜利或被仇恨燃烧所致。我们盯着他们，对方也瞪着我们看，他们的嘴角扯着令人发瘆的笑。是啊，他们现在终于看到了长期以来欺压他们的白人倒了霉受了辱。”③ 尽管当时赛珍珠恐惧异常，也做了最坏的打算，发誓

---

① 董晨鹏:《走向世界的赛珍珠与世界主义的赛珍珠》，上海：上海文艺出版社，2013 年，第 129 页。

② 赛珍珠:《我的中国世界》，尚营林等译，长沙：湖南文艺出版社，1991 年，第 235 页。

③ Buck, Pearl S. *My Several Worlds: A Personal Record*. London: Methuen & Co. Ltd., 1955, p.245.

她“宁可亲手杀了自己的孩子，也不让孩子葬命于那些士兵之手”①。但她依然清醒地认识到，他们一家遭此劫难，并非他们犯了什么不可饶恕的罪，而只是因为他们是中国土地上的白人，为几个世纪来白人在这片中土大地上所犯下的罪孽赎罪，“历史的报应竟落在我们身上”②，她无比愤懑地叹道。她对这些士兵没有太多的仇恨，对他们的所作所为她中肯而客观地写道：“我知道，我知道他们的感受，但我不恨他们。我又想起了我很早以前就有的预感。苦果之种早已播下，现在该是收获了。这些都是我很久以前就已预见到的，是无法避免、无法逃避的。只是历史碰巧让我们落在现在的处境。”③ 西谚有云“种下一恶必将遭受十倍的恶报”（Reaping the whirlwind if one sowed the wind），这也是赛珍珠的塾师孔先生最爱引用的经文。孔先生以他博古通今的学识和阅历教导赛珍珠凡事皆有因，世上没有无因之果，最小的风也必有其起因。要了解现在所发生的一切，必须追根溯源才能见其发端。历史是有记忆的，忘却或无视都必将付出沉重的代价。孔先生启发她，详细地了解历史就可以绸缪未来。人们如果不是一味无知，而有所作为，应从历史中吸取教训，不要期望荆棘丛中结出无花果来。④ 此番劫难让赛珍珠对这一东西方共同信奉的智慧有了更

---

① Conn, Peter. *Pearl S. Buck: A Cultural Biography*. Cambridge: Press Syndicate of Cambridge University Press, 1996, p.92.

② 赛珍珠：《我的中国世界》，尚营林等译，长沙：湖南文艺出版社，1991年，第227页。

③ Buck, Pearl S. *My Several Worlds: A Personal Record*. London: Methuen & Co. Ltd., 1955, p.245.

④ 赛珍珠：《我的中国世界》，尚营林等译，长沙：湖南文艺出版社，1991年，第52页。

切肤的体验。“善有善报，恶有恶报”不仅可用于调适人际关系，也同样适用于民族与民族、国与国之间的关系。应该说在东西方近百年的冲突中，伴随着西方列强的坚船利炮、东西方共有的种族偏见和仇视、文化隔阂等，在“一报还一报”不断上演的历史剧中，这一浅显易懂的哲理似乎被人为地屏蔽了，谁都以为自己是站在道德制高点上，对他族、他文化横加指责，积怨之深，无以化解，结局便是两败俱伤。

尽管在“南京事件”中，赛氏一家财物遭劫掠，还险些丧命，但面对西方媒体火药味十足的报道，赛珍珠仗义执言道：“我坚决反对，由于（西方）复仇心理作祟把这一事件说成是华人和东方人的本性所致。不论对什么民族也不能这般非难，更不必说在非常时期了。”“如果客观地审视历史，我们会发现谁也不清白。”① 尽管赛珍珠对“南京事件”有着较为公正的评价和认识，但毕竟是死里逃生，对她心理和情感上的创伤是显而易见的。“这场变故意味着我突然间失去了赖以生存的大地，被连根拔起，而且再也不会这么深地扎下自己的根了。”② 赛珍珠在整个成长过程中，身为少数族裔的白种人在东方这个古老国度经历了某种程度的被孤立、被排斥、被敌视甚至几度生死劫难的生命体验，这对她毕生矢志不渝献身种族平等，呼吁多元文化的交流沟通、和谐与共在很大程度上起了决定性的作用。从年少时 1900 年的“灭洋”义和团运动到

---

① Buck, Pearl S. Pearl S. Buck to Polly Small (August 19, 1927), Randolph-Macon Woman's College archives.

② 赛珍珠:《我的中国世界》，尚营林等译，长沙：湖南文艺出版社，1991 年，第 241—242 页。

1927 年“南京事件”再到 1934 年的离华回归美国故土，历次中西文化冲突中的“池鱼”之殇无不加深赛珍珠作为文化边缘人的“异乡感”。此种非同寻常的人生阅历和文化边缘人身份的独特感受使她对东西文化差异和共性的体认、对冲突根由的思考、对错综复杂的国际性事务的洞察具有与众不同的世界性和历史纵深感，既有局内人深刻的情感和文化体验又有局外人冷静客观的独特文化批判视野。对此，有着相似文化边缘人身份的萨义德如此阐释：“所以有着双焦透视(double perspective)，从不孤立地看待事物……就智识层面而言，这意味着一种观念或经验总是对照着另一种观念或经验，因而使得二者有时以新颖、不可预测的方式出现：从这种并置中，得到更好、甚至更普遍的有关如何思考的看法。”① 这种“双焦透视”成为她日后深深介入和把握时代重大政治、历史、社会问题的一大显性文化标记，并深刻塑造其文化批评者的身份和话语格局。

赛珍珠毕生的跨文化书写和社会活动，无不仰赖其中西文化共育的文化和精神给养，当其日后在东西方公共场域挥斥方遒、激扬文字时，我们不禁会感慨倘若没有东西方文化共同的滋养和淬炼，就没有历史上的赛珍珠，她的精神气质、文化格局得益于东西方文化的共同滋养和启悟。中华文化几千年传承的历史底蕴和海纳百川的包容以及中国人民宽厚质朴的温情塑造了赛珍珠对中华文化矢志不渝的情感皈依和身份思想认同，赋予她“四海之内皆兄弟”的最真切的生命情感体验和追求

---

① Said, Edward W. *Representations of the Intellectual*. New York: Vintage Books, 1996, p.60.

世间公义最原初的动力，而母亲心目中伊甸园般的“瑰丽家园”塑造了赛珍珠对西方文化最美好的想象和一生的执念，促使她成为一名“尘世的传道者”。无论是中国传统知识分子“士志于道”的忧患意识，还是西方知识分子崇尚的“自由、平等、博爱”的精神气质，都为赛珍珠强烈介入公共场域的知识分子书写铺就了最为根本的文化和精神基质。

第二章　赛珍珠介入公共场域知识分子书写之峥嵘“大地”

鉴于近现代中国的公共场域有别于以市民为基础的欧洲公共领域而主要与民族国家的建构、社会变革这些政治主题相关，① 赛珍珠介入东方公共场域的知识分子书写主要聚焦中国近现代社会波澜壮阔的巨大历史变革以及伴随而来的社会民族国家建构的种种嬗变。基督教入华传教、义和团运动、辛亥革命、五四新文化运动、平教运动、军阀混战、北伐战争、抗日战争无不纳入她的观察和书写范畴，而大变革时期普通民众的命运问题无疑是赛珍珠知识分子书写首要的关注点，因为她对这片大地和大地上的人民怀有矢志不渝的情感皈依，正如她在《亲历中国》（*China As I See It*）一书中的肺腑之言：“中国不仅仅是我的一部分，她已融入我的灵魂、血脉和思想。是她的五谷和江河哺育我长大成人。”② 占中国人口85%的农民成就了赛珍珠文学书写最为凝重而华彩的篇章，铺就了其知识分子

---

① 许纪霖：《中国知识分子十论》，上海：复旦大学出版社，2015年，第94页。

② Buck, Pearl S. *China As I See It*. New York: The John Day Company, 1970, p.xi.

书写最为坚实的精神底色和那份磅礴气度，彰显了赛珍珠作为一名公共知识分子最为根本的立场，正如萨义德所言："毫无疑问在我心目中，知识分子是站在弱势者和无人代表者一边的。"① 知识分子应为人民大众的利益发声，而当代中国知名文化学者许纪霖在其《中国知识分子十论》中亦强调："知识分子应该永远站在底层受压迫的民众一边，为底层民众的反抗压迫而呼吁呐喊。"② 从这个意义上讲，赛珍珠为中国农民和中国妇女书写所彰显的姿态和立场无疑体现了一名真正意义上的知识分子的精神底色及知识分子介入书写的精神旨归。

自小生活在中国，与中国农民阶层有着数十年岁月共度的生命和情感体验使赛珍珠深刻感悟到占这个农业文明古国人口绝大多数的农民的生活才是建构这个国家和民族生活之真正肌理，这个国家的真正复兴有赖于广阔农村农民生活的翻天覆地的大改变，而作为这个国家民族的精神和文化的引领者，"知识分子的介入模式，……并不是登上山巅或高坛，然后从高处慷慨陈词。知识分子显然是要在最能被听到的地方发表自己的意见，而且要能影响正在进行的实际过程"③。对身处新旧文化、中西文化大碰撞时代的知识分子而言，尤其是有留洋背景的知识分子，赛珍珠坚信他们的"洋气"必须与"地气"相贯通，与这片大地上活生生的人民大众的生活相融通，才能发

---

① Said, Edward W. *Representations of the Intellectual*. New York: Vintage Books, 1996, p.22.

② 许纪霖：《中国知识分子十论》，上海：复旦大学出版社，2015 年，第 58 页。

③ Said, Edward. *Representations of the Intellectual*. New York: Vintage Books, 1996, p.101.

挥知识分子在大变革期解放和启蒙的历史作用，真正实现知识分子引领和服务大众的历史使命。

第一节　“四千年中国农民”：民为邦本，本固邦宁

赛珍珠与中国农民的故事最令人印象深刻的大约有三。其一，赛珍珠以其代表作《大地》名闻天下，而《大地》的主角便是中国农民。自古以来，面朝黄土背朝天的中国农民鲜少能作为主角登上中国文学的大雅之堂，而赛珍珠却“因其对中国农民生活的丰富而真实的史诗般的描写”（for her rich and truly epic descriptions of peasant life in China），荣登诺贝尔文学奖的领奖台，并让中国农民名扬天下。其二，作为一位生物学意义上道地的西方人，她随第一任丈夫、美国农业专家卜凯深入中国淮北农村腹地数年，“零距离”观察中国农民原生态的日常生活和劳作，令其透过表象触摸中国农村、农民几千年岁月所铸就的深层生活肌理，反思中国传统小农经济模式和家族制下中国农民的命运。其三，她在《纽约时报》上，就占中国人口85%的农民能否代表中国与出身仕宦家庭，当时寓居北美的民国学者江亢虎（1883—1954）展开了激烈的论辩，其对中国农民的维护、同情和推崇之情溢于言表。为中国农民书写、为中国农民呐喊、为中国农民代言是赛珍珠作为一名公共知识分子“铁肩所担的道义”，体现了一名公共知识分子的良知、勇气和服务大众的情怀。

“四千年中国农民”的提法来自百余年前美国著名农业专

家富兰克林·H. 金（Franklin H. King，1848—1911）的学术专著《四千年农民》（*Farmers of Forty Centuries*，1911）。在该著述中金（King）对中国的农耕体系和农民给予了高度的褒奖："我们将要共同探讨的农耕活动是一个充满活力的、拥有五亿人口的民族的伟大创举。他们四千年来不断积累农耕经验，并且这个势头还将保持下去。这群人有很高的道德修为、智识才干……这套农耕体系经过长达四千年的演化，在这块土地上仍然能够产出充足的食物，养活如此众多的人口，我们渴望了解这是如何做到的。"① 这位早于赛珍珠近半个世纪出道的西方学者对中国农民的看法可以在赛珍珠对中国农民的认知中找到强烈的共鸣，赛珍珠在自传中写道："要知道这些农民世代在这片土地上耕耘，谙晓浇水施肥之技，虽无现代机械，却也有可观的收成。一家人种的地一般不多于五英亩，生活简朴、安逸——西方农业绝无能与此相匹敌的。"② 赛珍珠对中国农民的了解是在经年累月与之相邻而居的生活中沉淀而成的生命体验和感悟，她写道："我是在中国农村，在乡下人中长大的。"③ 这可以从她下面这句平实的描述中得到佐证："每年六月，当秧苗从旱地秧田移插到水田的时候，也就是去牯岭的时候了。"④ 一个以中国农事节点为其时间概念的西洋小姑娘，

---

① King, Franklin H. *Farmers of Forty Centuries*. 2002 Blackmask Online, http://www.blackmask.com, p.3.

② Buck, Pearl S. *My Several Worlds: A Personal Record*. London: Methuen & Co. Ltd., 1955, p.156.

③ 赛珍珠:《我的中国世界》，尚营林等译，长沙：湖南文艺出版社，1991年，第205页。

④ 赛珍珠:《我的中国世界》，尚营林等译，长沙：湖南文艺出版社，1991年，第122页。

她对中国农民生活不可谓不熟稔，诸如此类的情节描写在她的作品中不胜枚举：“我极为感兴趣的是左邻右舍的农活，是种五英亩庄稼的诸多困难，然而我又目睹了全靠人力劳作的神奇。农民不会雇佣帮手，每当插秧季节，农民一家子齐上阵……把一株一株的秧苗插进稻田。我观察季节的变化。遇到干旱缺雨的时节，我和农家一样忧心忡忡，和他们一起祈雨。有时天公作美，降下甘霖，我心中便万分感激。所有这些知识对我后来的写作都有用处。”①

自小浸润式的中国乡土生活使赛珍珠从情感、思维和生活方式的认知上与中国农民少有隔阂，尤其是淮北农村那几年田间地头的实地考察和对原生态农民生活的悉心观察，赋予了赛珍珠中国农民书写绵长的“地气”和底气。倘若没有对中国农村和农民的深入了解和与他们情感交融共度的数载光阴加持，赛珍珠对中国农村和农民的描述或许无缘诺贝尔奖授奖词中那份令人激赏的“丰富”“真实”，亦难再现“四千年中国农民”厚重的历史底蕴。所以，从某种意义上来说，是中国大地和中国农民造就了历史上的赛珍珠，使这颗“大地珍珠”焕发出东方之珠之磅礴气韵，而她亦汲取东土大地之气脉让这方水土上的辛勤劳作者荣登世界文学殿堂，向世界发出他们沉寂千年的声音。

在赛珍珠的中国农民书写中不得不提及她的第一任丈夫

---

① Buck, Pearl S. *My Several Worlds: A Personal Record*. London: Methuen & Co. Ltd., 1955, p.68.

约翰·洛辛·卜凯(John Lossing Buck，1890—1975)。[1] 卜凯是一位来华的美国农业传教士（agricultural missionary)，投身于中国乡村农业改良试验和推广工作近30年（1915—1944)。他在20世纪二三十年代在中国农村组织了范围最广的乡村调查，为后来的研究者留下了关于中国农村社会经济史的宝贵资料。他据此出版了《中国农家经济》和《中国土地利用》两本学术专著，被尊为当时世界上关于中国农业经济的权威。甚至可以说，他是研究中国“三农问题”的先驱，其思想对于今天的中国仍具有现实意义。[2] “完整理解美国学者对近代中国农业经济研究必须从卜凯开始，因为卜凯不仅划时代地建立起了中国近代农业经济的一套最完善的资料，并且他对中国近代农业经济的看法一直影响着后来的学者。”[3] 从以上中国学者对卜凯的中国农业研究的评价可以看出，卜凯对中国农业农村了解的程度绝非泛泛之辈可比，而作为协助丈夫进行农业项目研究数载的赛珍珠自然耳濡目染，对中国农业、农村和农民的了解和认知得到了实实在在的深入和拓展，她进入了到了一个与以往完全不同的世界，赛珍珠在自传中写道：“那是一个中国农民的世界。”[4] 在淮北农村的数年间，“赛珍珠常常充当卜凯的翻译，而卜凯后来的很多英文著作也都由赛珍珠润色。这些

---

① 赛珍珠和她的第一任丈夫的英文名中 Buck 的翻译有布克、卜凯之分，由于配合引用文献，选用不同的译名，特此说明。

② 叶公平：《卜凯的中国农村调查》，《书城》，2009 年第 6 期，第 41—45 页。

③ 陈意新：《美国学者对中国近代农业经济的研究》，《中国经济史研究》，2001 年第 3 期，第 118—124 页。

④ Buck, Pearl S. *My Several Worlds: A Personal Record*. London: Methuen & Co. Ltd., 1955, p.147.

经历大约对赛珍珠的文学创作生涯也颇有益处——她一九三八年获诺贝尔文学奖的作品《大地》和很多其他作品都跟中国农民有关，不得不说部分归功于卜凯这位中国三农问题专家”①。

赛珍珠的淮北岁月并不只停留在案头的协助工作上，“那些年我走遍了穷乡僻壤，丈夫骑车，我坐轿子……在淮北居住的时间越长，我就越了解那些住在城外村庄里的穷苦农民，而不是那些富人。穷人们承受着生活的重压，钱挣得最少，活干得最多。他们活得最真实，最接近土地，最接近生和死，最接近欢笑和泪水。走访农家成了我自己寻找生活真实的途径。在农民当中，我找到了人类最纯真的感情，尽管他们并非都善良，并非都诚实”②。淮北的乡土岁月赋予了赛珍珠观察中国农民最直观的视角，滋长了她对中国农民喷薄而出的同情和理解，影响着她一生的中国情结，铸就其为中国农民呐喊的勇气和激情。她日后写道：“我强烈地感受到，中国农民具有强大的力量。他们心地善良，其精明智慧，令人吃惊，又令人愉快。他们说话超然俏皮，简明扼要。他们出于一种深沉和天生的世故，对生活采取一种直截了当的态度。我觉得，占中国人口85%的农民是人类的优秀分子，然而，他们由于目不识丁而不被人注意，这简直是人类的一大损失。他们充满魅力、宽宏大量，虽然目不识丁，卑陋的生活环境又

① 叶公平：《卜凯的中国农村调查》，《书城》，2009年第6期，第41—45页。

② 赛珍珠：《我的中国世界》，尚营林等译，长沙：湖南文艺出版社，1991年，第154—156页。

把他们同现代思想、科学发现隔离开来，他们仍那么富有教养……在中国生活的几年中，我看到中国农民由于背上驮负了连牲畜也难以承受的重担，他们富有智慧的脸上布满了辛劳的皱纹。每当我看到这些，我就感到一种难以忍受的痛苦和愤怒。”① 她在谈及自己创作《大地》的动机时说道：“为敬爱的中国农民所感到的义愤。”②

然而，中国的知识精英阶层却对她对中国农民的宣扬颇有微词，甚至于耿耿于怀，旅美中国学者江亢虎在《纽约时报》上称她笔下的劳苦大众“生活观念不可避免地怪诞，他们的常识也的确有限。他们或许占中国人口的大多数，但他们根本不能代表中国人”。对此种论调，赛珍珠愤懑难抑，在《纽约时报》上发文反诘：“我不禁要问，如果一个国家的大多数不能代表这个国家，那么谁能代表呢？……不断地与天灾人祸作顽强斗争，生机勃勃生活着的伟大的中国普通百姓，竟然什么也不是吗？为真理，我不敢苟同。”③ “谁能代表中国？”的论争令赛珍珠数十年难以释怀，在她 1952 年创作的小说《同胞》（*Kinfolk*）中仍然有着这一争论的印记。书中的主人公梁文华博士，是一位侨居纽约的中国学者，他的观点即是“对于任何一个民族来说，有意义的是质量，即有发言权的少数人，学者。像我这样的人当然比农民更能完美地代表中华文明

① 赛珍珠：《我的中国世界》，尚营林等译，长沙：湖南文艺出版社，1991 年，第 285 页。

② Buck, Pearl S. *My Several Worlds: A Personal Record*. New York: The John Day Company, 1954, p.250.

③ 赛珍珠：《我的中国世界》，尚营林等译，长沙：湖南文艺出版社，1991 年，第 314 页。

的精神。我们民族历来由我们知识分子治理”①。梁博士的这番论调与“知识精英”的腔调如出一辙。赛珍珠显然不以为然，在她看来中国农民是中华文化极富生机的组成部分，具有古老民族世代相传的智慧，一种天生的哲学观。即使是一个目不识丁的农民，他的言谈举止里亦不乏精辟幽默的哲理。“在整个中国生活画面中，唯一令人欣慰的是，中国的普通大众具有一种高贵的品质，他们以一种坚忍不拔的高贵品德忍受着时代的兴衰沉浮。”② 赛珍珠不无犀利地指出象牙塔里的学者和知识分子如果学不会尊重乡下农民和城市贫民，照旧瞧不起他们，中国的前途则不容乐观。③

怨怼完中国知识阶层对农民的冷漠疏离和不屑，赛珍珠把矛头指向了当时的蒋介石政府。赛珍珠于 1927 年从上海写给美国朋友的一封信中说道：“国民党政府仍在推行旧的军事主义的一套，横征暴敛，挥霍无度，旧的恶行又在重演！……中国的祸根在于其上层阶级的道德败坏以及农民的贫困无助。谦卑自省，面对现实，是我所看到的这个国家的唯一希望。很多人正意识到这一点。但是在上海，中国的豪富们生活奢靡挥霍，对现实漠不关心，对此我感到惊恐。”赛珍珠痛心地指出蒋介石对农民的切身利益并没有做任何的许诺和保障：“新政府的缺陷仍在于它脱离了占中国人口百分之八十五的广大农

---

① 赛珍珠:《同胞》，吴克明等译，桂林：漓江出版社，1998 年，第 32 页。

② 赛珍珠:《我的中国世界》，尚营林等译，长沙：湖南文艺出版社，1991 年，第 315 页。

③ Buck, Pearl S. *My Several Worlds: A Personal Record*. New York: The John Day Company, 1954, pp.278-281.

民。公路、铁路并没有给他们带来多少好处，税收却在持续增长。中央政府所能控制的不过是一些大城市，地方上的贪官污吏趁机随心所欲地加捐增税，农民有冤却无处申诉，为了维持一个日益庞大的官僚集团，中国农民在新的重担下痛苦地呻吟。"① "所以，当他们问起中国的情况时，我说我觉得中国……现在中国最急需的，是一个强有力的中央政府，这个政府能够以实际行动关心人民的疾苦，来赢得并保持人民对它的忠诚。不，我认为蒋介石政府难以做到这些——他早已丧失了机会。中国仍像以前那样贫困吗？是的，尽管中国的外交官和海外人士竭力给人造成另外一种印象，但普通大众还是像以前一样贫困。我不能说所有的中国官员都贪污腐化，可是，不少人，至少说他们的大多数人并不关心人民的利益。或许我本来可以不这么坦率直言，但我决不相信真相应该被轻易忽视，所以我才按照自己的习惯，依我所知，直抒己见。但这下却得罪了驻瑞典的国民党官员，以至于他们后来没有出席在斯德哥尔摩举行的授奖仪式。我对此深感遗憾……我对政治不感兴趣，只觉得政府的存在是为了使人民生活得更好。除此之外，政府的存在难道还有其他更好的原因吗？"②

赛珍珠毫不避讳地指出，农民和知识分子的这种相互脱离状态对新政府构成了首要的威胁。在中国历史上，不论哪个政府，一旦其知识分子和农民相互分裂，它就很难长久。赛珍珠

① 赛珍珠:《我的中国世界》，尚营林等译，长沙：湖南文艺出版社，1991年，第376—377页。

② 赛珍珠:《我的中国世界》，尚营林等译，长沙：湖南文艺出版社，1991年，第384—385页。

一语成谶，历史证明了赛珍珠敏锐的政治触觉和洞见。虽然赛珍珠本人并不信仰共产主义（胡佛主政的美国联邦调查局硬是把她列为“赤色分子”，给她整了一份长达三百多页的监控档案①），她依然坦诚地承认在中国只有中国共产党做到了跟农民的精诚团结，到农村农民中去，发动农民成为革命的生力军，取得了中国革命的胜利。在评述埃德加·斯诺（Edgar Snow，1905—1972）的《西行漫记》（*Red Star over China*）时，赛珍珠亦称赞共产党领导的农民革命“是货真价实的农民运动，而以往的所有革命都算不上——它唤醒了老百姓”②。赛珍珠坚信占中国人口85%的农民才是这个古老国度的基石，尽管他们命途多舛，地位卑微，但他们以自己经世的智慧、顽强的抗争、坚韧的品性和奔放的幽默感活成了中土大地上可歌可泣的壮丽景致。在赛珍珠看来不了解中国农民就谈不上了解中国和中国人，中国农民是中华民族当之无愧的代表，他们才真正有资格代表博大丰润、质朴深沉、欢快乐和的中国生活，他们身系这个国家的命脉和未来，因此没有农民参与和认同的任何社会变革都将是一场空欢喜。

赛珍珠对中国农民问题的思考并不仅仅停留在对农民命运的同情，对他们吃苦耐劳品质的褒奖上。她的思考力度带有历史的纵深和学贯中西的开阔度。她的代表作《大地》被诺贝尔奖评委冠以“对中国农民生活的诗史性描写”，不仅因为它是一部讲述农民王龙家族几代人的兴衰史，更因其融入了历史

---

① 彼德·康：《赛珍珠传》，刘海平等译，桂林：漓江出版社，1998年，第293页。

② 赛珍珠：《亚洲览书》，《亚洲》，1938年第3期。

大背景下对中国农民命运的深度揭示和反思，昭示了赛珍珠本人对中国传统政治理念“民惟邦本，本固邦宁”（《书·五子之歌》）的深刻理解。几千年来，中国的农民从未享受过社会的保障，除却来自土地上的收成，他们再无其他的依靠，然而小农经济的生产模式和靠天吃饭的劳作方式让中国农民在不断上演的天灾人祸——干旱、洪涝、蝗灾、兵燹面前不堪一击。在《大地》中赛珍珠以细腻悲悯的笔触描写了王龙一家面对干旱时拼尽全力却依然无奈绝望的场景：“初夏时节本应是雨水丰润的季节，可一直不见下雨，日复一日，老天艳阳高照，毫无顾忌，焦渴的土地与它而言压根儿算不得什么。从早到晚，天空没有一丝云彩；夜晚挂在空中的星辰，金光闪闪，透着美丽与残忍。尽管王龙拼命地担水养护，田地还是枯黄干裂了。春天时，麦苗还茁壮地成长，只等下了雨吐穗灌浆，而眼下既无来自天上的雨水，亦无来自地下的水，麦苗停止了生长，起初在太阳下一动不动，最后终于枯黄而死，颗粒无收。”① 农民王龙为庄稼操尽了心，累断了腰，流尽了汗，却少有收获。那一年的老天犟劲发作，秋天来临时，依然滴雨未下。秋高气爽的日子天空更见晴朗明艳，照见人间满是绝望的场景。“王龙从地里只收到很少的豆子……打豆子时一粒都没丢。他和他的女人打完豆秸以后，又让家里的男娃儿用手把豆场上的尘土再筛一遍。然后他在堂屋里剥玉米粒，睁大双眼，唯恐稀疏的玉米粒有一个漏掉。当他准备把玉米棒子芯扔掉当柴火烧时，他女人开口道：‘千万别烧掉……我记得小时候在

① Buck, Pearl S. *The Good Earth*. New York: The John Day Company, 1958, p.58.

山东时，遇到这样的年景，连玉米棒子芯都碾碎吃掉，这可比啃野草强多了。'”①随着旱情的不断严峻，土地上的人们开始为填饱肚子发愁。人们吃光了那一点点剩粮，再吃尽了留待明年播种的种子，饿得皮包骨的耕牛也成了人们活命的口中食，最后连草皮树根都啃得精光，活脱脱一幅人间炼狱。然而，饥饿的农民得不到任何官方提供的赖以活命的救济，他们只得举家逃难，王龙一家逃到南方一个城市以期“逃出生天”，然而残酷的现实把他逼到了卖儿卖女的地步，一想到小女儿被卖作丫鬟可能遭受的打骂和经受的摧残，这位朴实的庄稼汉把女儿紧紧地搂在怀里，绝望地号哭：“没有别的办法啊——真的没有别的办法啊……”②

王龙这位粗粝的庄稼汉绝望的内心呼号何尝不是陷入绝境、无处求生的劳苦大众普遍的内心嘶吼！中国当代研究农民问题的学者指出：“中国的农民，可以说是世界上最善良，最听话，又最能忍让的一个特殊群体，可是，一旦被激怒，又骤会成为世界上最庞大、最无畏又最具破坏力的一支队伍。”③ 赛珍珠以灾荒年代极端的例子道出了中国广大贫苦农民自生自灭的悲惨境遇是中国社会千百年来动荡流变的根源，勤劳、本分的“中国农民”王龙在失尽生机的境遇下，终于被“逼上梁山”，加入了流民、暴民“抢大户”的怒潮中。

---

① Buck, Pearl S. *The Good Earth*. New York: The John Day Company, 1958, p.61.

② Buck, Pearl S. *The Good Earth*. New York: The John Day Company, 1958, p.101.

③ 陈桂棣、春桃：《中国农民调查》，北京：人民文学出版社，2004 年，第 22 页。

《大地》以一个道地中国农民王龙的种种遭际，用隐晦的语言触摸当时社会急剧变革的时代脉搏，揭示涌动的革命暗潮和即将而来的翻天覆地的社会大变局。赛珍珠在1927年一封给友人的信中以前瞻的政治敏感性描述了当时国民党政府治下的中国局势：

> 我觉得自己好像是生活在法国大革命爆发前夕的路易时代的法国首都。街道上挤满了忧心忡忡、饿得半死的人群，就在这些人群中，有钱的中国人乘坐着轿子、大轿车，招摇过市，香车裘马纸醉金迷，一掷千金，对他人疾苦视而不见。这决不能永远持续下去。我个人感到，如果这局面再不改变，我们则赞同来一场真正的革命。与这种真正的革命相比，目前的局势不过是夏日午后的一场球赛。没有知识的穷人将真正起来暴动，反抗那些拥有一切的人。至于这场暴动什么时候来临，谁也难以预料。①

受中国传统文化哺养的赛珍珠有着潜移默化的“均贫富”思想。《论语·季氏》有言：“有国有家者，不患寡而患不均，不患贫而患不安。盖均无贫，和无寡，安无倾。”就表达出浓郁的“均贫富”思想。多年与中国平民百姓毗邻而居，且对中国农民疾苦有着切身体悟的“草根知识分子”赛珍珠，“均贫富”思想无论在其情感、精神和理性的图谱上都有着深深的烙印，这无疑折射在她大量的中国书写的文本中。在《大地》中，有一句话不断地被重复：“当富人太富，办法就来

① 赛珍珠：《我的中国世界》，尚营林等译，长沙：湖南文艺出版社，1991年，第256页。

了！”（When the rich are too rich, there are ways. There is a way when men are too rich. There is a way, when the rich are too rich.）① 中国几千年社会的变迁轨迹深刻地揭示了这一中国历史上亘古未变的定律。有中国学者犀利地指出：“然细观中国历朝历代的王朝开拓者，又有几个不是出身贫苦的农民家庭?”② 赛珍珠在翻译《水浒传》时有着相似的感触：“富人越来越富，穷人越来越穷，当再没有其他人出来扭转局势时，便出现了这些绿林好汉。”③ 长期从事“农业·农村·农民”一线工作的李昌平先生对此有一番精辟的比喻：“中国农民是中国的政治生态，当我们破坏生态，生态会作出自我调整，最大限度地承受和化解‘痛苦’，我们一时感受不到生态的报复。但生态的承受能力是有限的，一旦环境条件发生变化时，脆弱的生态将爆发毁灭性的报复。”④ 这番言辞着实振聋发聩。“农民问题”对数千年以农业立国的中华民族而言历来是重中之重的政治问题，“农业·农村·农民”问题是中华民族恒久的命题，是当下关乎社稷民生的热点问题，而赛珍珠在90年前对中国农民问题的探讨和反思依然有其穿越时空的文化和社会价值和警世意味。

作为一名有着多元文化背景和国际视野的知识分子，赛珍

---

① Buck, Pearl S. *The Good Earth*. New York: The John Day Company, 1958, pp. 101-102.

② 郭永江、姚锡佩：《〈大地〉折射的中国“三农”问题》，《赛珍珠纪念文集》，许晓霞、赵珏主编，镇江：江苏大学出版社，2009年，第213页。

③ Buck, Pearl S. *The Chinese Novel*. London: Macmillan & Co. Limited, 1939, p.35.

④ 李昌平：《我向百姓说实话》，呼和浩特：远方出版社，2004年，第1页。

珠的“均贫富”思想不囿于对这片东方土地的思考，而是跨越民族、文化、地域的疆限。在《告语人民》（*Tell the People*，1945）一书中，她援引中国平教运动的领袖人物晏阳初的话说：“我们的祖先说过，‘民为邦本，本固邦宁’，我把它引申到全世界，那便是人民为世界之本，本固世界才能安宁。然而当今世界上 3/4 的人住房拥挤、食不果腹、衣不蔽体、目不识丁。这就是说，3/4 的世界之本是虚弱的。倘若目前这种状况继续下去，我们用于建设世界的基础就很不牢靠了。”① 赛珍珠欣然认同晏阳初的观点，认为当世界上多数的人处于这种境遇时，就不会有一国的安定，亦不会有世界的安宁。“‘富有的’人民（‘have’ people）和‘富有的’国家（‘have’ nations）必须认识到，只有当‘贫穷的’人民（‘have not’ people）和贫穷的国家（‘have not’ nations）也满足了，你们才是安全的。你把这叫作明智的自身利益也罢。的确，明智的国家主义就是国际主义。在其他国家不忌妒你的时候，你的国家才有安全；在周围没有饥民时，你才能保住自己的面包。我认为建立集体安全和集体繁荣的计划和理想才是现在唯一正确的。今天，没有单独一国的安全，就连单独一国的健康也不可能。”② 在谈及人类文明应有的智识和远见时，赛珍珠再一次阐释了她的均贫富思想：“所谓人类的文明就是把人类积累的知识转化为实实在在的智慧。我们应该明白当愤怒的、无知

① Buck, Pearl S. *Tell the People*. New York: The John Day Company, 1945, p.290.

② Buck, Pearl S. *Tell the People*. New York: The John Day Company, 1945, pp.82-83.

的、贫穷的、绝望的人起来反对我们是因为我们没有与他们分享财富；他们完全有能量摧毁我们，把我们灭成齑粉，而到时所有的学问都救不了我们，因为我们的学问只为我们自身谋福利。”①

有别于一般知识分子的是，赛珍珠不仅仅揭示社会问题，而且通过自己的深度思考和实践，提供人们颇具启迪意义的解决之道。首先，赛珍珠认为了解自己的人民、尊重自己的人民是一方安定进而天下和平的先决条件。“今天，有一个绝大的危险，那就是在许多大人物的思想里，都把这个先决条件抛到脑后去了。……他们制定计划时的依据，只是他们主观认定的所谓人民的需要。实际上，他们根本就没有认真探索人民究竟缺乏的是什么。一个强加于人民的计划，即使其出发点是为了人民的利益，也会由于满足不了其真正需要而宣告失败。”因此，“到人民中去”，“在实践中学习”（educating through doing）是赛珍珠与晏阳初达成的共识，“任何建设性的计划都理应由人民自己来实施。而当人民改造自己的生活时，他们就必须接受教育，通过教育来促进改造”②。晏阳初对推进平民教育的目的阐释引起了赛珍珠的极大共鸣。“吾辈所以努力于平民教育的目的，正为培养国民的元气，改进国民的生活，巩固国家的基础；无主义的主奴，无党派的左右，无宗教的成见，无地方的畛域，无个人的背景，无新旧的界限；但期望三

---

① Buck, Pearl S. *The Delights of Learning*. Pittsburgh: University of Pittsburgh Press, 1960, p.10.

② Buck, Pearl S. *Tell the People*. New York: The John Day Company, 1945, p.290.

万万以上失学的同胞，普遍地做到二十世纪的人最低限度必不可少的基础教育。”① 这份“民为邦本，本固邦宁”的理念在《告语人民》中得到了很好的诠释，凝结了赛珍珠本人对中国农民问题和知识分子如何服务大众的诸多深刻思考和洞见。

赛珍珠对晏阳初领导的平民教育运动最为赞赏的是投身其中的知识分子放下传统知识分子的架子，理解尊重农民大众，设身处地为他们的所思所需服务，真正做到了知识分子服务大众。赛珍珠在《告语人民》中高度褒奖了平教运动中这一宗旨的完美贯彻，且看书中提到的细节，晏阳初向赛珍珠介绍发放给农民的教材是如何新鲜出炉的：“比如我们的人员编撰教材时，不是闭门造车、纸上谈兵，而是走出去，同人民住在一起，设法了解他们，包括他们的长处和短处，以及他们的基本需求。写成教材之后，还要分发到各校去试用，听取教师学生的意见。总之，我们的教材是每个季度、每年都在不断修订和改进。”② 而如何宣传平教运动及调动农民参与的积极性也同样彰显了平教运动中知识分子尊重农民大众，“以民为本”的理念。“由于农民不识字，张贴布告是无济于事的，于是他们派人从村头走到村尾，走遍村庄的各个角落，就像镇上安民告示的宣传员，一边敲锣打鼓一边吆喝：‘乡亲们听好喽，明天大伙儿都到祠堂集中，一个都不能落下，城里的教书先生要来

---

① 晏阳初：《平民教育的宗旨目的和最后的使命》，《晏阳初全集》，第 1 卷，长沙：湖南教育出版社，1992 年，第 117 页。

② Buck, Pearl S. *Tell the People*. New York：The John Day Company, 1945, p.39.

我们村上喽。'"①参与乡村平教运动的知识分子善于利用和调动当地村落的人脉资源，他们很有策略地请出村里德高望重的长者来当他们的义务宣传员，效果令人刮目相看，且看赛珍珠笔下一次别开生面的乡村识字动员大会：

> 族长朝乡亲们喊话："大伙儿都长眼睛了吧？凡是有眼能看的都举个手。"话音刚落，众人齐刷刷举起了手。"到场的都能看见我吧？""看得见，看得见。"乡亲们异口同声地回答。"我这儿有一本书，你们有多少人能看见？"大伙儿又不约而同地举起了手。"你们当中有多少人能读这本书？"这一次没人应答。"你们都有眼睛，这话不假。可你们不会看书，就跟瞎子没什么两样。我们这里有治这种病的大夫，他们在中国的学堂读过书，也在外国的洋学堂里留过学。现在，他们到这儿来为你们治病。这些先生很有耐心，他们会一直替你医治，直到医好你的病为止。……你用不着掏一个子儿，只要每天抽一个钟点，4个月后，你睁眼瞎的毛病就能治好了。"在场的乡亲们都笑了，这些话他们都爱听，但又不相信真有此事。族长接着鼓动："愿上学的，赶紧举手！"有一个人胆怯地举了下手，又很快放下了。族长一看急了，喊道："哎，我说王老汉，你不是不识字吗？举手，赶紧举手。"王老汉不好意思地再次把手举了起来。接着，一个12岁左右的男娃子也举起了手，过了不大一会儿到场的乡亲们

---

① Buck, Pearl S. *Tell the People*. New York: The John Day Company, 1945, p.20.

全都举起了手，大约有三四百人的样子。①

当中国的知识分子冲破与农民间的传统隔阂，深入农村和农民中间，他们就会对改造中国农村和农民有着一番崭新的认识。赛珍珠在《告语人民》中分享了她和晏阳初共同的观察和思考。

几千年来中国的农民都处于一种目不识丁的睁眼瞎状态，“读书人”一直是他们求而不得的身份和地位向往，平教运动让他们识文断字，摆脱蒙昧无知的境遇。“中国农民就像获得了魔力一样，顿时产生了自尊心和自信心，有了自己的尊严。”② 然而平教运动不仅仅是单纯的识文断字的教育，识文断字只是达成目的的一种方式和手段。平教运动是一种包括农民全部生活在内的新型教育，是在更大程度和更广阔范围内改善农民生活的教育，它涉及地方公共卫生、农业、经济和地方自治等问题。平教运动的一个关键词是“改造”，包含“改变和建设”两个意思，改变和建设新农村始终是这项运动的立足点，而不是让接受了教育、“开了眼界”的农民不再安于农耕生活，都涌向城市讨生活。有感于当代中国乡村文明的整体没落：由于承载乡村文明的村落的消亡，农村人才流失，文化断层，耕地大面积抛荒，而进城农民工鲜有保障的生活，在反思的同时，我们不得不感叹当时平教运动的策略和前瞻眼光。“你无须把农民从他们的环境——耕种

---

① Buck, Pearl S. *Tell the People*. New York: The John Day Company, 1945, pp.20-21.

② Buck, Pearl S. *Tell the People*. New York: The John Day Company, 1945, p.41.

的土地上带走，你就在田间地头教育他们。你也用不着把他们打发回家种地，因为你从未把他们带离他们的土地。许许多多热心慈善的人把男孩女孩接出农村住进高楼洋房让他们接受教育，这本是好意，可令他们倍感困惑的是，这些孩子都不愿意再返回农村。我们绝不这么做。我们就在他们生活的土地上开展对他们的教育。在他们修完平民教育课后，便马上把同学会组织起来。”① 平民教育运动非常看重这种初级的同学会组织，因为这是乡村建设最可利用的情感资源。有了情感认同，在讲究人际关系的中国社会里便有了更多的凝聚力、归属感和建设乡村的动力和助力。为了更切实有效地推进此项运动，他们建立了由农民学员推举产生的“引导生”（guiding students）助学会、创办农民周报和农民剧场、布设乡村无线广播、创作平民文学。《告语人民》中专门阐释了平民文学创作的探索过程：“在教会农民读书写字之后，我们面临着为其提供读物的问题。中国有着丰富的文学宝库，但都是文言文写就的，因而不是为人民大众写的……从词汇到内容都远远超出人民大众的接受能力。因此，我们的大众文学部要着手为平民百姓编写故事以及创作其他类型的文学作品。……在为人民大众写作时，他们必须彻底改变原有的标准，表述要简单明了，直截了当而富有感染力，这是由其新的阅读群体的生活经历所决定的。……作者要学会运用自己的写作对象的语言，研究他们的生活。写作题材包括中国历史、近代中国的一般情况、中国和世界各国伟人的生平、科学发明的简报、改进农业生产的方

① Buck, Pearl S. *Tell the People*. New York：The John Day Company, 1945, p.42.

法、常见疾病的知识、其他卫生知识、戏剧和诗歌等。"①

我们从上述文字的描述中可以从一个侧面窥见平教运动深入到农民生活的方方面面，从物质到思想精神层面进行的农村和农民的改造。在晏阳初和赛珍珠他们的展望中，在一代人的时间里能使平教运动的整体方案生效。他们的蓝图是："在人民接受文化、生计、卫生和自治这四大教育之后，就能为建设一个伟大的现代的中国打下牢固的基础，而这正是我们所谋求的。我们的主要目标是创造新的公民，因为那是我们的基础。"② 赛珍珠认为平教运动所激发的农民的自尊、自信和自治将会产生无穷的社会改造的新能量，是改造旧中国潜在的强大动力，因为农民是这个农业文明国度的基石，农民的强弱最终决定着这个国家的命运走势，是为"民惟邦本，本固邦宁"。

在对中国农民投入极大关注的同时，赛珍珠对中国阶层中"草根—精英"这一二元关系的另一阶层中国知识分子的关注亦是有目共睹。在中国近现代思想文化变迁以及中西文化大碰撞的宏大历史叙事背景下，赛珍珠以一名知识分子的立场和多元文化身份所具有的文化视野及"也在中国"历史在场者的深刻体验和深度思考对中国知识分子在大时代背景下所扮演的历史角色以及知识分子与普通大众的关系提出了自己的意见和看法，其中不乏言辞犀利的抨击和剖析，亦有发自内心的忠言和期待。

---

① Buck, Pearl S. *Tell the People*. New York: The John Day Company, 1945, pp.55–56.

② Buck, Pearl S. *Tell the People*. New York: The John Day Company, 1945, pp.75–76.

第二节　知识分子新说：中国知识分子的“地气”与“洋气”

在《亲历中国》中，赛珍珠对中国传统文化中存在的种种弊端有着鞭辟入里的犀利剖析，其中中国知识分子阶层与中国大众的关系问题成为她思考的一个着力点。赛珍珠的感触来自于她直接的生命体验，她生活在普通中国百姓之中，又与中国本土知识分子，特别是年轻一代过从甚密，其中不乏留洋背景的中国知识分子。“中国知识分子和普通百姓之间的鸿沟大得惊人，几乎难以逾越。我一直生活在普通人中间，在过去的十五年间，我同时也生活在知识分子中间，所以我知道我在说什么。”① 赛珍珠避祸上海期间见闻的某些上海知识分子的生活状态与上述言论颇具互文效应：“上海生活最令人厌恶之处之一，是存在于颓废的中国知识分子之中的混乱状态。这个城市有很多漂泊无根的年轻人，他们大多在国外留过学，除了整日沉迷于文学和艺术，什么艰苦的事情都不愿干。这些人中有从巴黎拉丁区归来的艺术家，有从英国剑桥和牛津毕业的研究生……，以及把双手保养得细嫩，整日泡在文学沙龙中吟诗作赋、消磨时光的哈佛和耶鲁大学的毕业生，他们出版一些颓废的小型英文杂志，目中无人，好像普通中国人根本不存

---

① Buck, Pearl S. *My Several Worlds: A Personal Record*. London: Methuen & Co. Ltd., 1955, p.323.

在。……邀请这群乌合之众作客，并以为这就是见到了‘新中国’。其实，她见到的不过是一群对自己的祖国知之甚少的被放逐者。”① 赛珍珠的这番直白的言辞勾勒出了那个特殊的中西文化大碰撞年代某些城市知识分子，特别是一些有着留洋背景的知识分子的一个精神面貌。知识分子与中国现实和中国普通民众严重脱离不接地气的特性在赛珍珠看来很大程度上削弱了作为知识精英阶层应有的社会职责和担当。

赛珍珠在《大地和大地上的中国人》（*The Land and the People of China*）一文中直抒胸臆，矛头直指中国知识分子阶层脱离中国普通大众的现实。赛珍珠强调无论是历史上还是现代中国，知识分子与普通大众之间的隔阂已到了悲剧性的地步。赛珍珠毫不客气地指出中国传统知识分子的傲慢和虚妄的优越感：“中国的书香世家则用经典古籍和传统教育他们的子弟，甚至有时也教育女儿，使他们相信用双手劳作非他们应做的事，为衣食住行奔波操劳的平民百姓与教人诗书礼义的读书人是属于不同的阶层。”② 中国传统知识分子，在赛珍珠的眼里，他们的根须没有深扎于这片大地，辜负了中国普通民众对他们的期望和倚重。《荀子·礼论》云：“礼有三本：天地者，生之本也；先祖者，类之本也；君师者，治之本也。”“天、地、君、亲、师”是中国传统社会百姓奉若神明的五个字。师者，与天、地、君、亲一样分享着人们的尊崇和膜拜。“中国百姓尊崇他们的知识分子，他们需要他们的才干、学识、口才、技

---

① 赛珍珠:《我的中国世界》，尚营林等译，长沙：湖南文艺出版社，1991年，第253—254页。

② Buck, Pearl S. *Tell the People*. New York: The John Day Company, 1945, p.5.

能。但知识分子的这些作用能否加以发挥就要看知识分子是否首先向他们的人民学习，从中找到建立新中国的立国之本。一个新的国家机构必须有立足的基石，一个建立在空中的楼阁无论如何都不可能坚实稳固。”① 在赛珍珠看来，中国现代知识分子并没有充分了解中国的国情和中国的普通民众。当他们试图建立一个民主共和国时，他们并不是首先去了解这方国土，这方土地上的人民和他们世代生活的乡村，他们的立国方略只从西方的书本上汲取，他们试图仿照西方的民主共和理念来定制一个，而这样的共和国永无可能在中国的大地上开花结果。②

赛珍珠日后在点评当时的中国政治格局时毫不讳言，她完全认同“孙中山是一个大公无私、令人敬仰的人物，他的正直廉洁的人格毋庸置疑，他受到人民的崇敬是当之无愧的”③。在其为孙中山所作的传略《他改变了中国：孙中山的故事》（*The Man Who Changed China: The Story of Sun Yat-sen*, 1953）的尾声，赛珍珠由衷说道：“这样的伟人，虽死犹生，他将永远活在中国人民的心中。”④ 但作为“也在中国”（In China, too）的历史见证者，她对孙中山创立的中华民国政府的执政理念保留了自己的看法。在赛珍珠看来以孙中山为代表的精英

---

① Buck, Pearl S. *China As I See It*. New York: The John Day Company, 1970. p.6.

② Buck, Pearl S. *China As I See It*. New York: The John Day Company, 1970. p.6.

③ 赛珍珠:《我的中国世界》，尚营林等译，长沙：湖南文艺出版社，1991年，第434页。

④ Buck, Pearl S. *The Man Who Changed China: The Story of Sun Yat-sen*. New York: Random House, 1953, p.181.

阶层执政者制定的治国方略的基础来自于他们曾留洋或侨居的西方社会，而缺少考虑他们的西式执政理念移植到中国这方古老大地会否“水土不服”，又能在多大程度和范围内激发普通中国民众的认同，进而投身其中。赛珍珠言辞犀利地指出：“国民党政府的失败是因为它制定政策的基础是错误的西方观念。”“孙中山在考察了西方各国之后认定一个好的中央政府可以实现他渴望在中国进行的各项改革，而他认为首要的一步就是改变当前政府的形式。”“中国必须有一个新政府，一个真正为民的中国政府”①，孙中山对美国的共和政体极为推崇。“中国就像美国，”他说，“我们的省就相当于美国的州，我们只需要一个总统来做类似于美国的管理。”② 孙中山是一个“言必信、行必果”的革命者，在风雨如晦的日子里，他屡试屡败，屡败屡试，历尽千难万险，终于心愿得偿，几千年的皇权统治终于倾覆在他领导的辛亥革命的浪潮中，他建立了“中华民国”新政府，改写了古老中华的历史，然而孙中山“壮志未酬身先死”，留下的伟业却未能修得正果。赛珍珠对此遗憾地评价道：“孙先生未能理解的是中国的中央政府并不——而且从来不——像其他国家一样重要。中国老百姓的生活和生活准则并非源自中国政府，而是来自于他们自身，来自于他们的家庭和宗族。”③

---

① Buck, Pearl S. *The Man Who Changed China: The Story of Sun Yat-sen*. New York: Random House, 1953, pp.20-21.

② Buck, Pearl S. *The Man Who Changed China: The Story of Sun Yat-sen*. New York: Random House, 1953, p.89.

③ 转引自 Peter Conn. *Pearl S. Buck: A Cultural Biography*. Cambridge: Press Syndicate of the Cambridge University, 1996, p.54。

赛珍珠进而分析道，中国人世代生活在同一片大陆上，几千年的同根同族凝聚了他们的血脉亲情，几千年的历史和习俗塑造了他们的文化根脉和共同的认知和归属感，而不像美国人靠他们的民主政府来维系，因为他们来自世界各个角落、各个民族，他们没有太多共同的历史。① 赛珍珠的传记作者彼德·康认同赛珍珠的这一看法："和美国人以及大多数欧洲人不同的是，中国的老百姓对于他们中央政权的地位从未表现过太多的兴趣。这是一个庞大的国家，有着长期的地方自治传统，牢牢根植于家庭和宗族的关系中。汉人曾数次处于外来入侵者的统治下，例如清朝统治者就是在 17 世纪时大举入关的。成千上万的村镇按定量向朝廷缴纳贡赋，但除此之外，和他们名义上的统治者几乎没有什么瓜葛。用中国老百姓喜欢的俗话说，就是'天高皇帝远'。"② 中华民国政府的知识精英们从西方取来的"洋经"从一定程度上脱离了民众这块肥沃的土壤，终究未能在中土大地上生根发芽结出硕果。在此我们不妨重温一下赛珍珠在《告语人民》中颇具见地的一番话："实际上，他们根本没有认真探索人民究竟缺少的是什么。一个强加于人民的蓝图，即使其出发点是为了人民的利益，也会由于满足不了其真正需要而宣告失败。"③ 而对真正适合中国的民主模式，赛珍珠展望道："中国将以自己的方式发展她的现代民主制，而不是照搬美国的模

① Buck, Pearl S. *China As I See It*. New York: The John Day Company, 1970, pp.2-3.

② Conn, Peter. *Pearl S. Buck: A Cultural Biography*. Cambridge: Press Syndicate of the Cambridge University, 1996, p.54.

③ Buck, Pearl S. *Tell the People*. New York: The John Day Company, 1945, p.2.

式，只有这样发展起来的民主才能给各族人民创造机会去追求生命、自由和向往的幸福。”①

由于赛珍珠特殊的文化身份，她对中国年轻一代中有着留洋背景的知识分子尤为关注，赛珍珠发现这个群体的知识分子深受西方现代文化和生活方式的浸淫，“洋气十足”，跟故土文化时空隔断，缺少本土文化地气的滋养，很大程度上导致他们对本土文化认知的缺失和情感的疏离，这在中西文化大碰撞的年代，便有了赛珍珠独特视角下窥见的各类异象。

> 我还是为那些年轻的国民党人，尤其是对那些在美国受过教育的青年，深感同情。他们热切地回归故土，对自己获得的荣誉和学位深感自豪，且满怀爱国热情。但是，在外国的几年中，他们似乎忘掉了祖国原本的样子：幅员辽阔、人口众多、贫穷落后，富于中世纪的气息，或者用他们自己的话说“很封建”。但对我这样一个一直生活于斯的人来说，尽管她满是岁月的斑驳痕迹，民众中文盲充斥，她仍是美丽的，而且以她拥有的悠久历史和广阔深邃的智慧而显得美丽。中华民族富于理智，当她认识到需要变革时，便非常乐于变革自己。……但可悲而又可怕的是，那些失掉传统文化之根的年轻中国人受西方大学或神学院或中国新学的教育，却丢掉了中国的哲学。他们既不属于东方也不属于西方，令人可怜，因为当他们投身于革新自己的国家时，没有认识到他们由于失去了自己的根，

---

① Buck, Pearl S. *China As I See It*. New York: The John Day Company, 1970, p.4.

根本不可能拯救自己的同胞。[①]

作为一名深受中国传统文化熏陶和西式现代文明洗礼的文化混血儿和文化边缘人，赛珍珠毕生渴望自己的文化根须能深入大地，生根发芽，接地气之精华，用知识服务于大地上的人民。这亦是赛珍珠在新旧文化交替以及中西文化大碰撞的历史语境中对中国年轻一代知识分子的期望，而这期望便折射在了她笔端的人物塑造上。《同胞》中的詹姆斯·梁(James Liang)是一个接受西方文化教育，同时又接受家庭中国传统文化熏陶的华裔青年，从这一点上说，他就是一个“反路径”的男版“赛珍珠”。他对中国传统文化的了解颇有家学渊源。他的父亲梁文华博士侨居美国多年，在一所纽约的大学教授中国哲学。梁博士认为上苍让他来到异国他乡显然是要“降大任于斯人”，他是带着天命来到美国，在西方这片土地上传播中华文化的。尽管当时的华夏文明黯然失色，但梁博士坚信一旦时机到来，又会重放华彩。就像昔日的赛母凯丽为小赛珍珠描摹一幅“天堂美国”画像，梁博士灌输给自己孩子的，自然是五千年华夏故国的种种辉煌，他的本意是想让孩子们理解中国的荣耀，了解这个古老民族国家的荣誉和尊严。一有机会，他总是提醒孩子们：“我们是中国人……我们可不能忘了自己的根。”[②] 应该说詹姆斯对中国文化的认同是深入骨髓的，中国传统文化是民族之根，作为华裔青年，他对中国、中国文化

---

① 赛珍珠：《我的中国世界》，尚营林等译，长沙：湖南文艺出版社，1991年，第272页。

② 赛珍珠：《同胞》，吴克明等译，桂林：漓江出版社，1998年，第31页。

有着对“根”的归属感，仅仅从这一点上看，作为父亲的梁博士没有愧对祖宗，他在自己孩子身上延续了中华文化的根脉。

与自诩是“知识精英”的父亲不同的是，詹姆斯是一个有坚定信念的实践主义者，他希望在学有所成后回归中国，用自己所掌握的现代医学知识服务中国民众。“我想回中国去，在我们的祖国工作”，因为“中国需要我们，……中国的医院太少了！有朝一日，我要在中国办一所大医院，病人都能来看病、治疗”。① 无论是从小说的主题，还是故事发展的脉络来看，詹姆斯无疑是《同胞》中真正的主角。这位主角的理想很丰满，信念亦很坚定。然而，中国当时的社会现实还是让初来乍到的他失落和震惊，父亲灌输给他的有关中国的美好意象全都土崩瓦解，跟他一同回国的兄弟彼得不由得埋怨起他们的父亲梁博士：“……到处是肮脏——疾病——愚昧！……我一辈子都无法原谅父亲——他把一切都藏在孔孟之道的云雾里，让我们相信一切都是美好的！”② 相较于弟弟的率直冲动，作为兄长的詹姆斯有着更成熟冷静的思考，他回应道：“我们都希望某些事情能有所不同。这就好比上了大学回家以后却发现自己父母不识字一样。但他们仍然是父母。我们必须接受我们人民的现状，尽我们的力量去改变他们。”③ 面对祖国积疾积贫的现状，他对中国文化依然保持清醒而理性的认识，他说

---

① 赛珍珠:《同胞》，吴克明等译，桂林：漓江出版社，1998 年，第 28 页。

② 赛珍珠:《同胞》，吴克明等译，桂林：漓江出版社，1998 年，第 270 页。

③ 赛珍珠:《同胞》，吴克明等译，桂林：漓江出版社，1998 年，第 270—271 页。

道：“我们的人民是善良的人民——了不起的人民。中国是一个伟大的国家。她并不真正的虚弱不堪，她只是陷入了困境。只要我们都来伸以援手，她就会恢复她的力量。她一直生活在一个老旧、古老的世界里，她需要重生以获生机。我是个医生，我自深谙此道——如何带来新的生机。”① 詹姆斯选择把自己投入到急需医疗卫生服务的广大农村，而不是面对不堪的现实自怨自艾或待在城市里逃避现实。

“知易行难”是中国传统知识分子好清谈理论，不擅实践的真实写照。而大多“面向海外，背对乡村”② 的海归知识分子精英亦难逃这一形象窠臼，晏阳初批评说：“一般留法留美留英的博士，没有认识到中国的问题是什么，空口讲改革，没有到实际的生活中去做工作，所以终于找不着实际问题。”③ 然而赛珍珠本人是个行动派，她推崇明末思想家、教育家颜元“习动”“实学”“习行”“致用”的主张，亦崇尚清初哲学家李塨的“实践出真知”④，这自然体现在她笔下人物的塑造中。在小说中，詹姆斯回到了祖辈生活的乡村，“他很想去除这种异乡人的感觉。他想深深扎进人民的水土中”⑤。随着对中国乡村的深入了解，詹姆斯觉得自己手中的手术刀不仅仅需要切除像乡亲泰大叔身上的大瘤子，更需要医治乡村冥

---

① Buck, Pearl S. *Kinfolk*. New York: Pocket Books, 1952, p.93.

② 许纪霖:《中国知识分子十论》，上海：复旦大学出版社，2015 年，第 105 页。

③ 晏阳初:《中国抗战与平教运动之溯源》，《晏阳初全集》第 1 卷，长沙：湖南教育出版社，1989 年，第 536 页。

④ Buck, Pearl S. *The Man Who Changed China: The Story of Sun Yat-sen*. New York: Random House, 1953, p.41.

⑤ 赛珍珠:《同胞》，吴克明等译，桂林：漓江出版社，1998 年，第 128 页。

顽不化的守旧观念。几千年乡村封闭的生活环境造就了乡民们对新事物、新技术的排斥，当年梁漱溟就感叹：我们搞了多年的乡村建设，“号称乡村运动而乡村不动”①。赛珍珠笔下詹姆斯这一人物的张力在于他不仅仅把自己的专业知识放到广阔的社会背景下加以考虑，阐释其内在的价值和意义，并以此为背景反思社会公共问题，② 进而以理性反思的姿态探究海归知识分子如何能让取得的“洋经”，吸纳的“洋气”更好地与本土的“地气”相贯通。詹姆斯从美国回到北京，再从北京回到农村，并以自己坚定的信念、不懈的努力和一腔赤诚，走出了一条通往农民大众的现实之路。詹姆斯所选择的这条道路，实际上就是赛珍珠理想中的所有中国知识分子——尤其是“海归派”知识分子——所应该走的道路。③

赛珍珠通过詹姆斯这一人物，对当时抑或当下的知识分子都不乏启悟：无论是传统的知识分子，还是留洋的知识分子，必须接通“地气”，了解“大地”上真正的人民和现实，而中国的基石便是占人口 85% 的中国农民和广阔的乡村，不深入农村，不了解农民，就不了解中国，更遑论改造中国。因此，中国的知识分子，尤其是年轻一代都应谨记，任何的高谈阔论、好高骛远、遮遮掩掩和乌托邦式的臆想都对大变革时代的中国有百害而无一利，知识分子必须正视现

---

① 梁漱溟：《我们的两大难处》，《梁漱溟全集》第 2 卷，济南：山东人民出版社，1990 年，第 573 页。

② 许纪霖：《中国知识分子十论》，上海：复旦大学出版社，2015 年，第 72 页。

③ 郭英剑：《抒写“海归派”知识分子的发轫之作——论赛珍珠的长篇小说〈同胞〉》，《江苏大学学报》（社会科学版），2002 年第 3 期，第 59—65 页。

实，实实在在了解农村农民，才是服务大众的根本前提，亦是改造中国的基础，正如葛兰西所言："只有在知识分子和普通人之间存在着与应当存在于理论和实践之间的同样的统一的时候，人们才有文化上的稳定性和思想上的有机性质。那就是说，只有在知识分子成为那些群众的有机的知识分子，只有在知识分子把群众在其实践活动中提出的问题研究和整理成融贯的原则的时候，他们才和群众组成为一个文化和社会的有机统一体。"① 中国的知识分子只有在这样的有机共同体中才能与人民打成一片，才能成为思想文化的引领者，有机地完成自己的历史使命。

赛珍珠除了关注中国的农民和知识分子，另一主要关注群体便是中国的妇女，尤其是中国农村妇女的命运。在 1938 年赛珍珠被授予诺贝尔文学奖的授奖词中，瑞典文学院常务秘书佩尔·哈尔斯特龙指出在赛珍珠《大地》提出的众多问题中，一个最严肃最忧郁的问题便是中国妇女的地位问题。② 妇女的社会地位及命运是赛珍珠文学创作的重要母题之一，在 20 世纪中国社会新旧文化和中西文化的大冲撞和大变革中凸显其厚重的历史感，彰显了赛珍珠作为一名女权主义运动的先锋，为女性的自由平等和前途呐喊抗争的不懈努力和对女性的那份真切的人文主义关怀。

---

① 葛兰西:《实践哲学》，徐崇温译，重庆：重庆出版社，1990 年，第11 页。

② 佩尔·哈尔斯特龙:《大地三部曲》之附录:《授奖词》，裕康译，桂林：漓江出版社，1998 年，第 950 页。

第三节　中国女子说：时代最为忧郁的问题

赛珍珠来自一个父权统治的家庭，因此，无论是她生活的中国人世界，还是她西式的原生家庭，“男尊女卑”是通行的观念。赛珍珠的父亲赛兆祥是圣·保罗的忠实信徒，把他的训诫奉为至宝，一生恪守从不违逆，认同女人就是男人的附庸。他怀疑女人是否有真正的灵魂，即使有，也算不上有一个完整的灵魂。赛珍珠认为，在她父亲的头脑中女人还不能算是一个完整意义上的人，她们必须依附于男性。“认为一个女人为他操持家务，生儿育女，并随时听候他的吩咐差遣，这就够了”①；“他从未想到要在女人身上寻找或追求知识上的伴侣或精神上的理解”②。而他自己自然是名正言顺的一家之主，是毋庸置疑的权威，赛珍珠的母亲凯丽“一生都无权独立支取家庭的银行存款”③。尽管身为基督教徒，但凯丽这辈子都绝不认同圣·保罗的这条训诫：“男人听命于耶稣，女人听命于男人。”（“The head of man is Christ, and the head of woman is man.”）④这在英文里表

---

① Buck, Pearl S. *The Exile*. New York: John Day Company, 1936, p.280

② 赛珍珠:《战斗的天使》，陆兴华等译，桂林：漓江出版社，1998，第279页。

③ 赛珍珠:《我的中国世界》，尚营林等译，长沙：湖南文艺出版社，1990年，第98页。

④ Harris, Theodore F. & Pearl S. Buck, *Pearl S. Buck, A Biography*, Vol. I, London: Methuen & Co. Ltd., 1970, p.88.

述出来，视觉冲击更为强烈些。直译便是："耶稣是男人的头脑，男人是女人的头脑。"女人是不配拥有自己的想法和主见的，这对凯丽这样受过良好教育而有思想的女性而言，无疑是扼杀了她生命的活力，窒息了其独立的人格发展。赛珍珠毕生对父亲的男权思想，尤其是他对自己敬爱的母亲的轻视而耿耿于怀。她在为纪念母亲所作的传记《异邦客》中以一种痛苦酸涩而愤懑的语调叹息道："自从那时我看到她所有的天性黯淡下来，我就打心眼里痛恨圣·保罗。我相信，就凭他的教义对像我母亲凯丽这样的女性所犯下的一切，所有真正的女性都应该痛恨他。她们原本生性自尊、自由，却只因生为女性而一生遭罪。"① 作为一名女性作家，有着跟中国女性数十年水乳交融的文化、情感和生命共同体验的赛珍珠，对男权社会中中国女性在社会变革期的命运问题——"时代最为忧郁的问题"② 的关注注定是其文学创作中浓墨重彩的一笔。

赛珍珠对中国女性命运的最早感知来自她的中国阿妈，王阿妈出身于苏北的一个小商人家庭，然而家庭的衰败、时局的动荡、生为女性的薄命让阿妈坠入社会底层，目不识丁，命如蝼蚁，阿妈多舛的命途是赛珍珠对中国女性命运最早最为直观的感受。阿妈带着她走街串巷，与邻里妇女经年累月的家长里短赋予了赛珍珠接触中国普通女性最丰富的生活体验。而她身为传教士的母亲凯丽又乐善好施，"天生有着让人掏心窝向她倾诉的禀赋"，因此，"方圆几里地的中国妇女都愿意走上几

---

① Buck, Pearl S. *The Exile*. New York: John Day Company, 1936, p.283.

② 佩尔·哈特斯特龙:《大地三部曲》之附录:《授奖词》，裕康译，桂林：漓江出版社，1998，第950页。

里山路或石子路，向她倒倒苦水，而我是……一个安静而不招人嫌的小孩，她们的谈话也不避我。因此，很早我就明白女性有着自己的生活天地”。① 此外，在她成长的中国人世界，有着一帮子跟她一起长大的中国小姐妹，她们在中国传统社会身为女性的种种遭际令赛珍珠有着感同身受的情感体验。她对中国女性命运最为密切的观察和切身的体悟还来自随第一任丈夫前往淮北农村进行农业考察的经历，它提供了接触社会各个阶层，特别是乡村女性的极好机会。她走街串巷，跟农家妇女拉起家常。赛珍珠与中国乡村女性的广泛交往，对她们日常生活的关注和深入观察、对她们命运的理解和同情，并不比同时代中国本土作家逊色。她小说中的女性人物无论是《大地》中的农妇阿兰，《母亲》中的无名“母亲”，还是《闺阁》中的吴府大太太吴夫人、小妾秋明等无不带有淮北岁月中她交往过的女性印记。她在《我的中国世界》里回忆道：“回首北方这个小城的岁月，闪现在脑海里的不是一组群像，而是一个个我所钟爱的人物”②：善解人意、热心公益的基督徒同时也是佛教徒的张太太，徐娘半老风韵犹存的吴太太（她虽治家有道却是个善妒之人，逼死儿媳，遭人非议），还有深受传统妇道羁绊，却又想挣脱藩篱寻求新知的李家小儿媳妇、忍着揪心裂肺的痛又无奈默许产婆溺杀女婴的贫困农妇，在难产的鬼门关九死一生，翌年又义无反顾地为夫家添新丁的村妇，聪慧敏感

---

① Buck, Pearl S. *Of Men and Women*. New York: The John Day Company, 1971. p.12.

② Buck, Pearl S. *My Several Worlds: A Personal Record*. London: Methuen & Co. Ltd., 1955, p.158.

却婚姻不幸企图自缢解脱的邻家少妇……

赛珍珠坐在女人堆里，跟她们打成一片，直到走进她们的内心世界，去理解她们的喜怒哀乐、她们的苦闷抗争、她们的欲望与诉求。“观察生活但不干预生活”①，是这一时期赛珍珠的理性选择，她给予了大地上中国女性中肯的评价。“不管是何原因，中国妇女无论在什么地方都有着比男人更坚强的意志。这种现象使生活中产生了无穷无尽的幽默……中国妇女机智勇敢，善于随机应变。她们受到种种限制，却能尽量生活得自由些。她们还是人类中最讲实际、最少幻想的人，对自己所爱的人一往情深，对自己所恨的人深恶痛绝。”② 赛珍珠对中国女性在社会大变革期所承受的历史的、性别的、个体的多重人生困境所作的深刻思考和所给予的深沉博大的人文关怀，把女性作为一个有着完整独立人格意义上完整的人来加以平等的对待是她中国书写中极为重要的篇章，亦是她毕生追求的愿景。为深受封建男权压迫的中国女性和普天下的女性，亦为她敬爱的母亲，她的笔端总是充满激愤和悲悯。

法国著名存在主义女作家西蒙·德·波伏娃（Simone de Beauvoir，1908—1986）在其划时代的著作《第二性》（*The Second Sex*）中说：“女人不是天生的，而是后天形成的。”（One is not born，but rather becomes a woman.）③ 而对生活在数

---

① Harris，Theodore F. and Pearl S. Buck. *Pearl S. Buck A Biography*. London：Methuen & Co. Ltd.，1970.

② 赛珍珠:《我的中国世界》，尚营林等译，长沙：湖南文艺出版社，1991年，第162页。

③ Beauvoir，Simone de. *The Second Sex*，translated by H. M. Parshley. New York：Knopf，1993，p.291.

千年封建男权社会的中国女性而言，从她们落地的那一刻起，她们的命运便有了既定的轨迹。《诗·小雅·斯干》云："乃生男子，载寝之床。载衣之裳，载弄之璋……乃生女子，载寝之地。载衣之裼，载弄之瓦。"① 古代中国人把生下男孩称为"弄璋之喜"，生女孩子叫作"弄瓦之喜"。《说文》里写道："璋：剡上为圭，半圭为璋。"孔子后人，唐朝著名经学家孔颖达（574—648）在《礼记正义》里亦特别提及："圭璋特者，圭璋，玉中之贵也"；而"弄瓦之喜"中的"瓦"指的是纺车上的一个零件（纺砖）。无论是"璋"与"瓦"不可相提并论的价值而言，还是其象征意义上来看，古代礼教社会重男轻女可见一斑，于男孩而言，携"璋"之贵气，拜官进爵，问鼎王侯将相是他命理的路数和家族的期许；而女孩能纺纱织布，做得一手好女红，"无非无仪，唯酒食是议，无父母诒罹"② 便是她这辈子的造化。无独有偶，东汉女史学家、思想家班昭为女人写了一本影响绵延不绝的著作——《女诫》，其开篇写道："古者生女，三日卧之床下，弄之瓦砖，而斋告焉。卧之床下，明其卑弱，主人下也。"③ 中国几千年的封建男权社会男尊女卑和小农经济模式的社会历史文化土壤形成了中华民族独特的生育文化。"传宗接代""多子多福""母以子贵""不孝有三，无后为大"等观念逐渐成为社会各阶层恪守

① 《礼记·内则》，见《十三经注疏》，北京：中华书局，1980 年，第 1463 页。

② 《礼记·内则》，见《十三经注疏》，北京：中华书局，1980 年，第 1463 页。

③ 班昭:《女诫》，济南：山东人民出版社，2018 年，第 5 页。

的价值准则和行为规范。[1] 由此催生的“早、多、男”的生育模式使得作为生育主要承担者的女性在男尊女卑的传统男权社会里逃脱不了沦为生育工具的宿命。

在赛珍珠笔下，中国传统社会女性生儿育女、传宗接代的功能被进一步凸现出来。“对年轻女人，人们只要求她们会生养”[2]，生出儿子延续家族香火是传统女性的头等大事。赛珍珠的长篇小说《闺阁》就弥漫着浓郁的中国传统生育文化气息。无论是主人公吴府太太爱莲，还是其好友康太太、吴府老太太、吴老爷的二房秋明、吴府大少奶奶萌萌，哪怕是思想新潮的二少奶奶露兰无一不打上了传统生育文化的烙印。“我有儿子”是吴太太常挂在嘴边以示自己人生圆满的不二回话；生养了 11 个儿女的康太太仍然在不安、恐惧、无奈、羞愧而略带一种神圣满足感中继续着她的生养功能；吴老爷的二房秋明就因为听信婢女的话生怕生女孩而上吊；大少奶奶萌萌别的什么都不想，只想给大少爷生很多很多的孩子，她是他获得永生的工具[3]；而有思想、有个性的二少奶奶露兰也因为吴府唯独她没有生养而觉得愧疚。几千年传统生育文化习俗和理念已经内化为女性自觉的价值取向。赛珍珠以细腻悲悯的笔触刻画了女性精神、肉体、灵魂被无节制甚至是混沌无意义的生儿育女消耗得疲惫不堪。赛珍珠以吴太太的内心独白揭示了那个时

---

① 路遇：《论中国传统生育文化》，《东岳论丛》，2002 年第 2 期，第 5—12 页。

② Buck, Pearl S. *Pavilion of Women*. New York: The John Day Company, 1946, p.83.

③ Buck, Pearl S. *Pavilion of Women*. New York: The John Day Company, 1946, p.48.

代女性作为生育符号的悲哀、无奈和不甘：每一次十月怀胎，她身体的负担变得越来越沉重，越来越逼仄和焦虑，她只有煞费苦心加以自制才使她能保持惯有的文雅风度。随后是生孩子。但对她来说，与其说是生孩子，倒不如说是收回自己的身体……她真的不希望自己一再被分裂。她只希望能重新成为一个整体。① 对于生养过七个孩子的吴太太而言（其中三个夭折），那份感受是浸骨入髓的。当肉体被用得太多，其心也会变得羸弱不堪，② 尤其当"生育不再是为了延续生命、体现母爱、享受人伦，也不是为了证明女人在人类生命链条中无可替代的价值，生育是她们无法选择也无法拒绝的受刑罚的日子"③。过度无奈的生育成了女性生命无法承受之重。赛珍珠借吴太太之口道出了时代女性守护自己生命、身体、灵魂的渴望："女人四十岁，连老天都发了慈悲说'在余下的岁月里，你那可怜的灵魂和肉体都将归你所有。'……我要在剩下的岁月里聚集我所有的精神和灵魂，我将悉心保护我的身体，不是为了再去取悦男人，而是因为它守护着我，我依靠着它。"④ 赛珍珠让不惑之年的吴太太挣脱吴老爷对其肉体的羁绊，寄托了她对作为生育主体的女性成为自己身体和生命主体的厚望。

---

① Buck, Pearl S. *Pavilion of Women*. New York: The John Day Company, 1946, p.93.

② Buck, Pearl S. *Pavilion of Women*. New York: The John Day Company, 1946, p.215.

③ 常彬：《中国女性文学话语流变》，北京：人民出版社，2007 年，第 259 页。

④ Buck, Pearl S. *Pavilion of Women*. New York: The John Day Company, 1946, p.47.

赛珍珠对美国节育运动倡导者和领袖玛格丽特·桑格（Margaret Sanger，1879—1966）推崇备至，跟其结为至交。桑格认为：“任何一个不能拥有和支配自己身体的女人都不能说是自由的，除非她能够有意识地选择是否愿意成为一位母亲。”① 桑格这种对女性的身体权利、生育权利的尊重与倡导赢得了赛珍珠的敬佩，也体现了赛珍珠对女性生命最为根本的关注和体恤。在赛珍珠看来，女性身体的自主和自由，解放的不仅是肉体，更重要的是生命和灵魂的完整和自由。对此，彼德·康评述道：“赛珍珠为争取平等所作的努力包括她支持妇女权利所进行的不懈斗争。她指导现代意义上的计划生育，称她朋友玛格丽特·桑格为‘当代最有勇气的妇女之一’……三四十年代，赛珍珠还不断地为制定妇女平等权利宪法修正案而大声呐喊。当时，大多数妇女组织和它们的领袖人物对此尚持反对态度。”②

在封建男权社会，“女性的身体是被控制、压迫改造的对象，女性的身体空间呈现出狭小局限性、自我圈限性、压抑扭曲性和道德训诫性的特点。父权制对女性的身体统治技术，总是打着伦理道德的旗号，以圈限身体的空间移动范围为起点，以扭曲戕害女性身体为终点，整饬着女性生命的经纬”③。这不仅仅体现在封建男权社会对女性身体作为生育工具的操控，

---

① 约瑟芬·多诺万：《女权主义的知识分子传统》，南京：江苏人民出版社，2003 年，第 76 页。

② 彼德·康：《赛珍珠传》，刘海平等译，桂林：漓江出版社，1998 年，第 8 页。

③ 谢纳：《空间生产与文化表征——空间转向视阈中的文学研究》，北京：中国人民大学出版社，2010 年，第 224 页。

还体现在罔顾女性身心健康的绵延千余年的缠足陋习上。清朝湖南按察使黄遵宪（1848—1905）在《臬宪告示》中历数缠足七害：废天理、伤人伦、削人权、害家事、损生命、败风俗、戕种族。① 康有为、严复、梁启超等对这一传统陋俗深恶痛绝，严复更是声称“沿习至深，害效最著者，莫若吸食鸦片、女子缠足二事”②，呼吁废除这一千年陋习。到了20世纪初，随着兴女学，禁缠足，男女平权启蒙运动的深入，“禁缠足”“驰女足”成了妇女解放的文化符号，而这也印证在赛珍珠文学创作对这一新风尚的响应。不同于有些西方人带着种族偏见对中国缠足陋习的攻讦，认为是低等民族才会有的愚昧行径，赛珍珠倒是认为中国女性的裹小脚，就好比西方的女性爱穿紧身胸衣，并夸耀自己高耸的乳峰一样，只是大千世界千奇百怪的风俗之一，一种以此为美的风俗，无关种族优劣、文化高低。但对此陋习给女性造成的心理和身体上的戕害，赛珍珠绝不姑息，每每遭到她的口诛笔伐：“啊，我说，想想那双小脚和所有为它们流的眼泪。”③ 真是“害人不浅的旧习俗啊”。④ 其实，早在南宋，车若水（1209—1275）在《脚气集》就质疑这一奇葩陋习：“妇人缠脚不知起于何时，小儿未四五岁，无罪无辜而使之受无限之苦，得小来不知何用。”然

① 黄遵宪：《黄遵宪全集》上册，北京：中华书局，2005年，第530—531页。

② 王栻主编：《严复集》第一册诗文上，北京：中华书局，1986年，第28页。

③ Buck, Pearl S. “*A Chinese Woman Speaks*,” part one, Asia, Volume XXVI, Number 4 (April 26, 1926), p.305.

④ 赛珍珠：《东风·西风》，钱青等译，桂林：漓江出版社，1998年，第430页。

而，几个世纪以来，在中国男权社会近乎畸形审美情趣的催发下女子被残害的“三寸金莲”就荒唐地成了一种风行的审美时尚。纤纤细足成为男权社会美人的一个不可或缺的“标配”，甚至演变成“似足不小不可以为人，不可以为妇女者”的畸形社会审美标准，而受迫害的广大中国女性便在俗谚“小脚一双，眼泪一缸”的身体和精神的双重束缚和苦痛中走过了千年的岁月，绵延到了20世纪初赛珍珠笔下众多中国女性身上。

《东风·西风》（*East Wind: West Wind*, 1929）中赛珍珠以桂兰的“小脚生成记”揭示此等陋习对中国女性触目惊心的残害——早从五岁生日那天开始，一个女孩的脚就要用一条条长布裹起来，紧到使血液停止循环，脚骨断裂，将大脚趾压迫到脚底下面，最终使脚缩到几英寸。在许多情况下会发生感染，生出坏疽，脚趾会脱落，双脚只剩下腐烂的残桩。这就是桂兰曾忍受的痛楚。① 更令赛珍珠对这些传统中国女性深表同情的是，在社会新旧交替之时，她们还得忍受在裹脚与放脚之间的心理与情感的抉择和煎熬。在新时代裹脚意味着愚味落后，在男性理直气壮的论调“当此新时代中，妻与丈夫应并立而平等，当此新时代中，吾辈男人决不能满足于半奴半妾之旧式妻室，不能得一智识之妻实为男最大之缺憾。男未来之家庭谁为料理，谁为部署，谁为男之良伴！子女至今未能教育，男不胜惶急之至”② 聒噪下，没文化裹小脚的女人被丈夫嫌弃，被时代所抛弃而断了活路的例子可谓不胜枚举。在赛珍珠

---

① 彼德·康：《赛珍珠传》，刘海平等译，桂林：漓江出版社，1998年，第93页。

② 赛珍珠：《旧与新》，常吟秋译，北京：商务印书馆，1934年，第38页。

的中篇小说《发妻》（*The First Wife*，1932）中，“发妻”是一位极富中国传统美德的女性，她恪守妇道，侍奉公婆，生儿育女，就因是位旧式女子无力跟上留洋归来的新潮丈夫李元的要求而遭嫌弃，丈夫一纸休书就削了其发妻之名，夺了其儿女抚养权，生生被逼上黄泉之路。一个无辜的亡灵，成了时代夹缝中的牺牲品。

在社会大转型期，这样的旧式中国女性，在激进的作家笔端，往往是被讨伐的对象，认为她们因循守旧，不思进取，跟不上时代的潮流，活该被时代所淘汰。而赛珍珠对她们命运的剖析融入了深邃的人文主义关怀。一方面她毫不心软地通过“发妻”这一中国传统女性形象揭露了“三纲五常”“三从四德”这些男权社会的纲领性观念对中国女性的禁锢和戕害，并从身体到灵魂，塑造她们的人格气质内涵，把“男尊女卑”的思想深植于她们的灵魂深处，内化为她们自觉自为的行为方式和价值理念，并在数千年的岁月浸润中，铸入了中国女性文化传承的基因中。“中国传统妇女的依附性使得她们难以独立自强，她们的自我意识没有觉醒，因而被囚禁在社会为她们划定的性别角色之中难以自拔，到头来则为社会性别角色的规定性义务所束缚，滑落到不想或者不知道想去解放自己的麻木不仁的地步。”① 另一方面，在批判反思的同时，赛珍珠给予了“发妻”为代表的中国传统女性群体真切的同情和理解。赛珍珠在一次接受采访时说道：“中国女性不会主动放弃缠足除非中国男性声称他们只跟没有裹足的女人结婚。千万不要误解我

---

① 姚君伟：《文化相对主义：赛珍珠的中西文化观》，南京：东南大学出版社，2001 年，第 51 页。

的话，不要认为女性能坐等男人来改变传统。男人才不会费心费力干这事。女人们应该清楚要是她们期望自己低下的社会地位能有任何丝毫的改进，她们必须自身起来抗争。”① 然而，在文化新旧交替，中西碰撞的社会大变革期，当“深闺”之门被打开时，无论是社会、家庭、还是她们身处的时代并没有为她们提供太多转圜的余地。尽管“发妻”被一心想改造她的丈夫迫不及待地送去新式学堂以求有一个跟上时代并与自己般配的妻子，可对一个从未上过学堂，且经年以“贤妻、良母、孝子（媳）”为其生活和生命符号的“深闺女性”而言，一蹴而就的改造谈何容易。与其说是李元给“发妻”提供了蜕变成新女性的可能，倒不如说，把旧式女子在急剧的社会变革期的那种无措、不堪与沮丧乃至绝望的命运毫不掩饰地突显在其眼前。无法满足丈夫和时代的期待，失去了婚姻和儿女的“发妻”最后选择了自缢以求彻底的解脱，她以自己不被时代和家庭接纳的生命，控诉了男权社会女性身受的重重挤压，以至于被压榨掉最后一丝活命的机会和勇气。赛珍珠总是站在女性的立场上，以社会弱势群体的文化视角，去触摸、去感知、去透视社会变革期往往被主流所淹没的群体的话语权。一个民族的文化不只是由滚滚洪流铸就，还由涓涓细流和汹涌的暗流同构而成。赛珍珠为“发妻”这样一个大变革时代的边缘人物发声，在她看来，她们的声音或许细不可闻，但也是一个民族历史话语中不应忽略的一丝涓流，只有多声部的历史才是真实、丰满而鲜活的。

---

① Anthony II, Susan B. “Woman's Next Step, as Women See It”. *New York Times Magazine*（12 Jan. 1941）, p.11.

在赛珍珠的中国女性群像中，赛珍珠对中国乡村女性的塑造应是最为凝重而深邃的，因为她们的苦难最为深重，她们的抗争最为无奈而悲凉，然而她们生命的不屈和坚韧却力透纸背，正如奥斯卡·卡吉尔（Oscar Cargill）为《大地》中阿兰写就的墓志铭："与大地浑然一体，纵令万般粗俚，终将战胜对手。"① 毋庸置疑，《大地》中的阿兰和《母亲》中的无名"母亲"是赛珍珠笔下乡村女性最为经典的形象，相比于大地般沉默的阿兰，《母亲》中的"母亲"作为当之无愧的主角，是赛珍珠笔下最为饱满丰润的乡村女性形象。赛珍珠以细腻悲悯的笔触勾勒出"母亲"这一大地般坚韧而鲜活的乡村女性形象，为时代女性沉郁的文学天空抹上了一丝隽永透亮的色彩。《母亲》的故事发生在民国年间的一个偏僻的小村落。小说开篇时，"母亲"风华正当时，赛珍珠以平实洗练的文字让这位朴实而勃发生命活力的乡村少妇形象跃然纸上。"'母亲'有着宽阔饱满的脸颊，丰润厚实的双唇，由于经年的风吹日晒呈幽深的棕红色；眉毛下一双端庄清澈的黑眸映光闪烁。'母亲'的容颜算不上秀美，却也是神采奕奕有姿。她的脾性在旁人看来也许有些急躁，但是对待丈夫和孩子却不乏柔情，对自己的婆婆也是孝敬有加。"② 这位充满生命活力的乡村少妇支撑起了一个贫寒之家。鸡鸣早已起，日落难得休，田间灶头，柴山廛市，里里外外日夜奔忙；不得力的丈夫、年幼的子女、腹中的胎儿、罹患眼疾的女儿、半瞎的婆婆……然而，

① Cargill, Oscar. *Intellectual America: Ideas on the March*. New York: Macmillan, 1941, p.149. 此处译文采用自张晓胜等的中译本《赛珍珠》。

② Buck, Pearl S. *The Mother*. New York: The John Day Company, 1934, p.11.

“母亲”艰辛操劳的岁月呈现在赛珍珠笔端的是：“‘母亲’有条不紊地忙活着，脸色从容安详”；“确实，每天的日子，对‘母亲’都是同样的单调和辛劳，但她从不感觉厌烦，她对日子的轮转很知足”；“……‘母亲’满怀生命的热情迎接每一天”。[①]“母亲”深知，这样的生活方式是她们乡下女人的常态，母亲不敢奢望更多，只希望把这一份平实的日子踏踏实实地过下去。尽管田间地头、家里家外“母亲”都是这个家的顶梁柱，但她不成器的丈夫却是名正言顺的一家之主，尽享“母亲”悉心的服侍。“母亲”的男人有着不同于一般乡野村夫的粗犷，长得清秀俊朗，谈吐风趣，生性好乐，赌技上乘，“似乎天生就是找乐子的料”，干起农活来不得劲，农活的重担自然又落在母亲的肩头。可傍晚收工回家，吃饭时“母亲”总是给男人端上热气腾腾的白米饭，“一只青花的大粗瓷碗，饭盛得满满的，都快要溢出碗沿了。她又在饭里添了一个她好不容易积攒下来的蛋”[②]，而这是“母亲”自己不敢有的口福。一个贫寒之家，一个奢侈的蛋承载了一个女人对自己男人多少温暖的爱意，赛珍珠笔端流淌出的可是中国乡村女人千百年来对自家男人最为质朴的爱，亦是乡村女性“无我”身份的写照。自“黄帝始蒸谷为饭，烹谷为粥”（《周书》）以来，“繁生、聚居、粒食”而又天灾人祸不断的中华民族有着饮食上的等级差别，这种“吃”的差别性待遇自然折射在男女性别差异和权利的不平等上：《大地》中，女人服侍男人吃喝；王龙发财后去茶馆喝花酒，花天酒地；《母亲》中盲眼的女儿得

① Buck, Pearl S. *The Mother*. New York: The John Day Company, 1934, p.23.
② Buck, Pearl S. *The Mother*. New York: The John Day Company, 1934, p.20.

到的食物少。有史料记载，在中国1930—1932年的大饥荒中，在逃难的人群中，很少看到小姑娘的身影。中国女性在数千年男尊女卑文化的浸染下，自觉或不自觉地在生命最为基础的层面一开始就被削弱了。

然而，“母亲”无言的爱终归挡不住命运的乖戾之气，“母亲”的男人终究忍耐不住乡野的寂寞和清苦，在初夏的一天，在刮尽这个贫寒之家的每一个铜板后，一去不复返，从此杳如黄鹤。徒增的辛劳、沉重的负担，对虚妄丈夫的无望等待和对乡村弃妇不堪名声的恐惧让“母亲”坠入生命的无尽深渊。面对遭丈夫遗弃，面临世俗耻笑一家受辱的残酷局面，这位乡村母亲并没有消极地坐以待毙，她以自己的聪慧、勇气、令人心酸的欺骗维护了生命的尊严和一家的脸面，她以加倍的辛劳付出维持一家老小基本的体面，以血泪和坚韧熬过弃妇生命的荒寒岁月。在被丈夫抛弃六年后，在一个炎热似火的夏日，“母亲”挡不住地主二管家的诱惑，让自己的生命沉醉在最原始的狂野恣肆和快感中。这在程朱理学训诫女性“饿死事小，失节事大”的“三纲五常”社会，“母亲”与地主二管家的苟合可是犯了“浸猪笼”都不为过的罪孽。然而，在赛珍珠笔下没有聒噪的道德审判，在糅合着人性考量和温暖悲悯的笔触中，赛珍珠正视了女性作为生命与欲望主体的符合人性的心理和生理需求。在女性欲望沉郁的历史帷幕上撕开了一道缝隙，透出时代女性沉重的叹息和生命原始的躁动和呐喊。可是命运又一次背叛了她，地主二管家的始乱终弃把珠胎暗结的“母亲”再一次置于生死两难的生命绝境。这个再度遭遗弃的乡村女人在身心撕裂的惨痛中完成了身体涅槃的生命过程后又一次承受了命运的鞭笞，虽遍体鳞伤，依然舔干自身的血迹，以一位母亲的静穆和坚毅承担了命运加诸的苦难，踩着尊严而达观的脚步顽强地走出了生命的阴影。然而苦难依然是她命途的基调，因眼疾致盲的女儿是“母亲”心头永远无法释怀的痛。

在赛珍珠笔下，“母亲”对盲女命运的操心和安排可谓到了竭思尽虑的地步。“母亲”甘愿有生之年以自己的生命和血肉供养她，而后又寄希望自己的长子能接替她照看女儿，然而在中国传统乡村社会，年岁渐长的女儿终难容身在长兄做主的家，到头来这位瞎眼妹子还是被迫远嫁。“母亲”的愤怒和忧伤溢于言表，她拂逆长子长媳的意愿，抗衡传统乡情民约对盲女生命的漠视，用生命守护着自己的女儿。然而，年岁不饶人，连着几场大病的摧残令“母亲”在痛苦的煎熬中不得不为女儿另谋生路。在穷人女子命如草芥的年代，一个盲女自然命比纸薄。虽然有着“母亲”千般的怜惜万般的打算，“母亲”可怜的闺女终究还是在“母亲”泣血的哀号中如一缕轻烟无声无息飘逝在远山的苍茫中，我们心酸地听着被痛苦噬咬的“母亲”凄然的内心独白：“我的阿囡或许死了比活在世上好啊。天底下还有无数比死还要痛苦的事啊！”① 是啊，“母亲”的苦难似无期，严酷的历史风霜同样不放过这位苦命的母亲，参加革命党的幺儿遭屠戮更令“母亲”跌落生命的谷底，“母亲”凄怆的悲鸣久久地回荡在历史冷峻的晴空下。“与其说是地主阶级……倒不如说是命运是‘母亲’徒劳抗争

① Buck, Pearl S. *The Mother*. New York: The John Day Company, 1934, p.261.

的最大敌人”①，西方评论家伊西多尔·施耐德（Isidore Schneider）一针见血地指出，可这何尝不是特定历史境遇中中国乡村女性命运的缩影。赛珍珠借“母亲”这一形象使得中国乡村女性所承受的传统的、性别的、时代的和命运的种种困厄得到无以复加地渲染。

小说《闺阁》是赛珍珠又一部广受关注的女性主义作品，讲述的大约是中国20世纪二三十年代的故事。系出名门的大家闺秀爱莲小姐在二八花样年华嫁入省城的簪缨望族吴府，《闺阁》的开篇正是昔日的爱莲小姐、今日的吴府太太40岁寿辰的隆重庆典。回望过往的婚姻岁月，以世人的眼光来看，吴太太堪称闺阁女性的典范，又不失为洪福之人。她具备了传统闺阁女子所有的美德——“德、言、容、功”样样不俗。她美貌聪慧，虽年已四十，依然肤如凝脂，美艳动人，犹如“岁月流逝两岸站立的生命树”②，深得岁月的眷顾。夫婿吴老爷在外人看来也不是眠花宿柳的纨绔之辈，哪怕同时代的男子三妻四妾，他似乎迄今也未动过纳妾的念头，对吴太太依恋有加。吴太太本人知书达理，处事周详，体恤下人，她的嘉言懿行使她在吴府享有不可替代的威望。尤为重要的是，她为这个望族诞下四子，这无疑是闺阁女性无上的荣光，因为她完成了作为望族女性最为重要的宗嗣传承的使命。在传宗接代必须排除女嗣的宗法制文化“无后为大”的历史氛围中，好命又好运的吴太太为吴老爷这支吴府单传血脉的昌兴可算是厥功至

---

① Schneider, Isiodore. “Mrs. Buck’s New Novel”, Review of *The Mother*, by Pearl S. Buck. *New Republic* 78,(1934, 14 March), p.136.

② 黎荔：《保留一个地方》，《女性文化》，2004年第4期，第181—184页。

伟。嫁入吴府24年来，吴太太爱莲以其超凡的女性智慧和美德承担起作为妻子、母亲、儿媳的角色义务，把一所吴府大宅打理得井井有条：家业兴旺、夫妻和睦、儿孙有爱。可就是这位人人称羡的贤德太太却在40寿辰之际宣布了一个令人愕然的决定，她不顾吴府上下的一致反对和亲朋好友的不解，执意要为夫婿吴老爷纳妾，让出自己的卧房，搬到一处独立的小院，过一种跟先前截然不同的生活。传统闺阁女性的典范吴太太何以做出如此匪夷所思的决定？赛珍珠又如何以独到的视角来审视吴太太的心路历程？

吴府太太爱莲在吴府大宅里的生活可谓风光令人羡，然而在其风光背后的那份辛劳、寂寞、苦闷却是她内心无法言说的隐痛。赛珍珠以非凡的笔力和洞见扯开这水波不兴、烟云不起的豪门大宅的庭帷，以女性特有的细腻灵动的笔致探入吴太太最隐秘的精神内核，以全方位的女性视角揭示了吴太太风光背后的真情实感。我们从以下几段文字中可以窥见人后的吴太太的真实境况："最后又剩下她独自一人，她让自己稍稍歇口气，让颈部、前胸和腰部支撑她优雅身躯的肌肉松弛下来。刹那间她看起来像一朵枯萎的花，模样同她实际的年龄差不多。然后她又挺起了胸。现在还不能松劲，这一天还没有结束呢。""她感到倦怠像是毒气似的从她肺部冒出。她比自己所知道的要疲倦得多……她的倦怠隐藏在她的最深处。"① 这里透露的不仅仅是吴太太身体的操劳，更有一份心理和心灵的疲乏。她的贴身婢女阿英叹道："她实在是太累了，因为在这

① Buck, Pearl S. *Pavilion of Women*. New York: The John Day Company, 1946, pp.27-28, 42.

个大宅内，所有的人都像是吃她奶的孩子。”① 她就像心脏照管全身一样照管着这一大家子。作为一名望族女性，24 年来，她忠实地履行了传统社会、家族赋予她的职责，却唯独淡忘了自己作为一名女性的生命含义。回望过往，人生的图景上烙下的只有妻子、母亲、儿媳的角色。不惑之年，觉醒的吴太太要找回自己作为女性的全部生命内涵和意义，“在余下的岁月要聚集起所有的精神和灵魂为自己活”②。赛珍珠借吴太太“为自己活”的呐喊道出了时代觉醒女性心灵深处的渴求，也喊出了赛珍珠对女性生命内涵和意义的一次深度叩问和求索。

首先，赛珍珠对吴太太的婚姻作了一番细致的梳理。出身名门，美貌聪慧，受过现代知识滋养的爱莲小姐从嫁入吴府的那一刻起，就对自己的婚姻抱有超出那个时代普通女性的期许。新婚一早醒来，她就自问，她这位应了“父母之命、媒妁之言”的夫君内在是否像他英俊的外表那样，同样才识不凡呢?③ 然而命运馈赠给她的是一位相貌倜傥却才疏学浅的丈夫，无法在情感和灵魂层面与她进行平等的交流，他对她的爱恋，抑或是依恋，更多是基于她的美貌和持家有道，鲜有考虑她精神情感的需求。就连她的婢女阿英也看得出来：“他还不能完全懂得他美丽的妻子。”④ 然而，年轻英俊、健康好脾性

---

① Buck, Pearl S. *Pavilion of Women*. New York: The John Day Company, 1946, p.48.

② Buck, Pearl S. *Pavilion of Women*. New York: The John Day Company, 1946, p.47.

③ Buck, Pearl S. *Pavilion of Women*. New York: The John Day Company, 1946, p.4.

④ Buck, Pearl S. *Pavilion of Women*. New York: The John Day Company, 1946, p.3.

的吴少爷使年轻的吴太太相信虽难跟自己的夫君琴瑟和鸣，有一份才子佳人唱和的浪漫，享有“既有灵魂底拥抱，又有肉体底飞舞”的爱情，却也没有把自己看成是“知己不逢归俗子，终身长恨咽深闺”① 的感花溅泪的寂寥怨妇，而是努力经营着这份她自以为的爱情，“视夫君的成功为自己的天职”，“热切地为他谋幸福”②。她谨记公公的教诲：把心思用到让夫君高兴上面。且看她的侍夫之道：“吴太太明白，倘若没有她的美貌和作为妻子的恪尽职守，自己的夫君是会往其他路上走的。她一直处事小心周详，尽量让他事事顺心。他想了解书本上说到的那些事儿，她便自己先去了解，然后再说予他听；他一旦对西洋的东西感兴趣，她同样先去打听清楚，再回来告诉他。这么多年来，他的愿望没有一件是落空的。吴太太不用多想也明白，这都是因为她摸透了他的心思。当他的愿望还不明确时，她通过细致的交谈使之明朗化，让他自己清晰起来；当他的愿望急切明白地表达出来时，她总是马不停蹄地去满足他。她一直都是一位贤淑的妻子。”③

日复一日，年复一年，吴太太为自己的这份婚姻奉献着自己的肉体、心血和生命。在男权社会话语体系里，吴老爷经年累月地享受着吴太太奉献的一切，觉得天经地义。在吴少爷浑浑噩噩成吴老爷的同时，岁月赠给了吴太太智慧和见识。大约是婚后十年，吴太太才充分理解她嫁的这个男人，发现他资质

---

① 秋瑾:《秋瑾集》，上海：上海古籍出版社，1979 年，第 151 页。

② Buck, Pearl S. *Pavilion of Women*. New York: The John Day Company, 1946, p.259, p.47.

③ Buck, Pearl S. *Pavilion of Women*. New York: The John Day Company, 1946, p.74.

驽钝、思想和灵魂的空间窄小，毫无根基，毫无目的。赛珍珠有一段文字颇能说明问题："吴太太既管家又管地……她对稻谷、小麦的收成如何，对日常禽蛋、蔬菜、燃料的行情都了然于心。有任何的状况或灾害出现，负责土地的管家会向她报告。有时她和吴老爷商量解决，有时她不对他说，这要看她累不累。如果她累，就自己解决。"① 文中揶揄口吻不言而喻，吴老爷能力的苍白和无足轻重可见一斑。因此，当吴太太搬出去独居后，惹上欢场女子的吴老爷又找吴太太拿主意，对她说出这一番话："我不如你聪明，爱莲。我从来就不是读书的料……你要我怎么做，我就去做……"② 时，吴太太一时激动莫名，她带着一种异样的痛苦大声说道："'难道我要永远为他负责吗？'她觉得自己平稳展飞在天空的灵魂双翼即刻耷拉下来，向地面摇摇摆摆地坠落。"③ 新婚时她公公的那番教诲言犹在耳："聪明人不管多么了不起，他得明白一件事，他无法从才智不如他的人那儿得到爱。"④ 与其说这话是泛泛而谈倒不如说是针对他这位才识过人的儿媳有感而发，在那"女子无才便是德"的年代，这位有着经世智慧的老人当年想必也看透了他儿媳的婚姻宿命，一语成谶：她无法从他平庸的儿子那里得到真正的爱和理解，有的只是无法排遣的疲惫和心灵的寂寥。

---

① Buck, Pearl S. *Pavilion of Women*. New York: The John Day Company, 1946, p.41.

② Buck, Pearl S. *Pavilion of Women*. New York: The John Day Company, 1946, p.192.

③ Buck, Pearl S. *Pavilion of Women*. New York: The John Day Company, 1946, p.193.

④ Buck, Pearl S. *Pavilion of Women*. New York: The John Day Company, 1946, p.61.

经过数十年婚姻岁月后，吴太太清楚吴老爷对她的迷恋更多的是她的肉体而非内在和学识。新婚时，吴少爷毫不隐讳地说："你要是长得丑，我昨晚就把你掐死在枕头上，我最讨厌丑婆娘。"① 当他们走过 24 年的婚姻岁月后，少爷变成了老爷，然而他感知到的、看重的依然只是她的美貌。当经过深思熟虑的吴太太提出不再与他行夫妻之事时，他唯一能想到的是："我从未对别的女人有非分之想。你是我见过的最好看的女人，你现在还是比别的女人好看。"② 对于像吴老爷那样缺少灵魂内涵和精神气质的男人，已是不惑之年的吴太太还有多少岁月能以姿色享有一份婚姻的平静和尊严。其实吴太太何尝没有想过跟自己的夫君携手走过下半辈子的人生，"倘若吴老爷能够做好准备和她携手步入后半辈子的生活，对她来说将会是难以形容的美好和欣慰。要是他能心甘情愿，而非出于无奈的牺牲，能和她同时抵达相同的人生境界对她而言将是无上的圆满了"③。然而吴太太深知吴老爷"就其本性来说，知道做正人君子的品质，也对这些品质心有神往，可其灵魂却因肉体的欲望而无能为力"，"就好比他从未抵挡住餐桌上的佳肴那样，他无法拒绝年轻女人带来的快乐"。④仅仅几个月后当吴太太出于责任想与吴老爷重续夫妻之情时，口口声声说自己离不开吴太太的吴老爷就已沉醉在欢场女子茉莉的温柔乡里不愿与

---

① Buck, Pearl S. *Pavilion of Women*. New York: The John Day Company, 1946, p.3.

② Buck, Pearl S. *Pavilion of Women*. New York: The John Day Company, 1946, p.32.

③ Buck, Pearl S. *Pavilion of Women*. New York: The John Day Company, 1946, p.34.

④ Buck, Pearl S. *Pavilion of Women*. New York: The John Day Company, 1946, p.74, p.34.

吴太太重拾旧好。更有甚者，竟还当着吴太太的面毫无顾忌地说道："用钱买女人比期望她们爱你容易得多。"①

其实吴老爷的这番做派丝毫不足为怪，这只不过是封建男权话语体系下占绝对优势的男性角色合乎逻辑的心理与行为发展。② 往后的岁月更是见证了吴老爷肉体的放纵和灵魂的粗鄙。毕竟几千年男权社会的文化积淀为男性提供了太多自由和享乐，从灵魂到肉体。"男子三妻四妾，女人三从四德"是男权社会通行的价值观。在男性话语霸权体系下"男人眼中再贵重再娇美的女人'物品'也只是一件色欲的工具、生育的机器、管家的奴隶，可能会获得男人的一时欢心，但那种欢心，是对'物'的嗜好，和恋'物'的癖好，绝不是对'人'的尊重和对人的体恤。"③ 身处这一历史境遇中的吴太太，无论其有多么的超凡脱俗、才识过人，依然无法逃脱同时代女性普遍的婚姻宿命。赛珍珠以细腻体恤之心，不吝笔墨倾诉了吴太太内心真切的感受及灵魂自由的渴求："她常常产生一种陌生的死亡似的疲劳之感，仿佛进入了一种死亡的状态"，"这种疲倦是精神上的而不是体力上的，这疲倦藏在灵魂深处"，"她太孤独，没有人可以理解她的灵魂"，"当她仰望星空时，她在孤独的边缘上颤抖"，④ "她感到自己有一对翅

---

① Buck, Pearl S. *Pavilion of Women*. New York: The John Day Company, 1946, p.201.

② 向梅林：《女性生命自我的满足、焦虑与抗争》，《船山学刊》，2007 年第 1 期，第 154—156 页。

③ 常彬：《中国女性文学话语流变》，北京：人民出版社，2007 年，第 120 页。

④ Buck, Pearl S. *Pavilion of Women*. New York: The John Day Company, 1946, p.33, p.42, p.110, p.155.

膀，却从来没有被允许飞翔，那就是她的感受”，“我，是一个多么渴望自由的人哪！”她大声说道，“我一旦获得自由，我便要离开这个宅子，义无反顾地勇往直前，直到我知道星星为何物”。①

当不惑之年的吴太太觉得自己完成了作为吴府太太的职责时，她渴望从肉体和灵魂上解放自己。赛珍珠的洞见在于她并没有简单地让吴太太做一个“摔门而出的‘娜拉’”②，她让知性的吴太太选择了一条与时代风潮中新女性截然不同的道路——由吴太太主动出马为吴老爷娶了二房，借此从灵魂和肉体上斩断同吴老爷的联系，挣得身心的完整和自由。吴太太此举虽不入时代主流意识，却更折射着历史的凝重感和人性的复杂和微妙，也就更接近特定历史语境中女性真实的生存图境，我们似乎听到历史深处传来的一声沉重叹息：在这积弊深重的封建男权社会里女性的抗争几多艰辛、几多牺牲。连激进的鲁迅也曾在北京女高师“娜拉走后怎样”的著名演讲中深有感触地说道：“从事理上推想起来，娜拉或者也实在只有两条路：不是堕落，就是回来。”③ 吴太太别样的抗争之路揭示了赛珍珠对女性的社会经济地位、情感、欲望、灵魂丰富细腻的历史性解读以及对历史境遇中女性命运的现实关注和体恤之情。吴太太为获得肉体和灵魂的统一，获得身心的自由所做的抗争便更多了一份历史的苍凉感。

---

① Buck, Pearl S. *Pavilion of Women*. New York: The John Day Company, 1946, p.158, p.185, p.156.

② 常彬：《中国女性文学话语流变》，北京：人民出版社，2007 年，第 136 页。

③ 鲁迅：《鲁迅全集》第 1 卷，北京：人民文学出版社，1981 年，第159 页。

脱离了吴老爷肉体羁绊，同时摆脱了作为生育工具的桎梏，获得身心自由的吴太太感觉到了生命的完整和灵魂的舒畅。这位有学养，知道“印度开代数研究之先河”；有见地，主张“富人要谦让穷人，当官的要礼让百姓”；有远见，“不出几年，就要爆发世界性战事”① 的女性终于争得时间和心力来经营自己的人生：看喜欢的书，想自己的心事，对话自己的心灵，静谧的夜晚仰望星空，让自己的思绪飘向过去与未来，飘出高门大宅，遨游四海苍穹。吴太太的人生更因了一位修士的出现而绽放出别样的华彩。

“我不敢肯定你是否幸福”②，安德鲁修士平静的一句话撞开了吴太太封闭的内心世界，它像一把暗藏的利刃刺中了她内心深处的痛处。安修士似乎有一种心灵的力量，使他能透过她风光的表象看透其内心的真实感受。安修士的犀利、善解、博学、风趣使吴太太不知不觉中跟他敞开心扉倾诉她的愿望和心声，愿意让他分担她心底最不愿启齿的痛苦和无奈。对于她来说，安修士是一口又深又大的井——学问和知识的井。他的学问高深，解答问题却深入浅出，简洁明了。他懂得如何用精练的言辞表达事物的精髓。“吴太太在她一生中的这个时候心智被激发出来，变得更加敏锐”③，心灵也因此充盈亮堂起来。她对人生、对世界有了更多的憬悟。吴

---

① Buck, Pearl S. *Pavilion of Women*. New York: The John Day Company, 1946, p.107, p.96, p.114.

② Buck, Pearl S. *Pavilion of Women*. New York: The John Day Company, 1946, p.115.

③ Buck, Pearl S. *Pavilion of Women*. New York: The John Day Company, 1946, p.174.

太太深有感触地回应安修士道："你告诉过我奇妙的镜子使微小的东西放大。你说，一粒尘土可以放大到沙漠那么大，如果我们了解了一颗尘粒，也就理解了沙漠。这座宅子就好比是这颗尘粒，我们从中可以了解一切。那么这个大宅之内也该是个完整的生命体。"① 我们从这一段富有禅宗意境的文字中可以体察吴太太细敏活跃的心智及对生命的顿悟。吴太太心智被激活的同时也激发了安修士内心的某种东西。吴太太灵慧的心智就像一只工艺完美的透明杯子。安修士愿往这只美丽的杯子里倾注他所有的学问和热情，而这一切他以前从未与人分享过。② 他们谈学问、谈思想、谈人生，也谈论男人女人、家长里短还有那千奇百怪、精彩纷呈的世界，他们之间的交流是如此的融洽，浸透着发自内心的惬意、从容、淡定和启迪。尽管此时吴府大宅里麻烦事层出不穷，但吴太太内心深处美丽的花朵正秘密开放。心灵得到了滋养的吴太太第一次感到生命的精彩。然而他们之间的交往却因安修士的不幸罹难戛然而止。安修士的猝然离世使吴太太猛然意识到，对她而言，他既不是外国人，也不是修士，他是她今生唯一钦慕的人，他是她心中爱的梦想。③

赛珍珠用一段超凡脱俗而略显虚幻的爱情守望了这一颗美好而鲜活的灵魂，吴太太对安德鲁的情愫也是吴太太生命、情

---

① Buck, Pearl S. *Pavilion of Women*. New York: The John Day Company, 1946, p.174.

② Buck, Pearl S. *Pavilion of Women*. New York: The John Day Company, 1946, p.187.

③ Buck, Pearl S. *Pavilion of Women*. New York: The John Day Company, 1946, p.210.

感、灵魂的一种皈依，安德鲁是她精神和灵魂的领路人，令她的心灵充盈，令她的灵魂自由飞翔。“她从此学会为爱而活，而并非仅仅出于责任。”① 这份爱不因斯人离去而消失，不因时光流逝而淡忘。心中有爱，人生便有了诗性的光亮，有了承担苦难、责任的勇气和智慧，有了追寻人生终极意义的原动力。在安德鲁去世后，吴太太接手照料安德鲁生前收留的孤儿：“葬礼结束后，吴太太把孩子们领进家门，从那天起，孩子们不再是无家可归的了。”② 吴太太在实际行动中践行安德鲁“博爱”之教义，寻找自己身为女性的独立自主、平等博爱之价值。赛珍珠以吴府大宅女主人爱莲的女性主体欲望构成生命叙事，从全方位的女性视角出发，理解中国女性自身的生命逻辑和生命价值追问，为我们展示了新旧历史交替的现实语境下女性生命和灵魂的压抑、痛苦、渴求、抗争，书写了一曲女性生命不屈抗争和灵魂自由求索之歌。

除了塑造阿兰、桂兰、“母亲”、吴太太等一系列传统/半传统女性主角形象，赛珍珠笔下有更多以非主角形象出现，且接受现代思想和文化洗礼的中国女性，她们是中国新时代女性的代表：《龙子》中的梅丽、良玉，《闺阁》中的露兰，《同胞》中的玛丽·梁，《爱国者》中的牡丹，《金花》中的游击队长金花③等。无论是在民族危难，共赴国难时刻，还是在建

---

① Buck, Pearl S. *Pavilion of Women*. New York: The John Day Company, 1946, p.215.

② Buck, Pearl S. *Pavilion of Women*. New York: The John Day Company, 1946, p.217.

③ Buck, Pearl S. *The Golden Flower*. Woman's Home Companion (Mar. 1940), pp.24–44.

设新农村的时代征程中，她们摆脱了传统性别角色的束缚，在新旧文化和中西文化大碰撞的历史转型期，为自身挣得一片天地，体现了女性真正的价值，折射了赛珍珠对女性不断突破自我，实现自我价值的美好愿景。有感于深受多重压迫的中国女性在时代大变革中翻天覆地的变化，而美国诸多受过良好教育的女性浪费才华成为“废柴女性”（wasteful women），[①] 赛珍珠深感遗憾和不满，她借《这颗骄傲的心》（*This Proud Heart*）主人公苏珊之口表达自己的这一情绪：“你这样的女人让我们倒退了几个世纪。”[②] 赛珍珠进而在《男人女人面面观》（*Of Men and Women*）中写道：“中国的革命打开了家庭的大门，让中国女性走出了家门”[③] 去实现自身的价值，并以此激发和呼吁物质条件优裕的美国女性不应被丈夫养在家中，而应积极投入广阔的社会公共领域，去实现女性作为一名具有独立、完整人格意义上真正人的价值。

作为一名生而逢时“也在中国”的历史见证者，赛珍珠与中国人民共度了 20 世纪上半叶风云激荡的历史大变局，大变局中的种种危机和契机都被纳入其知识分子书写的文化观察和批判视野，折射出深刻的历史、文化、政治等多重社会意蕴和内涵，我们从中亦可窥见中国近现代社会发展的曲折流变。

---

① “Pearl Buck Scores ‘Wasteful’ Women: Denounces Those Who Have Education and Talent But Fail to Use Them”. *NewYork Times* (9 Mar. 1939), p.23.

② Buck, Pearl S. *This Proud Heart*. New York: John Day Company, 1938, p.303.

③ Buck, Pearl S. *Of Men and Women*. New York: The John Day Company, 1971, p.31.

第四节　“也在中国”：新文化运动之我见

一个半世纪前，晚清重臣李鸿章以“三千年未有之大变局”来形容风云激荡、困蹇晦暗的晚清时局，“日之将夕，悲风骤至”的危机感充斥着晚清朝野。而后，革命的爆发、皇权的倾覆、新文化的兴起、传统的衰落、列强的欺压、西学的强势登陆一股脑儿撞击着这个东方古国的五脏六腑，冲击其民族文化心理、深刻影响其民族文化走向。中国、中国文化何去何从？中国人如何应对这历史性的危机和挑战，赛珍珠在《也在中国》《我的中国世界》《亲历中国》《中国的过去与现状》等著述中都有很多的揭示和思考。“中国人开始发问，为什么自己没有武器来抗击西方入侵者的傲慢与掠夺？今日之白人，远非昔日之鞑虏，他们抢夺的不是王位，而是土地和河流。他们修筑通往海岸的铁路，以便将掠夺的财物装船运走。他们也不像其他入侵者那样，为中国的辉煌文明所折服，而是认为自己的文明更高一筹，并力图让枪炮来证明一点。”① 赛珍珠借中国人的“历史之问”高度概括了当时中国面临的内外交困的窘境和对自身文化的深刻反思。

几个世纪的虚妄自大、闭关锁国、停滞不前让五千年文明

① 赛珍珠：《我的中国世界》，尚营林等译，长沙：湖南文艺出版社，1991年，第38—39页。

古国往昔四夷宾服的荣耀不再，国门被撞开，暴露于世人面前的是一个国力见蹙，在西洋坚船利炮前不堪一击的古老帝国，并随着半殖民地半封建社会各方势力的互相倾轧，矛盾日益激化，内忧外患，民不聊生。“百吏尸位于朝，万民废业于下。士不安其校，贾不安其市，工不安其肆，农不安其田。加以苛税繁兴，盗贼毛起，生计废绝，十室九空。”① “外患日逼、内乱频仍，时局险恶，生灵涂炭，这就是‘五四’前夕中国社会的基本面貌。”② 此外，国门洞开，中国人眼前的世界已今非昔比。在中国这个古老帝国安耽于自己“中央大国”的孤芳自赏，做着天朝帝国万世长存旖旎梦境的几个世纪里，西方则通过资本原始积累和殖民掠夺，完成了产业革命，相继从封建社会进入了资本主义社会。相比人类历史上任何一个时期，资本主义社会是一个生产力大爆发的时代。“在它不到 100 年的阶级统治中所创造的生产力，比过去一切世代所创造的全部生产力还要多，还要大。”③ 资本主义经济基础翻天覆地的变化自然引发上层建筑的深刻变革。资产阶级的新兴学说“天赋人权”“三权分立”“自由、平等、博爱”等犹如流星一般划破中世纪黑暗的天空，不仅动摇了当时的封建专制统治，也给宗教迷信带来了猛烈的冲击，显示了新生资产阶级的强劲活

---

① 丁守和、殷叙彝：《从“五四”启蒙运动到马克思主义的传播》，北京：生活·读书·新知三联书店，1979 年，第 9 页。

② 刘增杰、关爱和（编）：《中国近现代文学思潮史》上卷，上海：上海文艺出版社，2008 年，第 310 页。

③ 马克思、恩格斯：《共产党宣言》，《马克思恩格斯选集》第 1 卷，北京：人民出版社，1972 年，第 253 页。

力,[1] 令西方文明进入一个生机勃勃的新发展时期，以“先进西方”的傲然面貌呈现于世人面前，给人类整体文明注入了活力与希望。

然而，资本是嗜血的、逐利的，随着西方资本主义列强在世界范围内的开疆拓土，资本主义的掠夺性暴露无遗，马克思在《资本论》中一针见血地指出，资本主义在“新时代的商业民族中的发展，是和暴力掠夺、海盗行径、绑架奴隶、征服殖民地直接结合在一起的”[2]。为着寻求商品倾销市场和原料产地，西方殖民者比任何时候都更“急于找寻殖民地，也就是找寻一些工业不很发达，还多少保留着宗教制度特点的国家”[3]。他们将侵略和掠夺的触角伸向世界各地。自地理大发现和东方新航路的开通，被资本主义工业文明开足马力催发出更大野心和贪欲的西方殖民者对东方这片神秘之地可谓觊觎已久——未开垦的土地和资源、广阔的市场潜力和庞大的人口，所有这一切都吊足了西方工业化社会的胃口，历史上那个神气活现在《马可·波罗游记》中的繁华东方古国自然成了他们垂涎的目标。然而列强环伺下的大清帝国却对日新月异的外部世界鲜有兴趣，依然我行我素，做着天朝盛世万世不枯的美梦，对此马克思在其《鸦片贸易史》一书中毫不客气地指出：“这个人口几乎占人类三分之一的幅员辽阔的帝国，不顾时

---

① 吴雁南、苏中立:《中国近代社会思潮，1840—1949》第1卷，长沙：湖南教育出版社，2011年，第3页。

② 马克思:《资本论》第3卷,《马克思恩格斯全集》第25卷，北京：人民出版社，1974年，第370页。

③ 列宁:《中国的战争》,《列宁选集》第1卷，北京：人民出版社，1972年，第214页。

势，仍然安于现状，由于被强力排斥于世界联系的体系之外而孤立无依，因此竭力以天朝尽善尽美的幻想来欺骗自己，这样一个帝国终于要在这样一场殊死的决斗中死去。”①

面对清政府的冥顽不灵，西方资本主义列强终是按捺不住其侵略掠夺的本性，不惜动用坚船利炮，再辅以那万恶的罂粟花撕开了这古老帝国不再坚固的大门。西方列强汹涌而入，带着强势文明的傲慢、贪婪和暴虐，他们攻城略地，劫掠无边，他们烧了圆明园，掠走珍宝无数；他们修筑铁路，钳制海运，继而还要索取巨额战争赔款，逼迫割让土地港口……他们攫取在华“治外法权”，洋人在中国土地上作奸犯科，胡作非为，皆得庇护。这是一次东西方文明力量悬殊的大碰撞，于中国人而言是一次前所未有的屈辱碰撞，也碰撞出了中国人的“历史之问”，中国拿什么来自我拯救？“这是一个弱肉强食的时代，任何无力自卫的国家都将成为帝国列强的盘中美味。中国历史上从未有过正规的陆海军，因为她不需要这种保护。她以无比优越的文明，征服了迄今为止所有的入侵者。”② 赛珍珠为中国古老的文明慨叹。然而，这一次的入侵者已不再带着仰慕东方文明的心态而来，他们撕破了“东方神话”，带着傲视一切的“先进的”西方文明观念：引以为豪的科学技术、民主自由、宗教理念等横扫这片他们眼中落后愚昧僵化之地。面对来势汹汹的西方文化的冲击，中国文化何以应对？赛珍珠指

---

① 马克思：《鸦片战争史》，《马克思恩格斯选集》第2卷，北京：人民出版社，1972年，第26页。

② 赛珍珠：《我的中国世界》，尚营林等译，长沙：湖南文艺出版社，1991年，第38—39页。

出，中华民族虽是个古老民族，亦是一个善于审时度势、不惧变革的民族，“中华民族富于理智，当她认识到需要变革时，便非常乐于变革自己”①。20 世纪上半叶那一场声势浩大、波澜壮阔的新文化运动印证了赛珍珠此言非虚。作为那一段波澜壮阔历史的见证者，赛珍珠在回忆录《我的中国世界》中写道：“在革命方面，我最感兴趣的莫过于新文化运动了。当中国为找不到适合于现代社会的政治体制而苦苦挣扎时，一场深刻的文化革命正在进行。”② 我们在赛珍珠诸多的著述中可以触摸到当时中国文化激荡的脉搏和汹涌的变革思潮，以及她自身对东西文化大碰撞的思考和洞见。无论是晚清的“百日维新”、民国政府励精图治的举措、知识精英文化救国的动态还是普通学子和平民百姓的回应都一并纳入她的文化观察视野和思考范畴。

在中华民族面临生死存亡的危急关头，“救亡图存，振兴中华，改造中国”成为那个时代的文化最强音，促使闭关锁国几百年的清政府到了光绪皇帝时代也生出了思变之决心。自幼受到欧风吹拂的光绪帝并不像他的祖上那般把西方的科学技术统统斥为奇技淫巧而拒之千里以外。“他想学习科学，幻想着改造自己的国家，使之如西方一样先进。”③ 年轻君王的强国梦得到以康有为、梁启超为代表的维新改良派的大力支持。

---

① 赛珍珠:《我的中国世界》，尚营林等译，长沙：湖南文艺出版社，1991 年，第 272 页。

② 赛珍珠:《我的中国世界》，尚营林等译，长沙：湖南文艺出版社，1991 年，第 137 页。

③ 赛珍珠:《我的中国世界》，尚营林等译，长沙：湖南文艺出版社，1991 年，第 30 页。

他们主张学习西方，提倡科学文化，改革吏治、教育制度，发展农、工、商业等，提出富国、养民、养士、练兵的自强雪耻之国策。“在执政后的一百天内，光绪帝变革心切，颁布了一道道诏谕，在全国兴办新学，改寺庙为学堂，铺设铁路。他制订新法，倡导新风，要在一夜间革新一切。”① 赛珍珠以一个知识分子清醒、理性亦不乏同情的笔触叙述这位年轻君王的强国梦，然而新旧文化的激烈交锋中，变革总是有代价和牺牲的，戊戌六君子的血映照着晚清最后岁月的苟延残喘，戊戌变法的失败也葬送了清廷最后变革图强的希望。

赛珍珠对那些对本族文化有着深刻洞见和清醒认识的文化精英们总是怀有敬畏之心，她对戊戌变法的风云人物康有为和梁启超极为推崇。赛珍珠对康有为的推崇自有双方文化理念上的众多契合。康有为毋庸置疑是中国近代史上一位受人尊崇的思想家和政治活动家，他在政治上主张变法；在经济上主张发展工商业；在文化上大力倡导孔教运动。康有为在《大同书》中描绘出的“无邦国，无帝王，人人相亲，人人平等，天下为公，是谓大同”的东方式乌托邦与赛珍珠的自由博爱思想有着某种程度的共鸣。在赛珍珠看来，康有为是一位有着极强民族文化自信的人，却不固步自封。他积极主张中西文化的交融，倡导儒学与西方文化的对接。他善于发现、认同、学习并吸纳他族文化之长处以补自身之不足，积极引进西方的科学技术，鼓励创新立国。出身于理学世家的康有为对中国文化的洞察和体认使他有别于同时代的激进派，他坚持认为来自西方的共和

---

① 赛珍珠:《我的中国世界》，尚营林等译，长沙：湖南文艺出版社，1991年，第 31 页。

政体并不适合当时的中国国情，从君主到共和不是可以一蹴而就的飞跃。康有为说："今吾国生民涂炭，国势抢攘，道揆凌夷，法守扫荡，廉耻靡尽，教化榛芜，名为共和，而实共争共乱，日称博爱，而益事残贼虐杀，口唱平等，而贵族之阶级暗增，高谈自由，而小民之压困日甚，不过与多数暴民以恣睢放荡，破法律，弃礼教而已。……顷乃闻部令行饬各直省州县，令将孔庙学田充公，以充小学校经费，有斯异政，举国惶骇，既已废孔，小学童子，未知所教，俟其长成，未知犹得为中国人否也？拟将为洪水猛兽也？呜呼哀哉！"① 康有为这一番为时局的哀鸣，似乎与时代的潮流走向不太合拍，但在赛珍珠看来倒并不显得倒行逆施。康有为一生推崇儒教，但并非是一种冥顽不化的固守，而是对传统儒学进行改造和重构，那便是援西入儒，化合中西，赋予儒学以新的内涵。传统文化如何生化出新生机一直是脚踏中西两大文明而又深受孔教思想浸淫的赛珍珠的一个思考着力点，赛珍珠以"也在中国"的历史见证者的身份表明了自己的看法，她显然并不赞成新旧文化之间割裂式的弃绝。"中国的年轻人与传统决裂得太突然，失去了自己的根基，接受西方文化太快，也太肤浅。"② 康有为的新儒学强调保持文化的民族性，实际上是文化民族主义与多元文化主义在中国的呈现，自具有其个性和意义，③ 这跟赛

---

① 康有为:《复教育部书》，《康有为政论集》，北京：中华书局，1981 年，第 863 页。

② 赛珍珠:《我的中国世界》，尚营林等译，长沙：湖南文艺出版社，1991 年，第 194 页。

③ "康有为与近代儒学的转变" http://news.ifeng.com/history/special/kangyouwei/200906/0602_ 6499_ 1185379_ 2.shtml。

珍珠的文化观可谓不谋而合，赛珍珠对康有为的推崇也就不足为奇了。

对同为维新派的风云人物，康有为的弟子梁启超，赛珍珠评价说："梁启超是那个年代青年人心目中的偶像。"① 此言非虚，胡适就曾公开承认梁启超对他和他同时代的年青人所产生的非同寻常的影响力，"这时代是梁先生文章最有势力的时代"②，"我个人受了梁先生无穷的恩惠"③。胡适认为梁启超的《新民说》和《中国学术思想变迁之大势》对他的影响尤为重大。在《四十自述》中，胡适说前者"给我开辟了一个新世界，使我彻底相信中国之外还有很高等的民族，很高等的文化"；而后者，"也给我开辟了一个新世界，使我知道《四书》、《五经》之外中国还有学术思想"。④ 作为资产阶级改良运动的领袖人物，梁启超在文学创作和文学理论方面的成就同样有目共睹，"每一文出，则全国之身目为之一耸。"他先后创办《清议报》和《新民丛报》等，着重介绍西方社会政治学说和各派思想，宣传变法维新和民族主义。赛珍珠对梁启超"国与国相通，则文教愈盛"⑤ 的开放文化观以及对待传统文化在求变求新中图存图强的理念深表认同，尤其赞成梁发起的"小说界革命"。梁启超倡导以通俗易懂、雅俗共赏的"新文

---

① 赛珍珠:《我的中国世界》，尚营林等译，长沙：湖南文艺出版社，1991年，第132页。

② 胡适:《四十自述》，北京：中国文联出版公司，1993年，第46页。

③ 胡适:《四十自述》，北京：中国文联出版公司，1993年，第49页。

④ 胡适:《四十自述》，北京：中国文联出版公司，1993年，第52页。

⑤ 梁启超:《湖南时务学堂札记批》，《梁启超选集》，上海：上海人民出版社，1983年，第62页。

体”来进行文学创作，“文学之进化有一大关键，即由古语之文学变为俗语之文学是也”①。这种广受认同的“新文体”为后来的白话文运动开启了大局面。随着思想启蒙运动的不断深入，维新改良派愈来愈意识到语言变革对“新民”“启蒙”的重大作用，开始对传统文言形式和语言与文字不相合之现象，进行了强烈抨击。② 白话文运动先驱裘廷梁在其《论白话为维新之本》一文中宣称“文言文之光力，不如白话之普照也，昭昭然矣”，并历数文言之为害：“文言之害，靡独商受之，农受之，工受之，童子受之，今之服方领习矩者皆受之矣。不宁惟是，愈工于文言者，其受困愈堪”，进而慨叹若“使古之君天下者，崇白话而废文言，则吾黄人聪明才力无他途以夺之，必且务为有用之学，何至暗没如斯矣？”③ 把推广白话文的语言革新提高到与政治改良和“新民救国”这一高度来认识。1917 年 1 月，胡适在《新青年》上发表《文学改良刍议》，言辞铮铮地指出：“以今世历史进化的眼光观之，则白话文学之为中国文学之正宗，又为将来文学必用之利器，可断言也。”同年 2 月，陈独秀在《新青年》上发表《文学革命论》，提出文学革命的三大主义从而拉开了新文化运动的序幕。

新文化运动无疑是中国近代史上一次意义空前、影响深远的文化运动，在“五四运动”既反外强又反传统的大框架下，昭示着中国人重塑民族文化和维护本国文化应有国际地位的自

---

① 梁启超：《小说丛话》，《新小说》，1903 年第 7 号。

② 刘增杰、关爱和（编）：《中国近现代文学思潮史》上卷，上海：上海文艺出版社，2008 年，第 217 页。

③ 裘廷梁：《论白话为维新之本》，《中国官音白话报》，1898 年，第 19、20 期。

信和勇气。自小深受中国传统文学熏陶而业已长大成人且富有文学积淀和文化眼光远见的赛珍珠对新文化运动极为关注："一场深刻的文化革命正在进行……这是对受过教育的男男女女的大解放。他们可以怎么想就怎么写，不用顾及是否合乎僵硬的旧文体。这就可以把多少世纪一直受压抑的能量释放出来……不识字的人也从他们身上看到了新中国的一线希望。这些年轻学者一个个风华正茂，思想仍很单纯，他们暂时忘掉了彼此的敌对情绪和偏见，如饥似渴地在世界上寻找新思想，新形式，新笔友，他们异常活跃，连我也受了感染，充满了激情，又一次对中国产生了信心。我认为照这样下去，中国将领先于其他国家。这是一个生动活泼、黑白分明的世界，我的年轻的中国朋友，无论男女，一个个思想活跃，敢于提出疑问。相比之下，我的美国大学同学确实是幼稚可笑的。"① 这个时期的中国人大有一种置之死地而后生的豪情和气度，他们思想活跃，敢于冲破传统樊篱，从各个方面反思本族文化，力图从思想文化层面去探寻救国救民的道路。"在短短的几十年间，人们在亡国灭种的威逼下，急切地向西方寻求救国之方，匆匆向前迈过了西方几百年所经历的途程。救亡图存、振兴中国的急切呐喊，催促着英雄志士尽早登上历史舞台，各种改造中国的方案尽速展现，社会运动一个接着一个。虽然，这些人物的活动、社会改革方案、社会学说、社会运动，在不同程度上超越了中国的社会条件，而学习西方、引进西方学理、改造中国

---

① 赛珍珠:《我的中国世界》，尚营林等译，长沙：湖南文艺出版社，1991年，第139—140页。

的潮流却滚滚向前，一浪推逐一浪。”①

这个古老文明国度所发生的一切在赛珍珠眼里是翻天覆地的变化，她称之为“一个奇妙的时代”。“奇妙”两字点出了赛珍珠对中土文化回应西方文化总体的立场，她看到了这个古老文明的希望和活力，有痛苦、有迷惘、有抗拒、有抵死抗争，更有理性、勇气、自信和五千年华夏文明积淀的智慧和气度，但她更多是从反省、反思的角度来审视中国文化的新与旧、中与西的冲突融合。对自己热切关注的新文化运动，她毫不讳言地评说道：

> 新文化运动还有一个有趣的特点，它对现代中国人有着久远的影响。在彻底否定儒教方面，这些年轻的现代作家既尖刻又坦率。与此同时，他们还彻底否定了旧道德的说教性文章。在他们看来，老一辈都是伪君子，所以他们就以要战胜一切的决心，否定一切虚伪的道德。这样兴起的反孔运动，成了向共产主义推进的初潮的一部分。那些青年作家开始表露自己胸中的真实情感，他们喜欢描写自我，抒发自己的感情，叙写自己的行动，发表自己的宣言。他们的父辈震惊了，惊得目瞪口呆。然而这是一个治疗过程。只要是在旧道德下培养出来的老一辈人，现在都感到好像衣服被剥光，赤身裸体地走在大街上一样……尽管孔夫子是个哲学家，不是牧师，但实际上正是他为中国社会、他的孙子后代创立了一整套与宗教、与道德作用相

---

① 吴雁南、苏中立：《中国近代社会思潮，1840—1949》第1卷，长沙：湖南教育出版社，2011年，第6页。

同的伦理纲常。恐怕还要经过相当长的时间，中国人才会重新认识孔夫子这个最伟大的人物对中华民族的贡献有多大。然而，不能认为年轻人这种行为是在反对伦理道德，事实绝非如此。许多世纪过去了，儒教已完全变成了空洞的教条，在大多数情况下，其道德只是虚伪的套套了。愤怒的青年起而反抗老一辈身上虚伪的东西时，把孔夫子也一同扔了出去。①

这段话很好地诠释了赛珍珠对强势的西方文化冲击下中国新旧文化交锋的总体看法和立场。赛珍珠对中国传统文化相当推崇，她驳斥了某些西方人对中国文化的肆意扭曲："中国的文化比任何一个欧洲国家都更源远流长，而那些人却认为这个伟大美丽的国家是乞丐、野蛮人之乡，而不是世界上最古老、文明的国家。"② 她对这个古老社会几千年文明孕育出的彰显"人情""天理"井然有序的社会秩序钟情有加，"诸事有序，如日月行天"③ 她如此评价道。但她不是一个守旧的人，中西合璧的教育背景和文化身份令她有着更开放的眼光，她乐见新文化运动对中国传统文化的改造，也赞同中国年轻一代对传统文化的挑战和批判，她由衷地说道："中国当时是一个日新月异的新世界了。即使在那时，我也能看出，中国将来注定要成

① 赛珍珠：《我的中国世界》，尚营林等译，长沙：湖南文艺出版社，1991年，第196页。

② Buck, Pearl S. *My Several Worlds: A Personal Record*. London: Methuen & Co. Ltd., 1955, p.119.

③ 赛珍珠：《我的中国世界》，尚营林等译，长沙：湖南文艺出版社，1991年，第26页。

为举足轻重的国家的。中国一向是文化的发源地。”①

赛珍珠在变革中看到了中国传统文化的新出路，只有求变求新，中国文化才能积聚新的发展能量以图来日的强盛辉煌。然而赛珍珠并不赞成新旧文化割裂式的绝交，没有传统之根的新文化终将难以为继，把“孔老夫子也一同扔了出去”的激进做法显然缺乏对传统文化清醒的认识和对本族文化应有的自信。在当时西方文化强势压境，中国本土文化受到强烈冲击之下，中国新旧文化的较量其实也就是某种程度上的中西文化交锋，这无疑是一次力量悬殊、强弱分明的文化碰撞，在“西学东渐”的主旋律下，树立理性的文化自信心，坚守几千年传统文化真正价值之所在，在赛珍珠看来显得尤为重要。赛珍珠对中国年青一代对本国文化之价值缺乏应有的认识颇感痛心。她说：“今日的中国青年不再接受孔子智慧的教育。今天，也许这个国家对孔子不再熟悉，他在十几个世纪前花毕生精力从混乱中创造秩序，从不道德中创造道德来拯救它。然而，他的话是永存的，因为它们是真理，真理总有一天要胜利的。会有那么一天，孔子将回到自己的国家。”②

21 世纪儒学在中华大地的复兴印证了赛珍珠的前瞻眼光以及对她自小浸淫其中，受其熏化的中华传统文化的自信；现任中国领导人则倡导“深入挖掘中华优秀传统文化蕴含的思想观念、人文精神、道德规范，结合时代要求继承创新，让中

① 赛珍珠:《我的中国世界》，尚营林等译，长沙：湖南文艺出版社，1991年，第 120 页。

② 林语堂:《中国人》，赛珍珠序，上海：学林出版社，1994 年，第 5 页。

华文化展现出永久魅力和时代风采”。而建立在孔子“和为贵”“和而不同”理念之上的“民胞物与、协和万邦、天下大同”的人类命运共同体便是中华传统文化贡献给人类文明的至真至诚的智慧，成为推动中国文化与世界各国文化交流与融合的不二法则，这在近一个世纪前是难以想象的。在当时国运衰微、传统滞扼、全面西化的思潮下，赛珍珠不无忧虑地指出：“中国年青一代中，有很多人的思想似乎尚未成熟，他们的表现让人感到惊愕。他们既怀疑过去，抛弃传统，也就不可避免抛弃旧中国那些无与伦比的艺术品，去抢购许多西方的粗陋的便宜货，挂在自己的屋里。这个国家的许多特色是我们所热爱的，而现在我们却要看着这些特色一个个的消失，这的确是一个伤心的问题，中国的古典美谁来继承？盲目崇洋所带来的必然堕落怎样解决？难道说随着人们对传统的抛弃，我们也必须失掉庙宇的半角飞檐吗？”① 赛珍珠的忧虑道出了弱势文化普遍存在的现象。如果一个民族不能洞察本族文化的真正价值，就难以用客观理性的目光审视民族的传统文化，那么在与他文化，尤其是强势文化的接触中就难免会滋生文化自卑感，就难以有理性的判断力，学到的恐怕也就是些浮面的东西，也就失去了文化交流的真正意义。

深受儒家文化浸润的赛珍珠，对中国传统社会“温、良、恭、俭、让”古训浸润下的中国人那种温文尔雅、有礼有节的言谈举止极为推崇，认为是中国古老文明的一大魅力所在，因而对受西风吹拂的中国年轻一代某些自以为新潮时尚的行为

---

① 赛珍珠:《我的中国世界》，尚营林等译，长沙：湖南文艺出版社，1991年，第189页。

举止不以为然。她在《我的中国世界》中写道："我承认我更喜欢那些稍稍年长些的中国朋友，喜欢他们那种温文尔雅的言谈举止。我讨厌那些年轻人学来的唐突粗鲁的样子，他们整天叼着香烟，年轻的脸上一副玩世不恭和狂妄自傲的神态，而我过去在这些年轻人的脸上见到的只有谦恭和羞涩。"① 赛珍珠发现中国的年轻一代也不再对自己的父辈惟命是从，他们开始挑战并蔑视长辈的权威。赛珍珠提到一位曾经养在深闺名唤宝英的大户人家的小姐，时代变化了，豆蔻年华的小姑娘也换上了洋装并在上了一年的洋学堂后对赛珍珠抱怨说："我们年轻人的做法只要与父母从前那一套稍有不同，他们就会大惊小怪，这也太愚蠢了。我敢说，就因为他们自己从没做过，就认定是我们做错了。"② "她自以为是地讥笑自己受人敬重的母亲缺少见识，又一厢情愿地希望自己体面的父亲也同别人一样抽起香烟，而不再叼着那种滑稽可笑的老式水烟袋。"③ 无论是她说话的语气还是把"愚蠢"一词用在父母身上，宝英身上已了无传统大家闺秀内敛的涵养亦无小家碧玉的温良谦恭。赛珍珠评论道："这位中国摩登女性中的小字辈愤愤不平，一脸委屈地发表了一通反中国传统的离经叛道言论。"④ 赛珍珠不是一个退而守愚的人，她乐见中国年轻一代对传统文化的挑战

---

① Buck, Pearl S. *My Several Worlds: A Personal Record*. London: Methuen & Co. Ltd., 1955, p.189.

② Buck, Pearl S. *My Several Worlds: A Personal Record*. London: Methuen & Co. Ltd., 1955, p.188.

③ Buck, Pearl S. *My Several Worlds: A Personal Record*. London: Methuen & Co. Ltd., 1955, p.187.

④ Buck, Pearl S. *My Several Worlds: A Personal Record*. London: Methuen & Co. Ltd., 1955, p.188.

和反省，她说道："如果这古老文明已不能适应当今这个时代，如果这些年轻人正是从这块衰落的大地上破土而出的新苗呢？这古老的街道，有深宅大院，有护卫着雕龙画凤的门楼的无形高墙，但却没有宇宙的时空。倘若这些年轻人让阳光照进了那些院落，倘若是不再敬畏那无形高墙而将它摧毁了，甚至在那些精雕细刻的龙凤身上亵渎地贴上了新潮画和海报——如果这一切都是为了一个新时代的大众启蒙，为了一场思想解放运动，为了争取美好的事物与环境……那么，就让这场风暴荡涤我因循守旧的灵魂，荡涤我对旧时代谦恭举止的喜爱吧！因为世界在前进！"① 赛珍珠对 20 世纪上半叶中西文化大碰撞引发的这个"奇妙时代"里中国大地上风起云涌的文化思潮的思考和回应彰显了她作为一名知识分子应有的文化、政治敏感度和有着历史纵深的思考力度，她以自己独立的理性思考兼具多元文化身份的优势为大变革时代的文化思潮提供一种别样的阐释视角和思考途径，以"也在中国"的历史在场者身份为所处的时代和后人提供可供借鉴的思想和文化资源。

提及赛珍珠所处时代的文化思潮，就不得不提近代基督教的入华传教运动，而作为这一历史事件的亲历者和见证者，更由于其特殊的身份——来华传教士之女、农业传教士之妻和传教长老会的一分子，赛珍珠对基督教强行入华传教的本质有着极为清醒的认识和独到的见解。她是最早研究西洋传教士来华传教运动的有影响力的作家之一，亦是对这一运动最具力度的

① 赛珍珠:《我的中国世界》，尚营林等译，长沙：湖南文艺出版社，1991 年，第 180—181 页。

拷问者，她对基督教与中土文化的对抗与冲突有着常人难以企及的生命和文化体悟以及看问题的角度、广度和深度，对中西文化的“双焦透视”令她能以更客观、更知性、更全面的立场审视这场东西文化大碰撞的是是非非以及对人类文明的走势和共同的命运所带来的启迪和教训，她的立场与观点给今天依然面临多元文化、宗教、种族冲突不断的现代人以深刻的反省和启迪。

第五节　西风烈：西洋传教意义何在

近代中西文化最大一次交汇与碰撞无疑是基督教新教的来华传教运动。而赛珍珠与中国、中国人、中国文化的故事说到底亦是这一运动的产物。司徒雷登（John Leighton Stuart，1876—1962）在其《在华五十年》（*Fifty Years in China*）中记述，19世纪80年代之后，美国国内掀起了一场声势浩大的学生志愿到海外传教运动，大批信奉基督教的大学生被鼓动志愿到海外传教，成为美国传教运动的主体。从1886年到1918年，美国通过这个运动派往海外的传教士共达8 000多人，其中2 500余人被派到中国，占总数的三分之一。[①] 高潮时，在华传教士人数达8 000人之多。对此盛况，《教务纪略》一书

---

① 司徒雷登：《在华五十年——司徒雷登回忆录》，程宗家译、刘雪芬校，北京：北京出版社，1982年，第25—26页。

中有一句形象的描述："教堂几遍天下，传教洋人相望于道。"[①] 考虑到中国地域之广袤和人口之庞大，中国被当作"撒旦的堡垒"，是基督教与异教决一雌雄，实现全世界范围内救赎的关键之所在。伴随着西方列强的政治和经济海外扩张这一历史大背景，双方文化碰撞、交锋之激烈可想而知，刀光剑影、血雨腥风书写着这段人类两大文明风云激荡的碰撞史，几多得失，几多教训自有历史来评说。

赛珍珠对基督教新教的海外传教运动的看法与态度沉淀在她给传教士双亲所作的两本传记《异邦客》《战斗的天使》和自传《我的中国世界》以及大量的文学作品中——《大地》《同胞》《闺阁》《牡丹》，还有她引发美国宗教界地震的专题演讲"海外传教有必要吗？"等。赛珍珠并不否认此次人类文化交流史上大张旗鼓的事件对东西方文化的双向积极影响。赛珍珠认同绝大多数西方传教士的奉献精神和对宗教矢志不渝的热忱和执着。跟赛珍珠有着相似多元文化身份和文化阅历的司徒雷登在回忆录中写道："从整体来看，传教士具有纯粹的宗教热情，他们待人真诚，目的高尚，对宗教事业充满无私奉献精神。"[②] 许多到中国的传教士都有这样的心志：纵使身死亦无憾，因为"一粒麦子不落在地里死了，仍旧是一粒；若是死了，就结出许多籽粒来"（约翰福音 12:24）。"他们来到中国，相信自己给所有接受他们信条的人以拯救与幸福。从某种意义上看，他们是对的。他们相信，凡能够信奉基督的人，都

① 李纲己（辑录）：《教务纪略》，上海：上海书店，1986 年，第 9 页。

② 司徒雷登：《在华五十年》，李晶译，南京：译林出版社，2015 年，第 29 页。

能摆脱对自己存在的迷惘，从而从怀疑、猜忌和不幸中解放出来。”① 赛珍珠亦赞赏他们为改善中国民生——普及现代医疗卫生知识，创立医院、大学，促进平民教育开发民智，改善妇女地位，推进中国现代化的进程所做出的巨大贡献，认为是不应被抹杀的。著名汉学家费正清亦在《观察中国》（*China Watch*）的著述中也认同传教士对中国社会现代化进程的积极作用。②

然而，就基督教本身的传教宗旨以及投入的人力、物力和财力而言却是一项“投入产出”极度失衡的事业，非但没有实现基督教“中华归主（耶稣）”的殖民宏愿——在将近5亿的中国人中，教徒从未超过100万。美国研究西方传教士来华传教运动的资深专家杰茜·G. 鲁兹博士（Jessie G. Lutz）曾感叹，无论何时，皈依基督教的中国人都不曾超过其人口的1%，到20世纪中期传教运动被彻底终止。而更令西方宗教人士郁闷的是大部分的皈依者并非真正对基督教义感兴趣，他们当中相当一部分人是“吃教者”（rice Christians），也就是说他们皈依的目的并不单纯，有些是冲着物质上的好处来的，比如说入了教，更能获得升职的机会，有些是为了见世面开眼界，有些是为了学英文以便在洋行里谋份生计，有的是为了寻求庇护，凡此种种可谓是五花八门，唯独真正有精神上的需求，在意自己灵魂归宿的人屈指可数。还有另一类被称为

① 赛珍珠:《战斗的天使》，徐兴华等译，桂林：漓江出版社，1998年，第314页。

② 费正清:《观察中国》，傅光明译，北京：世界知识出版社，2002年，第25页。

“友情基督徒”的入教者，他们选择皈依并不是信奉基督为唯一的真神，而只是不想拂他们基督教朋友的心意或挫伤那些西洋牧师的积极性。赛珍珠在回忆录中提及父亲赛兆祥一次布道时的场景，颇能说明“友情基督徒”的心态：当听众对赛兆祥冗长的布道渐渐失去耐心，纷纷准备离席而去时，一位好心肠的老太太出于对这位苦口婆心的西洋传教士的同情，转身恳请大伙儿别惹这位好心的洋人生气，进而说他来中国传道，是为了将来能到天堂里享福，大家要帮帮他。一边是基督教传教士雄心勃勃拯救中国异教徒于水火的“宏图伟业”，一边是中国百姓为助其进入天堂的“友情出演”，此类吊诡的中西文化碰撞场景倒是应了胡风的那句话，“基督和中国群众底灵魂不能起什么交涉”，像这位老太太以及赛兆祥在传教过程中碰上的一些信徒的情况显示，“友情基督徒”绝非个别现象。对这场历史性文化运动的成败得失，东西方学界的研究论述不可谓不丰，学者们从历史、宗教、哲学、社会学、人类学、政治和经济等各方面着手探讨和研究，各自立场不同，视野和角度不同，结论和看法自然是各有不同，也不乏深刻的见解和洞见。但笔者以为，赛珍珠作为一个历史在场者和亲身参与者，见证了这场声势浩大运动的高潮，亲历了基督教与中土文化的对抗和冲突乃至你死我活的交锋，再由其东西方双重文化身份的双焦透视及其她对中土大地和人民的认知和理解而后沉淀下来的历史性思考是一般学者难以企及的。

赛珍珠在其《亲历中国》一书的《中国与西方》一文中言简意赅地梳理了中西文化的交往史，并提请人们注意一个事实，即历史上中国人并非一开始就排斥西洋宗教和传教士的，因此西方传教士面临的最大问题并不是中国人仇视和排斥外来的宗教。赛珍珠指出，历史上中国人一开始对耶稣会教士善待有加。有史料记载："1601 年 1 月 24 日利玛窦（Matteo Ricci，1552—1610）和庞迪我（Diegode Pantoja，1571—1618）身穿儒服来到了北京城，受到明万历皇帝的召见和优礼，在宣武门内赐屋居住，'所需皆由朝廷供给，每阅日月，颁赐银米，约合每月六至八金盾之数，足敷神父们需要'。"① 中国人对他们传播的西方教育理念和文化，尽管与中国的大相径庭，亦是以开放的态度加以学习，甚至多有推崇。赛珍珠在《中国与西方》一文中写道："明朝时，耶稣会教士受到朝廷的优待。据说当时有 100 多位朝臣还皈依了基督教。中国人天生就有一副公正的心肠，一向对外来者表现出兴趣而非敌意，并给予后者以公平的机会。当有人要求著名的汉学家亚瑟·史密斯博士（Dr. Arthur Smith）②，用一个词来概括中国人最显著的特征时他回答说，'通情达理'（reasonable），熟悉中国人的人都会认同他的这种看法。"③ 中国人对外来佛教的接受，并创立了儒、释、道三教调和并存的局面印证了上述言论，体现了中国人的宗教宽容和对外来宗教的理性接受。而在赛珍珠看来，基督教与中土文化如此激烈的冲突与交锋的肇因是基督教来华传教一开始的理念和方式方法

---

① 顾长声:《传教士与近代中国》，上海：上海人民出版社，2013 年，第 1 页。

② 亚瑟·史密斯（1845—1932）：美国传教士，基督教活动家，著有《中国民族性》（*Chinese Characteristics*）一书。

③ Buck, Pearl S. *China As I See It*. New York：The John Day Company, 1970, p.31.

就与中土文化格格不入。一个强势的西方文明企图借其强盛的国力和文化优越感以自己的宗教伦理观念彻底改造一个古老的文明土生土长的文化价值体系，而不考虑对方绵延数千年的文化传统、风俗习惯、民族意愿，这无疑就是一种“文化帝国主义的行径”①，而传教士对中土文化的无知、冷漠和自负更令他们在中国的传教事业举步维艰。

首先，在赛珍珠看来，中国人的宗教理念与基督教的宗教观存在着不可调和的矛盾。她在自传中写道：“中国人认为宗教信仰和宗教行为完全属于个人的责任和权利（individual responsibilities and privileges）。”② 此言非虚，赛珍珠从小生活在中国人中间，耳濡目染中国人对待宗教的态度和行事方式，有此看法也是必然。中国人认为宗教信仰是个人的私事，信则有，不信则无，信不信全是个人的自由，基督教如此大张旗鼓的游说与急于求成显然与中国的水土不服。中国传统文化宣扬“海纳百川、有容乃大”，浸淫其中的中国人有着“儒、释、道”三教并立的历史承传，因此中国人的宗教观很是宽容，中国百姓会说：你说你家的上帝好，那就好吧，咱也不跟你争，再说了，多一个神来保佑也不错。赛家的保姆王阿妈替得了产褥热的赛母凯丽跪拜各路神灵的做法，便是当时中国普通民众宗教观念的真实写照，无论是大慈大悲的观世音菩萨，还是西洋的圣母玛利亚，在中国百姓看来，多求一个神就多一份

---

① 赛珍珠：《我的中国世界》，尚营林等译，长沙：湖南文艺出版社，1991年。

② Buck, Pearl S. *My Several Worlds: A Personal Record*. New York: John Day Company, 1954, p.118.

福佑，他们敬仰本土的神，也不排斥外来的神。为什么在中国这样一个重视文化承传和统一的社会里，在思想与信仰的层面上，可以容忍那么纷繁复杂的多元文化杂糅的形态呢？汉学家安乐哲（Roger T. Ames）提出了上述的疑问并在其著述《和而不同：中西哲学的会通》中如此阐释道：

> 在很大程度上，中国文化是一种多元文化。不少西方人总是怀疑这一事实，他们认定亚洲文化是单一的，这是一种极端可笑的老观念。……西方人往往难以理解儒学何以能够在多元文化中取得一席之地，他们在使用西方意义上的概念像“共识”（consensus）、“多元论”（pluralism）这样的术语来理解中国时，往往不能清楚地意识到这些概念在中国文化里的含义其实是和西方大不相同的。例如，一个传统中国知识分子很可能是儒家，同时又是道家和佛家，这种说法会令大多数西方人迷惑不解。因为，在西方人看来，个人必须忠诚于自己的哲学立场和宗教立场，就像对自己乐于接受的宗教信仰忠贞不二那样。
>
> 儒家、道家和佛家思想在中国文化里能够和谐共处，不但体现在单一文化中，而且更重要的是，三教合一在特定个人身上体现出来。……在儒教社会里，文化的共识性往往表现在美学和实践层面上，而不表现在思考或理性层面上。这点跟杜威的民主思想非常接近。西方那种认为“合理的思维”（right thinking）就是要对自己的宗教信仰忠贞不二的立场，跟儒家思想和杜威实用主义的美学意义完全不同。

> 在中国历史上，不论文化形态多么多元化，传统都力图使不同的文化形态达到和谐统一，并且将此视为社会公善。①

上述这番分析很好地说明了以“礼”为核心的中国文化在“礼之用，和为贵”(《论语·学而》)这个指导思想下，对社会和谐的追求：允许多样性的存在，并力图使之和谐并存。因此，在这样的传统文化的熏陶之下，中国百姓一开始对基督教的态度应该是相当宽容：多一个不多。但问题是西洋的神很霸道，基督教认定“上帝之存在”为万古不易的信条，“强人以信仰”，“绝不许另有异议”。② 英国哲学家罗素（Bertrand Russell，1872—1970）20 世纪到访中国时曾对基督教的霸道发表了自己的看法：“在旧宗教中，只有犹太教对外教是没有容认的态度的，后来基督教和回教也都把这种思想吸入，都不能容认他教……制度的宗教，不特只有宗教的习惯，是还想把它所信仰的来普及，推广到世界，想把全世界的人只信仰它的一种宗教；且以为自己的信仰总是对的，人家的便都是错的。”③

因此西洋的神不是来分享中国人的崇拜和信奉，而是要独占你的忠心，他要你放弃你的祖宗，放弃你的佛祖，放弃你的大慈大悲的观音菩萨，并挖苦你家庙宇里的菩萨是泥胎子，是

---

① 安乐哲：《和而不同：中西哲学的会通》，温海明等译，北京：北京大学出版社，2009 年，第 65—66 页。

② 李润章：《宗教与科学》，《少年中国》第 3 卷，第 1 期，1921 年 8 月 1 日。转引自杨代春：《非基督教思潮的兴起》，《中国近代社会思潮：1840—1949》第三卷，吴雁南等主编，长沙：湖南教育出版社，2011 年，第 311 页。

③ 罗素：《罗素先生的讲演》（节录），章廷谦笔记，《民国思潮读本》第三卷，北京：作家出版社，2013 年，第 203—205 页。

自身难保的假神仙；要是你逢年过节给自己的祖宗上炷香，叩个头祭拜什么的也是犯了他的大忌，认为把他专属的忠心献给了别的人，而且还是凡夫俗子，明摆着是亵渎了他的神性；还有乡间搭台唱大戏祭神什么的也应该被取消。以基督教一教独大的理念，只有上帝才是人世间唯一真正的神，只有他才配万民的景仰和皈依，其他各路所谓的“神”都得靠边站，要是哪个中国人不理睬或抗拒西洋上帝“唯一的神性”，就会被斥为“异教、渎神”，那就等着下地狱吧，而且还永世不得超生，在地狱永受煎熬。赛珍珠针对此番论调出言讥讽：“这是精神上堂皇的帝国主义，真令人难以置信。”① 在其自传中，赛珍珠更是严词谴责：“西洋传教士可以毫无顾忌地向中国人宣扬一种完全异己的宗教。不，是向他们坚持说，基督教才是唯一正确的，并宣称任何拒绝相信它的人会而且必定会被打入地狱。所有这些言行中的无耻放肆直到现在都令我的灵魂抽搐。”② 对一个“孝文化”深入骨髓的民族来说，要数典忘祖地去完全迎合一个外来宗教的教义，真正理解并认同皈依该宗教的唯一神性，其难度可想而知。赛珍珠在自传中提及她的王阿妈是如何应对西洋教的霸道的，当西洋传教士规劝王阿妈放弃自己的菩萨，只能信奉唯一的上帝时，阿妈略感抱歉地回绝道：“我不会讲西洋话，我又怎能晓得上帝听不听得懂中国话?”当被告知，万能的上帝懂得所有的

---

① 赛珍珠:《东风·西风》，钱青等译，桂林：漓江出版社，1998 年，第 220 页。

② Buck, Pearl S. *My Several Worlds: A Personal Record*. New York: John Day Company, 1954, p.49.

语言时，王阿妈便应答道：“那敢情好啊，要是你愿意，你就替我祷告吧，我不会介意的。而我呢，向来都是跟自己的神祷告的，要是不这么做可是要得罪神灵的。”① 普通百姓如此，一国之领袖的蒋总统虽然皈依了基督教，但不让其去祭拜自己的先母那是绝无可能的事。赛珍珠在其作品中以大量鲜活的情节对西洋传教士在原教旨主义指导下的传教狂想和困境刻画得入木三分：

> 说实在的，早期的传教士都是一些天生的斗士和很了不起的人，因为那时宗教依然是一面引导人们进行战斗的旗帜……早期的传教士对自己的事业深信不疑……他们的天堂是实在的，是一个充满实实在在的美好事物的空间；地狱之火真的是熊熊不灭的，不光要煎熬那些不信教的恶人，而且比这还要可怕得多——它也要煎熬那些浑浑噩噩死去的人……于是出现一种狂热的需要，一种拯救灵魂的激越情绪。那些早期传教士都在为无望的目标去战斗——去拯救总是匆匆地生、匆匆地死，以致来不及得到拯救的人们。他们制定了庞大的计划，策划了遍及广袤地域的布道运动，飞快地向一个又一个人进行宣传。他们甚至估计每两分钟向一个人宣讲救赎之道。“信奉耶稣基督吗？——你信？那你得救了！得救了！”②

---

① Harris, Theodore F. & Pearl S. Buck. *Pearl S. Buck, A Biography*, Vol. I. London: Methuen & Co. Ltd., 1970, p.42.

② 赛珍珠:《东风·西风》，钱青等译，桂林：漓江出版社，1998 年，第 235 页。

在来华传教士中，赛珍珠的父亲赛兆祥无疑是基督教最为坚定的信奉者和传播者之一，真可谓呕心沥血，死而后已。赛珍珠记得母亲凯丽对父亲的评价是："他的整个脑瓜就是一幅中国地图。他知道每一个省，每一座城市，每一条河流，每一座城镇。那些有他建立起来的小礼拜堂的地方，他都标了出来，算是他的领地了。一旦在一个地方立定脚跟，这个地方就被纳入他的传教中心网络中；而他也就去开拓新的疆域了。为了这无穷无尽的热心布道，为了这拼命解救世人的行动，他内心深处情绪十分紧张，这就耗尽了他的肉体和精神。"① 而中国的普通百姓又是如何看待这位西洋传教士的呢？在给父亲所作的传记《战斗的天使》中，赛珍珠记录了父亲的一段传教经历：

安德鲁总是先骑着毛驴走进他已选定作为下一个传教中心的大村庄或城镇，然后找出当地最大的茶馆……找到靠街的桌子旁坐下。

"我是耶稣教里的人。"

村民们盯着他看，一个个面面相觑。耶稣教——他们听说过……所有的教都是好的——所有的神都是好的。他们了解之后感觉自在多了。

可安德鲁却直摇头。他斩钉截铁地说，并不是所有的神都是好的。世上到处是虚假的神——泥塑的、石刻的——但是他信奉的神是唯一的真神。众人听了，也并

① 赛珍珠：《东风·西风》，钱青等译，桂林：漓江出版社，1998 年，第 254 页。

不拿他当回事儿，毕竟他是洋人，不能指望他说话会拿捏好分寸。①

当安德鲁拿出《圣经》小册子，劝说村民一文钱就能买上一本时，善良的村民们便对眼前这位洋人做出了如下的判定：

他定是向神许了愿要做善事。要不，怎么会离乡背井四处奔波呢？他是在为自己积德以求日后升天，看来不会有错。要么，他就是在自己的老家犯了什么罪吧。瞧他长得多难看，大手大脚，鼻子像一张犁，眼睛也像魔鬼——不过是个好人，那倒是没有问题的。他卖掉这些小册子赚到钱好让自己在路上有钱买吃的吧。②

倘若安德鲁当时知晓乡民们对他的这番腹诽，想必会哭笑不得吧。赛珍珠在《大地》中描写王龙一家人首次见到耶稣受难的画像时，竟把他看作是一个作奸犯科遭受惩戒的坏蛋，“肯定坏人才被这样吊着”③，像王龙这样没有多少文化的中国普通百姓有着这样最简单朴素的想法也不足为奇。文化的隔阂和传教士一厢情愿的热情、执着和强势，令中国本土的老百姓对基督教和传教士幻化出一些令人啼笑皆非的看法和印象。而根植于中国几千年的儒家思想影响着中国知识分子阶层对基督

① 赛珍珠：《东风·西风》，钱青等译，桂林：漓江出版社，1998 年，第 247 页。

② 赛珍珠：《东风·西风》，钱青等译，桂林：漓江出版社，1998 年，第 247 页。

③ 赛珍珠：《大地三部曲》，王逢振等译，桂林：漓江出版社，1998 年，第 100 页。

教的褒贬臧否。历史上中国精英阶层中也不乏对基督教教义的笃信者，明代的三大名士徐光启、李之藻、杨廷筠就相信基督教传入中国可以“补益王化，左右儒术，救正佛法”，为“其道甚正，其守甚严，其学甚博，其识甚精，其心甚真，其见甚定”（徐光启语）所折服，认为传教士是一群圣贤之徒，悲悯而智慧的目光凝视着世人，宣扬忠孝慈爱、改过自新，这和中国的先儒何等相似。徐光启、李之藻、杨廷筠之后皆皈依天主教以示“坚信其是”的态度。然而此后两百年间，随着西方文明的兴起和东方文明的相对衰落，基督教文化在东土大地上传播的心态和途径也发生了变化，不复再有明朝时的平和、理性。19世纪下半叶伴随着西方列强的坚船利炮强势登陆，尤其是鸦片战争后，基督教与中国知识精英阶层的平等理性的对话管道越发凝滞，近代中国知识分子对基督教一教独大、唯我独尊的传播态势更多的带着一种审视质疑的不待见态度，更是于20世纪20年代初兴起了知识界的“非基督教思潮”，其影响力迅速扩大，及至突破知识界的狭隘范围，扩展到社会各界。

较之晚清反洋教运动，“非基督教思潮”的最大不同点就是有了更多的理性主义色彩，他们扛起“赛先生”“德先生”旗帜，从科学、民主、自由的角度反洋教。“我们反对宗教的运动，不是想靠一种强有力的势力压迫或摧残一种宗教的人们，乃是想立在自由的真理上阐明宗教束缚心灵的弊害，欲人们都能依自由的判断，脱出他的束缚与蒙蔽。”① 该思潮并不反对

① 王星拱等:《非宗教者宣言》,《晨报》, 1922年4月4日。

真正平等博爱的基督精神，正如一位反基督教人士指出："反对基督教，只反对帝国主义者利用基督教来侵略中国。至真正实行基督教博爱平等之教旨者，不在反对之列。"① 这期间中国驻美公使伍廷芳（1842—1922），亦是中国近代第一位法学博士，在美国的一次公开演讲中以角色替换的方式提请美国公众设想一下这样的情形：中国向美国各大城市派出成群结队的儒学传道者，他们建起庙宇、学堂，连午后的空气中都弥漫着他们奇特的音乐，并竭尽全力劝说基督徒皈依他们的东方信仰，对此西方人会有一番怎样的反应，进而想象一下可能的恶果：

> 如果中国传道者一开始就猛烈抨击基督教义，痛斥美国人珍视的习俗，或特地越俎嘲弄时尚，亦或就紧身胸衣对全美妇女总体健康状况的严重性来一篇学术论文，这样的话，他们卖力苦干的回报将是横飞的石子、土块、臭鸡蛋。②

赛珍珠记述父亲传教经历的一番话可以从一个侧面印证中国普通知识分子对基督教的冷淡反应。"信徒中没有乡绅秀才，年轻的大中学生也寥寥无几，我父亲为此而苦恼，因为如果说他有点势利的话，那就是他看得起的是有文化的人，而非目不识丁者。毋庸讳言，当他给一个受过教育的人洗礼时，他感到这胜过给十三个文盲洗礼。"③ 赛珍珠承认自己不带任何

---

① 陈筠：《基督教对于最近时局当有的态度和措施》，《文社月刊》第 3 卷，第 3 期，1928 年 1 月。

② 转引自彼德·康：《赛珍珠传》，刘海平等译，桂林：漓江出版社，1998 年，第 18 页。

③ 赛珍珠：《我的中国世界》，尚营林等译，长沙：湖南文艺出版社，1991 年，第 130 页。

偏见地说下面这番话的：“传教士和基督教之所在中国站不住脚，是因为真正的文化精英并没有皈依基督教……是因为没有中国第一流的思想家传播它。”①

赛珍珠认为绝大多数的西洋传教士对中国本土文化既不了解也鲜有兴趣，更谈不上尊重，因此儒耶两种文化之间当时实难有真正平等、尊重、理解基础上的交流，误解和冲突就在所难免了。下面两段文字所描述的情形也就在情理之中了。

> 安德鲁一直蒙在鼓里的是，中国人全然不在乎多一个或少一个宗教……再添一个白人的神又有何妨。佛祖原本不也是一个外来的神，只不过是皮肤黑一点罢了。只有当他四处大胆地布道说他的神才是唯一真正的神时，才有人起来抗议他。而当他劝人们别再在祠堂祭拜祖宗，因为对人膜拜就是给以只适合于他的神的礼节，这才有很多人离开他，不再跟随他。②
>
> 安德鲁决定使用中国百姓喜闻乐见的白话文来翻译《圣经》……他采用了一种清晰、精练而又明了的风格，既无隐晦亦无虚饰……并对每一本译完的书反复斟酌修改，并用省吃俭用积攒下来的钱，甚至“化缘”来的钱支付印书的费用，对于这一点，他羞于启口。他走到哪儿就把他的书分发到哪儿。但当他看到那些不停忙活的中国

---

① 赛珍珠:《我的中国世界》，尚营林等译，长沙：湖南文艺出版社，1991年，第131页。

② 赛珍珠:《战斗的天使》，陆兴华等译，桂林：漓江出版社，1998年，第273页。

妇女会毫不迟疑地把任何一点儿到手的废纸都纳进鞋底，他就不愿意再白给了。①

赛兆祥从1880年抵达杭州到1931年在南京辞世，在长达半个多世纪的传教生涯中，他为他毕生追随信奉的上帝放弃了舒适的生活，牺牲了妻儿老小对他的家庭需求，罔顾了自身的健康与安全，更经历数不胜数的痛苦与生死劫难，即便凭借他如此坚定的宗教信念、狂热的传教激情和步步为营的传教策略，却依然没能在如此漫长的传教岁月使多少中国人真正皈依耶稣基督。赛珍珠在父亲的传记中不胜唏嘘道："如果说他的一生有什么意义的话……那就是作为他的国家和时代的某种精神的产物，因为他就是一种精神的化身。这种精神上承我们祖先的遗赠，来自盲目的坚信、纯粹的偏执、对天职的热忱、对凡夫尘世的轻视和对天堂崇高的信心。"② 赛珍珠笔下赛兆祥矢志不渝的传教人生收获的几声寂寥回响很大程度上也是近代整个基督教来华传教运动的真实写照。

除却宗教理念、文化习俗的不同，近代中西两大文明强弱不对等的对话态势从一开始就昭示着不同寻常的对抗和冲突。19世纪下半叶，作为西方文明基石和象征的基督教文化是伴随着西方列强的殖民扩张，在坚船利炮的保驾护航下雄风飏飏登陆远东这片古老大地的。而此时的华夏文明已走入低谷，往昔的荣耀不再。内忧外患、国力衰微、民生凋敝，文化上已了

① Buck, Pearl S. *Fighting Angel: Portrait of a Soul*. New York: John Day Company, 1936, p.197.

② Buck, Pearl S. *Fighting Angel: Portrait of a Soul*. New York: John Day Company, 1936, pp.12–13.

无唐汉雄风，这为基督教强行入华提供了绝好的历史机遇①。“中国人归基督”这句带有浓郁文化殖民色彩的传教名言在当时的西方传教士中甚嚣尘上。当时与西洋传教士过从甚密的儒生王韬（1828—1890）的一席话对入华传教士的跋扈作了形象的注脚：“（西人）无不傲慢侈肆；其颐指气使，殊令人不可向迩；其待仆隶下人，频加呵斥，小不遂意，辄奋老拳。彼以为驾驭中国之人，惟势力可行耳，否则不吾畏也。”② 西方对基督教最为激烈的批评者之一，乔治·桑塔亚那（George Santayana，1863—1952）对于海外传教有这样的认识：“一场布道就是一场无缘无故的攻击。它威逼利诱，发号施令，乱人心绪，悚人毛骨。”③ 以上两段文字互为佐证，揭示了强势的基督教文明唯我独尊的文化沙文主义心态：对输入国本土文化的藐视和摧残，对其人民的肆意欺凌和侮慢。

东渡而来的基督教登陆中土大地肇始就彰显着它身后列强威临四方的霸气，更令中国人记起西洋传教士在中国传教的所谓合法性是如何取得的，一次次的不平等条约保障了白人传教士在中国土地上来去自由宣扬基督教的权利。赛珍珠指出连她父亲这样对中国人温和友好、为人正直而博学的传教士有时遇上地方官员对他们传教的不待见时，也会“狐假虎威”宣称自己在这方远东土地上靠枪炮得来的特权。“如果真有哪位县

---

① 颜炳罡：《心归何处——儒家与基督教在近代中国》，济南：山东人民出版社，2005 年，第 11 页。

② 转引自颜炳罡：《心归何处——儒家与基督教在近代中国》，济南：山东人民出版社，2005 年，第 208 页。

③ 转引自彼德·康：《赛珍珠传》，刘海平等译，桂林：漓江出版社，1998 年，第 16 页。

官胆大包天，竟然对于以炮舰作后盾的威胁也毫不畏惧时，安德鲁就会去求助于所在地的美国领事……往往安德鲁就能如愿以偿。县官看到盖有美利坚合众国大印的公函，嘴上虽然难免会嘟哝几句措辞谨慎的轻蔑之言，但最终还是会允准的。”① 无论是对普通的中国百姓还是政府官员，传教士在中国土地上存在本身就提醒着人们不争的民族失败感。这种感觉时不时在西洋传教活动和与传教士打交道的过程中凸现出来。赛珍珠在父亲的传记中记述：一旦某一位白人传教士与中国本土教徒或牧师发生冲突，传教团的政策规定他们必须“枪口一致对外”，也不管其中的是非曲直，所有的白人传教士都应义无反顾的站出来为他的同胞撑腰，声称“绝不允许本地人触犯传教士的威严”，要不，教会的权威还会有人在乎吗？② 这便是种族优越感和基督教原教旨主义浸淫下恰如其分的思维模式。而当中国人中的一些不法之徒想利用白人的名望和白人的宗教来达到自己的目的时，他们只消在地方官面前喊上一句“我是白人教堂的，我受他们保护”，就足以让那位官员闭嘴而得以逃避法律应有的惩处，因为一些白人教堂为了吸引更多的信众，凭借身后列强的国力气势，为信徒开出了一些罔顾乡规民约，甚至法律的庇护承诺。更有一些雄心过度，野心勃发的传教士已不满足于单纯的传教活动，而是在一袭圣袍的掩护下间接或直接参与本国政府的海外扩张活动中，其中不

---

① 赛珍珠:《战斗的天使》，徐兴华等译，桂林：漓江出版社，1998 年，第 285—287 页。

② 赛珍珠：《战斗的天使》，徐兴华等译，桂林：漓江出版社，1998 年，第 271 页。

乏传教士中的一些风云人物。

> 例如德国在山东的主教安治泰①，一直要求德国政府为教会利益采取积极有力的行动。巨野教案发生后，他立即向德国外交部建议应该利用这个大好机会占据胶州湾，并将此变为德国在远东的一个重要基地……像安治泰这样的传教士在当时虽然并不具有普遍意义，但也为数不少。诸如法国传教士樊国梁、美国传教士丁韪良、李佳白等②，他们虽然在近代中国社会转型过程中起过相当重要的作用，但随着中国政府与西方国家尤其是与他们自己的国家发生某种冲突或外交紧张时，他们都在某种程度上背弃了最初的宗教乃至政治信仰，而屈从于更现实的政治，都曾向他们自己的国家竭力鼓吹过瓜分中国，要求其政府动手建立自己的侵略基地。③

西方列强在政治、经济、军事上对中国的步步紧逼，列强护佑的西洋传教士对中国人思想精神上的虎视眈眈，步步为营的浩大声势激起了中国社会各阶层的强烈抵制和反抗，导致教

---

① 安治泰（John Baptist Anzer，1851—1903）曾经借巨野教案积极鼓动德国侵占胶州湾，借日照教案鼓动德军入侵日照和兰山县（今临沂），充当德国侵略山东的间谍和谋士，勒索教案赔款。1903 年卒于罗马。

② 樊国梁（Bishop Pierre-Marie-Alphonse Favier，1837—1905），罗马天主教直隶北境宗座代牧主教，遣使会会士。著有《北京：历史和记述》（*Péking: histoire et description*），1905 年逝于北京。丁韪良（William Alexander Parsons Martin，1827—1916），美国长老会传教士，同文馆总教习，京师大学堂首任西学总教习。李佳白（Gilbert Reid，1857—1927），近代美国在华传教士，尚贤堂创办人，著有《管窥中国》（*Peeps into China*），1927 年在上海辞世。

③ 马勇：《坦然面对历史的伤：重述 1840—1911 的故事》，北京：中华工商联合出版社，2013 年，第 205 页。

案频发直至爆发震惊中外的义和团运动和后来的南京事件。基督教与中土文化的对抗和冲突贯穿赛珍珠的整个成长过程和在华岁月，她对基督教强行入华传教的本质有着极为清醒的认识和独到的见解，她抨击此行径是一种精神帝国主义："传教活动无异于想摧毁一种已历经许多世纪考验的文化"①，并对传教士野蛮霸道的传教方式给予了毫不留情的诛伐。"我亲眼见过鄙俗狭隘、尖酸刻薄、麻木迟钝、愚昧无知的传教士，浑身上下透着不可一世的傲慢……藐视任何别的文明，除了他们自己的；对旁人从不宽忍为情，在感情细腻、温文尔雅的教徒中举止言谈愚钝。面对这一切，羞耻使我的心在滴血。仁慈的基督在上，我实在无颜向中国人民致歉，我们竟派了这种人去帮助他们！"② 赛珍珠以其在华亲历基督教与中土文化激烈碰撞，乃至你死我活交锋的切肤体验，深刻认识到文化霸权主义和基督教原教旨主义给中西方人民造成的严重后果——对输入国本土文化的摧残；阻断正常的异质文化交流通道；引发双方更大范围的对抗，对双方都造成了不可估量的损失。

就中国而言至少生出中国近代文化的两大悲哀：由痛恨列强而厌恶基督教，因为传教士被看作是日益强大的外国势力的一部分，而这股势力正使中国人渐渐沦为帝国的臣民；由厌恶基督教而迁怒西学，因为传教士承担的西学传播，由于其在中国人心目中的丑恶形象而产生极为严重的负面效

---

① 保罗·多伊尔:《赛珍珠》，张晓胜等译，沈阳：春风文艺出版社，1991年，第47页。

② 保罗·多伊尔:《赛珍珠》，张晓胜等译，沈阳：春风文艺出版社，1991年，第47页。

应。“前者扭曲了儒家与基督教正常对话的管道，后者则迁延了中国社会近代化之进程。”① 就基督教传教活动的大张旗鼓之“投入产出”而论，着实是一场彻头彻尾的失败，更是徒增了无数无辜的亡灵，赛珍珠本人及其家人也成了被殃及的“池鱼”，险些丧命。至于造成的潜在危害，赛珍珠有一段话颇耐人寻味：“我又一次清楚地看到了历史的轨迹——从第一艘葡萄牙船沿亚洲海岸掳掠，到日本的飞机尽其所能地轰炸世界上最强大的西方世界——前边有因，后边有果，一步接着一步，历史就是这样前进的。”② 赛珍珠的忧虑是有其深刻内涵的，因为在人类社会漫长的发展过程中，文明有盛衰，国力有消长，就如日月之盈亏。人类历史上从未有过，也不可能有哪一种文明可永保其霸主地位。倘若某一文明一旦得势，就霸权肆虐，欺凌四方，妄想以我族文化取代异族之文化，那么世界将永无宁日。赛珍珠深刻体认到任何一种文明，想借国力之强势，强行推销其文化价值理念，不仅有损本族文化的声望，在道德层面遭世人诟病，也是对本身文明的异化和扭曲，更是对异质文化的摧残和侮慢，是对人类整体文明的亵渎。

赛珍珠对基督教新教海外传教的拷问在1932年深秋那个风和日丽的下午达到了高潮。彼时在纽约的阿斯塔饭店，面对蜂拥而来的2 000多名长老教会的女教徒，借《大地》获得普利策奖后声名鹊起的赛珍珠发表了引起轩然大波的演

---

① 颜炳罡:《心归何处——儒家与基督教在近代中国》，济南：山东人民出版社，2005年，第201页。

② 赛珍珠:《我的中国世界》，尚营林等译，长沙：湖南文艺出版社，1991年，第117页。

讲——“海外传教有必要吗?”赛珍珠最后的回答是否定的,该讲话引发的轰动效应在美国学者葛兰·华克(Grant Wacker)的文章《赛珍珠与美国的海外传教》(*Pearl S. Buck and the American Foreign Missions*)一文中有一段令人印象深刻的描述:

> 或许,演讲当天赛珍珠的听众们未能及时做出反应,但新闻界对此却迅速有了回应。年底之前,庄台公司(John Day Company)已经将此次演讲的内容赶印了出来,出版了单行本。1933年1月《哈泼》杂志转载了演讲内容,与此同时,远在中国的《大美晚报》(*Shanghai Evening Post*)也全文刊登了这篇演讲稿。法国巴黎和巴西里约热内卢的报纸对此也有过评论。大多数报纸都把赛珍珠描绘成了先知。自由新教派的期刊,《基督教世纪》(*Christian Century*)把赛珍珠列为与阿尔伯特·史怀哲(Albert Schweitzer)、李佳白(Gilbert Reid)以及E.斯坦利·琼斯(E. Stanley Jones)这些传教士齐名的伟人。《哈特福特新闻报》(*Hartford Courant*)与《西雅图时报》(*Seattle Times*)对她也是赞赏有加。①

当然另一方面,该演讲有多轰动,反对的呼声就有多高涨,耶稣会期刊、宗教界名人、长老会教徒等纷纷起来声讨赛珍珠的“大逆不道”之举,斥其失去了对宗教的忠诚与热爱,其冷酷、无情、荒唐、偏执,是知识分子式的冷嘲热讽,总之

① 葛兰·华克:《赛珍珠与美国的海外传教》,郭英剑、冯元元译,《江苏大学学报》(社会科学版),2007年,第3期,第59—66页。

对美国的基督教事业而言是一个“大麻烦”，是令美国宗教界不得安宁的存在。威斯敏斯特神学院教授 J. 格雷沙姆·梅琴（J. Gresham Machen）是“倒赛派”的代表人物，他强烈要求传教董事会与赛珍珠的言行划清界限，清理门户，将她驱逐出教会，响应者并非少数。为了避免异端邪说之审判，更因为对自己宗教理念的坚守，赛珍珠向长老教会递交了辞呈，退出了正统教会，[①] 但赛珍珠从未放弃真正的基督性和基督精神——博爱，她信奉“没有教条的宗教”（《纽约时报》）。她在 1933 年发表的《复活节》（*Easter*）一文中表述了这种世俗化的宗教思想：否认具体教条的必要性，赛珍珠认为基督教真理是由凡人的最高理想提炼而来的；耶稣为人类服务的献身精神以及他宽容、慈悲的性格，代表着人类对最纯粹、最美好的仁爱的向往，凝聚着人类所能幻想出的最高价值。[②] 因此受耶稣博爱精神的激励和教导，赛珍珠毕生奉守的唯一的宗教就是“爱的宗教”，事实上，她彻底摒弃了父亲奉若神明的基督教救世观念，却以父亲那种至死不渝的传教热忱宣传并实践基督教的仁爱精神，成为一个“尘世的传道者”。

有别于父亲正统僵化的福音论思想，赛珍珠倾向并赞赏服务于大众的世俗化“社会福音论”，这早在 1918 年她写给其兄长的信中就可见端倪。“从人的角度来讲，在中国的传教事业之所以不成功，是因为我们的工作方法从一开始就错了。面对那些饥寒交迫、无家可归的人们，我们往往不是先伸出援助

---

① 葛兰·华克：《赛珍珠与美国的海外传教》，郭英剑、冯元元译，《江苏大学学报》（社会科学版），2007 年，第 3 期，第 59—66 页。

② Buck, Pearl S. Easter, 1933. *Cosmopolitan*, 1933 (5), pp.170-171.

之手解决他们的温饱，而是想尽办法向他们宣讲福音。”[1]“社会福音”的思想核心是在现实世界建立“上帝之国”，相信社会秩序的基督教化是解决社会问题的最佳途径，主张基督教对人类生活的全面介入，影响社会政治、经济、军事、文化和教育等诸方面；“社会福音”论反对将宗教和科学对立的做法，试图把科学与信仰、文化与教会、民主与基督教、伦理与神学之间的对立化解，使之达到一种整体一致、有机共存。[2] 赛珍珠无论在其文学创作，还是社会实践活动中一以贯之地践行她的“社会福音论”思想，并把她的“社会福音论”思想具象到她众多的小说人物身上，折射了她对基督教服务社会的深层次思考和展望，从而实践耶稣基督的伟大博爱精神，亦是儒家文化赋予她的家国天下的情怀，应该说其长篇小说《闺阁》中安德鲁修士这一形象完美地体现了赛珍珠心目中真正的基督精神和基督教服务大众，福佑众生的真正写照。

安德鲁修士（Brother André）是吴府女主人吴太太为三少爷吴峰镆（Fengmo）延聘的英文家教，在赛珍珠笔下安修士无论是人品、学识、才干都堪称典范。他身材高大、相貌倜傥、学识渊博又颇具才干，值得一提的是，这位来自意大利威尼斯的修士由于与罗马教廷的教义相左而不容于教会，因他宣称人类才是神圣的。他不属于任何宗派，亦不死守任何的宗教教条，鲜有宗教的门户之见，他有着自己行走于世的宗教信

① Grant, Wacker. Pearl S. Buck and the Waning of the Missionary Impulse. *Church History*, 2003, 72 (4): 852-874.

② 转引自朱骅:《论“社会福音”思想与赛珍珠小说主旨的演变》,《江苏大学学报》(社会科学版), 2017 年第 5 期, 第 48—53 页。

义，下面一段他与吴太太的对话非常直观地阐述他的宗教理念：

“给我说说你的宗教。”她要求道。

“我无法解释，因为我不能，”他说，“夏修女可以照本宣科，给你讲祷告的方法，但这些都不是我的方法。我看过很多书，我没有一成不变的祷告方法。”

“那么你的宗教又是如何体现的呢？”她问。

“在面包和水里，”他回答，“在睡觉和走路中，在我打扫的屋子和花园里，在我喂养带回家的弃婴之中，在来府上教授您的儿子之中，在陪伴病人和帮助弥留之际的人们时——这样他们也许能平静地离去。”

“我多希望府上老太太故世时，当时能请你过来，”她突然说道，“不知为何，我当时就想请你过来。但我担心家里的人坚持要请庙里的和尚。”

“我不会排斥你们的和尚，”安修士说，“我从不在任何地方禁止给人带来安慰的任何人。我们都需要安慰。”

“你也需要？”她惊讶地问。

“当然。”他答道。

“你确实是孤家寡人，”她提高了声音，“你都没有家人在身边。”

“大家都是我的亲人，”安修士说，“亲缘和非亲缘之间没有区别。”

“你们的血液像不像我的血液？”吴太太大声说。

“没有区别。”他回答说，“全人类的血液都是同一种物质。”①

这段对话无疑蕴含了赛珍珠本人的多元宗教观。基督教“爱邻如爱己”的博爱精神和儒家“四海之内皆兄弟”的仁爱思想在安德鲁修士这一人物身上得到了淋漓尽致的展示。有别于满口仁义道德的嘴上文章，安修士以自己实际行动和生命践行自己的宗教理念。身处20世纪上半叶中国动荡的社会环境，安修士对民众的疾苦感同身受。他收养了近20个遭遗弃的女婴，他非富贵之人，养育这些弃婴，他要垦荒种地，辛苦劳作，数十年如一日，等姑娘们长大成人还得给他们找可靠的男人嫁出去；对身边的乞丐，安修士亦尽己所能给予帮助，一个衣衫褴褛的乞丐无比感激地说道：“这个洋人神父常给我一些钱，特别是到了冬天，他有时会叫我进屋里过一夜，第二天早上还给我饭吃。”② 当百姓有难时，安修士从不作壁上观，当听闻吴府二太太秋明因害怕生女孩上吊，眼看要一尸两命时，通医术的安修士火速赶往现场，拔开乱作一团的人们，不顾周边人的质疑和排斥，以一针“强心剂”救回两条人命；当目睹黑帮混混抢劫当铺时，安修士义无反顾挺身而出，救下当铺老板，自己却惨遭毒手，不幸殒命。这名尘世的传教道，以生命践行了自己的宗教真义：真正耶稣基督的博爱精神不在正统、僵化的教条里，也不在慷慨激昂的布道中，不在自诩正统的门

① Buck, Pearl S. *Pavilion of Women*. New York: The John Day Company, 1946, p.153.

② Buck, Pearl S. *Pavilion of Women*. New York: The John Day Company, 1946, p.209.

户之争中，而在于日复一日救民于苦难，解民于危难的“爱人如己”的世俗化博爱中，而非仅仅存在于冠冕堂皇的教义中。

正如本章开篇提及的约翰福音里的一句箴言，“一粒麦子不落在地里死了，仍旧是一粒；若是死了，就结出许多籽粒来”（约翰福音 12:24），安德鲁修士纵使身死亦无憾，因为他像一粒落地的种子，他的博爱之根深扎在东方这片土地，结出了果实。这果实中最饱满的便是深受其宗教真义影响的吴太太和吴府三少爷峰镆，安修士以其博爱、博学、博大的胸怀和眼界为吴府的这对母子打开了一个广阔的精神世界，峰镆对母亲说：“安修士给我指明了道路。”① 峰镆此后所走的道路无疑有着安修士精神的映照，亦体现了赛珍珠的“社会福音论”思想。早先峰镆在接受安修士一段时间的教授后，出国留学，并在安修士遇难数年后，学成归国，回到了自己的家乡，准备投身到改造乡村的运动中，其时他对母亲说道：“娘，我的改变很大程度上应归因于安修士，他让我懂得什么才是真正的幸福。他让我看到了自己的灵魂。这就是我回归的原因。”② 峰镆牢记安修士的教诲，人活在世就应奉献自己，并找到自己服务社会的路径。安修士以他的学识、智慧和博爱点亮了峰镆的心灵，而他将沿着安修士的精神足迹，以自己所掌握的现代知识服务同胞，造福乡村，亦为他们点亮心头的一盏灯，正如他自己所感悟到的：“学会识字就如在心里点亮了一盏灯，将禁

① Buck, Pearl S. *Pavilion of Women*. New York: The John Day Company, 1946, p.169.

② Buck, Pearl S. *Pavilion of Women*. New York: The John Day Company, 1946, p.286.

锢的灵魂释放出来，好似开启了一扇通往宇宙的大门。”① 峰镆凭借一腔青春热血和矢志不渝的干劲，再加上吴太太财力、物力的鼎力支持，把农民识字班的工作进行得红红火火。

> 峰镆就像屋子里的一团火，周围的一切都为之扇风助燃。他天没亮就起床，点着蜡烛吃完早饭，一大早就骑着马沿着田间小路朝他开设第一个学校的村子走去。他规定村上男女老少都得来学习，因为他为他们开设了不同的授课班级。老年人中自然有人牢骚满腹，他们可从来没有为书本的事犯愁，现在也没有觉得识字有什么必要。“我们都是黄土埋半截的人啦，何必非得了解人家写在书上的东西?”他们抱怨道，“我们自己没有头脑吗? 活到这么大岁数，我们自己也学到了一些智慧，这就足够了。”②

面对上了年纪村民的保守僵化思想，峰镆应对自如，他对吴太太说：“我有法子治治他们!”③ 到后来，当农民们看到识字给后生们带来的好处，也就不再打退堂鼓，说风凉话了。年轻的农民中一旦有人学会了识字、看账单、查账目，峰镆就不失时机地把话传开来。最后，识字成了新风尚，其他村子也来要求建学堂，峰镆忙得不可开交。心中有爱又有义，峰镆改造乡村的步伐越迈越坚实。有了办学的经验后，他又尝试去办医

---

① Buck, Pearl S. *Pavilion of Women*. New York: The John Day Company, 1946, p.292.

② Buck, Pearl S. *Pavilion of Women*. New York: The John Day Company, 1946, pp.297-298.

③ Buck, Pearl S. *Pavilion of Women*. New York: The John Day Company, 1946, p.299.

院，峰镆在农村这片广阔的土地上挥洒自己的青春热血，他虽没有皈依任何的宗教，也没有任何惊天动地的业绩，但他跟他的精神导师安修士可谓是“殊途同归”，吴太太对此评价道：“要是安修士还活着，他会赞同你所做的一切的。”① 安德鲁修士毕生奉守的“社会服务”精神已在峰镆这一代年轻人身上生根发芽。在安德鲁和峰镆身上赛珍珠寄托了对“社会福音”救世的理想。在赛珍珠看来，服务民众不应有宗教门户之分，不应高谈阔论教义之正统与否，救民疾苦才是最大的博爱，才是对耶稣基督“爱人如爱己”最高宗旨的践行，而救民疾苦更不应脱离社会现实，对一群饥肠辘辘的民众宣读如何救赎自己的灵魂是可笑而悲哀的，赛珍珠的精神导师狄更斯曾言：“我对上帝的崇拜并不是停留在口头上，也不是在形式上的，而是一种出自内心的崇拜……我希望拥有更少牧师的基督教，而更多的是基督自己的基督教。更少的信条和教条，更多的活的信仰。”② 这无疑是对赛珍珠所信奉的宗教真义的一种诠释，和对她“社会福音论”思想的催发。因此，根据当时中国的社会现实和出于赛珍珠本人对中国农民的深切同情，赛珍珠热衷于支持和鼓吹乡村改造，她的《告语人民》就像是一本宣言书，对启迪民智的乡村平教运动，改善农民健康的乡村医疗改革运动等都给予大量的宣扬和褒奖。正是基于此种理想，她笔下的人物，包括《闺阁》中的安修士、峰镆，《分家》中的

---

① Buck, Pearl S. *Pavilion of Women*. New York: The John Day Company, 1946, p.312.

② House, Humphry. *The Dickens World*. London: Oxford University Press, 1960, p.109.

王源，《同胞》中的詹姆斯、玛丽、刘诚等走进了广阔的农村天地，书写自己新的人生，也改写了中国万千农民的人生，这是赛珍珠“社会福音”救世向世俗化过度的体现。赛珍珠感兴趣的是行动，而非言语；是博爱，而非教义。赛珍珠坚信真正值得为之献身的基督精神“应推崇通过公正、仁爱和宽恕的行为促使人与人之间的兄弟关系和同胞间的相诚相助”①。

赛珍珠在东方这片峥嵘“大地”上生活了整整40年，既便回归美国故里，东方这片“故土”依然是她魂牵梦萦的家园，因为正如她的肺腑之言：“是你们哺育了我，培养了我，塑造了我，才有今日之我。”② 而当“故园”有难时，即便相隔万里，依然是“共赴国难”的一片赤诚和勇气。赛珍珠笔端谱写的是中国人民气贯长虹的民族抗争史诗，体现了她作为一名知识分子的公义和良知，为人类的自由和正义，她的热血从未冷却。

第六节　抗战叙事：共赴“国难”，中国必胜

20世纪人类最为重大的事件莫过于两次世界大战，而对于中国人民而言，第二次世界大战的全民抗战更是刻骨铭心。

---

① 保罗 A. 多伊尔：《赛珍珠传》，张晓胜等译，沈阳：春风文艺出版社，1991年，第47页。

② Buck, Pearl S. *China Past and Present*. New York: The John Day Company, 1972, p.176.

作为同盟国成员——世界反法西斯正义力量不可分割的一部分，中国人民进行了艰苦卓绝的抗战，以“惊天地，泣鬼神”万众一心、浴血抗击外敌的决心和民族气节赢得了世界人民的尊重和钦佩，也赢得了赛珍珠由衷的敬佩和鼎力支持。1937年卢沟桥事变拉开了中国全面抗战的序幕，此时，赛珍珠早已回归美国本土，但她在中国抗战伊始就立场坚定地站在了中国人民一边，为她的“中国故乡”摇旗呐喊。翌年赛珍珠荣膺诺贝尔文学奖，在举世瞩目的授奖时刻，她为中国人民的抗战大声疾呼：“现在全体中国人民正在进行着一场最伟大的斗争——争取自由的斗争。当我看到中国人民空前团结起来反对威胁其自由的敌人时，我感到从没有像现在这样钦佩中国。就凭着这种争取自由的决心——这也是中国最根本的民族性中最深沉的品质，我知道中国是不可征服的。”① 赛珍珠说这番话的1938年正是中国人民的抗日战争进入一个极其艰难的年头，大片国土落入日寇魔爪，南京沦陷、武汉沦陷，抗日救亡危难重重。赛珍珠在中国“国难”之际，在这样的场合、以这样的身份，向全世界亮明自己的立场和对中国人民坚定的信念——“中国是不可征服的!”这是极其难能可贵又极需勇气和胆识的，试问，在当时还有哪一位西方人士对中国的抗战如此感同身受，仗义执言而又立场鲜明地予以精神、道义、物质上的支持呢？中国著名翻译家江枫老先生在赛珍珠国际学术研讨会上动情地说：“哪怕她只说了这样一句话，也值得我们永

① Harris, Theodore F. and Pearl S. Buck. *Pearl S. Buck: A Biography*, Vol. 1, London: Methuen & Co. Ltd., 1970, p.217.

远感激，矢志不忘。”① 江先生说得实在，中华民族是一个感恩图报的民族，在中华民族的抗战史上，应该有赛珍珠浓墨的一笔。对于中国人民万众一心为捍卫民族自由进行的伟大的抗日战争赛珍珠不仅仅是给予精神和道义上的支持，更体现在竭尽所能的行动上，彰显了一名国际知名公共知识分子的良知、热血、公义、胆略和远见。

为配合中国人民的抗日战争，赛珍珠凭借自身的名望发表了大量的文章和演说，对中国的抗日战争给予了最热烈而无私的宣扬和支持，仅在1938年至1945年间，赛珍珠先后发表了《中国必胜》（China Wins，1938）、《日本必败》（Japan Loses the War，1938）、《致我中国朋友的信》（Letter to My Chinese Friend，1940）、《我们必当同舟共济》（We Must Stand Together，1941）、《中国取胜的奥秘》（The Secret of China's Victory，1941）、《中国之团结统一》（The Unity of China，1941）《明天的火种》（Tinder for Tomorrow，1942）、《中国人民的立场》（Where the Chinese People Stand，1942）、《我们在远东为何而战?》（What Are We Fighting for in the Orient? 1942）、《中美关系》（Chinese-American Relations，1943）、《东方和西方》（East and West，1945）等一系列政论文章、广播或现场演讲。无论是撰文还是演讲，赛珍珠无一例外站在中国人民的抗日立场上，旗帜鲜明地反对日本帝国主义的侵略行径，呼吁美国朝野放弃孤立主义政策，认为“真正的中立已

① 江枫:《怀念中国人民之友赛珍珠》,《赛珍珠纪念文集》第二辑，许晓霞、赵珏主编，桂林：广西师范大学出版社，2006年，第70页。

不复存在，中立就意味着对日本有利”①，并恳请美国人民给予中国人民应有的支持，这是美国作为一个民主大国应尽的道义和责任，亦是出于其自身国家安全之考虑。正如她在《我们必当同舟共济》的演讲中一针见血地指出中日两国之间的战争，已经超出其地缘政治的范畴，成了“民主与暴政之间的战争”②，美国绝不可能在这样的战争局势之下，置身事外太久，珍珠港的血水和美军数千亡魂印证了她敏锐的政治先见。

赛珍珠强烈谴责美国工业资本家为了牟取暴利，罔顾国际道义，大发战争不义之财，源源不断向日本出售汽油、废钢铁和其他一些可用于中国战场的战略物资，控诉他们“助纣为虐，协助日本侵略者轰炸、杀害无辜平民，染指侵吞别国领土”③。赛珍珠提醒美国人民，“我们不应当忘记，眼下依然还有美国人在跟日本人做战争物资的生意，对此，我是无论如何也不会赞成的。在美国国内，民众一致反对向日本出售可用于侵略战争的物资。问题的关键是如何采取切实有效的措施来杜绝此种交易，有些美国人提议实施贸易禁运，另一些人认为要想贸易禁运得以有效执行，必须采取强制措施。”④ 正是在包

---

① Pearl S. Buck. Untiled speech at the Stop Arming Japan Rally (April 25, 1939), Pearl S. Buck Family Trust archives.

② Pearl S. Buck. We Must Stand Together. February 15, 1941, *China As I See It*. New York: John Day Company, 1970, p.126.

③ Pearl S. Buck. Untiled speech at the Stop Arming Japan Rally (April 25, 1939), Pearl S. Buck Family Trust archives.

④ Pearl S. Buck. We Must Stand Together. February 15, 1941, *China As I See It*. New York: John Day Company, 1970, p.125.

括赛珍珠在内的美国朝野有识之士的大力呼吁和推进之下，美国公众舆论发生了转向，美国政府顺应民心，逐步加大了对日本的压力和援华力度，对日贸易禁运也是箭在弦上。我们不妨撷取日本学者所著的《中国抗日战争史》上一组翔实的数据，以供参考：1938 年，美国通过进出口银行借贷给中国 2 500 万美元，这是自中国抗战爆发以来的首笔贷款。1940 年 7 月，罗斯福总统下令禁止对日出售航空燃油、润滑油；9 月，下令禁止对日出售废钢铁，12 月宣布向中国提供贷款一亿美元。1941 年 4 月租借给中国4 500万美元的军火，提供5 000 万美元贷款。① 1941 年 7 月 26 日，罗斯福总统最终下达对日实施贸易禁运，切断了对日本的石油供应，两天后，又冻结了日本全部的在美资产。② 贸易禁运给日本岛内造成了难以承受压力和恐慌局面，在石油和战争物资储备告罄之际，日本铤而走险，于 12 月 8 日偷袭珍珠港，同日，美国对日宣战，亚洲反法西斯统一战线形成。好莱坞导演罗兰 · 艾默里奇（Roland Emmerich）2019 年版的《中途岛战役》（*Battle of Midway*）以翔实的历史素材再现了这一段美日之间一触即发的战争风云。回顾美国参战的历程，谁能否认以赛珍珠为代表的一大批美国朝野有识之士的功绩呢？③

此外，赛珍珠在她的系列演讲中一再提醒美国人民：“我

---

① 石岛纪之：《中国抗日战争史》，长春：吉林教育出版社，1992 年，第 97 页。

② Encyclopedia Britannica. The United States from 1920 to 1945 (World War I), The Road to War.

③ 孙威尔：《患难见真情》，《赛珍珠纪念文集》第二辑，许晓霞、赵珏主编，桂林：广西师范大学出版社，2006 年，第 75 页。

们今天应当感谢中国人民进行了数年的抗日战争。正是这些英勇无畏的普通人民在亚洲为我们做着英国人在欧洲做的同一件事——他们已经证明：敌人并不是不可战胜的。"① 在赛珍珠说这番话之后，美国总统罗斯福亦在公开场合承认中国的抗日战争拖住了日本的几百万军队，极大地减轻了英美联军在"二战"战场上承受的压力。赛珍珠清楚，中国的抗战一开始就是人民的战争，中国人民清楚自己的国家和政府都没有做好充分的准备应对战争。然而不管充分与否，在中国人面前只有两条路，要么起而抗击外敌，要么不战而降成为亡国奴。赛珍珠以满怀敬意的口吻说道："就像任何一个独立自尊的民族那样，中国人民选择了奋勇抗敌。"② 1942 年 3 月，赛珍珠应美国之音和英国广播公司之邀，用汉语发表广播演说，基于对中国民族性之深刻了解和信赖，赛珍珠一再强调："……中国绝对不会屈服于日本，因为我不能想象我认识的那些健壮实在的农民，那些稳健的中产商人，那些勤苦的劳工，以及那些奋勇热心的学界领袖会受到日本降服的。所以在言论上，在著作上，我曾大胆地发表我的自信。我说，中国人是不会投降的，日本人也不能征服他们。"③ 在中国人民艰苦卓绝，浴血抗战的比衬下，赛珍珠对全副机械化武装的法国军队不战而降出言讥讽道："法国如同一所纸房子般不堪一击，中国即使没有法国人

---

① Buck, Pearl S. Where the Chinese People Stand, 1943. *China As I See It*. New York: The John Day Company, 1970, p.203.

② Buck, Pearl S. Where the Chinese People Stand, 1943. *China As I See It*. New York: The John Day Company, 1970, p.203.

③ 转引自姚锡佩、郭永江：《日本永远不能征服你们》，《赛珍珠纪念文集》第五辑，蔡文俊主编，镇江：江苏大学出版社，2017 年，第 11 页。

那样的武器，却在抗击了一个现代化国家四年后，越发坚强不屈”，[①] 赛珍珠高度褒奖中国人民“二战”时的表现堪称典范，她的这种看法在西方学界不无认同，“中国在‘二战’中的作用对美国的军事和意识形态而言都是至关重要的，是非欧洲民族中的榜样力量”[②]。这个她“素来热爱、景仰、感激不尽的亚洲民族”[③] 令她倍感振奋和感动，赛珍珠动情地说道：“中国人民受得起任何的赞誉，对得起提供给他们的每一分金钱，配得上为捍卫民主接受的任何一个援助。我们美国人必须通过各种机构全心全意地帮助他们。我就是其中一个机构的成员。我们眼下正在努力募集百万美元购买药品送往中国，帮助数百万急需药品的中国人。”[④]

赛珍珠的文章和演讲对激发美国民众对中国抗战的关注、同情和支持发挥了积极的作用，并为之后的抗战募捐造足声势。“1941 年的大部分时间，赛珍珠都埋头于募集资金”[⑤]，赛珍珠的传记作者彼德·康不无感慨地写道。为了中国人民的抗日事业，赛珍珠亲自出马为抗战募捐，但赛珍珠并非只是单枪匹马的“独行侠”，她有号召力，有影响力，“诺贝尔奖得

---

① Buck, Pearl S. *China As I See It*. New York: John Day Company, 1970, p.138.

② Shaffer, Robert. *Pearl S. Buck and the American Internationalist Tradition*. Ann Arbor: ProQuest Information and Learning Company, 2003, p.303.

③ 赛珍珠:《我的中国世界》，尚营林等译，长沙：湖南文艺出版社，1991 年，第 39 页。

④ Buck, Pearl S. We Must Stand Together. February 15, 1941, *China As I See It*. New York: John Day Company, 1970, p.123.

⑤ 彼德·康:《赛珍珠传》，刘海平等译，桂林：漓江出版社，1998 年，第 273 页。

主的身份确保有人倾听她的公众言论”①。赛珍珠充分利用自己的声望、广阔的人脉关系和社会活动经验，通过院外游说、广播、报纸、演讲、书信和民间社团活动等为中国人民伟大的抗战事业呐喊，呼吁美国人民慷慨解囊，倾力支持。与此同时她马不停蹄筹建“紧急援华委员会”，她本人担任委员会主席，后来又出任“联合援华会”主席一职。这是一个联结紧急援华委员会和其他七个组织的庞大机构，罗斯福夫人担任荣誉主席，援华会的一大目标是筹集500万美元的资金用于对中国的各种人道主义援助。在一场声势浩大的募捐活动中赛珍珠发表演讲称：“中国抵抗日本侵略的斗争，对于我期待世界的民主前景，具有举足轻重的意义。”② 不得不说，赛珍珠领导下的各种募捐活动是卓有成效的，联合援华会在赛珍珠的统管之下实现了筹资数百万美元的指标。当时的中华民国政府为了表彰赛珍珠的卓越贡献特授予她绿宝石勋章。③

除了为抗战筹资外，赛珍珠与她的第二任丈夫沃尔什着手改版《亚洲》杂志。改版后的《亚洲》杂志成为赛珍珠宣传中国抗战的又一个得力平台，不断刊发来自中国抗战一线的报道，被著名汉学家费正清誉为20世纪30年代对中国最具同情心的作品。埃德加·斯诺的《红星照耀中国》（或译《西行漫记》）中的一些章节就是在《亚洲》杂志上连载首发的。《西

① Shaffer, Robert. *Pearl S. Buck and the American Internationalist Tradition*. Ann Arbor: ProQuest Information and Learning Company, 2003, p.14.

② 彼德·康:《赛珍珠传》，刘海平等译，桂林：漓江出版社，1998年，第273页。

③ 彼德·康:《赛珍珠传》，刘海平等译，桂林：漓江出版社，1998年，第273页。

行漫记》是一部纪实性很强的文学作品。作者埃德加·斯诺真实记录了自1936年6月至10月在中国西北革命根据地（以延安为中心的陕甘宁边区）进行实地采访的所见所闻，向全世界真实报道了中国和中国工农红军以及许多红军领袖、红军将领的情况。毛泽东和周恩来等是斯诺笔下最具代表性的人物形象。毛泽东认为中国人民能消耗和打败日本帝国主义的条件有三：中国各派势力一致对外，结成抗日统一战线；全世界结成反日统一联盟；目前在日本帝国主义势力下受苦的被压迫各国人民采取革命行动。尽管赛珍珠并不信仰共产主义，对红色政权也并不太了解，但为了共同的反法西斯事业，赛珍珠于1938年初亲自在电台为该书做推广宣传，并借评论之际，对中国共产党领导的农民运动做了一番客观而不乏先见的评价，认为毛泽东领导的中国工农革命运动“是货真价实的农民运动，而以往的所有革命都算不上……当今中国共产主义实现了以往从未做到的事——它唤醒了……老百姓。之所以做到这一点……是因为它完全为老百姓的事业着想”①。

赛珍珠一以贯之的观点是，中国任何的改革和革命，要想成功必须考虑占人口85%的农民大众的利益，他们才是决定这个国家命运的最重要的力量。同理，中国的抗战，在赛珍珠看来只有发动劳动大众的全民抗战才是“中国必胜”的基础，

① 赛珍珠在1938年1月17号的一次电台广播中发表了这番言论，并在《亚洲》三月号的“亚洲书架”栏目的《红星照耀中国》的书评中采用了上述言论的大部分内容。

亦是她信心之所在，她坚信“中国抗战的活力来自于普通民众”①。因此她对蒋介石政府和一些海归知识精英幻想“西方国家—国联—美国”的救国方略嗤之以鼻，此后中国抗战的局势走向印证了赛珍珠的忧虑和洞见，当时的国民党政府依然幻想上述三方势力能钳制日本。然而西方对日本帝国主义的纵容，无视中国政府关于制裁日本的正义要求，使日本更加肆无忌惮地侵占上海，直逼南京，制造了惨绝人寰的“南京大屠杀”，国民党政府弃城而出，留下50余万市民遭日军烧杀淫掠。② 一国之领袖蒋介石于当日日记中写道：“倭寇在京之残杀与奸淫未已，彼固陷入深淖进退维谷，而我同胞痛苦极矣。”他于1938年5月12日的日记中写道：“提要：雪耻。见我男女同胞受敌寇惨杀凶淫之照片而不动羞恶之心、无雪耻复仇之志者，非人也。”1938年5月13日记：“提要：雪耻。敌寇残暴凶横，实古今无例，若不消灭，何以维持人道！”③ 对侵华日军在中国犯下的不可饶恕的罪恶，赛珍珠有着感同身受的义愤，在看了侵华日军士兵火野苇平（Katsunori Tamai）所写的《麦子与士兵》（*Wheat and Soldiers*）一书后，赛珍珠按捺不住心中的愤慨：

> 我了解书里写的每一寸土地犹如了解我脸上的皱纹……所以当我读到这本日本人写的书时，意识到他所写

---

① Buck, Pearl S. *China As I See It*. New York: John Day Company, 1970, p.138.

② 姚锡佩、郭永江：《日本永远不能征服你们》，《赛珍珠纪念文集》第五辑，蔡文俊主编，镇江：江苏大学出版社，2017年，第6页。

③ “南京大屠杀时蒋介石在干什么?”，团结出版社 2017-01-21，https://www.360kuai.com/pc/9373f38be71b24706?cota = 4&kuai_so = 1&tj_url = so_rec&sign = 360_57c3bbd1&refer_scene = so_1。

> 的那些事就发生在我熟悉的小村庄里，我曾坐在那里喝茶、聊天，与我热爱的人民相交相知；我意识到他双脚踩踏的地方也曾是我和那些善良无辜的乡民们相伴走过的地方，而今他们正倒毙在那些我熟知的乡村小路上，或已奄奄一息，我真受不了！我不可能心平气和地评价这本书。①

《亚洲》杂志同时也策略性地刊登日本侵华军人的文章，以他们张扬跋扈、暴虐嗜血的侵略者嘴脸揭露了日本侵略军对中国人民犯下的滔天罪行。其中一篇便是出自日本帝国海军少佐平本道隆（Michitaka Hiramoto）之手，被冠以《小访南京》的戏谑式题目，说的却是日本轰炸机飞临南京上空实施密集轰炸以期对血洗南京城的日军提供空中支援的事。平本的文章通篇洋溢着杀人者的狂癫：接到轰炸命令的那一刻，他“激动难耐”；炸弹落下后，“古城笼罩着一片肃杀之气”。炸弹爆炸时“夜空中仿佛绽开了朵朵绚丽无比的鲜花”。与之相比，“东京丰五香桥上一年一度的焰火盛会只能算火柴快熄灭时令人生厌的弱光。”飞回日本途中，“日本雄鹰一切安好”。飞行员回来后睡得特别香，连梦也不做，这“是上苍为表彰我们胜利完成任务赏赐的礼物”②。赛珍珠在所附的短评中，想起她昔日的中国家园，按捺不住心中愤慨，对平本文章中所表现

① Pearl S. Buck. “A Soldier of Japan”. *New Republic*, volume 99, June 7, 1939, p.134.

② 平本道隆：《小访南京城》，《亚洲》，1938 年 1 月，第 7—9 页。转引自彼德 · 康：《赛珍珠传》，刘海平等译，桂林：漓江出版社，1998 年，第 225 页。

的“只有疯子才会有如此这般的嘴脸”大加鞭挞，认为“恶心至极”。同时，赛珍珠亦清醒地告诫世人，平本的做派正是“日本人思想”的真实反映。日本惯有盲从命令的作风，正是它引发了异常残酷的后果。① 赛珍珠的这一看法也印证在她的《爱国者》中。

作为一名国际知名作家，赛珍珠创作的抗战文学作品是她声援中国人民抗战的又一重要阵地。抗战期间，她创作了五部以中国抗战为主题的长篇小说，分别是《爱国者》（*The Patriot*，1939）、《今天和永远》（*Today and Forever*，1941）、《龙子》（*Dragon Seed*，1942）、《中国天空》（*China Sky*，1943）和《诺言》（*The Promise*，1943）。

《爱国者》是赛珍珠获得诺贝尔奖后出版的第一本有关中国抗战动态的书，在当时的反法西斯大背景下，再加以赛珍珠的身份，其在西方获得的关注度可想而知，成为当年位列第四的畅销作品。《爱国者》的主人公吴以璜（I-wan）是20世纪20年代上海大华银行老板吴胤兴的次子，这位“十指不沾阳春水”的吴少爷②是一位热血青年，受进步思想影响，加入了一个倾向共产党的进步组织。在一次爱国行动中不幸被捕入狱，由此结识了来自北方穷苦家庭的农民运动领袖刘恩澜（Liu En-lan），在其影响下逐渐成长为一名学生领袖，从此与他往日富家少爷的人生划清了界限，投身时代革命的大浪潮，梦想着“推翻刚建立不久的中华民国，建立一个比其更新型

① 彼德·康：《赛珍珠传》，刘海平等译，桂林：漓江出版社，1998年，第225页。

② Buck, Pearl S. *The Patriot*. New York: The John Day Company, 1939, p.68.

的共和国”①。然而，从1926年的“中山舰事件”之后，蒋介石为清除异己就开始了清洗式的白色恐怖专政。1927年4月12日，以蒋介石为首的国民党新右派在上海发动反对国民党左派和共产党的武装政变，大肆屠杀共产党员、国民党左派及革命群众，千千万万的革命志士死在蒋介石的屠刀下，史称“四·一二”反革命政变，使中国大革命受到严重的摧残，革命青年吴以璜的革命理想便在这一波的白色恐怖中被活生生剿灭。为了逃避追捕，保住性命，以璜在家人的帮助下，连夜出逃，避祸日本，并被父亲安排在日本朋友村木先生（Mr. Muraki）的商贸公司，后来娶了村木家的女儿玉子（Tama）小姐，从此在日本安居下来。然而，日本帝国主义的称霸野心再一次粉碎了他安居乐业的梦想，卢沟桥事变后，曾经的热血青年吴以璜再难偏安一隅，面对日本国内被军国主义的狂妄野心煽惑的日本民众的种种表现和自己难以释怀的家国恩仇，侨居日本多年的以璜毅然决然辞妻别子回到了抗日烽火连天的祖国，投入到抗日救亡的大潮中。

与一般的抗战小说不同的是，赛珍珠通过吴以璜这一角色的视角，剖析了日本军国主义形成的民族基础。日本民族，赛珍珠曾在不同场合指出是一个极具扩张野心的民族，从历史上来看，对中国的觊觎之心由来已久，从未间断。日本人忠诚的民族特质使得盲从和极易受策动蛊惑成为这一民族的一大特征，这是军国主义得以形成的民族心理基质。赛珍珠另一传记作者保罗·A.多伊尔（Paul A. Doyle）认为《爱国者》“是

---

① Buck, Pearl S. *The Patriot*. New York: The John Day Company, 1939, p.68.

文学作品中对日本人性格最现实、最具说服力的写照之一”①。应该说赛珍珠本人对日本民族不抱有先天的任何偏见，反而其本人及其家族与日本都有相当的关涉。赛珍珠在其《日本民族》（*The People of Japan*）一书中开篇就写道：“远在我出生前，日本人民就是我世界的一部分，是我家族历史的一部分”②，并提及她的传教士双亲1880年首次前往亚洲传教时，轮船首先停靠的亚洲国家就是日本，后来又因西方史称“南京事件”（1927年）引发的动荡局势，赛氏全家曾避祸日本数月，赛珍珠对这个短期侨居的国家印象良好，称遇上的日本人热情友好，彬彬有礼。但是日本侵略军在亚洲犯下的滔天罪行促使赛珍珠对日本民族性进行了深刻反思，一个以其民族素质自诩的民族为何其子弟一披上军装，踏出国门，就会奸淫掳掠、无恶不作，犯下种种令人发指的罪行？赛珍珠认为，日本的民族性跟其所处的地理环境不无关联，她常常把日本与英国相提并论为海岛民族，岛国民族相比大陆民族（像美国与中国）他们物产不丰、资源匮乏，加之海岛孤悬地理感知赋予他们根深蒂固的危机感，因此岛国民族性中或多或少具有“海盗”好掠夺的本性，赛珍珠在《我的中国世界》中毫不讳言地指出：“我知道日本有帝国和殖民的野心，且这种野心由来已久。”③ 日本这个岛国民族有着极强的民族认同感、凝聚

---

① Doyle, Paul A. *Pearl S. Buck*. Boston: Twayne Publishers, 1980, p.96.

② Buck, Pearl S. *The People of Japan*. New York: Simon and Schuster, 1966, p.9.

③ Buck, Pearl S. *My Several Worlds: A Personal Record*. New York: John Day Company, 1954, p.120.

力和忠诚度，再加以日本军国主义的大肆洗脑式宣传，第二次世界大战期间日本整个民族沉醉于“大日本帝国”的狂热症中难以自拔，妄图独步亚洲，称霸世界。在书中赛珍珠以亲身经历对日本的这些民族性之特质加以揭示：

> “你一定记住，亲爱的小姐，”山本先生（Mr. Yamamoto）有一天对我说。他是一位日本富商，在我居住的中国城市和日本各有一个家。像其他日本人一样，他来到中国肩负使命。他要在短短数年内，让中国商店里到处摆满物美价廉的日本货，彻底挤跑昂贵的英国货。“你一定要记住，”他一边向我晃着长长的、没有血色的食指，“亚洲国家，要么像印度那样被一个西方列强占领，要么像中国这般被西方列强无底的欲壑、不平等条约和可怕的赔款洗劫一空。只有日本还有自由，但也是岌岌可危。我们决不能容忍殖民化。我们必须把自己的国家建成像英国那样的强国。中国理所当然是我们的发迹地。我们要发展中国，而不是掠夺它——那不合乎我们的利益。”①

《爱国者》中的村木商贸公司是一家背景不简单的进出口公司，专门经销日本军国主义在侵略战争中从亚洲各国掠夺而来的文物古董，尤其是从中国劫掠来的数不胜数的古玩书画，甚至包括一些稀世珍品。有史料记载，在南京大屠杀期间，侵华日军曾搜刮劫掠大量图书古玩字画，以至于日本当局需指派

---

① Buck, Pearl S. *My Several Worlds: A Personal Record*. New York: John Day Company, 1954, p.121.

330 多个专业人员作为特工队，配备 1 200 多个士兵和苦力，把在南京所盗取的文物图书，统统装船运回日本。[①] 赛珍珠文中有一情节与上文互为佐证："……那些在村木商贸大楼里进进出出的古董书画、丝绸、精美的家具、瓷器、绣品、象牙、景泰蓝、青铜器、漆器、地毯。村木先生的生意就好比是一张渔网，撒得广，把网罗住的财富一股脑儿地捞进村木商行的大楼里，而后分门别类，推销出去，发往各地。……村木先生的网撒向中国、印度……于是那些源源不断捞上的货物转手便流向了西方，尤其是美国。他（以璜）一边看册子，一边留意到一些来自中国的物品——广东的象牙、紫檀、柚木、金银珠宝……福建的书画塑像、江西的瓷器、四川的古玩、北京皇宫的古画。"[②] 赛珍珠笔下的村木先生面上是一位和蔼可亲、谦恭有礼的绅士，令"以璜不由自主地喜欢上他"，"谁能不喜欢他呢?"正如他的小儿子文治（Bunji）戏谑地说他的父亲"就好春赏樱花秋赏菊"[③]，就是这样一位人人眼中风雅谦和之人却日复一日心安理得地做着鸡鸣狗盗的生意，靠贩卖屠刀枪炮下踩着别国人民尸骨掠夺来的赃物而大发不义之财，这位"大东亚共荣"的鼓吹者难见有丝毫良心的不安。无独有偶，村木的长子村木松（Shio）极具乃父风范，接掌村木商行后，更是不择手段从中国东北偷运珠宝古玩等赃物回日本，把"销赃生意"经营得风生水起；他亦继承了其父的精神衣钵，

---

① 宋世琦等（编）：《记者笔下的抗日战争》，北京：人民日报出版社，1995 年，第 273 页。

② Buck, Pearl S. *The Patriot*. New York: The John Day Company, 1939, p.124.

③ Buck, Pearl S. *The Patriot*. New York: The John Day Company, 1939, p.112.

狂妄地宣称“我要把世界上所有最好的东西全都收入囊中”，“这些东西是属于日本的。只有我们日本人才懂得欣赏它们”。[1] 换句话说，只有“大和”民族才配拥有这些稀世珍宝，这样的民族心理为前方的侵略军提供了强大的心理和精神支持和动力，不以掠夺为耻，反而以“大日本帝国”“皇军”“圣战”炫耀于世，不折不扣流氓强盗的逻辑和嘴脸。

日本军国主义对日本民众的精神控制在赛珍珠的笔下得到了入木三分的刻画。村木家的小儿子文治原是一个热情开朗、殷勤好客的青年，给初来乍到的中国青年吴以璜留下了深刻的印象，“他总是以爽朗的笑声结束每一句话”[2]。然而，战争彻底改变了他的命运，在军国主义战争机器的宣传蛊惑之下，在血脉中“大和”民族极端忠诚基因的激发下，文治义无反顾应征入伍，加入侵华日军的队伍，从而蜕变成一个在中国战场奸淫掳掠，令人不齿的侵华分子。在其第一次休假返回日本时，醉酒后的文治向他的中国姐夫以璜哭诉道：“以璜，你说，为什么我的长官也干这种事呢？我可是亲眼看见的啊——他叫他们送一个女人进他的营帐。她拼死哭喊挣扎，可是不管用，他仍旧不罢手，真令人发狂啊。我奔到大街上，我——我瞧见的第一个女人——一个女孩——大概十二岁，也许只有十岁或是十五岁，总之她还没有长大呢，我把她拖进了一条小弄堂。”[3] 在侵华日军上至长官下至普通士兵肆无忌惮的烧杀、

---

① Buck, Pearl S. *The Patriot*. New York: The John Day Company, 1939, p.182.

② Buck, Pearl S. *The Patriot*. New York: The John Day Company, 1939, p.115.

③ 赛珍珠:《爱国者》，朱雯、唐齐、冯烇译，上海：美商华盛顿印刷出版公司，1939 年，第 229 页。

奸淫、掳掠的狂癫之下，曾经的大好青年文治也蜕变成了同流合污者，成了令人唾骂的奸淫幼女者。尽管那灭绝人性的罪孽亦令其恐慌，迷惘，但当他被再次征召派往中国时，他没有任何的迟疑不决。像文治这样深受军国主义思想洗脑的日本年轻人从不质疑战争的正当性，他们的盲从和愚忠决定了他们炮灰的命运，文治最后殒命台儿庄战役。

不仅仅是年轻一代，服从和忠诚是整个日本国民性的显性特征，男女老幼莫不如此，无论是手捧独子骨灰坛，满目哀恸却张扬着“有子死国”荣耀的侵华日军士兵的父亲，还是文治的妹妹玉子以一种别样的方式为国献身的决绝：“……但我父亲告诉我中日马上就要开战了。一切都不一样了。连我的母亲也说嫁给关将军是我的责任，因为他将亲赴战场为国而战。她不会再拖了。我明白我的责任。这就是我的命。”① 就连来自敌对国中国的以璜也极受震动，深有感触地说道：“那捧着儿子骨灰坛的老人让我明白，为国捐躯是美好而——理所应当的。”②

日本人强调“忠君爱国”，“自我”往往可以尽数抑制甚至放弃，去无条件地服从天皇和国家。为天皇统治集团尽忠，已成为渗入日本民族血液里的强制性意识③。对日本士兵而言更是如此，严苛的军纪和对天皇无条件的服从和忠心迫使他们一方面在战场上拼死搏杀，表现出异于常人的刚毅顽强，另一方面也注定了他们宁可“玉碎”，实则被迫无奈的结局。日本

---

① Buck, Pearl S. *The Patriot*. New York: The John Day Company, 1939, p.187.

② Buck, Pearl S. *The Patriot*. New York: The John Day Company, 1939, p.299.

③ 郝志刚：《赛珍珠传》，长春：时代文艺出版社，2012 年，第 69 页。

《军人手令》第 7 条规定："……叛乱、投降、越权、渎职、抗命和逃跑一律处以死刑，……同交战国媾和后，被敌方遣返的军人将以投降罪论处……"，这就是为什么赛珍珠笔下村木的二儿子秋雄不愿充当日本军国主义的侵华炮灰，只能携未婚妻双双跳崖，因为无论是出逃还是留在岛内，他们都被剥夺了生命的尊严和希望。看看"二战"战败日军士兵最后的"玉碎"，他们携手赴死未必都是杀身取义："他们（盟军）看到过一行行排列整齐、躺在担架上日军尸体；每个死者的头颅上都有一个子弹穿过的弹孔。从他们从容的姿态可以看出，他们宁可死于同伴之手，也不愿被生擒活捉。在丛林深处，行进的尖兵部队曾碰到整车整车肃然僵坐的日本兵尸体，他们都是被一名军官从后脑射杀的，而那个军官自杀后就扑倒在他们旁边。"① 战时日本国民昂扬的斗志和忠心应是赛珍珠《爱国者》书名由来的考量之一。然而，正如当年的日军士兵冈崎哲夫在侵华日军最后覆灭之时留下忏悔说："对于以任何出色的理想和理念来美化、粉饰战争，均必须经常加以警惕，否则，日本的年轻一代将再次有作为战争炮灰而被毁灭的危险。"②

小说中赛珍珠以独辟蹊径的手法和视角揭示了日本军国主义发动的侵略战争对中日两国人民所造成的深重灾难。在赛珍珠看来，战争没有赢家，即便是大发战争横财的村木家亦是难逃

---

① 转引自吕德宏、赵建中：《蒙巴顿》，北京：世界知识出版社，1995 年，第 203 页。

② 郑蔚：《虎头要塞：胜利迟来 11 天》，《文汇报》，2005-08-11（6），转引自陆行良：《赛珍珠的抗战文学——对长篇小说〈爱国者〉、〈龙子〉的述评》，《赛珍珠纪念文集》第二辑，许晓霞、赵珏主编，桂林：广西师范大学出版社，2006 年，第 96 页。

家破人亡的结局：一子死国，一子不愿加入侵华日军而跳富士山崖身亡，女儿亦是夫离家散，日本军国主义的罪孽最终还得由本国的民众来清偿。有别于一般抗战叙事文学从反法西斯主义的正方立场出发，赛珍珠从日本国内部来观照，从日本整个民族心理来透视日本的侵华行径，再加以侵华日军士兵亲身经历来反观日本发动的这场侵华战争，从根源上来考察剖析日本军国主义主导的这场日本全民参与的战争狂舞的实质。不得不说赛珍珠是具有政治先见的，日本的军国主义不是少数派的政治话语，而是动辄演变成压倒一切的民族话语，我们不妨用日本左翼学者田津道夫的话来做一个注脚："最大战争罪犯当然无疑是以裕仁天皇为中心的天皇制帝国主义的统治集团，但是那场战争是每个国民都被作为战争的执行主体动员起来的，即使作为和战争领导层另一个层面的问题，日本大众的战争责任也应该被追究。……在平常情况下'普通的家庭成员''正直的劳动者''平凡的大众'等等的日本男性，一旦被套上军服开赴中国战场，为什么就会变得那么残虐？单把它作为战场的异常心理问题处理当然是不够的，还必须从日本大众的日常意识中探索。"① 从日本"二战"后对待这场给亚洲人民带来毁灭性灾难的战争的态度而言，我们从赛珍珠的文本中得到了答案，"反思""忏悔"在日本民族的词典中是个稀罕物，为自己所犯下的战争罪孽进行忏悔进不了它的主流文化价值观，军国主义的幽灵仍时不时激荡"大和"民族的神经，"蘑菇云"

---

① 津田道夫：《南京大屠杀和日本人的精神构造》，程兆奇等译，转引自孙宗广：《〈爱国者〉：侵华战争期间日本人形象还原与批判》，《赛珍珠纪念文集》第五辑，蔡文俊主编，镇江：江苏大学出版社，2017 年，第 60—61 页。

的噬骨之痛却以另类的反思结果镌刻进日本民族永恒的记忆中。这是日本民族的悲哀，亦为亚洲和全世界爱好和平民族敲响了警钟，不得不说赛珍珠的《爱国者》不仅仅是对日本军国主义昭彰罪恶的无情揭露和鞭挞，更是一部发聋振聩的警世书。

赛珍珠从正面立场刻画中国人民伟大的抗日战争和揭露侵华日军暴行的最具影响力的小说无疑是出版于 1942 年的《龙子》。《龙子》是第一部用英文向西方世界揭露侵华日军“南京大屠杀”暴行、讴歌中国百姓英勇不屈的抗战小说。《龙子》出版之际，美国刚刚经历“珍珠港事件”中日军的疯狂屠戮：美国近一半海军力量折损，太平洋舰队瘫痪，且盟军在东南亚和太平洋地区的战局亦岌岌可危，因此任何有关亚洲抗战的消息都能点燃刚刚参战的美国人民的激情。《龙子》在美国一经问世，便受到了极大的关注，被美国民众看作是来自他们的亚洲盟友——中国抗日前线的真实报道，仅每月图书俱乐部就印了二十九万册，而米高梅电影公司也争相购得了该书的电影版权①。赛珍珠的《龙子》“在促成美国人民、美国政府与中国的抗日力量结成反法西斯同盟方面起到了很大的作用”②。而赛珍珠的传记作者保罗·A.多伊尔则说得更直白：“这部小说是基于更加积极地支持中国的需要和愿望而写的，

---

① Conn, Peter. *Pearl S. Buck: A Cultural Biography*. Cambridge: Cambridge University Press, 1996, p.254.

② 于曰良：《赛珍珠：最早向西方揭露日军暴行》，http://pearlsbcn.org/tgxt/answer/375.htm。

写作的目的很明确，就是为了激起对中国抗战事业的同情。”① 赛珍珠认为，中国人民坚持长期抗战，谱写了一曲新的亚洲史诗，《龙子》就是赛珍珠奉献给这一伟大事业的厚礼。②

《龙子》的故事以震惊中外的“南京大屠杀”为其历史背景，围绕着1937年至1941年间南京近郊农民凌潭（Ling Tan）一家的抗日经历展开的。故事开篇，老实本分的农民凌潭一家过着中国传统农村自给自足、简朴安宁的生活。农民凌潭认为“自己的生活过得蛮不错。他很走运，自己的那块地离大城市不远，紧靠长江，坐落于青山峡谷之中……他没别的希求，他一切都有了。”所以当他妻子凌婶得到小道消息告知他“今年夏天北边要打仗……不是我们自己要打，是东洋鬼子”时，这位“一辈子面朝黄土背朝天”的农民得出的结论是“不打紧。北方远着呢”。③ 农民凌潭的这种心态并非个例，凌潭的大儿子跟他有着类似的想法：老老实实干自己的活，不去管闲事，又有谁会来招惹他呢？④ 当满怀抗战激情的青年学生动员乡亲们说“敌人要来了，我们应该怎么办？”时，农民们深不以为然，认为这些事儿离自己太遥远了，进而觉得学生们都是读书太多了，所以爱折腾。⑤ 中国民族性中农耕文明社会的居

---

① 保罗·A. 多伊尔：《赛珍珠传》，张晓胜等译，沈阳：春风文艺出版社，1991，第126页。

② 彼德·康：《赛珍珠传》，刘海平等译，桂林：漓江出版社，1998年，第286页。

③ 赛珍珠：《龙子》，丁国华等译，桂林：漓江出版社，1998年，第8—9页。

④ 赛珍珠：《龙子》，丁国华等译，桂林：漓江出版社，1998年，第32页。

⑤ 赛珍珠：《龙子》，丁国华等译，桂林：漓江出版社，1998年，第32页。

安不思危有其历史承传性，清政府两百多年“天朝上国”的闭关锁国麻痹了中国人的心智，国门洞开，西风扫荡，觉醒的中国人奋起直追，终归时日太短，内忧外患，偏安一隅的思想依然残留在民族的精神图谱上。这种居安不思危的现象在当时普通民众和统治阶层中都是相当的普遍，相比《爱国者》中村木家的老二秋雄（Akio）的一番话“我们日本人总是时刻不忘战争，至少我们是被这样教育的”①，因此处心积虑数十年，武装到牙齿的日本帝国主义与仓促应战的中国政府和军民形成了强烈的反差。这是赛珍珠怨怼蒋介石政府的一大节点，中国人为此付出了惨痛的代价，侵略者是嗜血的，惨绝人寰的“南京大屠杀”是中华民族噬骨之痛，国殇家难，没齿难忘。赛珍珠在书中以大量的篇幅揭露了日本侵华日军令人发指的残暴行径，这是中华民族之耻，亦是全人类的耻辱，赛珍珠在那个时间推出《龙子》，让世界人民更清醒地认识到日本帝国主义的昭昭罪恶，为世界人民结成同仇敌忾的反法西斯联盟做出了不可小觑的贡献，令人想起60多年后美籍华裔作家张纯如（Iris Chang）的纪实文学《南京暴行：被遗忘的大屠杀》（*The Rape of Nanking: The Forgotten Holocaust of World War II*），这两位以自己的良知、公义、胆识傲然立世的女性都应被中华民族铭记。

赛珍珠以凝重而激愤的笔触揭露了“南京大屠杀”时期在侵华日军屠刀和枪炮下普通民众血雨腥风的命运。“敌军如此的疯狂、残酷、凶残和野蛮……他们进犯这座富裕的大城

---

① Buck, Pearl S. *The Patriot*. New York: The John Day Company, 1939, p.171.

市，这里是国家的中心，敌人来了，像凶猛的野兽，不，甚至比野兽还要凶残。野兽会吃男人和女人，而这些敌人杀掉男人，强奸女人，无论老幼。”“许许多多无辜的百姓……丢了性命。……如果一个男人看到敌人后想要转身逃跑，就会被一枪毙命，成千上万的人就这样在一天里被残杀。如果一个男人看上去像军人或者当过兵，那他准会被枪杀，成千上万这样的人就这样在一天内被杀死了。如果一个男人干活时，动作稍慢，或者太小体力不支，无法做繁重的活，或是一位老人或学者，过去从未干过这类活，那么他就被杀害，像这样死去的人，一天就有成千上万。”① 赛珍珠颇具策略地利用一位日本战地记者的视角加以描述，“他（记者）每天都出去看看有没有值得拍下来的东西。他寻求完美，但他发现了太多的丑恶。他目睹了他的同胞蹂躏年轻妇女，甚至糟蹋老妪；他看到日本士兵竟在光天化日之下，在善良的百姓面前干着肮脏的勾当。要是这些百姓谁敢喊出声，便惨遭虐杀。”② 赛珍珠借一位良知未泯的日本人之口，佐证了侵华日军的灭绝人性，罪恶昭彰，罄竹难书。村里90多岁的长老走得慢，随手就被日军残杀，“枪头的刺刀刺进了他的后背”；③ 凌家的长媳在大街上遭五个日本鬼子围堵，被逼进茅厕轮奸至死；他们甚至连一位“老得连路都走不动”的老人都不放过，④ 这帮丧尽天良的畜生最后甚至奸污了凌家模样俊俏的小儿子。

---

① 赛珍珠:《龙子》，丁国华等译，桂林：漓江出版社，1998年，第122—123页。

② 赛珍珠:《龙子》，丁国华等译，桂林：漓江出版社，1998年，第240页。

③ 赛珍珠:《龙子》，丁国华等译，桂林：漓江出版社，1998年，第109页。

④ 赛珍珠:《龙子》，丁国华等译，桂林：漓江出版社，1998年，第114页。

凌家的悲惨遭遇是“南京大屠杀”期间千万普通家庭苦难的缩影，日军在沦陷区奸淫掳掠，无恶不作，对中国女性的奸污辱杀，其下作淫荡、丑恶残忍超出了人之为人的想象，难怪“二战”东南亚盟军总司令，英国海军元帅路易斯·蒙巴顿勋爵（L. Louis Mountbatten，1900—1979）声称日本军队是“我见过的最为丑陋的军队”，并在战后的受降仪式上拒绝与日军将领握手，且一生拒绝出访日本。他在受降当天的日记中写道：“我一生中从来没有见过如此令人厌恶、恶心和野蛮的嘴脸。一想到如果在他们的统治下世界将会是什么情景，我就不禁感到战栗。”① 史料证实，赛珍珠书中对“南京大屠杀”描写并无任何夸张不实之词，她把日本侵略者的野蛮暴行（日本军国主义至今仍抵赖不休的滔天罪行），以激愤的笔触公之于世，激起世界反法西斯人民的公愤和对中国抗战事业的鼎力支持。赛珍珠把书名取为《龙子》或译《龙种》是有其深刻涵义的，龙是华夏民族的象征，亦是力量和抗争的民族符号，因此小说情节随后展开的以农民凌潭一家为代表的中国农民的保家卫国，抗战到底是《龙子》的主旋律，中国农民身上体现的中华民族宁死不屈的抗争精神在赛珍珠的笔下得到淋漓尽致的展示。

日军的惨无人道、丧尽天良让乡民们从虚幻的亲善臆想中觉醒过来，觉醒的乡亲们的抗日激情、勇气和智慧浸染着赛珍珠的抗日书写。面对满目疮痍的家园、灭绝人性的日本鬼子，农民凌潭愤懑不已，“如今，一天天过去，我心里愈发恨这些鬼

---

① 转引自吕德宏、赵建中：《蒙巴顿》，北京：世界知识出版社，1995 年，第 242—243 页。

子，恨那些把战争降临到像我们这样善良无辜人头上的家伙。我呀，此仇不报，我非憋死不可。”① 法国启蒙运动最杰出的代表人物孔多塞（Marquis de Condorcet，1743—1794）曾言：“启蒙了的人民在恢复自己有处置自己的生命和财富的权利时，就一点一点地学会了把战争看成是最致命的灾难，最大的罪行。”② 因此，觉醒了的凌潭和乡亲们为了自己祖祖辈辈生息于此的家园，穷尽一切方法手段，同凶残的日寇斗智斗勇，融入了旷日持久的全民抗战的洪流，“民不畏死，奈何以死惧之”，展示了中华民族誓不做亡国奴的气节。凌潭成了村里抗日力量的组织者，由他来发出杀敌的信号，乡亲们学会了挖地道，设陷阱，对扫荡的日军实施各个击破的游击战术；面对日寇丧心病狂的“三光”（烧光、杀光、抢光）政策，乡亲们在庄稼收获季节，与敌军抢时间，连夜抢收，实施坚壁清野，令人想起《三国志·魏书·荀彧传》：“今东方皆以收麦，必坚壁清野以待……攻之不拔，略之无获，不出十日，则十万之众未战而自困耳。”对村民们坚壁清野，抗击日寇的游击战术，赛珍珠文中有一段形象的描述：“那些到乡下来扫荡食物和物品的敌人，发现自己竟被一群单纯而愚钝的村民包围了。这些男男女女、老老少少的村民，显得恐惧而又胆怯。可正是他们，冷不防从身上抽出刀枪，雨点般地向敌人砍去，射去，敌人被杀得一个不剩，连回去报告一下村名的敌人都没留下。城里的敌人能知道的仅仅是，一而再、再而三地，他们的人出了

① 赛珍珠：《龙子》，丁国华等译，桂林：漓江出版社，1998年，第164页。
② 孔多塞：《人类精神进步史表纲要》，何兆武等译，上海：三联书店，1998年，第197页。

城，就再也没能回去。”[①] 20年后中国大陆拍摄的《地道战》《地雷战》无不再现了赛珍珠书中的场景，从中可以说明赛珍珠抗日书写所具有的史料价值。

对日寇心怀噬骨家仇国恨的凌家儿子们全都加入了游击队，老大擅长设陷阱诱敌，从不失手；而遭日寇污辱的老三发愤杀敌，他常在夜间去偷袭日寇，“碰上个敌人哨兵，便停下来一把结果他的性命”[②]，只有不停杀敌那份快意恩仇才能发泄对日本侵略者的新仇旧恨；被父亲从千里外自由国土召回的老二目睹日军蹂躏下破败不堪的家园促使他立即“投身到打击敌人的战争中去”[③]，有勇有谋的他来往于山上游击队和乡村之间，传递抗日情报，支援山上游击队，最后也成了一名游击队员；而二媳妇良玉，在凌潭眼里，是凌家“年轻一辈中最出色的女子”[④]，是个见过世面的新女性，她聪慧、机敏、果敢有胆识，她运用计谋，成功地把毒鸭子送上了日伪军庆功的宴席，不费一枪一弹，取了不少鬼子的性命，同仇敌忾的中国百姓铸就的人民战争的汪洋大海必将是侵略者的葬身之地。中国大陆赛研专家郭英剑教授认为《龙子》“是一部真实再现中国人民英勇抗日的史诗”[⑤]。

赛珍珠的中国抗日书写以共赴“国难”的义肝侠胆、毋庸辩驳的史实和丰沛的文学张力向全世界昭示了中国人民气贯

---

① 赛珍珠：《龙子》，丁国华等译，桂林：漓江出版社，1998年，第209页。
② 赛珍珠：《龙子》，丁国华等译，桂林：漓江出版社，1998年，第208页。
③ 赛珍珠：《龙子》，丁国华等译，桂林：漓江出版社，1998年，第186页。
④ 赛珍珠：《龙子》，丁国华等译，桂林：漓江出版社，1998年，第78页。
⑤ 郭英剑、郝素玲：《一部真实再现中国人民抗日战争历史的扛鼎之作》，《江苏大学学报》（社会科学版），2005年第3期，第54—63页。

长虹的民族抗争史诗和他们为世界反法西斯战争所做出的巨大牺牲和不可磨灭的功勋，中国人民的抗战史诗彪炳日月，永垂人类文明史册。同样，赛珍珠以一颗“共赴国难”的赤诚之心，以一名国际知名公共知识分子的名望、良知、公义、热血和切切实实的行动为中国人民伟大的抗战事业所做出的不朽功绩亦应铭记于中华民族的史册。当笔者写下此段文字时，正是中国人民以共赴国难的磅礴气势，众志成城举国抗击疫情之际，国难之下，见人心，见真义，见真章。

第三章 赛珍珠介入公共场域知识分子书写之“西土风云”

萨义德在其《世界、文本和批评家》的序言“世俗批评”(Secular Criticism)中指出:“从事批评和维持批判的立场是知识分子生命至关重要的方面。”① 在他看来,知识分子是“搅扰现状的人”(disturber of the status quo)②,是“通行规范的质疑者”(disputing the prevailing norms)③,正如福柯所言:“知识分子的角色……就是一次次地针对被视为不证自明的当然提出质疑,打碎人们的精神、行为习惯,以及思维方式,驱散人们熟悉而接受的观念,重新审视规则和制度。”④ 萨义德进而强调知识分子“吸引我的就是一种反对的精神(a spirit in opposition),而不是调适(accommodation)的精神,因为知识分子生活的浪漫、兴趣及挑战在于对现状提出异议,面对为乏

① Said, Edward W. *The World*, *the Text*, *and the Critic*. Cambridge: Harvard University Press, 1983, p.30.

② 萨义德:《知识分子论》,单德兴译,北京:生活·读书·新知三联书店,2013 年,第 2 页。

③ Said, Edward W. *Representations of the Intellectual*. New York: Vintage Books, 1996, p.36.

④ 理查德 A. 波斯纳:《公共知识分子——衰落之研究》,徐昕译,北京:中国政法大学出版社,2010 年,第 38 页。

人代表的弱势团体奋斗的不公平处境"①。在萨义德看来，"知识分子的抗拒意识"（a resistant intellectual consciousness）② 是知识分子最为根本的特征之一，知识分子应是："一个特立独行的人，一个能向权势说真话的人，一个耿直、雄辩、英勇无畏及血脉偾张的个体，对他而言，不管世间权势如何威严堂皇，都是可以批评，而且是可以直截了当地予以批评的。"③ 当我们以此观照赛珍珠回归故土后四十年风云激荡的岁月，我们完全可以说赛珍珠以其毫不妥协的知识分子书写彰显了一名知识分子最为根本的特征——批判性，完美诠释了萨义德笔下一名真正意义上的公共知识分子的形象。作为一名深深介入时代公共场域的知识分子，赛珍珠以其无畏、悲悯、公义和远见在西土故园奉献了她的下半生，成了一位"尘世的传道者"，呼吁美国人民和政府放弃种族偏见、信仰偏见、国籍偏见，让"慷慨大方、正直高尚、理智清醒"④ 成为美国的主导精神。

---

① 萨义德：《知识分子论》，单德兴译，北京：生活·读书·新知三联书店，2013 年，第 7 页。

② 萨义德：《知识分子论》，单德兴译，北京：生活·读书·新知三联书店，2013 年，第 21 页。

③ Said, Edward W. *Representations of the Intellectual*. New York: Vintage Books, 1996, p.8.

④ Buck, Pearl S. *My Several Worlds: A Personal Record*. London: Methuen & Co. Ltd., 1955, p.468.

第一节　种族主义：西方文化之毒瘤

作为一个生物学意义上纯粹的西方人，赛珍珠对近现代西方文明的整体发展持相当积极乐观和自豪的态度，她盛赞西方物质文明对人类生活翻天覆地的改造以及民主、自由、科学的理念对人类文明的划时代正能量，但她毫不讳言地指出西方文化存在着一些根深蒂固的弊端削弱了西方文明整体的活力，在东西文化的大碰撞中尤显突出。萨义德在《世界、文本和批评家》中一针见血地指出："对身居美国境内的知识分子而言，必须正视这样一个事实，即美国是个极端多元的移民社会，有着异乎寻常的资源和成就，然而毋庸忽视的是我们国家亦存在着一套可怕的对内的不平等和对外的横加干涉。"① 赛珍珠以脚踏中西两大文明的国际视野和一名公共知识分子的公义、担当和勇气扯开了西方文明强盛的器物外表下掩藏的种种弊端和郁积已久、一触即发的种种社会矛盾。

赛珍珠首先把矛头指向了西方文明中最臭名昭著的种族主义。深受儒家"四海之内皆兄弟"的价值观影响和文化边缘人身份的独特感受，赛珍珠对种族歧视和偏见尤其反感和不齿。她言辞辛辣的讥讽道："美国合法化的种族主义比希特勒的法西斯主义更阴险，后者毕竟脱下了假仁假义的外

① Said, Edward W. *The World*, *the Text*, *and the Critic*. Cambridge: Harvard University Press, 1983, pp.98-99.

衣。”[①]“就对不同种族的不宽容而言，美国是仅次于纳粹德国的主要罪魁。”[②] 并在与人合著的《美国辩论》（*American Argument*，1948）一书中告诫美国公众：“种族主义是我国民众的腐败中心，是一个关键性的错误，它使我们的心肠变硬，使我们的灵魂锈蚀。”[③] 鉴于英美联盟血亲般的文化亲缘和共同的价值理念，赛珍珠抨击英国殖民者的种族主义政策也毫不手软，讥讽英美种族主义者是一丘之貉，对英美联盟所推行的种族政策大加鞭伐，她很是赞同美国非裔作家杜波依斯（W. E. B. Du Bois，1868—1963）[④] 的一句著名论断：“如果希特勒获胜，世界肯定没救；如果英国获胜，世界绝非有救。”[⑤]（If Hitler triumphs the world is lost; if England triumphs the world is not saved.）

种族优越论在赛珍珠看来无疑是荒诞不经的臆想。现代人类学知识的发展强有力地支持了赛珍珠的观点。“有一点我们必须牢记：就像天上的行云聚散自如一样，人种同样可以自由杂交，而非像树杈一样，一旦分开便难以再交合在一起。我们

---

① 彼德·康：《赛珍珠传》，刘海平等译，桂林：漓江出版社，1998 年，第 280 页。

② 彼德·康：《赛珍珠传》，刘海平等译，桂林：漓江出版社，1998 年，第 315 页。

③ Conn, Peter. *Pearl S. Buck: A Cultural Biography*. Cambridge: Press Syndicate of the University of Cambridge, 1996, p.312.

④ 杜波依斯：是首位被哈佛大学授予博士学位的美国黑人，是美国有色人种协会的创始人之一。作为一名作家、记者、历史学家、社会学家和民权斗士，他以毕生精力研究美国和非洲的历史和社会，著有《约翰·布朗》《黑人的重建》《黑人的过去和现在》《世界与非洲》等书，成为一代美国黑人的精神领袖。

⑤ 转引自彼德·康：《赛珍珠传》，刘海平等译，桂林：漓江出版社，1998 年，第 299 页。

应该时时牢记这一点，一有机会人种就会重新交合。如果明白了这一点，我们就能避免许多的臆断和偏见。人们常常会滥用‘人种’这个词，并在此基础上做出许多荒谬的概括，说什么‘不列颠人种’、‘欧洲人种’，其实所有的欧洲人种都是棕色人种、浅色人种、白色人种和蒙古人种的混血后裔。”① 而赛珍珠说得更干脆：“整个人类就是一种无可救药的杂交生物。”② 她指出：“人们甚至无法给种族下一个科学合理又前后一致的定义，也找不到纯粹的例子，理由是人种的混杂无止境。”③ 而东西方不同时期社会发展的状况，无论是“东强西弱”还是“东衰西盛”，在赛珍珠看来与种族并无多大的关联，因此，人种的概念“在分析东西方的差异时压根儿就毫无意义”④，西方白人种族主义者认为种族差异决定人类历史和文化发展，认为自己所处的团体，例如人种民族或国家优越于其他的团体，并上升至种族偏见、暴力、歧视与迫害，成为一种极端的种族主义，这在当时的西方文化，尤其是美国的主流文化中是司空见惯的现象，这无疑与赛珍珠的文化体验和文化观念产生了极大的抵牾。

当赛珍珠回归西地故土，真正生活在自己的民族中，浸润在美国文化中时，她对美国白人歧视有色人种尤其是对黑人的

---

① H. G. 威尔斯：《简明世界史》，叶旭军、庄建华译，北京：蓝天出版社，2007 年，第 44 页。

② 转引自彼德·康：《赛珍珠传》，刘海平等译，桂林：漓江出版社，1998 年，第 210、259 页。

③ Buck, Pearl S. “Asia Book-Shelf”, *Asia* (November, 1939), p.665.

④ Buck, Pearl S. Abstract of an untitled lecture at the University of Virginia (July 8, 1935), University of Virginia archives, p.3.

歧视和迫害感到震惊和痛心。“使我伤心的是我自己的同胞也犯同样的罪行，而那些受到不公正待遇的人正是他们自己国家的公民。美国人竟能干出这种事!”① 赛珍珠的反种族主义立场从来不只是嘴上文章，因此，在她回国选择安家落户之地时，她便旗帜鲜明地做出了选择。出于她一贯的正义感与良知，她拒绝与美国南方那些执迷不悟，死心塌地死守种族隔离政策的人为伍。彼德·康在传记中记述，赛珍珠有段时间挺想回南方住，毕竟她出生在南方，父母也都在那里长大，她对南方怀有一种温馨的地缘感，可她直言自己“不想住在到处弥漫着种族殖民气息的地方。在那些地方，无论是在火车站还是在饭店，你随时都得看告示牌才知晓自己要往哪边走才是合适的”②。当赛珍珠得知好友林语堂夫妇在租赁住宅时遭遇一位美国教授太太的种族歧视后，她没有袖手旁观，而是仗义地予以回击，“我当时实在是气愤难抑，给那位太太去信狠狠谴责了一通”，认为这位美国太太“无知透顶”，被“迷信和偏见迷了心窍”。“二战”期间，当希特勒的种族灭绝政策在欧洲大陆掀起血雨腥风之时，大批犹太难民危在旦夕，身在美国的赛珍珠面对这一人类历史上的大浩劫，挺身而出，她发表公开信，又动员社会名流，并利用美国移民法的一项例外规定，替数千犹太难民担保，使他们得以逃生美国。一位名叫安妮·波尔策（Anne Plozer）的维也纳犹太女子，便是赛珍珠在自己担保名

---

① 赛珍珠:《我的中国世界》，尚营林等译，长沙：湖南文艺出版社，1991年，第309页。

② Buck, Pearl S. *My Several Worlds: A Personal Record*. London: Methuen & Co. Ltd., 1955, p.311.

额用尽而动员出版商贝特·塞尔夫（Bennett Cerf）出面的情况下才逃出生天的，并在这对夫妻来美后，努力帮助他们寻找安身立命的生计。50年后，安妮·波尔策回忆往事，一语道尽心中的感慨："赛女士救了我和我先夫的命。"①

自从1934年回归美国的那一天起，赛珍珠一直定期给"美国有色人种协进会"（NAACP）的杂志《危机》（*Crisis*）和隶属"美国城市联盟"的杂志《机遇》（*Opportunity*）投稿，她的正义感以及敏锐的政治远见令长期供职于NAACP的行政秘书长沃尔特·怀特（Walter White）发自内心地说道："美国只有两位白人真正了解美国黑人真实的生活状态，一位是美国第一夫人埃莉诺·罗斯福，另一位便是赛珍珠。"② 无独有偶，《机遇》杂志的主编尔默·卡特（Elmer Carter），亦是一位重要的黑人民权领袖，他声称："所有黑人对赛珍珠女士有着绝对的信任，比对其他任何一位白人公众人物都要信任。"③ 这并非虚夸之词，赛珍珠在回归美国的头几年就开始经常接触黑人团体，广泛阅读黑人发表的文章，④ 并就黑人的种种遭遇发表演讲，撰写文章，声援黑人民权运动。赛珍珠在《机遇》杂志上发表控诉针对美国黑人私刑的文章，被杂志编辑誉为"美国人迄今为止撰写的对黑人私刑最有力的控诉之

---

① Conn, Peter. *Pearl S. Buck: A Cultural Biography*. Cambridge: Press Syndicate of the University of Cambridge, 1996, pp.197-198.

② White, Walter. *A Rising Wind*. New York: Doubleday, Doran and Company, 1945, p.153.

③ Spencer, Cornelia. *Revealing the Human Heart: Pearls S. Buck*. New York: Encyclopaedia Britannica Press, 1964, p.137.

④ Spencer, Cornelia. *Revealing the Human Heart: Pearls S. Buck*. New York: Encyclopaedia Britannica Press, 1964, p.137.

一"①。在一次前往哈莱姆参加黑人问题的讨论会上，赛珍珠言辞尖刻地指出，鉴于美国白人的所作所为，她常常希望自己"血管里没有一滴白人的血液……并羞于与这些种族主义分子同一种肤色"②。美国黑人民权运动的代表人物，非裔美国学者 W. E. B. 杜波依斯亦对赛珍珠推崇有加，认为她的演讲和文章是对这一严重的种族主义罪恶"最为尖锐和最淋漓的揭露"③。赛珍珠回归美国之时，举国震惊的斯科茨博罗冤案（Scottsboro case）余波未消，大有向人间悲剧发展的趋势，此案将强奸的罪名强加给九名无辜的亚拉巴马黑人，引发社会的激烈动荡；当时归国不久的赛珍珠参观了哈莱姆艺术展，展会上触目惊心的私刑照片，尤其是一具具挂在树上的黑人尸体令赛珍珠不寒而栗，不由得义愤填膺，赛珍珠认识到这种残忍的处决方式仍是美国社会生活的一个普遍特征。④ 美国学者所著的《私刑的悲剧》（*The Tragedy of Lynching*，1933）便是针对20世纪二三十年代美国广泛存在的私刑这一社会现象的调查研究，面对这一有违宪法、有悖人道的针对有色人种的肆无忌惮的迫害，赛珍珠激愤难平，在报纸上发表了一封长长的公开信：

……不管他们犯有什么样的罪行，他们都享有法律赋

---

① Shaffer, Robert. *Pearl S. Buck and the American Internationalist Tradition*. Ann Arbor: ProQuest Information and Learning Company, 2003. p.2.

② Wilkins, Roy. "Talking It Over", *Kansas City Call* (December 23, 1932).

③ DuBois, W. E. B. "The War for Race Equality". *Phylon* III (3rd quarter, 1942), p.321.

④ Conn, Peter. *Pearl S. Buck: A Cultural Biography*. Cambridge: Press Syndicate of the University of Cambridge, 1996, p.165.

予的权利。他们的种族、他们所犯的罪不应妨碍他们应有的权利。当他们被处以私刑，他们就遭受了残酷野蛮的不公正。……私刑在美国这样自称是文明的国度发生，在这样一个往海外大量派遣传教士和慈善家的国度，确确实实令人费解，亦令人心碎。

我很清楚我的一些同胞会说我不懂什么种族问题。我的回答是，我当然懂。我此前一直生活在有色人种中间，作为一个白人孩子、一个白人女子、一个带着两个女儿的白人妇女。没有哪一层面的种族问题是我没有面对过或无法理解的。我没有见过或想象过任何种族层面的问题可以为灭绝人性的私刑开脱。

……

有人质问我，是否清楚这些被处私刑的人所犯的罪？我依然坚定地回答，知不知道又有何区别。即便是他们袭击的对象是我，抑或我的女儿，我亦会竭尽全力保证他们不被处以私刑，不仅仅是为了他，毕竟他只是一个个体，而是为了避免我们自身犯下更严重，更恐怖，更危险的罪行，这会让一个文明、有智识的民族突然之间在思想和行为上蜕变堕落到原始野蛮的状态……①

赛珍珠认为美国的种族歧视肢解了美国社会的道德规范，② 是美国一千二百万黑人的灾难根源，种族主义把他们排

① Harris, Theodore F. and Pearl S. Buck. *Pearl S. Buck: A Biography*. London: Methuen & Co. Ltd., 1970, pp.156-157.

② 彼德·康：《赛珍珠传》，刘海平等译，桂林：漓江出版社，1998 年，第 278 页。

斥在美国白人享受的社会经济权益之外，她罗列了美国黑人遭受的种种不公平待遇："美国的有色人种只能聚居在租金高而住房条件恶劣的地区，这一悲惨境遇皆因种族隔离政策使然。种族歧视使得黑人们不论什么能到手的活都得干，因为太多别的活他们无权插手；种族歧视使得黑人薪酬偏低，因为一些工会不承认他们与白人同工同酬。种族歧视是使遍布我国大大小小哈莱姆聚居区人民生活困顿的唯一根源。"① 赛珍珠认为黑人无疑是美国文化中根深蒂固的种族主义的牺牲品。

面对美国国内猖獗依旧的种族主义势头和美国黑人悲惨的命运，赛珍珠把大量的精力投入到为美国黑人争取平权的斗争，身体力行，从未停歇过。尤其是在"二战"期间，她搜集美国工会内部种族歧视的材料，为黑人劳工仗义执言，敦促工会接纳黑人会员；取缔歧视黑人的劳动法规，给予黑人应有的保护和权利。赛珍珠注意到，在美国参战后，一方面黑人士兵在海外为"美国"浴血奋战，而另一方面黑人依然受到国内种族主义的大肆歧视，非裔美国士兵在军队中被另眼相看，甚至被单独编制，无法享有白人士兵同等的待遇和尊严，而且这种瘟疫般的种族隔离政策甚至蔓延到了战时的红十字会。尽管有科学实验证明人类的血液跟种族和宗教信仰无关联性，② 美国战时红十字会的"血库"依然只青睐白人的献血，一位相关负责人的声明大有邀功之架势："红十字会的血库已

① Buck, Pearl S. Pearl S. Buck to Walter Lippmann (October 14, 1941), Yale university manuscripts department.

② Shaffer, Robert. *Pearl S. Buck and the American Internationalist Tradition*. Ann Arbor: ProQuest Information and Learning Company, 2003, p.346.

装满了白人献血者的鲜血。我们为前方士兵提供的血浆总量决不会因不接收黑人献血者的捐血而减少。”① 这种赤裸裸彰显种族歧视的言辞是美国种族主义的淋漓展示，所有这一切毫无疑问地受到赛珍珠的口诛笔伐，她质问罗斯福总统：“一个民主社会怎么能容许带着愚蠢的偏见，对我国整整一个种族所遭受的压迫熟视无睹？”② 自美国参战以后，赛珍珠就美国种族问题至少作了五十次的讲话、访谈及新闻发布会发言，③ 赛珍珠以其不屈不挠的努力、毫不妥协的态度成为美国战时最坚定不移地反对种族歧视的白人之一，被美国记者称为“汤姆·潘恩④的精神传人”，罗斯福总统夫人公开承认赛珍珠是美国种族政治当之无愧的权威，而美国文坛杰出的黑人作家兰斯顿·休斯（Langston Hughes，1902—1967）更是称誉赛珍珠“为我们这个种族呐喊的现代斯托夫人”⑤。同时，赛珍珠高调的反种族主义立场和姿态引起了美国当局的高度关注，被美国学者赫伯特·米冈（Herbert Mitgang）称为联邦调查局“针对美国大作家的秘密战争”的档案中，就有专门一个文档记载

---

① “Report of the Secretary” at the February 5, 1942 NAACP board meeting, Library of Congress manuscripts division.

② Buck, Pearl S. Pearl S. Buck to Franklin D. Roosevelt (January 31, 1941), Franklin D. Roosevelt Library.

③ 彼德·康：《赛珍珠传》，刘海平等译，桂林：漓江出版社，1998 年，第 300 页。

④ 托马斯·潘恩（Thomas Paine，1737—1809）：英裔美国思想家、作家、政治活动家，被誉为美国开国元勋之一，有“美国体制之父”的称号，并最早提出“自由民主论”，且“美利坚合众国”的国名也出自潘恩之手。潘恩撰写的《人的权利》，成为启蒙运动的指导作品之一。

⑤ Rampersad, Arnold. *The Life of Langston Hughes, volume II, 1941—1967: I Dream a World*. New York: Oxford University Press, 1988, p.47.

对赛珍珠的监控情报，米冈认为主要是因为赛珍珠对美国种族主义的抨击，引发了当局的不安。①

赛珍珠认为美国罪恶昭彰的种族主义动摇了美国“人人生而平等”的立国之本，玷污了美国宪法，是美国民族文化之黑暗中心，是美国民主政治最薄弱的环节。赛珍珠警告说美国白人倒行逆施的种族歧视行为分裂了“二战”时东西方反法西斯力量，当时正值太平洋战争酣战未歇，赛珍珠在一次面对几千人的集会上直指美国国内的每一次种族暴行、每一场令人发指的针对有色人种的私刑都迎合了别有用心的日本帝国主义宣传机构的胃口，后者更是利用了美国臭名昭著的种族主义为其帝国主义的扩张野心大造声势：“基于白人根深蒂固的种族偏见，有色人种绝无可能从他们那里获得公正和平等……”②，日本人的宣传攻势无疑对当时美国和盟军在亚洲的战局大为不利。赛珍珠把她的这种担忧和愤懑倾泄在抗战小说《龙子》中，淋漓尽致地揭露了日本帝国主义妄图打着“亚洲人民联合起来抵抗西方殖民种族主义”的幌子，称霸亚洲乃至世界的野心。且看文中的日本上尉借汉奸吴廉之手写的安民告示：

> 救星！东亚新秩序！……同胞们！我们遭受着白种人的欺压和奴役已经长达一百年了。这一个多世纪以来，虽一直在顽强地反抗着，寻求着一切机会摆脱白种人的桎

① Mitgang, Hbert. *Dangerous Dossiers: Exposing the Secret War Against America's Greatest Authors*. New York: Donald Fine, 1988.

② Conn, Peter. *Pearl S. Buck: A Cultural Biography*. Cambridge: Press Syndicate of the University of Cambridge, 1996, p.260.

梏，砸碎他们的锁链，可至今仍无结果！……何以如此？盖因国家太软弱、政府无能、兵力匮乏之故也。……然而，目前发生的事情扭转了此种局面，赐给了我们大好时机，让我们得以万分荣幸地凭借一个友好国家的力量，去实现我们久存的愿望，向白种人报仇雪恨！从此，我们的人民将是完全自由的人民。然友邦日本，虽为我们尽了如此巨大之力，做出了如此巨大的牺牲，却丝毫不图回报，只是帮助我们建立起"东亚新秩序"！……这一新秩序，其目的不仅是暂时的拯救，实则是永恒的救赎！毫无疑问，从今以后，我们将获得永久的自由！同胞们！东亚新秩序，实乃我四万万同胞的救星！①

从太平洋战争期间日本军国主义的"大东亚共荣"、"亚洲人的亚洲"（Asia for the Asians）等政治口号对缅甸、泰国老百姓的成功蛊惑的史实可见赛珍珠的担忧并非耸人听闻。在《诺言》中，赛珍珠提到一个值得人深味的情节："日军向缅甸人空投传单，告诉他们日本人是来解放他们的，把他们从白人统治者的手中解救出来，日军用的是缅甸人的语言；针对日军的邪恶宣传，白人是怎么做的呢？他们当然也针锋相对地发传单，让缅甸老百姓放心，千万不要听信日军的蛊惑——可他们的传单全是用英文写的，缅甸人压根儿看不懂啊！"② 赛珍珠在此对白人自我中心和傲慢自大的刻画真是入木三分，难怪小说中前来救援的中国将领凌胜出言相讥："我倒宁可这帮家

① 赛珍珠：《龙子》，丁国华等译，桂林：漓江出版社，1998 年，第 233—235 页。

② Buck, Pearl S. *The Promise*. Kingston: Moyer Bell, 2008, p.128.

伙是胆小鬼，胆小鬼也不过是一跑了之，而蠢货留下来反倒尽坏事儿。”① “尽坏事儿”的英军宣传机构不敌日军宣传机器的狂轰滥炸，于是中国人缅远征军被日军的宣传机器描绘成大英帝国的帮凶，后者成功地把所征服人民的愤怒转嫁给了反法西斯同盟，受蛊惑的缅甸人反倒成了日本帝国主义的帮凶，中英联盟的惨败不能不说有日军反宣传的功劳，更有白人种族主义思维埋下的祸根。因此赛珍珠在不同场合，总是不失时机而又不无忧虑地告诫美国民众倘若自己的同胞仅因肤色不同就受到歧视，甚至遭受非人的待遇，那么其他民族又怎么会相信美国人能平等地对待同样是有色人种的他们。“一屋不扫，何以扫天下”，中国人的古训赛珍珠铭记在心。赛珍珠告诫说，种族主义最大的受害者恰恰是那些实施种族主义者本身，她强调：“世上真正的力量在于人，在于人们的信念和希望。我们不可能拥有这样的信念和希望倘若我们不实施人类平等的原则。人民已经觉醒，……世界各地的人民，他们清楚什么是错误的。他们或许不很清楚什么是正确的，但至少他们懂得一个人的肤色不能决定他的行为举止，也不能决定他应该过什么样的生活。”如果美国人对种族主义不加以扼制，“不实施各民族平等的原则，我们总有一天会由于白人的罪恶而在世界各地遭受惩罚”。② 赛珍珠的告诫言犹在耳，21 世纪美国公民在世界各地遭受袭击，大使馆遭袭等跟美国推行的单边主义和白人根深蒂固的种族主义渊源匪浅，种族主义和极端的排外主义依然是

---

① Buck, Pearl S. *The Promise*. Kingston: Moyer Bell, 2008, p.128.

② Spencer, Cornelia. *Revealing the Human Heart: Pearls S. Buck*. New York: Encyclopaedia Britannica Press, 1964, p.142, p.136.

当今全球性冲突的祸源和世界动荡不安的一大要因，赛珍珠的反种族主义书写和矢志不渝的反种族主义立场和卓识依然有着振聋发聩的警世效用：“种族不能够，也绝不应该是导致世界分裂的根由……只有全人类的平等和稳定，才有真正的和平可言。”①

作为一名脚踏中西两大文明的跨文化公共知识分子和美国亚洲问题当之无愧的专家，赛珍珠在反种族主义的同时，对西方列强在亚洲的殖民统治，尤其是对英美帝国主义联盟保持着高度警惕和毫不妥协的鞭挞立场。

第二节 殖民主义：英美帝国主义联盟的罪与罚

通过梳理赛珍珠的传记、自传及其文学作品中有关美国的殖民主义论述，再结合21世纪美国在全球范围内飞扬跋扈充当世界警察，以“救世主”姿态和腔调频频现世，就会有一个相当令人深味的发现，自从赛珍珠记事起，即自19世纪末开始，美国一直在奔向帝国殖民的这条道路上走得无怨无悔，时而扯一块遮羞布，时而收敛起殖民锋芒，但从未放弃称霸全球的殖民野心，至赛珍珠辞世的1973年，美国俨然是一个超级霸权国家了，更甭提当下美国特朗普政权在全球范围内的兴风作浪、肆意妄为。赛珍珠有生之年，在东西两片大陆上耳闻

① Spencer, Cornelia. *Revealing the Human Heart: Pearls S. Buck*. New York: Encyclopaedia Britannica Press, 1964, pp.140-141.

目睹西方帝国主义列强的种种恶行和丑陋嘴脸，给殖民地人民造成的深重灾难，亦给本国人民带来难以预料的危险和祸害，赛珍珠一生都对殖民统治和西方政客的殖民思想深恶痛绝，尤其是对英美帝国主义的军事联盟更是大加鞭挞，毫不手软，斥其是“白人种族主义的大联盟”①。

说到美国的帝国殖民史，就不得不提“美西战争”(Spanish-American War, 1898)，这是美国第一次向世界亮出了自己的殖民“獠牙”，是美国为争夺老牌殖民帝国西班牙属地古巴、波多黎各和菲律宾而发动的战争，是列强重新瓜分殖民地的第一次帝国主义战争。日薄西山的西班牙殖民者对阵新兴的拥有雄厚经济、军事潜力且业已建立起一支实力不可小觑的海军的美国，结局自不待言。美西战争之后，美国获取了既有重要经济价值，又是美国分别向南美洲和亚洲扩张的战略基地的古巴和菲律宾群岛，美国的殖民历史由此翻开了新的篇章。正是这场历时 100 天的战争，使美国以最小的代价换来了美国立国以来最大的胜利，助其步入了世界殖民强国之列，对此开创性局面，美利坚合众国的民众是欣然接受的，这从两年后 1900 年总统选举的公民投票表决结果可见一斑。1900 年，发动“美西战争”的美国第 25 任总统威廉·麦金利以压倒性的多数获取连任，便是一个民意的风向标，彼德·康在《赛珍珠传》中指出：“当时许多美国人都乐意认可一种扩张本国势

---

① Buck, Pearl S. *My Several Worlds: A Personal Record*. London: Methuen & Co. Ltd., 1955.

力、干预别国事务的外交政策。”① 作为一个狂热的扩张主义分子的麦金利自然众望所归再次入主白宫，随即便抛弃了他在第一届总统任期内的誓言：“不要用战争征服他国，我们要抵制侵占他国领土的诱惑。除非一切和平手法都束手无策，我们永远不该诉诸战争。”在那个西方列强怀抱疯狂扩张野心的年代，有着“天时、地利、人和”且有着勃勃野心的麦金利总统自然无法再奉守前任总统格罗弗·克利夫兰（Grover Cleveland）的传统孤立主义信条：“在我看来……如果为了领土扩张而无视国家的诚信，或是政府不去规范自己的行为，那么我就完全误解了我们政府的使命和特点，以及公职人员拥有做人良知的重要性。”因此，在麦金利任内，入侵中国的“八国联军”的名单里出现美国的名字也就不足为奇了。对世纪之交美国在世界舞台上的改弦更张，当时的大法官 H. H. 普瓦士（H. H. Powers）在《战争作为天定命运说的暗示》（*The War as a Suggestion of Manifest Destiny*）一文中有这样一番描述：

> 一年前，我们不要殖民地、不要同盟国，不要欧洲友邻，也不要陆军或大量的海军……我们在世界上的角色是零，要插手新世界以外的其他事被认为是鸠占鹊巢。门罗主义的信条被解读为对待欧洲文明旧世界的事务，我们袖手旁观即可；而华盛顿主义则被直白地理解成民族孤立主义。我们在这些问题上的立场或许可以被质疑，但绝不含糊，至少我们懂得自己是怎么想的。

---

① 彼德·康：《赛珍珠传》，刘海平等译，桂林：漓江出版社，1998 年，第 36 页。

> 但时至今日，所有这些信条无一例外地受到挑战，倘若还没有被彻底抛弃的话。①

从上述引文可以看出，在当时甚嚣尘上的“天定命运论”(Manifest Destiny)、达尔文社会进化论、资本主义扩张论等鼓动下，帝国主义的意识形态完成了它对美国民族文化的改造，亦造就了其对外政策的强势“恩主”心态。整个这一时期，美国人的言行举止都带着西方人高人一等的感觉，坚信美国人是奉诏“天命”，对外扩张，向异族散播民主自由的信念；此后美国横贯北美洲，直达太平洋的领土扩张，是天命不可违，更是自诩“美利坚合众国具有天赋的文明使命，有责任将世界上的后进种族提升到美国标准的高度”②。对于来自美国的“恩赐”，其他国家和地区的人都应虔诚以待，换句话说，别国政府和人民只有按美国的条件，接受美国的指导和帮助才能“过上好日子”，无论是意识形态还是经济发展模式都应以美国为标杆。美国新教海外传教运动与美国的帝国主义意识形态的形成可谓是相辅相成，“相得益彰”，而赛珍珠与美国帝国殖民主义千丝万缕的交集便由此展开。

美国新教的海外传教运动把赛珍珠一家远涉重洋送到了中国这片“异教堡垒”的土地上，而伴随西方列强的坚船利炮而来的传教士便与帝国主义难以撇清干系了，在中国人眼里传教士就是帝国主义侵略的急先锋。而作为一个基督教徒，一个

---

① Powers, H. H. “The War as a Suggestion of Manifest Destiny”. *Annals of the American Academy of Political and Social Science* (September, 1898), p.173.

② 彼德·康:《赛珍珠传》，刘海平等译，桂林：漓江出版社，1998 年，第 36 页。

白人女子生活在有色人种的异教世界，赛珍珠目睹了西方殖民者，包括美国人在东方土地上的胡作非为，她以中国人的视角审视并理解中国人对西方列强的痛恨和仇视。1900 年，八国联军攻入北京，火烧圆明园时，已是八岁的赛珍珠第一次真真切切感知到来自中国人对西方殖民主义者痛恨和自身作为白人子弟的危险。赛珍珠在自传中写道："因为贪婪的欧洲人，尤其是英国人已在蚕食中国的沿海沿江地区。慈禧决定赶走白人，将他们永远拒于国门之外。我那神情严肃的父亲对我说，不能怪罪慈禧太后的震怒，怪她要将入侵者和强盗统统赶出中国。试想一下，假如我们自己的国家，美国，被外来入侵者骚扰，由他们挑起小规模战争，而后索取巨额战争赔款，割让土地，交出铁路经营权，把我们的国家一点点掏空，我们又该怎么办？父亲是同情慈禧太后的，但他的同情却不能拯救身为白人的我们。尽管我们清白无辜，却不得不为那些白人强盗的罪恶而承担后果。"①

在赛珍珠的亚洲岁月里，她总是时不时地耳闻目睹西方白人在东方这片土地上为非作歹，沆瀣一气，无论是国家机器层面的，还是白人个体的跋扈。赛珍珠罗列了西方殖民者的斑斑劣迹，他们烧杀洗劫，大肆掠夺，对这个文明古国的文化遗产造成了无法估量的损害；一系列不平等条约的签订和"治外法权"极大地损害了中国的国家主权和民族尊严，"他们要求中国人允许他们在中国大地上来去自由，允许商船、战舰在任何水域航行，在任何一个码头停泊；他们还要求允许传教士任

---

① Buck, Pearl S. *My Several Worlds: A Personal Record*. London: Methuen & Co. Ltd., 1955, p.37.

意选择居住地……这些传教士可以随心所欲地兜售中国人全然陌生的宗教”①；“白人在中国大地上杀人越货、强奸劫掠，为所欲为，而中国当局却无权逮捕他们，因为所有的白人都享有外交豁免权。……我认为白人在亚洲的嚣张跋扈，是残暴的罗马帝国以来最为登峰造极的”②。赛珍珠儿时的启蒙恩师孔先生位于北平的祖宅便是在八国联军入侵时被德国侵略军付之一炬的，德国入侵者的嚣张暴虐气焰来自德意志帝皇的“王霸之气”——“德意志士兵，拿出你德意志民族的气势来，要让中国人一听德国人的名字，就闻风丧胆。”③ 当时的中国百姓有无闻风丧胆笔者无从考证，倒是40年后，“二战”时武装到牙齿的德国军队确实让它“八国联军”侵华时的“队友”法国人闻风丧胆、不战而降，而与此同时，四万万中国人却浴血奋战，抵死抗击同样武装到牙齿的德国同盟军——日本侵略者。对此赛珍珠出言讥讽，号称全是机械化现代装备的法国人，竟是如此地不堪一击。在中华民族誓死不屈的民族抗争气节的映衬下，赛珍珠的感慨万端自在情理之中。

而在一次印度的旅行中，赛珍珠亲眼见证了英国白人的嚣张之气，对英属殖民地百姓的恣意侮辱。“在车厢里，一位英国上尉紧挨着我而坐，看来他极不喜欢印度人，甚至是带着异乎寻常的敌意。当火车停下时，吵吵嚷嚷的乞丐和小贩便像往

① 赛珍珠：《我的中国世界》，尚营林等译，长沙：湖南文艺出版社，1991年，第48页。

② Buck, Pearl S. *My Several Worlds: A Personal Record*. London: Methuen & Co. Ltd., 1955, p.118.

③ Buck, Pearl S. *My Several Worlds: A Personal Record*. London: Methuen & Co. Ltd., 1955, p.54.

常一样一拥而上，围住了车窗。在这样炎热的天气，被团团围住自然并不是件开心的事，但这些人也只不过是想挣几个安那糊口，但这位上尉压根儿不这样想，他拎起一根生皮皮鞭，冲到站台上，狠狠抽向那些衣不蔽体的印度人。”① 面对赛珍珠义愤填膺的谴责，这位高傲的大英帝国军人耸了耸肩，不屑地答道：“这群肮脏的畜生！”② 在大英帝国的臣民中，上至首相丘吉尔，下至普通军人百姓，种族殖民意识在其几百年的殖民历史的文化承传中已是根深蒂固的精神遗产。英属殖民地的百姓自然是无法跟宗主国的白人相提并论的，对其肆意欺凌更是家常便饭，这位英国上尉光天化日之下的欺辱行为在英国殖民者眼里不足挂齿，最平常不过的事。白种人认为他们统治下的殖民地民族的文化、传统、习俗、精神信仰等都是无足轻重的，不配受到英国人平等相待，更遑论尊重和对其民族文化的重视和发扬，对其本土文化的摧残损害了印度整个国民的素质和一个国家的精神魂魄。赛珍珠曾在 20 世纪三四十年代游历当时的英属殖民地印度，并深入印度农村考察，发现那儿的贫穷超乎想象，比她在中国农村见到的景况要糟得多。赛珍珠毫不讳言地直指英国殖民者近 300 年的无良统治是造成这一局面的罪魁祸首，她质问英国殖民者，看着一个个骨瘦如柴，挺着病态大肚子，睁着大大忧伤眼睛的印度农村孩子，他们的良心是否会发痛？更令赛珍珠激愤和震惊的是，印度人的平均寿命

---

① Buck, Pearl S. *My Several Worlds: A Personal Record*. London: Methuen & Co. Ltd., 1955, p.78.

② Buck, Pearl S. *My Several Worlds: A Personal Record*. London: Methuen & Co. Ltd., 1955, p.78.

仅只有 27 岁，未过而立生命就已凋零，赛珍珠把这一数据解读为是英国殖民统治恶果的高度浓缩；① 英国殖民者的掠夺性统治从政治、经济、文化和精神层面对被殖民国家产生了深刻的影响，赛珍珠在其回忆录中提及当年印度爆发大饥荒时，本应积极自救的印度农民却由于遭殖民者压榨贫困潦倒无力再组织有效的自救行动。而另一方面 300 年的殖民奴化统治剥夺了印度人民的尊严和积极进取的自主性，赛珍珠一句话道出了深受殖民统治的印度人精神上的委顿："究其根本，因为当一个民族心力交瘁时，它的精神也随之灭亡。"②

亲历并见证西方殖民者在亚洲所犯下的罪孽，并由于身为白人而遭受白人同类所犯罪恶引发的"殃及池鱼"的数度劫难，回归美国后的赛珍珠凭着自己的声望和一腔侠肝义胆，对西方列强，尤其是"二战"时及战后英美联盟的殖民主义行径保持高度的警惕和毫不妥协的态度。她首先对老牌殖民分子温斯顿·丘吉尔（Winston Churchill，1874—1965）开炮，认为丘吉尔广为人知的"白人至上"种族主义观念和对殖民理想的狂热追求使他不配做亚洲乃至美国的盟友，斥责其殖民政策逆历史潮流而动。他那不合时宜的帝国梦让太平洋战争中的同盟力量，尤其是中国军队深受其害，这种"亲者痛、仇者快"的殖民思想让亚洲的极端民族主义者和不明真相的殖民地普通民众站在了反法西斯联盟的对立面，断然拒绝与其白人主子合

① Buck，Pearl S. *My Several Worlds: A Personal Record*. London：Methuen & Co. Ltd.，1955，p.348.

② Buck，Pearl S. *My Several Worlds: A Personal Record*. London：Methuen & Co. Ltd.，1955，p.349.

作抗敌，反而落入日本帝国主义宣传机构的圈套，给整个反法西斯力量造成了重大的损失，“缅甸大溃败”（Burma Debacle）是“二战”盟军太平洋战争史册上一个抹不去的污点。赛珍珠凭借其过人的胆识、真知灼见和雄辩的口才在“二战”期间与丘吉尔针锋相对，斥其代表的观念是过时的，认为在20世纪40年代，殖民主义早已是道德沦丧、政治落伍的标志。① 作为知名作家，赛珍珠借其丰沛的文学创作对以丘吉尔为首的英国殖民者大加鞭挞。在长篇小说《龙子》的结尾，当中国人民的孤军抗战进入第五个秋天时，英美两国就“二战”局势进行了首脑会晤，会后丘吉尔发表了讲话，发誓要援助中国和其他生活在日寇铁蹄之下的亚洲民族，“自由中国之声”广播了丘吉尔的演讲：

> 沦陷国的人民生活在水深火热之中，我们必须给他们希望。我们必须让他们坚信：他们的苦没有白受；他们的抵抗也并非徒劳无功。通向胜利的道路可能是漆黑而漫长的，但是，尽头就是光明。②

对坚持抗战四年多的中国百姓凌潭一家来说，丘吉尔的一番承诺自然是令人激动的，但赛珍珠本人对此深表怀疑，她借凌家老二之口表达了对丘吉尔的不信任：“我们最好还是不要太指望任何外国的帮助。那些人能不图什么，就慷慨相助

---

① Conn, Peter. *Pearl S. Buck: A Cultural Biography*. Cambridge: Press Syndicate of the University of Cambridge, 1996, p.257.

② Buck, Pearl S. *Dragon Seed*. Philadelphia: The Blackiston Company, 1946, p.329.

么?”① 赛珍珠的担忧印证在了《龙子》的续篇《诺言》(*The Promise*, 1943) 中，小说的题名“诺言”就是一个莫大的讽刺，丘吉尔信誓旦旦的广播演讲所做的承诺在其冥顽不化的殖民思想的作祟下，亦只是一个空头许诺而已。《诺言》就是赛珍珠对西方殖民种族主义者为了自身利益出卖亚洲盟友的一次控诉。

《诺言》的故事背景是发生在“二战”期间中国远征军的第一次入缅作战。当时太平洋战争(1941—1945)正在如火如荼地进行着，日军攻势凶猛，准备不足而又轻敌的英美盟军节节败退，导致中国的大后方暴露无遗，中国通往外界的唯一国际大动脉滇缅公路也岌岌可危，这是中国抗战时期至关重要的生命线。中国政府数次要求入缅协防都被英国拒绝。英国这个老牌殖民帝国只求守住自己殖民地而不愿任何人染指。有专家指出，在亚洲，英国考虑得更多的与其说是战胜日本，还不如说是如何维持、恢复它的殖民帝国。他们认为生死攸关的战场在欧洲，而非亚洲。“1940 年丘吉尔为赢得时间准备投入欧洲战场的兵力，甚至以关闭滇甸公路三个月为礼向日本献媚。此番举动严重削弱了整个东南亚对日军的抵抗，是‘英国至上’种族主义的极端表现。”② 英国在亚洲的消极应战和种族至上主义的殖民心态导致了盟国间巨大的战略分歧，并严重影响盟军在缅甸战区的作战效果。然而，1942 年年初一向骄傲自负的丘吉尔却主动请求中国政府派兵协防缅甸。究其然，原来

---

① 赛珍珠:《龙子》，丁国华等译，桂林：漓江出版社，1998，第 331 页。

② Young, Arthur. *China and the Helping hand, 1937—1945*. Cambridge, MA: Harvard University Press, 1963, pp.114-115.

是拼凑起来的驻缅英军在日军的猛烈攻势下，丢盔弃甲，溃不成军，导致仰光失陷。英军仓皇撤退间陷入了被日军合围的险境，无奈之下一向睥睨东方的丘吉尔不得不向中国军队求援。

1942 年 3 月，中国政府拨出最为精锐的十万兵力，组建“中国远征军”，分三个军开赴缅甸驰援英军。而当时的战场形势对刚刚入缅的中国军队十分不利：仰光陷落，缅甸国门洞开，日军长驱直入，盟军一触即溃。在此危急关头中国远征军的先遣部队第 5 军第 200 师在师长戴安澜的率领下急速抵达缅甸首都仰光以北的同古，英美盟军后撤的三个师此时也在西线卑谬稳住阵脚，与中国军队遥相呼应。当时与 200 师对垒的日军 55 师拥有 23 000 多人和强大的火力，还有三个航空支队的支援。同古之役鏖战了 12 天，中国远征军第 200 师在敌我力量悬殊的情况之下以 8 000 之兵力力挫敌锋，给日军自太平洋战争爆发以来最有力的阻击，致使敌师团在 10 天内毫无进展。但是后援乏力的中国远征军，遭到了合围，雪上加霜的是在右翼担任掩护的英军在没有向中国军队通报的情况下，擅自仓皇撤退，致使中国远征军的右翼暴露在了日军枪口之下。紧接着日军 55 师的增援上来，攻破了 200 师的防线，鉴于这种情况，杜聿明命令新 22 师的坦克部队火速赶往同古救出 200 师，经过奋勇作战，终于杀出一条血路突围而出，此时 200 师已伤亡过半。同年 4 月日军的一个师包围了西线的仁安羌，7 000 多英军和大量的随军家属及新闻记者被围困。当时统率这支军队的是亚历山大将军（H. R. Alexander）。两年前他曾指挥过著名的敦刻尔克大撤退（Battle of Dunkirk），但这一次亚历山大组织了多次突围，但回天乏力。军心大乱的英军在敌人强大的火力下伤亡惨重，并做出向日军投降的准备。远征军新编38师师长孙立人领命率1 300多人赶往仁安羌救援英军。但1 300多兵力如何抗衡一万多日军？中国军队使出障眼法，用计唬住了日军，并趁机撕开了一个突围的口子，英军7 000多人和新闻记者等得以获救。仁安羌战役是中国军队入缅后的第一次胜仗。仁安羌战役后英军和英缅政府已无意再保卫缅甸。因此，在后来的战役中他们又是一触即溃，故技重犯，在没有通知中国友军的情况下开始后撤。一退再退，最后全军溃退。

笔者在此无意贬低英国军队在太平洋战争中整体所做出的贡献和牺牲。但是1942年英军的缅甸大溃败确是英军“二战”史无法绕开一个历史污点。日军利用盟军兵力不到位，相互之间的间隙较大，迅速向中国远征军的纵深穿插，攻占了远征军后方的主要基地腊戍，既切断了远征军撤回中国的主要道路，也破坏了后方基地，缴获远征军囤积的大批军用战略物资，使前方作战的将士失去了依托，处于完全被敌军合围的状态，这样远征军的第一次入缅作战归于失败，十万将士损失过半。[①] 赛珍珠小说《诺言》的切入点之一便是英军在协同作战中颜面尽失的“过河拆桥”行为。小说中有一个高潮情节：缺乏斗志、遇“日”必溃的英军在中国军队浴血抗击日军的掩护下得以撤退到伊洛瓦底江畔（Irrawaddy），一俟过了河，他们竟不顾身后尚未过河的中国友军的死活，炸毁了大河上极具战略意义的大桥，任凭掩护他们撤退的中国士兵遭疯狂追击

① 云南卫视：《中国远征军》，《经典人文地理》，http://www.tudou.com/programs/view/ztJw9iL3j44/。

的日军屠戮，导致书中由主人公中国将领凌胜（Sheng，也就是《龙子》中凌家的三儿子）率领的救援将士几近全部殉难。英军的这种赤裸裸的“过河炸桥”行为，在赛珍珠看来并不只是单纯的形势所迫使然，而是有其深刻的文化根源。赛珍珠一针见血地指出盟军的缅甸大溃败原本可以避免，倘若英军跟中国军队更紧密平等的合作，然而事实是落难的英军却打心底里瞧不起前来救援他们的中国军队，种族优越感的顽症深入英国人的骨髓，即便是某些作战骁勇受人敬重的英国军人身上也沾染上了大英帝国臣民高人一等的优越感，这在惨烈无比生死搏杀的战场上显得如此怪诞而荒谬，尤其一方是被救援的英军，另一方是救援英军的中国军队，被救援者瞧不起救援者。“在赛珍珠看来，这场闹剧说明，正是傲慢导致西方帝国主义的自我毁灭。”① 岂止害己，更是害人，足以引发更大范围内的种族仇视和对抗，导致地区局势动荡乃至战争，这在大英帝国的殖民史上屡见不鲜。

赛珍珠在美国对日宣战后不久，在纽约的一次演讲中，立场鲜明的指责美国和大英帝国的结盟就相当于加盟“法西斯阵营”，声称“英美联盟改变了‘二战’的性质”②，“二战”的目的不再是为了同盟国全体成员的平等、自由和解放，而仅仅是为了英国和美国自身的利益。丘吉尔在华盛顿激情澎湃地宣称：“英美两国人民将从自身的安全利益出发，肩并肩，手

---

① Conn, Peter. *Pearl S. Buck: A Cultural Biography*. Cambridge: Press Syndicate of the University of Cambridge, 1996, p.276.

② Buck, Pearl S. “The Changing War”, in Buck, *What America Means to Me*. New York: John Day Company, 1943, p.110.

挽手，为民族的尊严、公正与和平而战。”① 赛珍珠随即言辞尖刻地反诘道：“这样的话对我们的亚洲盟友有何安慰可言！英国人和美国人为自身的利益结盟走到一起，对有色民族而言不仅意味着更难对付的白人帝国主义，其后果甚至远超过日本取胜所带来的威胁。”② 丘吉尔这番只为英美联盟自身考虑，而罔顾亚洲盟友的利益宣言，在赛珍珠听来不啻是白人的种族主义联合宣言。亲身见证了英殖民者在亚洲土地上的肆意妄为，赛珍珠对英美联盟在“二战”时所表现出的种族殖民意识深恶痛绝。赛珍珠在《机遇》上发文对由英美联盟操控的战后局势提出了自己的看法：“战后是怎样的和平局面是由战争造就的。战时的领袖们——罗斯福和丘吉尔，而非别的领导人，早就规划好了这场战争的走势。从军事层面而言，战争是赢了，但并非从其他任何层面而言……战争结束了，可人类是一手举着原子弹，一手端着帝国主义的架势，奴役殖民地人民和有色人种，偏见和不信任依然肆虐。”③ “二战”结束时，赛珍珠在《亚洲》杂志上发表了一篇题为《正在形成的美帝国主义》（*American Imperialism in the Making*）的文章，进一步阐述了她对这一问题的看法，并对世界未来的发展态势做出了自己的判断，70 多年后的今天，我们重新检视她的观点，不得不说她的立场和先见对当下的世界态势依然有其积极的意

---

① 转引自 Peter Conn. *Pearl S. Buck: A Cultural Biography*. Cambridge: Press Syndicate of the University of Cambridge, 1996, p.260。

② Conn, Peter. *Pearl S. Buck: A Cultural Biography*. Cambridge: Press Syndicate of the University of Cambridge, 1996, p.260.

③ Buck, Pearl S. “Where the People Stand”, *Opportunity*, 23 (Fall 1945), pp. 187-188.

义。赛珍珠在文章的开篇写道：

> 现在该停下来思考这场战争究竟带给我们什么以及我们前面的道路该怎么选择。我们应该庆幸此刻我们还有选择的余地。……在 1942 年 12 月 10 日的诺贝尔纪念集会上，我很冒昧地提请大家注意这样的一个事实：这场战争的性质业已改变。人们再也不能把它看成是一场为了人民的民主和自由而战的战争，它演变成了一场争权夺利的斗争。确实，权力现在落在了我们美国人手中。而我们又会怎么做呢？我们再一次面临选择。我们利用手中的权力是要创造一个民主自由的世界，还是一个谁都无法享受自由民主的世界。①

在赛珍珠的愿景中，在一个平等自由民主的世界上，人民应是自由的人民，不同种族的人民被共同的历史、地域和交往关系紧紧联系在一起，直到形成他们自己的生活方式，按他们自己的生活方式融入这个人类的大家庭，而不会遭受别的种族支配。但是赛珍珠认为，虽然“二战”反法西斯同盟取得了军事上的胜利，但由于同盟国内西方列强为各自的殖民利益，相互之间尔虞我诈，不愿放手既得的殖民利益，使得受压迫的殖民地人民依然无法摆脱宗主国的殖民统治。赛珍珠一针见血地指出，“二战”后同盟国内部分裂的两大阵营一边是殖民地普通民众，他们渴望平等自由和一个能享有自由的安全世界，而另一派便是西方殖民主义者，他们把普通民众当成他们获取权力

① Buck, Pearl S. American Imperialism in the Making. *Asia*, August, 1945, pp. 365-368.

可资利用的工具。她进而警告说，要是我们利用手中的权力迫使别国人民臣服于我们，迫使他们出让领土供我们建造海外军事基地，我们必须准备好应对更可怕的战争，而且是迫在眉睫的战争。美国此后在亚洲接连卷入了两场战争，特别是深陷旷日持久的越战泥淖中难以自拔，民怨沸腾，不得不说赛珍珠无论是对亚洲各国的了解，还是对美国对外政策、军事动态的观察和把握上都彰显了其敏锐的政治触角和洞见。遗憾的是，在美国卷入亚洲战争期间的几任美国总统，并没有太看重赛珍珠这位公认的“亚洲问题专家”对亚洲局势的看法。赛珍珠毫不讳言地指出这样一个事实，即美国现在在世界上面临的危险境遇问题出在国内，尤其是出在美国领导人身上。① 当赛珍珠竭力想让美国人多了解亚洲而徒劳无果时，赛珍珠痛心地说道：“我们的政府和人民的十足无知和危险的傲慢自负并没有随着时间的推移有所改观……我们一步步地走上错误的道路，那最终不可避免的结果便是我们今天必须面对的（在朝鲜战场上与亚洲人搏杀）。”②

赛珍珠毕生的挚友玛格丽特·桑格在与赛珍珠的通信中直言自己一想到美国“领导层及其愚蠢的行为”就气不打一处来，“对我们这个国家的未来最可怕的事情便是国家内政的最高权力落入军事领导人之手”，她说这番话时正是时任“联合国军”总司令的美国五星上将麦克阿瑟（Douglas MacArthur，1880—

① Buck, Pearl S. "As One Reader Sees It." *People Trough Books*, 1 (Dec. 1945), p.3.

② Shaffer, Robert. *Pearl S. Buck and the American Internationalist Tradition*. Ann Arbor: ProQuest Information and Learning Company, 2003. p.280.

1964）在朝鲜战场上旗开得胜，挥师直逼中朝边境而在美国国内名声再度大噪之时。朝鲜战争伊始，麦克阿瑟将军登陆朝鲜战场，放出豪言要在1950年的圣诞节前结束朝鲜战争，回家过圣诞节，殊不知这场战争美军足足打了三年有余，美国阵亡人数，据美军朝鲜战争纪念碑上显示，高达54 246人。从此美式狂言“回家过圣诞节”这一典故成了麦克阿瑟麾下将士需要慎重以待的一个禁忌，也变成了美军的一个历史性笑话，有人声称朝鲜战争是这位美国传奇人物“二战”时美国太平洋战区总司令的滑铁卢。“如果说原子弹让美国重新定义了世界格局，那么朝鲜战争让世界真正认识了中国人。”①

美国在“二战”后的对外政策，尤其是对亚洲的一系列政策，在赛珍珠看来大有填补欧洲列强在世界事务中的空缺，取代老牌英帝国的世界角色成为头号殖民霸主的态势，赛珍珠的预言并非空穴来风。赛珍珠认为，美国在1945年的洛杉矶联大会议上与英、法殖民帝国沆瀣一气，反对亚洲殖民地人民的独立斗争，暴露其跃跃欲试的殖民心态。对《纽约时报》迅即跟进的头条新闻“美国反对殖民地的自由……美国站队英、法……”，赛珍珠评论说：“这样的消息无疑会迅速传遍亚洲，亚洲人肯定会得出结论，认为我们美国人已加入了英法的帝国主义阵营。”② 同样，赛珍珠在与菲律宾驻美大使卡洛斯·P. 罗姆罗（Carlos P. Romulo）合著的《朋友间的坦

---

① 八一视点：朝鲜战争 2018-09-01，http://dy.163.com/v2/article/detail/DQLF2O2F0515DD8G.html。

② Shaffer, Robert. *Pearl S. Buck and the American Internationalist Tradition*. Ann Arbor: ProQuest Information and Learning Company, 2003, p.455.

诚交流》（*Friend to Friend: A Candid Exchange*）一书中对美国加入“北约”提出了自己的批评意见：“我们不了解亚洲人民，不了解美国自身的影响，我们就迫不及待地退回到旧的阵营中，我们建立了‘北约’组织，不管有多少理由，结果是我们退缩了，跟殖民主义妥协了。”① 在赛珍珠看来，“北约”的创立表明美国把老牌欧洲殖民帝国的利益置于亚洲殖民地国家的利益之上，这对美国与亚洲人民合作和世界和平的前景都是一个致命的打击，赛珍珠的丈夫沃尔什，这位资深出版界人士亦有着类似的观察和认同。② 赛珍珠不无遗憾而忧虑地指出，美国在联大会议上的站队和言论将使美国在接下来的几年与亚洲的摩擦不断，使世界站在“第三次世界大战的边缘”，③ 这一观点是借助《上帝子民》（*God's Men*）的人物之口说出的。虽然第三次世界大战并未爆发，但“二战”后美国国内的纷争及在美国搅和下亚洲熊熊燃烧的战火便是最有力的佐证。当时美国国内甚至有舆论认为，要是美国当局能虚心、耐心地听一听赛珍珠对亚洲问题和局势的分析和看法，美国在对外事务上就可以少走很多弯路，比如赛珍珠就坚持认为美国参与越南战争就是一个错误。1967 年 2 月，赛珍珠公开宣布反对越南战争：“我认为我们是可以制止那儿的战争

---

① Buck, Pearl S. and Carlos P. Romulo. *Friend to Friend: A Candid Exchange*. New York: The John Day Company, 1958, p.77.

② Walsh, Richard J. "Conflict and Compromise", *Asia and the Americas*, 45 (July 1945), p.314.

③ Buck, Pearl S. and Eslanda Goode Robeson. *American Argument*. New York: John Day Company, 1949, pp.118-119.

的……我们本来就不应该卷入那场战争。”① 在美国当时的政治氛围之下，赛珍珠的言论受到了严密的关注。萨义德对知识分子面临的这种情况有着一番自己的洞见：“在国家发生紧急状况或出现危机时，例如在马岛战争或越战时，知识分子被要求团结起来支持国家，那时辩论战争是否正当被认为形同叛国。虽然这有可能成为众矢之的，但知识分子仍须不计个人得失，公开反对这种集群性行为。”② 而这亦是赛珍珠作为一名知识分子的显著特征，毫不妥协的独立的批判精神和批判视野。

赛珍珠反对美国成为头号帝国主义的另一大努力是反对美国海军的对外扩张，强索别国岛屿建造军事基地，赛珍珠认为美国通过海外驻军和经济控制政策，使得刚刚独立的殖民地国家（如菲律宾）再次沦为更深层的殖民地国家。赛珍珠和她的志同道合者一致担忧美国海军对海外军事基地的贪欲左右美国的对外政策，她们甚至已听闻一些海军和国会的激进分子把太平洋水域称为“美国湖泊”（American Lake）。对此膨胀野心，《基督教世纪》（*Christian Century*）的一篇社论说：“究竟是怎样的疯狂才能使我们有些人想把广阔的太平洋水域变成一个美国湖泊?”③ 1945 年 12 月，当国会全票通过海军在和平年代打造美国历史上最庞大的海军舰队提案，包括在太平洋地区

---

① Conn, Peter. *Pearl S. Buck: A Cultural Biography*. Cambridge: Press Syndicate of the University of Cambridge, 1996, p.231.

② Said, Edward W. *Representations of the Intellectual*. New York: Vintage Books, 1996, p.45.

③ Editorial: "The Imperialist Trap", *Christian Century* 63, (2 Jan. 1946), pp.7-8.

建造27个海外军事基地为其服务时，《基督教世纪》的另一篇社论语调沮丧地写道："美国国会为帝国主义投了赞成票，美帝国主义业已羽翼丰满。"① 美国一些人则竭力鼓吹美国在全球范围内寻求安全基地，标榜美国在南太平洋扩张军事力量是维持世界和平的必要条件。而赛珍珠、约翰·科利尔（John Collier）和一大批反殖民主义人士指出："美国在洛杉矶联大上死守这些海外军事基地，不接受任何国际组织的监管，亦不接受当地民事法规制约的做法已危及联合国这个新成立的国际组织在全球范围内压制殖民主义和支持殖民地人民的前景。"② 约翰·科利尔是罗斯福政府"印第安事务委员会"的负责人，亦是"印第安人新政"的操刀者，一名坚定的反殖民主义者，他力邀赛珍珠成为"反美国海军对太平洋岛屿实施单边军事行动计划"的主要公共发言人，赛珍珠对美国海军的海外扩张态势，比起科利尔，抱持更不妥协的炮轰态度。在赛珍珠看来，美国在战后非但没有抑制欧洲老牌帝国主义的扩张政策，反倒自身也积极构筑自己的帝国版图。赛珍珠认为美国未来的国家安全策略应立足于亚洲，跟亚洲建立平等友好互信关系比在亚洲部署任何连环防御机制都管用。然而，赛珍珠毫不客气地指出"美国政府缺乏政治远见"，纵容美国海军在亚洲大肆扩张军事基地：日本列岛、韩国、关岛、中国台湾、菲律宾等，与当地政府和民众摩擦不断。赛珍珠直言，美

① Wolcott, L. T. "Are They 'Security Bases'?", *Christian Century* 62, (12 Sept. 1945), p.1035.

② Shaffer, Robert. *Pearl S. Buck and the American Internationalist Tradition*. Ann Arbor: ProQuest Information and Learning Company, 2003. p.487.

国的环太平军事基地并不能确保美国人的安全无虞，只要其中一个环节出现差池，或者引发当地民众的强烈抗议和反对，从“二战”后亚洲民众一波又一波反对美国驻军的浪潮可见赛珍珠之政治先见。

赛珍珠不无忧虑地指出，相比苏联的军事威胁，其他国家和民族广泛的“反美情绪”（anti-Americanism）才是最可怕的。① 赛珍珠在朝鲜战争进行到白热化时向美国政府和民众抛出了一个极为敏感的问题，挑战着美国人的神经，“亚洲人为何憎恨我们?”（Why Asia Hates Us?）② 放眼21世纪美国借其经济和军事的“超霸”地位，在全球范围内兴风作浪引发的世界性反美浪潮，真应了一位美国本土学者的话：“赛珍珠之问应被提升为‘世界人民为何憎恨我们?’”③深受中国传统儒学文化熏陶的赛珍珠有着中国知识分子深重的“忧患意识”，又有着思考问题的历史纵深度。在赛珍珠看来，帝国主义的殖民意识和殖民统治不仅给别国人民带来了深重的灾难和无穷的后患，亦祸及本国人民的生命财产安全。作为一名脚踏中西两大文明，有着广阔文化和历史阅历的跨文化知识分子，赛珍珠极力倡导美国政府和人民应抱持一种“全球眼光”。赛珍珠所谓的“全球眼光”，是抛弃殖民霸权的思维定式，学会与世界上其他民族相互学习，彼此借鉴，绝非以“全球领导者”自居，充当“世界警察”，在全球范围内炫耀自己的武

---

① Buck, Pearl S. and Carlos P. Romulo. *Friend to Friend: A Candid Exchange*. New York: The John Day Company, pp.82-83.

② Buck, Pearl S. “Why Asia Hates Us”. *Look* 15 (28 Aug. 1951), pp.23-28.

③ Shaffer, Robert. *Pearl S. Buck and the American Internationalist Tradition*. Ann Arbor: ProQuest Information and Learning Company, 2003. p.32.

力，把世界人民纳入自己的意识形态和军事力量的框架之下，单方面追求领导霸权地位。

尽管在赛珍珠知识分子独立批判视野扫视下的美国文化充斥着诸多矛盾和弊端，但赛珍珠是一个理想主义者，也是乐观主义者，她看到了美国文化中积极向上的能量，一种她引以为豪的美国精神。她在《我的中国世界》的结语中写道："我能感觉到美国精神的真实存在，它在日益有力，日益深刻地表现着一个正在成长壮大的民族风貌，来自世界各地的人们正在这儿熔焊成一个崭新的国度……美国精神正在达到一个前所未有的新高度。我们的思想更加合乎常识和理性。我们正逐步放弃致命的种族偏见、信仰偏见、国籍偏见，已不再自不量力地要领导世界了……我们现在考虑的是国际间的相互合作。如果说说教、甚至是书本不能使美国人幡然醒悟的话，那么美国人总是吃一堑，长一智的。那些从国外归来的士兵和外交家们正向我们证明我们能够热爱其他民族……只要我们生而为人，就要去爱而不是去恨我们的同类。"① 尽管美国此后外交政策和当下的国际形象并非如赛珍珠展望那般修成正果，但赛珍珠指出了美国在国际文化交往中应秉持的姿态和胸襟。无论东方还是西方，赛珍珠倡导每一种文化都应有开放的心胸，反求诸己，善于修正自身文化，向人类文明贡献出一个更康壮更富民族特色和活力的文化，这样才能构建一个丰富多彩的多元文化和谐与共，和而不同的人类文化新秩序。

---

① 赛珍珠:《我的中国世界》，尚营林等译，长沙：湖南文艺出版社，1991年，第466页。

第四章　赛珍珠介入公共场域知识分子书写之“文化人桥”

作为一名跨文化书写的公共知识分子，在风云激荡的近现代中西文化交流史上，赛珍珠无疑是一位具有标杆意义的历史人物，她为沟通东西方文化所做出的卓越功绩及其奉献的非凡智慧和经验都是值得人类社会共同铭记和仰赖的。赛珍珠以其半生的中国岁月积淀、中西文化双重浸淫的人格内涵和深邃广阔的多元文化视野，揽时代风云波澜壮阔之势，“双焦透视”中西文化，以切肤体验和智慧感悟中西文化的真义、差异和共性，并在历经近代中西文化的激烈碰撞乃至殊死交锋，以及由此引发的数度生死劫难的淬炼后上升为一种文化的使命感和多元文化和合共生的理念。作为一名享誉全球的作家和公共知识分子，赛珍珠以极具张力的跨文化创作和跨文化社会活动呼吁和倡导中西文化在平等、尊重、宽容的基础上加强交流互鉴，取长补短，兼收并蓄，反对一切形式的文化霸权主义，共建一个和而不同、美美与共的人类文化生态大家园。赛珍珠的“文化和合”理念透过一个甲子的时光轮回与当下中国领导人向全世界发出的共建“人类命运共同体”的倡导不谋而合，彰显了其独到的文化前瞻眼光和穿越时空的文化价值。当我们以历史的眼光重新审视近现代东西文化交流史上的曲折流变，我们能更深刻地理解赛珍珠“文化人桥”的传奇意蕴和给予当下的我们以深刻的启示。

第一节　文化误读与误解：中西文化的傲慢与偏见

美国著名华裔人文地理学家段义孚（Yi-Fu Tuan）在其广受关注的著述《空间与地方：经验的视角》（*Space and Place, the Perspective of Experience*）中指出：“人类对中心的追捧由来已久。每个地方的人都倾向于认为自己的家乡是‘中央之地’（middle place）或者世界的中心。”① 他进而阐释说：“人类，无论个体还是群体，都愿意把自己当作世界的中心。自我中心主义和民族中心主义在全世界似乎是普遍存在的……中国很长的历史时期都把自己视为中央之国，在19世纪中叶轮到了英国，而如今又轮到美国。”② 自我中心主义是构建价值观、世界观的一种习惯方式，是催生文化沙文主义的心理和情感基础，因此，在人类各种文明“三十年河东，三十年河西”周而复始的此消彼长中，上演着一幕幕“你唱罢来我登场”的文化沙文主义大戏。文化沙文主义者竭力鼓噪自身文化优于别

① Tuan, Yi-Fu. *Space and Place, the Perspective of Experience*. Minneapolis: University of Minnesota Press, 2001, p.38.

② 段义孚:《恋地情结》，志丞、刘苏译，北京：商务印书馆，2018年，第38页、第46页。

的文化，所有与自身的规范、习俗、价值观、行为习惯相偏离的东西一律被视作低劣甚至是变态和不道德的。把自己的文化看作是地球上唯一真正的文化和文明。[①] 由于近代东西文化交流的阻隔和文化差异的客观存在，文化上的唯我独尊和相互鄙薄屡见不鲜。赛珍珠在《我的中国世界》《亲历中国》和诸多小说作品中不吝笔墨记述了中西文化之间由来已久的隔阂和彼此的不待见。“人们总是以自己的文化价值观去衡量别国文化”，赛珍珠如此感叹道。人们在接触异质文化时往往很难摆脱自身传统文化和思维方式的影响，总是根据自己熟悉的一切进行选择、切割和解读，将自己的习俗和规范作为一切文化的评判标准，意识不到自身文化的参照体系和解释体系的局限性，误读和误解在所难免。此等事例可谓不胜枚举，在此不妨列举一二。赛珍珠在其论述东方和西洋关系的文章中曾提及两则令人印象深刻的中西文化交流史上的轶事。一是发生在清朝乾隆五十八年间，英使马嘎尔尼（George Macartney，1733—1806）[②] 来华时乾隆皇帝（1711—1799）对英王乔治三世（George III，1738—1820）的诏书，笔者认为在此有必要全文加以引录（着重号为笔者所加）以便能充分领略当时天朝皇帝自我陶醉的倨傲和清廷闭关锁国的孤傲僵化。

朕披阅表文，词意肫恳，具见尔国王恭顺之诚，深为

---

① 马勒茨克：《跨文化交流——不同文化的人与人之间的交往》，北京：北京大学出版社，2001，第 17 页。

② 乔治 · 马嘎尔尼：英国 18 世纪政治家、皇家大臣和杰出的外交家。1793 年，以庆贺乾隆八十寿辰为名出使中国，旨在要求中国增开通商口岸，降低关税，设常驻外交使节，并开租界等，遭清政府拒绝，1794 年离华。

嘉许。所有赍到表贡之正副使臣，念其奉使远涉，推恩加礼。已令大臣带领瞻觐，赐予筵宴，叠加赏赉，用示怀柔。其已回珠山之管船官役人等六百余名，虽未来京，朕亦优加赏赐，俾得普沾恩惠，一视同仁。

至尔国王表内恳请派一尔国之人住居天朝，照管尔国买卖一节，此则与天朝体制不合，断不可行。向来西洋各国有愿来天朝当差之人，原准其来京，但既来之后，即遵用天朝服色，安置堂内，永远不准复回本国，此系天朝定制，想尔国王亦所知悉。今尔国王欲求派一尔国之人居住京城，既不能若来京当差之西洋人，在京居住不归本国，又不可听其往来，常通信息，实为无益之事。

且天朝所管地方至为广远，凡外藩使臣到京，驿馆供给，行止出入，俱有一定体制，从无听其自便之例。今尔国若留人在京，言语不通，服饰殊制，无地可以安置。若必似来京当差之西洋人，令其一律改易服饰，天朝亦不肯强人以所难。设天朝欲差人常驻尔国，亦岂尔国所能遵行？况西洋诸国甚多，非止尔一国。若俱似尔国王恳请派人留京，岂能一一听许？是此事断断难行。岂能因尔国王一人之请，以至更张天朝百余年法度。若云尔国王为照料买卖起见，则尔国人在澳门贸易非止一日，原无不加以恩视。即如从前博尔都噶尔亚（葡萄牙），意达哩亚等国屡次遣使来朝，亦曾以照料贸易为请。天朝鉴其悃忱，优加体恤。凡遇该国等贸易之事，无不照料周备。前次广东商人吴昭平有拖欠洋船价值银两者，俱饬令该管总督由官库内先行动支帑项代为清还，并将拖欠商人重治其罪。想此事尔国亦闻知矣。外国又何必派人留京，为此越例断不可行之请，况留人在京，距澳门贸易处所几及万里，伊亦何能照料耶？

若云仰慕天朝，欲其观习教化，则天朝自有天朝礼法，与尔国各不相同。尔国所留之人即能习学，尔国自有风俗制度，亦断不能效法中国，即学会亦属无用。

天朝抚有四海，惟励精图治，办理政务，奇珍异宝，并不贵重。尔国王此次赍进各物，念其诚心远献，特谕该管衙门收纳。其实天朝德威远被，万国来王，种种贵重之物，梯航毕集，无所不有。尔之正使等所亲见。然从不贵奇巧，并无更需尔国制办物件。是尔国王所请派人留京一事，于天朝体制既属不合，而于尔国亦殊觉无益。特此详晰开示，遣令该使等安程回国。尔国王惟当善体朕意，益励款诚。永矢恭顺，以保乂尔有邦，共享太平之福。除正副使臣以下各官及通事兵役人等正贯加赏各物件另单赏给外，兹因尔国使臣归国，特颁敕谕，并赐赍尔国王文绮珍物，具如常仪。加赐彩缎罗绮，文玩器具诸珍，另有清单，王其祗受，悉朕眷怀。特此敕谕。①

这份在现代人看来显然“不知今夕何夕”的“天朝上国”诏书被作为历史的见证保留了下来，自以为天朝至尊的乾隆皇帝满纸充斥着古老帝国的傲慢和对来访岛国使臣的不屑，自诩“天朝抚有四海”，“德威远被，万国来王，种种贵重之物，梯航

① 《清实录》第27册，《高宗实录》卷一四三五，北京：中华书局，1986年，第187—188页。

毕集，无所不有”，他国使臣来朝必示“恭顺之诚”，天朝亦会“优加赏赐”，凡事“与天朝体制不合，断不可行”，西人“亦断不能效法中国，即学会亦属无用”。天朝帝国的傲慢、僵化、闭关锁国，自绝于日新月异的世界文化发展大潮流，以现在的眼光看来，着实可悲可叹。伯特兰·罗素在其《中国问题》（*The Problem of China*，1922）一书中感叹道：“我想说的是，只有当你认为这封诏书不再显得那么荒诞不经时，你才能够真正了解当时的中国。”① 赛珍珠强调，在这一点上西方人的傲慢与偏见跟中国人相比有过之而无不及，只有表达方式不同而已。中国人的傲气表现在她的天朝帝国独大，不屑与蛮夷之国交往的闭关锁国的心态上；而西洋人则表现在咄咄逼人的气势上，不管他人愿不愿意硬要把自以为是的文明优势强加于东方人的霸道。二是赛珍珠在《中国与西方》（*China and the West*，1933）一文中引述了这么一则令人玩味的小轶事。1577 年，一个来华旅游的葡萄牙游客在离开中国时给中国的皇帝写了一份辞别信，译成现代文大致如下：我尊贵的国王陛下已充分认识到中国皇帝非同一般的价值和忠诚。愿意把他当作朋友和盟友来看待。因此，国王陛下特御赐金色皇冠一顶，向中国皇帝承诺我葡萄牙国王陛下的友谊和庇护，并承诺保护中国不受任何外敌的攻击。② 可想而知，当这封信函在中国的朝堂上一俟公布会引发何等鄙夷的哄笑，这无疑加深了中国人对西洋蛮夷小国不

---

① Russell, Bertrand. *The Problem of China*. London: George Allen & Unwin Ltd. Ruskin House, 1922, p.51.

② Buck, Pearl S. *China As I See It*. New York: The John Day Company, 1970, p.29.

自量力的不屑和对西洋人根深蒂固的偏见。中西文化之间的交往和碰撞就在不断的误解和摩擦中进入了近代历史性的大碰撞。鉴于近代中西文化强弱的不均势和交流的不平衡，强势的西方文明所表现出的文化沙文主义尤为突出。赛珍珠生活时代的西方社会染有严重的文化沙文主义的帝国通病，这在赛珍珠的笔下表露无遗，亦遭到赛珍珠毫不留情的口诛笔伐。

文化沙文主义在当时以美国为代表的西方社会可谓浸透其每个毛孔，充斥着各个领域、行业和阶层。一切不符合他们的文化价值和文化习俗的都被视为“另类”（Otherness）。中国这个神秘而古老的帝国在他们看来简直就是“另类”之集大成者，中国人的一切似乎都跟美国人反其道而行之——中国人用软笔（毛笔），睡硬枕头；中国人把家族姓氏置于自己的名字前；中国人打招呼时，握的却是自己的两只手（作揖）；中国人总是“男士优先”，而非“女士优先”；中国女性更愿束自己的脚而非自己的腰；中国男人留辫子中国女人穿裤子；中国人活着就已置办好了自己的棺木；中国人在葬礼上一身白而非一身黑；中国人的正式筵席是先上甜点最后才上汤；中国人喝开水不喝凉水；中国人从右到左竖着书写；中国人尊重年长者甚过羡慕年轻人；中国人慕拜众神而非认准唯一的神，而事实上，比起所有的神，他们更在意自己祖先的神灵。[①] 的确，在西方沙文主义者看来，西方的新娘一身白、西方的葬礼一身黑是天经地义，理所当然的习俗，任何与之不相符的色彩都被视为怪诞不经。然而，文化学家告诫说：“我们常常把自己的

---

① Liao, Kang. *Pearl S. Buck: A Cultural Bridge Across the Pacific*. London: Greenwood Press, 1997, p.48.

色彩象征意义看作是理所当然，我们轻率地认为，这些象征意义是自然所赋予的，即认为这些意义是颜色与生俱来的。如果将我们色彩的象征意义与其他文化所赋予色彩的象征意义相比较，就会发现，在这方面存在着许多受文化影响的区别。色彩的象征往往不是色彩本身所决定的，而是文化赋予了色彩象征的意义。"① 因此，中国的新娘穿红戴金、寡妇披麻戴孝折射了中国几千年文化承传所赋予的特定的审美、情感和文化意蕴，无所谓另类怪诞。倘若较起真来，这个"诗写梅花月，茶煎谷雨春"古老国度的百姓倒是能反诘一句："华夏古民蒸谷为饭，烹谷为粥之时，西人还上演着茹毛饮血的日常戏码呢?"

倘若说这些林林总总的"另类"印象汇聚成西方人头脑中一个模糊而神秘的东方帝国的形象，那么当鸦片战争撞开这个古老帝国的大门时，败落的东方帝国那落魄衰微、不堪一击的形象更加深了西方人头脑中"另类"即低等腐朽的沙文主义臆想，自此开始了对中国长达一个世纪的"蔑视时代"(Age of Contempt)。② 美国第 26 任总统西奥多·罗斯福(Theodore Roosevelt，1858—1919）就公开把中国人描述成"不道德的、堕落的、一钱不值的人种"③；美国的主流报纸《纽约时报》干脆把这个东方文明古国妖魔化成"不堪文明"(incapable of civilization)；就连美国文化的精神之父、曾深受

① 马勒茨克:《跨文化交流——不同文化的人与人之间的交往》，北京：北京大学出版社，2001 年，第 47—48 页。

② Liao，Kang. *Pearl S. Buck: A Cultural Bridge Across the Pacific*. London：Greenwood Press，1997，p.48.

③ 彼德·康：《赛珍珠传》，刘海平等译，桂林：漓江出版社，1998 年，第 34 页。

东方哲学的影响，被美国前总统林肯（Abraham Lincoln，1809—1865）誉为“美国孔子”的爱默生（Ralph Waldo Emerson，1803—1882），亦对东方这个古老民族出言不逊，其言辞之刻薄着实有悖其“美国孔子”之美誉。

> 我们屈尊俯就地对中国人加以观察研究的话，就越发现这是一个令人厌恶的民族。中华帝国确确实实是一个僵死的民族，三四千年间蓄着长辫，堪称世上最为丑陋的形象。我实在没有禀赋能看出这个另类的民族古老呆板的生活方式有任何的意义。他们就是供其他民族驱使利用的工具。即便是可怜的非洲人都能声称自己伐木取水为异域的文明作了贡献。但是，中国，这个死气沉沉的古老帝国是个陈旧僵死的蠢蛋！她所能做的一切只不过在各民族大集会时，说上一句“我来上茶”。①

旅美学者廖康（音译）（Kang Liao）对此反击说要是李约瑟（Joseph Needham，1900—1995）② 也相信诸如此类的对中华民族的偏见和妄断，他绝不会去编撰洋洋七大卷的恢宏巨著《中国科学文明史》（*Science and Civilization in China*，1954），言下之意，不言自明，一位具有公正的科学态度和学术思想的

---

① Emerson，Ralph W. *The Journal & Miscellaneous Notebooks*. Cambridge：Belknap Press of Harvard University Press，1961，p.224.

② 李约瑟：著名汉学家，英国近代生物化学家和科学技术史专家。1900 年生于伦敦，毕业于英国剑桥大学，获博士学位。后出版了《化学胚胎学》《生物化学形态学》《胚胎学史》，被科学界誉为“化学胚胎学之父”。从 1942 年到 1946 年在中国重庆任中英科学合作馆馆长，收集了大量的中国科学技术史文献，所著《中国科学文明史》对现代中西文化交流影响深远。1995 年 3 月 24 日辞世，享年 95 岁。

学者是不屑于这样的言论的。李约瑟在他这部计有三十四分册的系列巨著中，以浩瀚的史料、翔实的证据向世界表明：“中国文明在科学技术史上曾起过从来没有被认识到的巨大作用”，“在现代科学技术登场前十多个世纪，中国在科技和知识方面的积累远胜于西方”。他在其颇具影响力的题为“东方和西方的对话”的演讲中高屋建瓴地指出：在欧洲及欧洲体系的美洲的许许多多人深受所谓精神优越感所害，他们对于其他人民的社会文化思想和传统一无所知，所以觉得理所当然地应该把自己的思想意识和传统习惯都强加给其他人民，但是他们所宣扬的那种文化本身带有自相矛盾的性质，因为欧洲人始终没能把物质与精神，理想认识和浪漫精神，这两方面调和起来。他们的那种生活方式势必要侵蚀或破坏其周围具有不同文化的人民的生活方式，而后者的生活准则或许包含着比他们自己的更为合理的因素。① 但在 19 世纪下半叶的美国科学界却未有如此昌明的眼界和认知，当时就有一位名叫埃德温 · R · 米德（Edwin R. Meade）的美国学者在美国社会科学协会的一次年会上煞有介事地提供了中国人“不堪文明”的科学证据：“人种学家证实一个脑容量少于 85 立方英寸的民族是不适合民主自由的政体，而中国苦力们的脑容量远远低于这个数值，但白种人的脑量却是大于这个值。”② 与之相呼应的是英国汉学家理雅各（James Legge，1815—1897）的一番言论：“中国古

① 李约瑟：《四海之内——东方和西方的对话》，劳陇译，北京：生活 · 读书 · 新知三联书店，1987 年，第 1 页。

② Meade, Edwin R. “The Chinese Question”, *New York Times* 7 Sept. 1877, p.17.

时的版图大大扩展，但思想并无相应的发展。其政治实体像一个巨人那么大，但它的大脑依然是婴孩式的。它步入了白发苍苍的老年，有的却只是老迈糊涂。”① 在那个东西方文化交流受阻，没有形成真正意义上的文化交流态势，大众的文化信息源主要采集于本国主流的文化媒体，并受主流意识形态的影响和当时文化精英们的蛊惑，再加上商人、传教士、外交人员等添枝加叶的渲染，因此当时的西方大众文化中充斥着丑陋的中国人形象，报纸、杂志、小说极尽丑化中国人之能事，中国人似乎成了“卑劣、狡诈、虚伪、阴险”的代名词，“黄祸论”（Yellow Peril）在西方社会喧嚣尘上。

配合肆虐的“黄祸论”，一个邪恶的东方人形象——傅满洲（Fu Manchu）粉墨登场，这极大地迎合了西方人心目中扭曲不堪的中国人臆象。“在美国大众文化中傅满洲的形象已被当作亚洲恶棍的范型而深刻在美国人的意识中。”② 傅满洲是英国作家萨克斯·罗默（Sax Rohmer，1883—1959）创作的《傅满洲博士》系列 13 部长篇小说中的主人公，自诞生以来就在西方社会产生了巨大的影响。尽管罗默是英国作家，但《傅满洲博士》系列小说漂洋过海在大洋彼岸的美国大卖，“在美国畅销数百万册，被改编成电影、电视、广播和连环漫画，使得傅满洲成为最具影响力的虚构的中国人形象之一”③。傅满洲是

---

① Legge, James (Trans). *The Four Books*, by Confucius et al. New York: Paragon, 1966.

② Wu, William F. *The Yellow Peril*. Hamden, Conn.: Archon Books, 1982, p.164.

③ Liao, Kang. *Pearl S. Buck: A Cultural Bridge Across the Pacific*. London: Greenwood Press, 1997, p.63.

西方“黄祸论”在文学中的最典型体现，是西方社会对中国恐惧投射的产物。傅满洲邪恶而诡异的微笑成了开放在白人世界里一朵邪恶的“黄祸之花”，是恐怖之源。“傅满洲”形象便是西方“黄祸论”集大成的产物！且看罗默笔下傅满洲形象。首先是外表上的另类诡异：

> 你可以想象一个人，瘦高，耸肩，像猫一样行踪诡异，长着一副莎士比亚式的眉毛，一张撒旦的面孔，一颗刮得精光的脑袋，一对细长的魅惑眼，闪着猫眼似的绿色幽光。他集东方种族的所有残忍、狡猾、智慧于一身，并且将它们运用发挥得炉火纯青。他可以调动一个富有的政府，可以调动的一切资源，而又做得神不知鬼不觉。想象这样一个邪恶的家伙，你的头脑里就会出现傅满洲博士的形象，一个“黄祸”的集大成者。①

傅满洲博士是邪恶的化身，他集中了当时美国白人对东方世界所有最恶劣的想象，残暴成性、诡计多端，精通五花八门、鲜为人知的酷刑，能调制稀奇古怪的毒药，总是幽闭在自己的黑暗世界中，构想和策划种种危害白人世界的邪恶勾当。以至于原著作者萨克斯·罗默如此形容：“他每一次弯动手指，每一次耸动眉毛都预示着危险。”② 欧洲著名的东方学家莱昂内尔·巴顿爵士（Sir Lionel Barton）认为傅满洲是“一个利用昆虫、细菌……和不知名的毒液在一个星期之内比希特勒

---

① Rohmer, Sax. *The Insidious Doctor Fu-Manchu, 1913*. New York: Pyramid, 1961, p.17.

② Isaacs, Harold R. *Scratches on Our Mind, American Images of China and India*. New York: The John Day Company, 1958, p.224.

一年之内造成的伤亡还要多的敌人”①。为了进一步烘托渲染傅满洲的邪恶能量，他被刻画成了一个智慧超凡、才高八斗、八面玲珑的邪恶之徒。更令西方人惊恐的是恶人傅满洲并不是单枪匹马，而是通过机构和社团运作实施自己的计划，比如神秘的东方秘社“四蕃”就是傅满洲操纵的间谍机构，它的触角深入西方社会的各个角落，并与不同组织阵线合谋共事，这些组织包括狂热的穆斯林原教旨教派、毒品走私犯罪集团、传统中国秘社及一些亚洲的杀人越货等反英团体。如此“天才”的傅满洲的作恶能量就可想而知了，其手段之狡诈残忍和神秘莫测令西方人惊悚不已，“傅满洲”似乎是一个永远无法剿灭的“恶之灵”，他的那番宣言在西方人心目中永远挥之不去的梦魇。“我还会再来。我会来做我未竟之事，我不会重复以往的事；我只尝试那些未做过的事。我从火中来——焖烧的浓烟会变成冲天的火光；我又在火中消失。不要寻找我的骨灰，我是火的精灵！后会有期，我是‘傅满洲’！”② 从未到过中国的罗默在“傅满洲”这个虚构人物身上恣意地宣泄着西方人对东方人臆想的恐惧和忌惮。“来自神秘中国土地的骇人听闻的傅满洲，是西方文明世界的威胁。”③ 罗默如此总结道。

借“傅满洲”系列小说数百万的销量，“傅满洲”形象渲染的“黄祸”恐慌席卷了当时整个西方社会，对当时美国社

① http://www. Kirjasto.sci.fi/rohmer.html/2003-11-22，转引自姜智芹：《文学想象与文化利用》，中国社会科学出版社，2005 年，第 226 页。

② Rohmer, Sax. *The Mystery of Dr. Fu Manchu*. London: Tom Stacey, 1972.

③ Rohmer, Sax. *The Mystery of Dr. Fu Manchu*. London: Tom Stacey, 1972, p.161.

会一浪高过一浪的排华风潮推波助澜，直至1882年美国《排华法案》的出笼。“排华法案”是美国历史上唯一一个针对某一族裔的移民排斥法案，是针对自由移民做出的最严厉的限制之一。该法案通过监禁和驱逐的惩戒方式禁止被矿井雇佣的有技能或无技能的华人劳工们在10年之内进入美国。仅仅因为种族，许多华人被残酷地控制住了。这项法令1882年获得通过，暂定有效性为10年。1892年的《吉尔里法案》（*Geary Act*）将《排华法案》的有效性延长了10年，1902年，该法案再次被无限期延长，直到1943年12月17日才被最终正式废除。2011年10月6日及2012年6月18日，美国参议院及众议院分别通过一项道歉案，两院议员一致就《排华法案》向全体在美华人致歉，① 这算是后话了。绵延60余年的《排华法案》令中国人在西方的形象跌入低谷，在美华人遭受着种种不平等的待遇，乃至残酷迫害。在马克·吐温（Mark Twain，1835—1910）被评论界认为“精准记录时代信息”的半自传体小说《因陋就简》（*Roughing It*）中就有这样的描述：“在法庭上，任何一个白人都可以置中国佬于死地，而中国佬却不能作不利于白人的证词，我们的国家是一个‘自由的国度’，无人否认这一点，也没人提出质疑。……但当我写到这里的时候，传来一则消息，说在旧金山，在光天化日之下，一伙年轻人用石块砸死了一个手无寸铁的中国佬，尽管当

① “美参议院通过议案为百年前排华法案道歉”，网易新闻/中国新闻网.2011-10-7。

时围着一大群人，却没人出面制止这一可耻的行径。"[1] 马克·吐温书中描述的是《排华法案》出台前在美华人的遭遇，可以想见该法令出笼后华人有着怎样不堪的境遇。

《排华法案》下美国华人的悲惨遭遇令有良知正义感的西方人士亦感羞愧难按。当时的美国共和党参议员，马萨诸塞州议员乔治·福瑞斯比·霍尔（George F. Hall）猛烈抨击《排华法案》，他斥责该法案"简直就是人种歧视的合法化"[2]。有西方学者把《排华法案》给在美华人造成的伤害比作经受着"种族珍珠港轰炸"（ethnic Pearl Harbor）[3]。《排华法案》在美国的执行力度之严厉简直等同于一项"种族灭绝法令"（an extermination law）。廖康在其论著《赛珍珠：一座跨越太平洋的文化人桥》（*Pearl S. Buck: A Cultural Bridge Across the Pacific*）中引用了一组令人悲愤的数据雄辩地说明了"种族灭绝法令"并非什么博人眼球的哗众取宠的说法。"根据美国联邦人口管理局的数据显示，从 1880 年到 1920 年间，在美华人的数量从 105 465 急剧下降到 61 639。总共减少了 43 826 人，是《排华法案》引起的后果之一。甚至连美国总统西奥多·罗斯福在 1905 年致国会的年度咨文中也不得不承认'在执行驱逐华人劳工法令的过程中……在美华人遭受了来自美国这个

① Twain, Mark. *Roughing It*. California: University of California Press, 2011, Foreword, Chapter XIII.

② Daniels, Roger. *Coming to America: A History of Immigration and Ethnicity in American Life*. New York: Harper Collins, 1990, p.271.

③ Tsai, Shih-shan Henry. *The Chinese Experience in America*. Bloomington: Indiana University Press, 1986, p.65.

民族的严重的不公正待遇和冤屈，最终伤害了中国整个民族。’”①赛珍珠对当时中国的执政者蒋介石及其夫人宋美龄女士在美国《排华法案》上的态度颇多微词，认为他们没有运用其影响力干涉美国的《排华法案》，甚至在一些有利场合，也未表明任何作为中华民国元首和第一夫人应有的态度（笔者以为有关这一点，可能存在着一些信息的偏差）。“几十年来，这一狭隘民族主义行为已成为美国蔑视亚洲人的最持久的象征。”②《排华法案》发端于美国草根劳工市场的激烈竞争和19世纪70年代的经济萧条引发对廉价华工的敌意，但究其根本，依然脱不开种族主义的幽灵作祟，种族主义，“黄祸论”为《排华法案》铺就了道德和情感的大众基础，赢得了大多数美国人的支持和认同。

愈演愈烈的《排华法案》从根本上割断了东西方两大文明间正常交流的可能性，交流不通，敌意滋长，冲突成为常态，这便是赛珍珠登上历史舞台前中西文化之间的隔阂多于沟通的历史面貌。赛珍珠凭借其得天独厚的文化身份、丰沛的人生阅历和广阔深邃的多元文化视野，揽时代风云之势，以毕生之力实现了父母借上帝之力亦无法达到的成就，成为尘世的传道者——一座沟通东西方文明的人桥。

---

① Liao, Kang. *Pearl S. Buck: A Cultural Bridge Across the Pacific*. London: Greenwood Press, 1997, p.61.

② 彼德·康:《赛珍珠传》，刘海平等译，桂林：漓江出版社，1998年，第305页。

第二节　东风西渐：重塑西方的中国“意象”

面对西方文化沙文主义的盛行和东西文化正常交流渠道的缺失，赛珍珠肩负起了文化使者的历史重任，从无意识到有意识的跨文化创作、再到跨文化的社会活动乃至视为毕生使命，赛珍珠圆满地诠释了“文化人桥”的使命和理念。作为一名享有盛誉的东西两大文化的阐释者，赛珍珠深有体会地说道：“阐释实在是理解的别名。”① 理解的前提必须是了解。因此在当时“西学东渐”的强劲西风吹拂下，赛珍珠动用自己手中的笔，借其丰沛的文学创作，把“东风”吹向了西方世界。赛珍珠力图在其作品中向西方读者提供一幅客观真实的图景，将中国文化的不同层面放回到中国人的现实生活实际以及特定的中国历史语境中，让西方人看到其现实的迫切性和历史的合理性，② 颠覆了西方人心目中臆想的脸谱化的中国和中国人形象。在其代表作《大地》中，赛珍珠紧扣占中国人口85%的中国农民的土地情结和家族制两条中国文化的主脉，以丰沛的笔力和饱蘸同情的笔触为西方民众谱写了一曲广阔的中国传统文化背景下的农民史诗，使西方读者能用一种尊重、同情、理

① 赛珍珠：《向西方阐释中国》，张丹丽译，《江苏大学学报》（社会科学版），2002年第2期，第69—71页。

② 姚君伟：《文化相对主义：赛珍珠的中西文化观》，南京：东南大学出版社，2001年，第74页。

解的心态来看待这个遥远的东方文明古国，从而体会到这个有着五千年文明积淀的民族博大雄浑、深邃醇厚的民族特质。赛珍珠的这一努力是卓有成效的。让我们来重温诺贝尔文学奖的颁奖嘉宾，斯德哥尔摩天文台台长，林德伯莱德先生（Herr Lindblad）在赛珍珠接受诺贝尔奖的颁奖晚宴上对她的褒奖吧。“赛珍珠女士，你通过你具有高超艺术质量的文学作品，促进了西方世界对人类的一个伟大而重要的组成部分——中国人民的了解和重视。你通过你的作品使我们看到了这个伟大民族中一个个的个体。你给我们展示了家族的兴衰以及作为这些家族基础的土地。在这方面，你教会我们去品味那些思想感情的品性，正是它们把我们芸芸众生在这个地球上联系在一起，你给了我们西方人某种中国心。随着科学技术发明的不断进展，地球上各族人民彼此之间也越来越接近，地球的表面距离正在缩小。东方和西方也不再被难以逾越的距离所阻隔；而另一方面，在一定程度上由于这一现象的自然后果，民族特性的差异和各民族不同的抱负野心造成了相互间的冲突，导致了充满危机的割裂突变，因此对于地球上的各族人民来说，学会相互理解是至关重要的，尤其当人们跨越距离和边界时。当文学作品在增强各族人民之间的相互理解上取得成功时，那么这样的作品无疑是明白无误的理想主义，这恰巧就是艾尔弗雷德·诺贝尔所理解的理想主义。”①

这是一段充满温情、智慧和洞见的文字。首先，笔者以为，是赛珍珠的作品激发了东西方人共有的人性的温暖感知，

---

① Harris, Theodore F. & Pearl S. Buck. *Pearl S. A Biography*. London: Methuen & Co. Ltd., 1970, p.245.

其次台长先生的文字也给予了东方民族平等高贵的民族感情，这便是赛珍珠作品最为朴实的宗旨，促进人与人、民族与民族间的同胞情谊。“君子敬而无失，与人恭而有礼，四海之内皆兄弟也。”（《论语·颜渊》）这与笔者在上一节提到的西方社会中的充满敌视、蔑视的中国人形象有着天壤之别。再者，赛珍珠作品中倡导的不同文化之间的相互理解，和平共存这一人类生活的永恒主题应该成为各族文明的共识和人类共同珍视的价值理念。作为世界文学创作首屈一指的奖项，诺贝尔文学奖选择了赛珍珠，与其说是对其文学作品艺术价值和美学价值的认可，倒不如说更认同赛珍珠作品中蕴涵的对人类作为一个整体的恢宏壮阔的悲悯情怀以及对不同文明间休戚与共的命运大思考。《大地》在西方社会掀起了重新认识中国及中国文化的热潮，可以说是一部破冰之作，没有哪一部东方题材的小说在美国连续数月雄踞畅销榜首，没有哪一部中国题材的小说取得如此广泛的影响力，我们可以从一组令人眼热的数据品味《大地》影响之广泛和深远，仅 1931 年《大地》就畅销了 1 811 500册①，此书总共给赛珍珠带来了数百万美元的进项，在那个年代真可谓是一个天文数字，《大地》被译成三十多种语言，被改编成剧本和电影，获得 1932 年的普利策奖，1935 年的豪厄尔斯奖，并最终令赛珍珠荣膺 1938 年诺贝尔文学大奖。赛珍珠携其《大地》在西方世界刮起了一股强劲的“东风”，引发了西方评论界的广泛热评和民众的热烈反响，我们

---

① Hackett, Alice Payne. *Sixty Years of Best Sellers*. New York: R. R. Bowker Company，转引自 T. F. Harris, *B. S. Buck*. New York: The John Day Company, 1970, p.191。

从这些评论中可以感知赛珍珠借《大地》一书在多大程度上让真实的中国形象深入西方人的心中，消融种族间根深蒂固的隔阂和敌意，为东西方文化平等健康的交流打开了希望之门，让东西方人民以更理性和客观的眼光来看待彼此。

《纽约时报书评》(*The New York Times Book Review*)：

尽管在习俗和传统上有着根本性的差异，但（西方）读者在阅读了开始几页后往往会忘记书中的人物是中国人，是来自于异域的……没有人会怀疑布克夫人对中国的熟悉程度。除了在美国上大学的几年，她的大部分人生是在中国度过的。她笔下描摹的中国是（西方）读者完全陌生的世界，但令人欣慰的是，她笔下的中国不再带有任何神秘色彩和异国情调，书中也几乎找不出我们通常冠之以特有的“东方式”特征。当然，西方的读者将会深刻理解王龙的一些与己迥异的生活态度和观念——他对过去和将来的责任感，他的难以言喻的、混沌未经疏离的家族永恒整体意识以及这些观念给予世事格局中身处卑微地位的他那份尊严和价值。所有这一切都不是来自于作者简单的解释，而是自然而有力地深植于小说的整体布局中。无论采取怎样的方式来观察和分析布克夫人的《大地》，《大地》已俨然淬炼成了一部艺术作品。①

① *The New York Times Book Review*, 1931, *The Good Earth*, *Reader's Supplement*, Washington Square Press, 1963, p.37.

纽约《每月一书俱乐部资讯》① (*Book-of-the-Month Club News*)：《大地》是一本具有敏锐洞察力的典范之作……一本独一无二的书。《大地》就是中国。在这个扣人心弦的故事中，没有奇异怪癖的人物，他们如同他们脚下的土地一般朴实无华。他们是有着强烈人性的人，读过开篇的几页后，我们就会被他们身上的人性所吸引而非他们新奇别样的观念与习俗。那些自以为中国农民的生活单调乏味的人将会在此书中有着惊奇的发现……布克夫人具有讲故事的天赋。她眼中的生活就好比是一幅徐徐展开的画轴，一幕接着一幕，展示着人物的性格。②

美国《星期六文学评论》(*Saturday Review of Literature*)：一本精彩纷呈的书！我们终于可以在一本小说中看到了真实的中国人……常常被刻画成怪诞不经的中国形象也鲜有在此出现。相反，我们看到了诚实的农民和他忠实的妻子……③

英国《新政治家和民族》(*New Statesman and Nation*)：《大地》再现中国农民时，完全摆脱了艺术和诗学传统上的屏风、面纱和镜子，因为这些东西总是无一例外地把他描摹成……类似于一幕惨淡的芭蕾舞剧中的一个干瘪虚幻的人物。④

---

① “每月一书俱乐部”是美国文学界最有权威的文化机构之一，是美国中层文化象征的代表。其影响力跟当下热门的美国“脱口秀女王”、知名电视主持人奥普拉·温弗里的“奥普拉读书俱乐部”类似。

② *Book-of-the-Month Club News*，转引自 Theodore. F. Harris，*B. S. Buck*，New York：The John Day Company，1970. p.194。

③ Ayscough，Florence. *Saturday Review of Literature*，1931，*The Good Earth*，*Reader's Supplement*，Washington Square Press，1963，p.37.

④ Conn，Peter. *Pearl S. Buck: A Cultural Biography*. Cambridge：Press Syndicate of Cambridge University，1996，p.126.

从以上引述的文字中，除了对《大地》本身的褒奖外，还有一个令人感触深刻的便是西方人对赛珍珠作为一个向西方人阐释东方文化的“中国文化阐释者”身份的认同，他们认为赛珍珠笔下有关中国的资讯是可靠而真实的。赛珍珠的文本里鲜有迎合当时社会政治风尚，满足西方大众猎奇猎艳心理创作的一些哗众取宠博人眼球的东西，赛珍珠展现在西方人面前的是一个活的、真实的、实实在在的中国，没有丑化，没有粉饰，一个外国人倘若是读了赛珍珠的《大地》后再踏上中国土地，他会由衷地说上一句“她写得的是真的!”美国汉学家哈罗德·R.艾萨克斯（Harold R. Isaacs）在其《美国的中国形象》（*Scratches on Our Minds: American Images of China and India*, 1958）一书中对赛珍珠及其《大地》评价道：

> 在所有向美国人描述和诠释中国人的亲华人士中，没有哪一位能跟赛珍珠女士相提并论。没有哪一本有关中国的书的影响力能超越她的名著《大地》。几乎可以说她为整整一代美国人“创造”了中国人形象，就好比说狄更斯为我们很多人“创造”了维多利亚时代的贫民阶层。①

现在就让我们再一次走进赛珍珠的《大地》吧，去领略赛珍珠笔下中国农民和中国传统文化如何走进千千万万西方读者的心中，去看她那一支丰润的笔如何向强势兴盛的西方文明诠释古老中华几千年的文明积淀。《大地》的两条最为明显的脉络是土地和家庭，这是中华农业文明最为重要的文化根基，

---

① Isaacs, Harold R. *Scratches on Our Minds: American Images of China and India*. New York: The John Day Company, 1958, p.155.

也是世界其他文明同样倚重的文化根脉。赛珍珠的《大地》始于土地、兴于土地，最后归于土地。赛珍珠在“王龙”（Wang Lung）——一位老实巴交的地道中国农民身上演绎了最为朴实而深刻的土地观念。对中国农民来说土地已远远超出了单纯的财富概念，土地是他们的命根子，是他们的家，是他们饱经沧桑的生命中的“诗、歌和宗教”①，是他们安身立命之本。失去了土地，也就失去了赖以生存的根本，他们的灵魂与肉体与土地融为一体，直至最后的入土为安。在赛珍珠笔下，土地是“鲜活的生命”，承载着土地上农民的喜怒哀乐，兴衰盛败。《大地》以土地开篇：

> 一阵柔和的微风从东方徐徐吹来，清风和暖，喁喁私语，带着湿润的雨气，这是个好兆头，田里的庄稼正需要雨水。……现在，仿佛苍天选好了这日子来向他道喜。大地就要结果实了。②
>
> 农民王龙仔细的察看着刚刚抽穗的麦子。麦穗还是干瘪的，等着雨水的滋润。他嗅着空气中的水分，热切地望向天空。雨就在天际的那边，隐藏在乌云间，沉重地压在气流之上。他想买一炷香，烧给小庙里的土地爷。在他成亲的日子里，他很愿意去上炷香。③

《大地》的开篇是王龙人生中最重要的事情之一——娶

---

① 徐清:《赛珍珠小说对乡土中国的发现》，许晓霞主编，《赛珍珠纪念文集》第二辑，桂林：广西师范大学出版社，2006年，第191页。

② Buck, Pearl S. *The Good Earth*. New York: The John Day Company, 1958, p.3.

③ Buck, Pearl S. *The Good Earth*. New York: The John Day Company, 1958, pp. 8-9.

妻，就在如此重要的日子里土地依然是王龙关注的焦点之一。一路上，天气、雨水、庄稼、田地等左右着王龙的心情，就连进黄家大院对自己的介绍也是“我叫王龙，种地的王龙”①，而他对自己从未谋面的新妇期望之一就是能下得田头，干得了农活。赛珍珠笔下新妇阿兰的模样就是一把干农活的好手，她身材高大结实，模样干净利落，应该很合庄稼汉王龙的胃口。而事实证明沉默如大地的阿兰就是滋养昌盛王龙家业的肥沃土壤。书中有一段令人印象深刻的夫妇俩劳作的场景描述：

> 时值初夏，烈日直晒在他们身上，她（阿兰）脸上很快挂满了汗珠。王龙脱去上衣，光着脊背……他和她配合默契，不言只语，就这样一小时一小时地劳作着，王龙开始觉得这样和阿兰一起干活，反倒没那么累了。王龙心里也没有具体地想些什么，有的只有夫妇俩一起干活时内心的那份默契。他们把自己这块地对着太阳翻了又翻——正是这块地，建成了他们的家，哺育了他们的身体，塑造了他们的神。这片肥沃的黑土在他们的锄头下轻轻地松散开来……他们不停地干着活，一起朝前移动着——一起让这片土地结出果实……当太阳开始西沉时，他慢慢直起腰看了看自己的女人。她一脸汗水，满头泥土，浑身染成了和泥土一样的灰褐色。她湿漉漉外衣变成了黑色，紧紧地贴着她结实的身体。她慢慢地把最后一垄锄完。

① Buck, Pearl S. *The Good Earth*. New York: The John Day Company, 1958, p.13.

然后，在黄昏静谧的空气中，她以她惯常的平淡直白的语气，听起来可能比往日更单调、更清淡的口吻说道："我怀上了！"

土地于农民王龙而言，是生计、是家、是妻子、是子嗣、是命根子，是家庭的希望。他们一家在土地上辛勤地劳作、真诚地付出，便能得到应有的回报。这块土地待他们不薄，年成好时，土地的产出也能让他们有节余的银圆，几年的好收成让省吃俭用的农民王龙积攒了第一笔购买新土地的资本，他们从没落的黄家大院购得了一小块新地，对待这块新地，王龙是相当上心的。"那是一块长方形的土地，在护城河的边上，厚厚的黑色黏土平展开来。他用步丈量那块土地，长三百步，宽一百二十步。四块界石仍然立在那块地的四角上，上面刻着黄家大院的记号。当然，他要把这些界石改过来，以后他要把这些拔掉，再换上刻有自己姓氏的界石。"① 这块土地的购入在王家的发家史上具有标志性的意义。"这一小块地对王龙来说变成了一个标志和一种象征。"② 新增的土地刺激视土地为命根子的农民王龙更卖力地干活，"他整天整天地在他的土地上拼命耕作"③，以期从土地上刨出更多的银子购买更多的土地。

然而，靠天吃饭的农民王龙，辛苦的汗水在这年夏天未能

① Buck, Pearl S. *The Good Earth*. New York: The John Day Company, 1958, p.48.

② Buck, Pearl S. *The Good Earth*. New York: The John Day Company, 1958, p.48.

③ Buck, Pearl S. *The Good Earth*. New York: The John Day Company, 1958, p.49.

得到老天的眷顾，老天似乎存心跟他作对。那一年的老天实在是犟得很，一个月又一个月过去了，秋天来临时，仍然滴雨未下。秋高气爽的日子天空更见晴朗明艳，照见人间满是绝望的场景。“王龙从地里只收到很少的豆子，而从他的玉米地里……他只收了一些又短又小的玉米穗，而且穗上的玉米粒稀稀疏疏。打豆子时一粒都没丢。他和他女人打完豆秸以后，他让两个小男孩用手指把豆场上的尘土全筛一遍。然后他在堂屋里剥玉米粒，眼睛睁得大大的，唯恐稀疏的玉米粒有一个漏掉。当他准备把玉米棒子芯扔掉当柴火烧时，他女人说道：‘千万别烧了——烧了就浪费了。我记得小时候在山东时，遇到这样的年景，连玉米棒子芯都碾碎吃掉，这可比野草强多了。’”①

旱情越发严重，土地上的人们已开始为填饱肚子发愁。人们吃光了那一点点剩粮，再吃尽了留待来年播种的种子粮，王龙一直舍不得杀掉的耕牛也瘦得只剩下一把骨头，饿得连头都重重地垂下了。赛珍珠细腻的笔触让我们走进农民王龙那粗糙的外表下对他多年相伴的劳作伙伴那一份真切的怜惜。“这头牛是他在田里的伙伴，他曾经跟在它的后面，由着自己的心情夸它或骂它；他打年轻时起就熟悉这牛的习性，因为这牛买来时，还是一头小牛犊。”即将断粮时，家人要求杀牛救一家人性命，王龙硬拖着一天是一天。当老父用冷静的口吻说道“你不死就得牲口死，你要让你儿子活命就不能让牲口活命”，王龙只得忍痛答道：“那就把它杀了吧，可我下不了这个手。”

---

① Buck, Pearl S. *The Good Earth*. New York: The John Day Company, 1958, p.61.

最后，还是他的女人动了手，宰杀了已奄奄一息的耕牛。当烧好的牛肉端上桌，看着往日朝夕相伴的牛身上的肉，“王龙感到一阵阵哽噎”①。王家的牛吃了，粮也几乎没了，当全村人开始连草皮树根都啃光时，他们在地痞的怂恿下聚众抢了王龙家，刮尽了他们家最后几颗豆干。王龙欲哭无泪，想到自己拥有的土地，他的内心又活了过来。“那些家伙抢不走我的地。凭我的汗水和田地里的收成买的那些地他们是绝对抢不走的。要是我当初留着钱，他们早抢光了。要是早先我用钱买了什么东西，他们也会抢个精光。至少我现在还有那些地，那些地是我的。”② 头顶上火热的太阳持续肆虐，炙烤着已干枯的土地和断粮的人们。“他（王龙）肚子里最初那种饥饿感现在已经过去。他可以用他那块地里的泥土给孩子们拌点泥汤，而他自己却没有一点吃的欲望。好几天来，他们一直和着水吃这种泥土。这种叫作观音土，因为它含有极少量的滋养性的物质，但最终它还是不能维持生命。然而，用它拌成稀糊糊可以暂时平息一下孩子们的饥饿，给他们胀大而空空的肚子里填进一点东西。”③

大旱之年的土地再也生不出任何的生机。面对城里那些趁火打劫想以极其低廉的价格收买其辛苦赚得的土地的掮客们，这个老实巴交的农民感觉到“一种他这辈子从未有过的愤

---

① Buck, Pearl S. *The Good Earth*. New York: The John Day Company, 1958, pp. 61-63.

② Buck, Pearl S. *The Good Earth*. New York: The John Day Company, 1958, p.65.

③ Buck, Pearl S. *The Good Earth*. New York: The John Day Company, 1958, p.72.

怒”。他冲他们怒吼：“我绝不卖地！”而他的女人阿兰也同样斩钉截铁地回答：“地，我们绝不卖！”① 他们卖光了所有的家产，除了土地，一家子逃荒去了江南。因为他们深深懂得只有保留住土地，他们才不会成为无根的浮萍，他日回归故里时，他们才有立足之本。离家前，王龙一遍一遍地对自己念叨：“至少我还有土地——我保住了我的土地。”② 在这艰难时世，土地成了农民王龙最大的慰藉和希望，这不由得会令人想到几年后风靡美国的小说《飘》（*Gone with the Wind*，1936）里瑞德·巴特勒（Rhett Butler）跟思嘉莉·奥哈拉（Scarlett O'Hara）说的一番话：只有土地是最宝贵的，是唯一持久不变的，塔拉庄园（Tara）就是你力量的源泉，塔拉庄园的红土就是你力量的源泉。美国作家玛格丽特·米切尔（Margaret Mitchell，1900—1949）笔下的红土和赛珍珠笔下的黑土，尽管“肤色”不同，但就其精神内涵是一致的，都是书中主人公灵魂的慰藉和力量的源泉。“土地”在东西文化中有着共通的价值观念，赛珍珠通过贯穿全书的“土地情结”，找到了东西方文化的共鸣源。

王龙身上有着普天下农民共有的特性。没有发家前的王龙身强体壮，有着旺盛的生命力，他勤劳肯干，勤俭本分，孝顺父亲，疼爱子女，对土地和农事有着天然的虔诚和敬畏，他又比一般的农民稍多一点精明和对土地更大的投入和热情，因此

① Buck, Pearl S. *The Good Earth*. New York: The John Day Company, 1958, p.75.

② Buck, Pearl S. *The Good Earth*. New York: The John Day Company, 1958, p.76.

他也比同乡的村民多积攒了几分薄田。然而靠天吃饭的中国农民毕竟敌不过不断上演的天灾人祸——干旱、洪涝、蝗灾、兵燹等的侵蚀，多年的辛劳和省吃俭用积攒下来的收成竟抵不过一个大旱之年。几千年来，中国的农民从未享受过社会的保障，除却来自于土地上的收成，他们再无其他的依靠。赛珍珠在书中不吝笔墨以大量的篇幅描写了大地上的中国农民种种悲惨的景象，力透纸背、触目惊心，引发读者心中最深沉的悲悯情怀。然而中国农民不死不休的顽强生命力和历经磨难依然乐观善良的品性乃是赛珍珠极为敬佩和激赏的，也是赛珍珠毕生为中国农民说话的情感立足点，她坚信农民大众才是中华民族生生不息的力量源泉。

书中有两则记述令人印象深刻，一是王龙一家逃荒到南方城市后，靠乞讨和卖苦力艰难度日，当王龙得知小儿子偷了肉铺的一块肉回来，他气愤地呵斥道：我们是伸手讨饭的，但我们不是贼！意识到自己的儿子在这个城市里正沦为令人不齿的小偷，王龙既心急又心酸。“叫你偷！叫你偷！看我不揍死你！”他狠狠地教训了儿子一顿，更感到回归土地的紧迫性。“我们一定要回到自己的土地上去。”① 二是王龙面对卖掉自己女儿的抉择。这一年和煦的春风伴着柔和的细雨悄然而至，也滋长着蜗居在几张草席搭成的棚屋里的王龙对家乡土地的强烈思念，当想到要卖女儿来筹措回家的盘缠时，王龙的第一个反应是“不——我不卖孩子”。看着忧愁的丈夫，妻子阿兰狠狠心说道：“为了你，我可以卖掉这个丫头——好

---

① Buck, Pearl S. *The Good Earth*. New York: The John Day Company, 1958, p.97.

让你回到老家的土地上。”王龙断然回绝：“死也不卖，我宁肯一辈子待在这个鬼地方，也不卖自家丫头。”① 王龙内心并非没有纠结和动摇，当看着周围衣衫褴褛的乞讨者时，“王龙觉得自己并非是他们中的一员。他有地，他有地在等着他……他属于他的土地，只有他觉得土地在他脚下，春天能扶着犁耕地，收获时能手持镰刀，生活才能充实”②。可在这个城市里，他拼死拼活地干再加上妻儿老小全家出动去乞讨也仅够一家人勉强糊口，面对残酷的现实，卖孩子的念头又开始诱惑他。“或许卖到一个大户人家家里会好些吧。”可一想到被卖作丫鬟的女儿可能遭受的打骂和经受的摧残，他的心里又在号哭，他把女儿紧紧地搂在怀里，“没有别的办法啊——真的没有别的办法啊……”王龙粗犷的庄稼汉绝望的内心哭泣叩击着读者的悲悯之心。

王龙终归没有卖掉自己的女儿，一次突发事件让善良老实的他卷入了一起“抢大户”中，为了自己的女儿和土地，善良如他者迫于命运，也会吊起嗓子冲被抢的大户大喝一声“快！把钱交出来。”这一声大喝释放着王龙郁积的不平和愤怒，也让惜命的大户男人交出了金子。借此，王龙保住了自己的女儿，也回到了久别的故里，归乡后的王龙购田置地着手重振家业，背井离乡的艰难辛酸让王龙更珍惜土地的价值和对土地的投入。“他更加卖力在土地上劳作，他甚至连回家吃饭睡觉的时间都搭了进去。他宁愿把烙饼卷大葱带到地里，站在那

---

① Buck, Pearl S. *The Good Earth*. New York: The John Day Company, 1958, p.101.

② Buck, Pearl S. *The Good Earth*. New York: The John Day Company, 1958, p.105.

里边吃边想计划：‘这里我得种上豇豆，这里得做稻苗苗床。’如果白天干活干得实在太累了，他就躺下来睡在垄沟里，他的皮肉贴着他自己的土地，感到暖洋洋的。”① 美国文学评论家卡尔·冯·多伦（Carl Van Doren）对《大地》叙事风格和土地主题之间的完美结合颇为推崇：

> 流畅灵动的行文，简洁明快的修辞和节奏，宛若一首现实主义的田园诗或是一部充满人情味的家世小说……《大地》的内容和风格可谓水乳交融，这种风格将悦耳的音律贯穿于令人信服的历史之中，不仅令身陷大萧条的美国人民，亦使其他国家的人民深深信服。大萧条波及世界各国人民，虽然他们并未感受到书中饥荒章节描述的那种迫在眉睫的威胁，但是他们看到了错综复杂生活体系的崩塌，除了土地，其他一切皆是无常。王龙对土地的渴望和一旦到手后的执着依恋，足以在任何一个国家的人民中引起情感共鸣。②

尽管王龙始终被对土地的强烈热爱所支配，身上体现了中国农民典型的吃苦耐劳、勤俭质朴的品质，但自小与中国农民毗邻而居又与中国农民有着数年田间地头交往经历的赛珍珠，深知农民群体的诸多劣根性，这在王龙身上同样得到了充分的体现。发家后的王龙身上多了势利、冷酷、自私和心计，也沾染上了吃喝嫖赌的恶习，他嫌弃发妻，对其言词刻薄，书中有这样一句王龙的心理描写：“她（阿兰）的乳房

---

① Buck, Pearl S. *The Good Earth*. New York: The John Day Company, 1958, p.123.

② Doren, Carl Van. *The American Novel, 1789—1939*, rev, ed. New York: Macmillan, 1940, p.353.

松垮地吊在胸前，再没有一丁点儿吸引人的。白痴才会把珍珠藏在这样的乳房中间，简直是白白糟蹋了。”① 因此，他便狠心地夺去了那两颗珍珠，他发妻唯一的一点点所好。他逛青楼，一发不可收，后发展到纳妓为妾，终日寻欢作乐不思农事，失了农民本色，忘了农民本分的王龙在温饱思淫欲中消耗着自己的生命，然而终归还是对土地的强烈情感让他最后的人性得到回归和救赎，让自己善终于挥洒了一辈子辛劳和汗水的土地上：

> 冬天到来之前，在秋天温暖的阳光下，王龙坐在从前他父亲靠墙坐着的地方。……他有时弯下身，从地里抓些土放在手里。他手里攥着土坐着，仿佛他手指间的泥土充满了生命。……仁慈的土地不慌不忙地等着他，一直等到他应该回到土里的时候。②

《大地》的另一条主线“家族”是跟土地交织在一起的。中国传统的农业文明让一个家族世代生活在一片土地上，往往同村即同族，中国人有着强烈的宗族观念。中国人的家族观念综而述之便是父慈子孝，不孝有三、无后为大，父为子纲、夫为妻纲和家族裙带关系，这在《大地》里有着极为详尽的展示。“孝悌”是中国家庭伦理的基础，“父慈子孝，兄友弟恭”是孔教儒学的仁义之本。子曰：“夫孝，德之本也，教之所由生也。”又曰：“夫孝，天之经也，地之义也，民之行也。”

---

① Buck, Pearl S. *The Good Earth*. New York: The John Day Company, 1946.

② Buck, Pearl S. *The Good Earth*. New York: The John Day Company, 1958, pp. 27-28.

(《孝经》)“孝悌”几千年来已是融入中国人血液的一种价值观，“不孝”在中国传统社会被视为天大的罪过，说狠了，就是“连畜生都不如的”，因此“孝”文化是中国传统文化的一种主流价值观，是华夏子民几千年奉行不悖的做人原则，这在《大地》的王龙身上得到了充分的体现。故事开篇，王龙的家境十分贫寒，但其对老父亲的侍奉没有半点含糊，端茶倒水，一日三餐，田间地头辛苦劳作供养着父亲，即便是在大旱之年，全家都饿瘪了肚皮，一点点的剩粮还是留给了老人。“至于老人，他比家里其他人要稍好些，因为只要有吃的东西总是先顾着他，哪怕孩子们吃不到东西。王龙心里骄傲地对自己说，谁也不会说他王龙在死亡逼近的时候忘了自己的老父亲，即便要他割自己身上的肉来喂他，也是应该的。”① 王龙对自己老迈父亲的奉养是深受“孝”文化浸润的中国普通百姓一种自觉自为的文化行为，是一种已内化的人格行为。在《大地》中，王龙的“孝”还表现在对其叔叔一家的隐忍上，这在西方读者看来，也许颇难理解。其实这是“孝”文化衍生出来的一种家族裙带关系的折射。尽管王龙极度厌恶好吃懒做、乖张跋扈、道德无下限的叔父一家，但碍于家族和父亲的面子，供养着叔父一大家子的吃喝用度。中国人的宗族观念使得王龙在道义上负有对亲叔叔一家的照应（不过像王龙对其叔父的一再忍让，直至其一家子这般寡廉鲜耻地赖在王龙家，倒也不在传统道义范畴之内）。

“不孝有三，无后为大”是中华“孝”文化的另一种重要

---

① Buck, Pearl S. *The Good Earth*. New York: The John Day Company, 1946, p.67.

表现形式。中国几千年的封建政治统治与小农经济的社会历史文化土壤，形成了自身独特的生育文化。“传宗接代”“多子多福”“母以子贵”“不孝有三，无后为大”等观念催生的“早、多、男”的生育模式使得作为生育主要承担者的女性在男尊女卑的传统男权社会里沦为生育工具。在赛珍珠笔下，中国传统社会女性生儿育女、传宗接代的功能被进一步凸现出来。“对年轻女人，人们只要求她们会生养。”① 在《大地》里，当阿兰即将被王龙领走时，黄家大院的女主人对她这个厨房烧火丫鬟唯一能说的话就是：“听男人的话，给他生几个儿子，多给他生几个儿子。”② 男嗣在农业文明社会的子嗣传承中对一个家庭而言是不可或缺的，生不出儿子对女性而言是天大的耻辱，也是家族的耻辱。因而无论是富豪巨贾还是平头百姓，男娃就显得越发金贵了，也是女性在家族中地位的保障。在阿兰生头胎时，当婴儿的哭声传来，王龙便迫不及待地冲里屋喊道：“是男娃吗？”他无暇顾及自己的女人，又一连声催促道：“至少先说一声啊，是男娃吗？”当得知头胎是个儿子时，他自豪地冲他爹喊道：“你当爷爷了，我也当爹了！”接着他又殷勤地说道：“明天我要进城买一斤红糖回来，给你冲红糖水喝……我们还要买一大筐鸡蛋，给乡亲们分红鸡蛋，我要让村里人都知道我有儿子了。”③ 得意和庆幸之色溢于言表。

---

① Buck, Pearl S. *Pavilion of Women*. New York: The John Day Company, 1946, p.83.

② Buck, Pearl S. *The Good Earth*. New York: The John Day Company, 1958, p.18.

③ Buck, Pearl S. *The Good Earth*. New York: The John Day Company, 1958, pp. 33-34.

倘若头胎生的是女娃的话，甭说什么红糖水和鸡蛋，恐怕连阿兰自己都会觉得有愧于丈夫，有愧于王家。她接连给王龙生了两个儿子，当第三个出来是女儿时，王龙心情变沉重起来，觉得自家也开始生女娃了，这是一个不好的兆头。“因为女娃不属于自己的父母，而是给别人家生养的……王龙甚至没有想到过去看一眼新生的小东西的脸是什么样子。”① 王龙的叔叔是一个好吃懒做的地痞，却也为自己生养的七个娃儿中只有一个男娃硬是觉得矮了王龙家一截。阿兰这个发妻尽管在家不受丈夫待见，在王龙纳妾后，唯一能理直气壮地说上一句的是“我生了三个儿子!”这着实令不会生养的小妾荷花气短三分，亦忌惮她三分。赛珍珠以细腻悲悯的笔触揭示了瓜瓞绵绵的中华民族几千年来就是在这样的生育文化中上演着一幕幕家族传承的悲喜剧。

赛珍珠借《大地》一书，让中国农民首次在历史上以主角的形象亮相于西方读者面前，为这个在中国占人口 85%的阶层赢得了理解、尊重和应有的地位，颠覆了西方社会“东方主义”视域下中国人形象的套话（archetype）：怪异、丑陋、低贱、不堪文明。赛珍珠笔下的农民王龙“具有人类所具有的全部情感”②。中国农民在中国这块大地上繁衍生息了几千年，他们的智慧、他们的抗争和不屈、他们如大地般的沉默和担当，他们浸透苦难的生命，在赛珍珠温暖悲悯的笔触下

---

① Buck, Pearl S. *The Good Earth*. New York: The John Day Company, 1958, p.57.

② 保罗·多伊尔:《赛珍珠传》，张晓胜等译，沈阳：春风文艺出版社，1991 年，第 28 页。

奏出一曲悠远绵长的人类生命之歌，拨动着所有人类文明共通的情感之弦，促进文化理解和认同。正如美国学者唐纳德·亚当斯（Donald Adams）所言："《大地》让美国读者了解到，在一个与己截然不同的异族人民的生活当中，同样体现着人类的普遍共性。"① 因此赛珍珠笔下的中国"是一个以前的小说中从未描写过的中国，一个中国人生活于其中并作为中国人而生活着的中国（a China that Chinese live in and as Chinese live）……就算你没在中国居住过，对中国人也一无所知，仍能理解它，被它吸引"②。赛珍珠凭借《大地》及一系列中国题材的文学创作为西方民众塑造一个全新的中国和中国人形象，并以此为契机自觉充当"文化人桥"。

中西文化共育的背景和多元文化的生活阅历、观察和研究使赛珍珠对中西文化内在的精神有着更为切实的把握和体悟，用她自己的话说，她在文化上"双焦透视"。"双焦透视"令赛珍珠深刻体认到东西方文明从根本意义上是相通的。就东西文化的核心儒教和基督教而言，两者在根本精神上是共通的，都是指人性中自然的博爱仁美之心。儒学倡导"四海之内，皆兄弟也"，基督耶稣亦宣扬"全人类皆兄弟"。赛珍珠在《我的中国世界》里直言："我在基督教世界里长大，所学到的生活准则是博爱；我也在另一个更为仁慈的中国人世界里

---

① Adams, J. Donald. *The Shape of Books to Come*. New York: Viking, 1944, p.125.

② Peffer, Nathaniel. Rev. on *Good Earth*, by Pearl Buck. Books. 1 March, 1931, p.1.

长大，所接受的是中国人的观念：生命是神圣的。”① 赛珍珠同样认同自己对基督教教义至死不渝的父亲对佛教的基本看法，其中之一便是：“佛教和基督教之间的相似之处并非偶然，而是历史的必然，因为耶稣很可能在年轻时，在那没有文献记载的十二年间访问过喜马拉雅山脉的尼泊尔……两千年前，所有的宗教都有手足之情……我父亲认为，耶稣既懂得孔子学说，又知道佛经，因为孔子和耶稣的圣训几乎同出一辙。”② 赛珍珠在《中国的历史与现状》里感叹道：“孔子的教义令人惊讶地也是基督教的教义。孔子首先提出了普世的黄金戒律‘己所不欲勿施于人’，并告诫他的弟子引以为戒，后世的基督耶稣同样倡导此黄金律。”③ “当我学习希腊哲学时，我发现柏拉图的学说跟孔子这位伟大的中国先哲的教义也有着颇多相似之处，只是在我看来，后者迄今依然影响广泛，是崇高道德和现实主义的融合。”④ 赛珍珠从情感、道德基础上阐述了东西方宗教乃是人类共通的情感体验和智慧结晶，是人类文明息息相通，交融的成果。赛珍珠进而用不尢调侃的语气说到，即便是东西方宗教教义里的偏见也如出一辙。宋元理学的

---

① 赛珍珠:《我的中国世界》，尚营林等译，长沙：湖南文化出版社，1991年，第39页。

② 赛珍珠:《我的中国世界》，尚营林等译，长沙：湖南文艺出版社，1991年，第69—79页。

③ 英文“Do unto other”首次在英国天主教西元1567年“公教要理”(Catechism)中出现。新约圣经《路加福音》(“Book of Luke”)中耶稣(Jesus of Nazareth)说道：“Do unto others as you would have them do unto you.”(己所欲施与人。)

④ Buck, Pearl S. *China Past and Present*. New York: The John Day Company, 1972, p.59.

“三纲五常”“三从四德”这些纲领性的男权社会观念，千百年来禁锢和毒害着中国女性的心灵和思想，塑造她们的人格气质内涵，把“男尊女卑”的思想根深蒂固深植于她们的灵魂深处，内化为她们自觉自为的行为方式和价值理念；同样圣·保罗告诫女人不要抛头露面，要处处小心谨慎，他把女人从属于男人，建立在旧约和新约全书的根据之上。

多元文化身份和“双焦透视”令赛珍珠对中西文化之间客观存在的差异有着切实的把握和生命体悟，并赋予她更广阔和深邃的文化视野和洞见。赛珍珠写道：“中国的哲学思想总是关乎人类生活的组织和它与自然的关系。甚至中国的法律也是基于人性的和谐之上的，这与我们西方的法律系统相反，西方的法律系统是惩罚性的，而不是人文主义的。”① 赛珍珠认为：“东西方人之间存在的最大的不同表现在他们的思考方式上，而他们最大的相似之处是有着类似的情感，也就是说我们以不同的方式思考，我们以同样的方式来感受。”② 她在《亲历中国》一书中阐析了中西方思维方式的不同：

> 在我看来，东西方人似乎是从相反的两端思考问题的。那就是，中国人的推理是从个体到一般，而我们西方人则是从一般推到个体。即：中国人的生活原则、是非观念的准则并不来自任何的宗教或是任何的理想主义，而是来自千千万万个体实例的总结。人嘛，中国人会说，大体

---

① Buck, Pearl S. *China Past and Present*. New York: The John Day Company, 1972, p.69.

② Buck, Pearl S. *China As I See It*. New York: The John Day Company, 1970, p.61.

上都会有这样那样的需求，因此法律就该考虑这些需求。就连儒教——也许是人类头脑迄今为止能设计出的最完善的规范人类行为的准则，也不是基于某种神圣的教义，而是只基于谨慎的考虑一个人对待家国、君王、乡邻、穷人富人时应有的行为规范。……人总归是讨厌法律和规则的，中国人说，那么就让我们尽可能的少些法律和规则吧。中国人的理念是管得最少的政府是最好的政府……而我们西方人想的恰好相反。究其原因，无疑有一点是中国人的哲学总体上认为“人性本善”，而我们西方人，很大程度上由于受到基督教的影响，一直笃信人性本恶……此种生而有罪的“原罪”感令我们内心不安。①

赛珍珠进一步分析认为，在中国传统社会，一个人行为不当，犯了错，并不是首先接受任何书面法律条文的惩处，而是先由他的同族人，同村人对他进行审判。乡绅们是法官，左右邻舍是证人和陪审团。案犯的人品、出身、需求、作案动机、是否受到挑衅等各种因素都会纳入考虑范围。倘若他的行为得到乡民的认同，即便他杀了人，他也能被无罪释放，否则的话，他就性命堪忧了，或至少赔偿到受害人家属满意为止，倘若对方把钱看得比人命更重的话。这种村落自治的惩戒体系使得西方人习以为常的法律干预和庞大的律师队伍在中国难得一见。在中国人的眼里，由离他成百上千里远的京城里的那些陌生人制定的法律怎么能适应他们的需要呢？撇去此种模式的公

① Buck, Pearl S. *China As I See It*. New York: The John Day Company, 1970, p.64.

正性和严谨性不谈，在赛珍珠看来却在很大程度上体现了中国人的哲学观和人文价值理念，一种更为人性化的社会治理模式，这是只有在一个秩序良好、高度自治的古老文明中才会行之有效的模式。与东方的模式相比，西方有着截然不同的“绝对是非”评判制度。西人在制定法律时，依据的是一般抽象的、理想的、说教式的准则，再经过一些不切实际的空想家、理想主义者的修正，进而强制个体依此抽象理念规范自己的行为。自然、严谨、规范的法律体系保障了法律的公正有效执行和社会的有序运转，赛珍珠同时也指出此种法律体系下常会令西方人的心理和情感失衡，对隐私的需求和无力逃避感不可避免地滋生出大量的虚伪和焦虑。以上是赛珍珠在其标题为“东方西方，我们真的不同吗?”（*East and West—Are We Different?* 1935）① 的演讲中为西方听众剖析了中西文化间一些本质差异，赛珍珠无意于探讨中西方模式的优劣，只是以自身多元文化身份的客观冷静眼光发掘和探讨中西文化不同的哲学概念、不同的思维模式下不同的社会治理概念所塑造的民族心理、行为模式和价值理念的迥异，并促进东西方文化和人民之间的相互了解和理解。

赛珍珠以为中西方思维方式的不同有一大原因无疑是中国人相信“人性本善”，而西方人则很大程度上受到基督教“原罪”思想的影响，一直信奉“人性本恶”。在赛珍珠看来，信奉“性本善”还是“性本恶”对东西方人的内心世界的影响是深刻而恒久的。赛珍珠指出：“西方人总是生活在无所不在

① Buck, Pearl S. Speech before the Institute of Public Affairs, Charlottersville, Virginia, July 8, 1935.

的恐惧中，上帝在时刻观察着现实不道德人的良心，对大多数美国人来说，我们并不自由，我们的内心被许多担忧所折磨；而中国人则没有这种感觉，他们的内心是自由的，他们经常开怀大笑。”① 确实，处于农业文明中的古老中国，广大普通百姓的物质生活，相对于工业文明的西方国家民众而言，从未有过真正意义上的富足和舒适，简单和俭朴是中国老百姓千年不变的生活主旋律，碰上天灾人祸，穷苦困顿乃至活命无计乃是绝大多数中国人无以逃遁的命数；可相比物质生活远比他们优渥的西方人，中国百姓的内心，正如赛珍珠所言，要自由、安逸、从容得多。“知足常乐”是中国传统文化倡导的处世哲学。赛珍珠发现自己的美国同胞生活舒适，却难觅内心的安宁和自由。“我们的内心总有一丝焦虑噬啃着，并不是经济上或是其他言之成理的焦虑，而是一种说不出道不明的模糊感觉——一种‘责任未竟’的感觉——某种不确定的意识。我们活在一种内心的焦虑中，令我们不安、疲惫和亢奋，或阴郁或是神经质的寻欢作乐。那是一种无法摆脱的责任感，也许是从我们信奉新教的祖先那儿继承来的。……‘人性本恶’的‘原罪’感令我们终日难安，我们不断鞭策自己，完善自己，哪怕只有一丝丝。”② 赛珍珠总结到，西方人在宗教理念塑形下的“责任”感指导着观念，塑造其哲学和法律体系及评判个体行为的准则；而在中国，哲学、法律，甚至宗教都可根据

① Xi, Lian. *The Conversion of Missionaries: Liberalism in American Protestant Missions in China, 1907—1932*, Pennsylvania: Pennsylvania State University Press, 1997, p.237.

② Buck, Pearl S. *China As I See It*. New York: The John Day Company, 1970, pp.68-69.

个体的需求做出变通。换言之，“西方的理想来自抽象的概念；中国人的理想来自生活积淀的智慧”。①

中西方文化的这一基本特质，在赛珍珠看来无谓优劣高下，却各有得失。没有“原罪”感纠结的中国人心灵更自由，内心更安宁，也更知足，鲜有西方各种类型的偏执狂和精神崩溃，他们能尽情享受生活，即便是简单的快乐。然而“安宁和知足”的民族精神特质往往导致缺乏动力和雄心——那种争强好胜、建功立业、征服世界的驱动力。一个显性的历史性表现就是闭关自锁，安于自给自足，不愿被外界所打扰，直至19世纪中叶被西方列强的坚船利炮轰开国门，被迫屈辱开放。而深植于西方人内心的“原罪”观念尽管扰人清静，令人内心不宁，却有其富有成效的一面，增强了西人为自身救赎而建功立业的雄心大志，使得一些才能出众的西方人在许多领域，特别是艺术、探险和科技方面做出了举世瞩目的业绩，并在功成名就中获得一份内心的安宁感，哪怕是短暂的安宁，他们对人类近现代文明的贡献确实是巨大的，也是令西方人引以为豪的资本。同时赛珍珠也指出西方人的这种性格观念和文化特质滋长出的强大欲望，激发的动力和不满足感令其更具侵略掠夺性。西方文明近现代的发展史抑或某些历史阶段的发迹史和近代东西文化的交往和冲突充分彰显了西方文明的这一强势特质。许倬云教授在其广受关注的著作《中西文明的对照》中肯地评析欧洲文明的基本特色：求更快、更多、更大，永远进取，动力非凡但不懂得节制，从而

---

① Buck, Pearl S. *China As I See It*. New York: The John Day Company, 1970, p.72.

对其他人造成了伤害。① 赛珍珠在她的各类著述和演讲中也屡屡揭示了西方文明的这一根本特质。从她在中国岁月里亲身感受的西方列强在亚洲土地的肆意妄为，大肆掠夺到回归西方社会后对西方列强“我族中心”心态的耳闻目睹；从闯入北京的八国联军烧毁她塾师孔先生的祖屋到“白人军队大肆掠夺中国的宫殿，窃走了大批的珍宝。在这些官兵中，美国人也脱不了干系”②，赛珍珠以自己不容辩驳的大量亲历事件和历史事实揭示近代西方文明不太光彩的发迹史。

东西方不同的思维方式和心理建构自然表现在社会生活的方方面面，这由赛珍珠这样文化身份而又有半生的中西方文化生活沉淀的角色来阐释，自然有着常人难以企及的得天独厚的优势。我们在赛珍珠身临其境的描述中，感受到原汁原味的东西文化的独特风情和不同价值理念的冲突与交融。不妨来看一下赛珍珠笔下中西文化对“打小报告”这一现象的截然不同的态度和处理方式。自小生长在中国这个古老而成熟的社会，赛珍珠的行为举止、价值理念和生活方式自然深受影响，因此回归美国后的赛珍珠，在家也按中国的习惯为孩子们立了规矩，如果一个孩子做错了事，其他的孩子就有义务和责任向大人报告，不管是家长、老师，还是其他管事的大人。为了维持良好正常的秩序，孩子的不良行为应该得到及时的纠正，这在赛珍珠看来似乎是天经地义的，这是她从小耳濡目

① 许倬云：《中西文明的对照》，杭州：浙江人民出版社，2013 年，第 47 页。

② 赛珍珠：《我的中国世界》，尚营林等译，长沙：湖南文艺出版社，1991 年，第 48 页。

染的中国大人们对孩子的教育之道。于是赛家的孩子谨遵母亲大人教诲，把这一家规执行得令母亲颇感欣慰。然而，当孩子们陆续进入美国的学校、进入更广阔的社会环境，矛盾和冲突便接踵而至。在学校，赛家的一个孩子向老师打小报告，揭发了一个同学的调皮行为，不承想却遭到了老师严厉训斥，斥责他的“告密”行为。颇为费解的赛珍珠找上门去，向孩子的老师求证，下面便是此番对话的内容（括号内容为笔者所添）：

> （困惑的）赛珍珠：“如果安分守己的学生不向您报告违犯纪律的学生的行为，那您怎么来维持校规校纪呢？”
>
> （立场鲜明的）老师：“告密令人憎恶。”
>
> （较真的）赛珍珠：“那么孩子们长大后，就会认为向警察告发一个杀人犯也是令人憎恶的。那也算是告密。”
>
> （不想纠缠的）老师：“这个问题我可管不了。”①

赛珍珠对美国同胞这种拒绝面对实际的态度不尽理解。心有不甘的她，几天后又去向另一位朋友讨教，却不料这位老兄更是不待见她的东方观念，迎头便是一通激昂的说词：

> 按照你这种观点进行逻辑推理的话，苏联儿童向政府告发他们的父母是对的了？告密或能产生某些好处，但这些好处远远不能抵偿孩子和整个社会所受的损害。

① 赛珍珠:《我的中国世界》，尚营林等译，长沙：湖南文艺出版社，1991年，第400页。

> 至少在西方社会，告密者大都为人所不齿，就连利用告密者的人也讨厌他。对此中的是非，很难确定一个界线，接受显而易见的、直接的罪恶，远胜于将来遭受更大的罪恶。①

美国公众对“打小报告”的看法，我们东方人也许从美国的一部经典电影《闻香识女人》(*Scent of a Woman*，1992)中有着更直观的了解。片中男主角查理·西门（Charlie Simms）是贵族学校贝尔德高中（Baird School）的一名学生，他来自一个普通的美国家庭，靠学校提供的奖学金和勤工俭学来维持课业。他偶然见证了几名相熟的富家子弟针对校长特拉斯克先生（Mr. Trask）的一次恶作剧，校长大人受到愚弄大为光火，下令彻查。作为证人，查理被请进了校长办公室，校长许诺只要查理肯说出恶作剧的始作俑者，那么他就会让查理作为学校当年唯一的提名人进入哈佛大学学习。作为校长，他自然有这个权力，这个项目本就是为查理这样贫困而优秀的学生设立的。倘若查理不合作，不但坐失这一良机，还要面临学校教务委员会对他的起诉，理由是“隐瞒真相又撒谎”，结果便是被学校勒令退学的命运。面对如此“大棒加蜜糖”的威逼利诱，年轻的查理坚持自己的做人原则，决不当一名“告密者”。这种选择自然有查理本人信奉的“原则之途，通往人格之路”的考量，更不容忽视“告密”在整个西方文化语境中的含义。从犹大出卖耶稣开始，“告密”“卖友求荣”在西

① 赛珍珠：《我的中国世界》，尚营林等译，长沙：湖南文艺出版社，1991年，第400页。

方的价值理念中是绝对遭受鄙弃的，因此查理宁可承受被学校开除的恶果也绝不当个“告密者”，也不是难以理解的选择了。

赛珍珠对这位朋友的话认真思考后，意识到朋友的立场至少在美国的文化语境中是普遍被接受的，但同样认为自己的想法也没有什么不妥，只因中国和美国两个社会不同的社会结构导致在这一点上的不同。中国是一个历史悠久秩序良好的社会，是一个自治度极高的社会，一个大家庭就是一个高度自治的小社会，人们互相之间的行为规范上的内部督促也是传统社会自治的一种体现。而美国有着跟中国迥异的社会结构，民主、多元、个性使得中西文化对“同一现象”生化出截然不同的理解和处理方式，从中折射出的不同的道德伦理和价值观念，在赛珍珠看来都是深深植根于历史和民族土壤之中的。

赛珍珠前半世贴近原生态的中国人生活，后半生积极入世的美国岁月，令《赛珍珠传》的作者彼德·康无比感慨道：“赛珍珠一直都沉浸于中美两个社会的声、色、味之中。”①赛珍珠把一生细心观察所得的记录呈现在《我的中国世界》中，在她多元、细腻生动、客观冷静笔触的条分缕析下，中西文化更多细节层面的差异和共性浮出了表象。且看她对中华民族尊师重教的理解和阐释。赛珍珠指出：“千百年来中国人一

---

① 彼德·康:《赛珍珠传》，刘海平等译，桂林：漓江出版社，1998 年，第 376 页。

直崇尚学识。”① 中国有古语云：“三教圣人，莫不有师；千古帝王，莫不有师。”“不敬三师，是为忘恩，何能成道?”《礼记·学记》教导中国人“道尊然后民知敬学”。尊师重教、崇尚学识是数千年华夏文明生生不息的因子。赛珍珠感叹道：“自从早基督五百年诞生的孔夫子时代以来，书本在中国一直占有很重要的地位。如果在中国有贵族的话，那么，贵族并不意味着出身显赫和财大气粗的人，而是指有着渊博学识的人。在中国人人都可以参加科举考试，高中的可以是农民的子弟。如果一个村庄里发现了一个会读书的天才，村民们就会共同出资供这个孩子念书。乡亲们希望这孩子有朝一日金榜题名，光宗耀祖，报答乡里……无论这孩子日后成为皇上的太傅，还是只是个乡村的教书先生，他都会被当作文人学士受到尊敬。这种举国崇尚学识的风气使得给中国年轻学子上课是一件多么惬意的事……对中国人而言，‘书中自有黄金屋’。”② 浸润过东方文化如此浓厚的尊师重教氛围的赛珍珠，在回归美国后的某一天，不由地叹息道：“在美国，教师的工作几多艰难！我看到教室里坐满了吊儿郎当不愿学习的青少年……最令人难堪的是，那些建筑工人、卡车司机、机修工，他们都是好人却没有多少知识，可挣的钱比教师多得多，当然也比任何脑力工作者赚得多。目睹这一切，我便不再责怪孩子们的迷惘了。或许，正如一位青年对我所说的，要是中学毕业就找份卡车司机的活

---

① 赛珍珠:《我的中国世界》，尚营林等译，长沙：湖南文艺出版社，1991年，第131页。

② Buck, Pearl S. *My Several Worlds: A Personal Record*. London: Methuen & Co. Ltd., 1955, p.143.

儿干，挣的钱比一位大学教授还多，再上大学还有什么用呢?”① 赛珍珠对此问题的思考和见解不仅仅是回应了这位美国青年的困惑，还是对身处高度物质化世俗社会的现代人的一种生命启迪。“在中国，脑力劳动者，即知识分子，总是拿最高的薪水，他们受人尊敬，并不仅仅因为他们的学识本身，而在于学识是一个人处世为人的智慧源泉。因此，人们认为仅仅有一技之长还远远不够。”② 显然，这位美国青年脑海中的“知识”和中国传统社会看重的“学识”起码不是一个重叠的概念。那位美国青年发出这般质疑，多半把掌握知识，拥有一技之长仅仅作为谋前途和钱途，而中国人看重的“学识”不仅仅是出路问题，更多的是一种个人的学养修为，是安身立命的根本。在这一点上赛珍珠的阐释是客观、深刻而睿智的。

赛珍珠在中国的半生岁月与中国普通百姓毗邻而居，对百姓日常生活的细致观察和记录令她担当起中间民间文化阐释者的角色可谓游刃有余，其视角宽广，角度新鲜，极少脸谱化的阐释，有时还会令人忍俊不禁。赛珍珠颇有感触地说道：“中国人最令人愉快的品质就是行事从不忸怩作态，他们压根儿不会去想，也不在意别人的看法……这个民族悠久的历史产生了高度的文明，人们做任何事都是无拘无束，落落大方。在西方，只有英国的王公贵族才能相提并论，也许当代的温斯顿·丘吉尔爵士也还能算上一个。”赛珍珠对中国这个古老成

① 赛珍珠:《我的中国世界》，尚营林等译，长沙：湖南文艺出版社，1991年，第282页。

② 赛珍珠:《我的中国世界》，尚营林等译，长沙：湖南文艺出版社，1991年，第282页。

熟社会那种自由随兴，不拘小节的市井生活氛围是心生向往的，她在自传中写道："要是你能彻底分享中国人的生活，你就能感到其中充满了幽默和乐趣，因为几乎所有的中国人天生都有戏剧感。即便是一次不起眼的争吵，抑或一场喜庆活动或一次生日聚会都有看不完的热闹，说不完的乐事；每次婚丧嫁娶更是能增添老百姓好几日茶余饭后的谈资；偶尔的天灾人祸和无法逃避的悲剧从未让农民粗俗的笑话和商人及其一家老小的笑谈从市面上彻底消失。城中富户徐老太爷和他那四房妻妾的吵吵闹闹……经本地人添枝加叶后，更让人忍俊不禁。"① 赛珍珠说起中国人的不拘小节和缺乏西方人极为看重的隐私观念，赛珍珠调侃道："中国人真是个快言快语的民族，好奇心又强，而且还眼观六路耳听八方，道听途说和谣言能在很短时间内传遍全国。"② 中国社会的世俗景象在赛珍珠"活色生香"的描述中，原汁原味地呈现在西方民众的眼前，让西人去触摸这个东方民族原生态的生活脉搏，有着更多实实在在的触感和感同身受的生命体验。

赛珍珠对中西方文化的另一个着重的阐释点是中西方的家庭结构和家居生活。赛珍珠深知家庭是中国伦理制度的核心所在，有着跟西方社会迥异的建构和理念，尽管两种文化对家庭都是极为看重，都体现着一种文明最基本和直观的价值观。赛珍珠在自传中写道："在我的中国世界，一个家族世世代代居

---

① Buck, Pearl S. *My Several Worlds: A Personal Record*. London: Methuen & Co. Ltd., 1955, p.169.

② Buck, Pearl S. *My Several Worlds: A Personal Record*. London: Methuen & Co. Ltd., 1955, p.134.

住在一个地方，是司空见惯的。人们因着风水地势，慢慢地建立起一个个家庭……无论北方还是南方，屋里的结构布局大抵相同，全家人生活在一起共享天伦，也允许个人有相对的独立和隐私。每一代人住一边的厢房，院子成了联系各代人的公共场所。有着这样的家庭布局是因为中国人意识到，个人需要个人的小天地，但家人之间又互相依靠，特别是想要靠近自己亲近的人。孩子们在自由安全的环境下成长，沐浴着几代长辈的慈爱关怀，成年人则担起了家庭生活的重任……老年人受到爱戴和尊敬。他们不会像美国的老年人那样被送进养老院。”① 赛珍珠颇有感触地评论道：“中国人持久的凝聚力正是来自于代与代之间的挚爱和尊敬。‘孝亲积福’是亚洲人的箴言和圣训。”② 而说到美国人的家居生活，赛珍珠以颇有些“前朝遗老”的口气点评道：“美国千姿百态的房屋是我们这个民族文化多样性的活脱脱的写照。当一个美国人攒够钱盖房子时，他会盖出个什么房子来呢？只有天晓得。他不会去考虑历史或环境。相反，他的那套路数总让人觉得，他把自己当成了他自己伊甸园里的亚当。我承认我对伴随工业化而来的最新建筑技术发展鲜有了解。但我自以为这样的房子也就是商品而已，人们住进去也就是解决暂时性的居住所需。”③ 赛珍珠后来有一番言论常被人提及：“我们美国的模式，就是毫无模

① Buck, Pearl S. *My Several Worlds: A Personal Record*. London: Methuen & Co. Ltd., 1955, p.46.

② Buck, Pearl S. *My Several Worlds: A Personal Record*. London: Methuen & Co. Ltd., 1955, p.56.

③ Buck, Pearl S. *My Several Worlds: A Personal Record*. London: Methuen & Co. Ltd., 1955, p.46.

式，除非个人主义能算作一种模式的话。”① 这是赛珍珠对美国文化生活的一个精辟的概括性论断，具体引发赛珍珠这番感言的是她对美国家庭生活的见闻和观察。一位居住在纽约公寓里的美国老太太盼星星盼月亮，终算盼来了已年满五岁的小孙女首次征得父母同意留宿在奶奶家，陪伴老人。老人兴奋异常，遇人便提起自己的小孙女。一位华人听说此事，在替老人高兴的同时，也不由得替她心酸，这在中国传统社会是很难想象的。而另一位美国老太太却又是另一番情景。她的儿子对赛珍珠说，他倒是希望自己的母亲能像中国的奶奶那样，含饴弄孙，与他们共享天伦，但老太太自己不愿意受儿孙拖累。她喜欢旅游、音乐、出国，用她自己的话说，过她自己想过的生活。最后她的儿子不无遗憾地说，这样一来自己的儿子也就没有更多的机会去了解和亲近自己的祖母了。这位美国老太太的选择要是放在中国传统社会当中轻地来说祖孙亲情淡薄，重的恐怕是要被人戳脊梁骨的，而在美国崇尚个人主义的多元文化语境中这位祖母的做法无可厚非，也是美国社会司空见惯的现象。

总的来说，中国社会彰显亲情人伦的家庭模式——几代同堂，老幼相依，共享人伦，比起西方社会相对松散的家庭结构，和代与代之间的淡薄亲情，更得赛珍珠的青睐，也引起不少西方人士的向往。赛珍珠对自己病中母亲的照料和对年迈父亲的尽心侍奉应该说是中国家庭人伦孝道的极好体现，也不枉

① Buck, Pearl S. *My Several Worlds: A Personal Record*. London: Methuen & Co. Ltd., 1955, p.49.

她大半生浸淫其中的孝道文化。赛珍珠在回归美国后，仍以十分怀念的口吻写道：

> 中国人向来自治有方。在传统的家庭体系中，每个男人、女人、小孩都属于一个大家族。每个家族负责管理其家族成员。家族是现代民主的坚实基础，美国人很难意识到家族作为民主政府基本单位的合理性。但事实确乎如此。例如他们不需要像我们那样，把大量的钱用在设立机构上。那儿没有孤儿，失去了父母的孩子一直都由家族照顾；那儿没有疯人院，精神病患者也由家族照料。事实上，很少有人患精神病，因为家族体系使家族中每个人都有安全感，他们不会蒙受耻辱，这就消除了现代精神抑郁症的主要起因。那儿也不需要救济款，没有工作的成员自有家族供养，人们只是在大面积闹饥荒和自然灾害时，才寻求外界的帮助。即使那时，全家人也患难与共。①

家庭观念的不同体现在东西方人某些方面大相径庭的处世方式和价值认同上。赛珍珠注意到在古老的亚洲，士兵没有荣耀可言，且不说中国历代圣贤对中国人千百年来的驯化："贱兵而贵礼也……兵者，国之凶器也……故春秋曰：'善为国者不师'"，以及林林总总各方面的原因，中国人浓厚的家庭观念也是重要的原因之一。赛珍珠指出从历史上来看，在东方，年轻人当兵并不踊跃（除非在一些特定的历史时刻）。东方人

① 彼德·康：《赛珍珠传》，刘海平等译，桂林：漓江出版社，1998 年，第 134—135 页。

的态度是，除非为了家族的荣誉，真正勇敢的人会拒绝在战场上建功立业的情感诱惑，因为他们认为自己对那些依重他的家人负有经济上和情感上不可推卸的责任和义务。赛珍珠认为东方人的这种认知有时也许需要更大的勇气和牺牲。正如西方的年轻人义无反顾奔赴战场保家卫国的军人荣耀感。《青年文摘》官网上的一篇文章提到的史实起到一个互文性的作用。"第一次世界大战中，约有600万英国成年男性奔赴战场，其死亡率为12.5%，其中英国贵族的死亡率却高达20%，当时英国著名贵族学校伊顿公学的参战贵族子弟伤亡率更是高达45%。按照常理，英国贵族大多担任军官，为什么阵亡率反而远高于一般士兵呢？答案很简单，拥有高度荣誉感的英国贵族总是冲锋在前，撤退在后，而且都坚持轻伤不下火线。"① 这些数据不仅仅彰显英国贵族青年的勇气和高度的责任感，同时也从一个侧面反映了在西方文化中，无论是平民子弟还是贵族青年的那份军人荣誉感，从中也可观照东方社会截然不同的观念——士兵在东方传统文化中被看作是粗鄙的，自然不值得为这样的身份以命相搏。在任何一个东方的战场上，普通士兵的死亡率永远是最高的，那些高门子弟或被认为是社会精英阶层往往都被挡在了战场之外。赛珍珠曾提到中国抗战时期，国民党政府迁都重庆时，在那么艰难的情况下，政府仍动用大量的人力物力把几所重点学府迁往内陆，以保存那些精英学子。这一方面说明中国重视教育，对精英阶层的保护以图国家未来，同时也说明在东方的土地上绝不可能出现"参战贵族子弟阵

---

① 《被误解的贵族》青年文摘官网 http://www.myqnwz.com/bei-wu-jie-de-gui-zu/。

亡近一半的伊顿公学”，因为打仗没有荣耀可言，精英生命不应消耗在战场上。赛珍珠认为无论是中国传统社会对当兵的不待见，还是西方社会推崇的军人荣誉都有其历史的渊源和本族文化的价值观念支撑，双方都按各自文化认同的价值理念行事，虽然行为方式大相径庭，深究起来，都有其内在逻辑可寻，没有对错高下之分。

在阐释中国人家庭观念时，赛珍珠还提到了一个明显的中国特色，那就是裙带关系。赛珍珠承认，裙带关系在中国社会确实算是一个问题，它渗透了中国社会生活的方方面面，因为在中国，家族俨然是一个高度自治的社会单位，人们很自然地要为自己大家族内互相依存的成员谋求利益，这是一种责任和道义，也是一种情感诉求和依赖。一些在西方社会应该是政府的职责在中国也由家族来承担了，没有现成的国家机构来收留帮助穷困的、年老的、无助的和有残疾的成员，各个家族只能自行解决。解决的结果东西方几乎如出一辙，同是公众买单，只不过是方式方法不同而已。同样，被冠之以“帮朋友的忙”，则是一种延伸的“裙带关系”。当一个人在自己事业有成时帮上朋友一把，那么来日自己有所需时，就能心安理得地寻求那位朋友的帮助以渡难关。在一个没有太多社会性保障的社会，无论平头百姓还是位居要职者，都尽量建筑一种更稳固的家庭成员和朋友间的人脉圈。中国家庭的裙带关系使赛珍珠联想到西方社会政治生活中的类似现象，即“政治裙带关系”。“我看不出中国的家庭裙带关系与美国政治的裙带关系有何不同。相比而言，中国的裙带关系对社会的危害较小，因为每个家族仍然对其成员负有道德上的制约作用，也就是说任何一位家族成员的耻辱都被当作整个家族的耻辱来看待。”① 赛珍珠在《中国文化传统之民主因素》中强调：“在中国，家庭就是一个法律单位，每家都对其成员负责。”② 赛珍珠承认中西方的风俗习惯和宗教信仰有着这样那样的差异和各自根深蒂固的不平等、狭隘的理念，但她强调她从未发现哪些缺陷只存在于东方人，或只存在于西方人中，只不过有一些特征在某一方稍明显一些而已，没有哪一种文化能自诩高人一等。在《亲历中国》一书中她以幽默的口吻写道：“一个刁滑的中国仆人或一个奸诈的中国商人往往会令一位白人男士感到愤愤不平的同时想念起他那些诚实的同胞来。而当他在纽约或芝加哥待上一天，他那颗受伤的心又会巴巴地飞越太平洋，期望在中国人当中寻求安慰，至少他们不会摆出一副清教徒式的道貌岸然。”③

赛珍珠坚信就人性的最基本的特质而言，东西方人拥有共通的情感体验和情感诉求。她认为，首先，无论东方还是西方都是十分看重家庭，家庭是东西方社会最基本的细胞，也是个体赖以生存和发展的情感归依。2002 年美国总统乔治·布什（George Bush）访华时说：“我们中美两国拥有很多相似的东西，但是最为重要的也许就是我们都有浓重的家庭观念。”④ 我们从赛珍珠绝大多数作品中，无论是东方主题还是

---

① Buck, Pearl S. *My Several Worlds: A Personal Record*. London: Methuen & Co. Ltd., 1955, p.140.

② 赛珍珠:《中国文化传统之民主因素》，转引自郭英剑编《赛珍珠评论集》，第 530 页。

③ Buck, Pearl S. *China As I See It*. New York: The John Day Company, 1970, p.88.

④ Jespersen, T. Christopher. *American Images of China*. Stanford: Stanford University Press, 1996, p.xiii.

西方主题，无论是小说、随笔还是演讲稿，都可以体悟布什所言非虚。东西方民众都为家族的荣耀、为家人的幸福前途、为婚姻的和谐美满而认真踏实生活以及品尝各种悲欢离合所积淀的情感体验和生命感悟都是共通的。在谈到中美两国人民的一些共有的习性时，赛珍珠的语调显得轻松带着一丝调侃："我们两国人民是同样的善变；同样爱活在当下；同样爱寻找快乐；爱美食、爱奢华、爱挥霍。我们既慷慨大方又极度的精明自私；我们爱吹牛说大话，对真相采取无视的态度，我们极爱幽默笑话，在情感上又同样的见异思迁。只不过在美国由于我们内心的宗教'责任'感令我们遮遮掩掩，而在中国已是一种考量人性后的社会认同。"① 而对东西方人民一些共同的审美爱好赛珍珠也深有体会，在亚洲的岁月里想必她对东方人的追求美白是记忆犹新。中国有句俗话说"一白遮百丑！"因此回美国后她感叹道："在美国我也发现了人们对白色的追求：肤色较黑的黑人小伙子，想找一个肤色浅一些的姑娘结婚，白人先生们也自然想娶一位金发碧眼的白人姑娘。前几天，一个朋友解释说，喜爱太阳的灿烂，惧怕长夜和黑暗，是人类共同的天性。"② 赛珍珠曾经不无感慨，东西方人的相同之处远比他们自以为的要多得多。S. J.沃尔夫（S. J. Woolf）在《纽约时报》上撰文强调并认同赛珍珠的这一观点："撇开民族性不谈，人类不同成员在类似的情形下大都会做出类似的行为。不同种族之间

---

① Buck, Pearl S. *China As I See It*. New York: The John Day Company, 1970, p.77.

② 赛珍珠:《我的中国世界》，尚营林等译，长沙：湖南文艺出版社，1991年，第24页。

的差异并非许多人以为的那样大。在欧美人眼里，中国人迥异于欧美人。但是，任何在中国生活过并了解中国人的人都会意识到，除了一些表面的差异，中国人与西方人的差别并不大。”①

在赛珍珠看来，东西方文化的交流融合不存在不可逾越的障碍，因为东方人和西方人有着人类共通的情感，有着对是非善恶共通的体验，不同的只是看问题的角度和处理问题的方式。正因为东西方文化间存在的共通性和差异性，才使东西方之间的交流互鉴有其基础更有其必要性。赛珍珠意识到中西方文化之间极大的互补性，中国文化辉煌的艺术、哲学道德成就、完善的社会伦理体系和成熟的传统家族机制等，西方的科学技术，民主自由的精神及理性哲学等都值得彼此借鉴，互补长短。赛珍珠由衷地体认到“东方人、西方人，我们彼此需要”②，中西文化的双重身份和独特的双焦透视使其既能入得其中，又能超然其外，以更独到和前瞻的眼光体认到中西文化融合共生的可能性和必要性。

第三节　美人之美：文化交往的智慧与气度

脚踏中西两大文明的赛珍珠亲身经历并见证了世界上不同文化千差万别的个性和价值，坚信人类社会的任何一种文化都

---

① Woolf, S. J. “Pearl Buck Finds That East and West Do Meet.” *The New York Times*, Nov. 20, 1938.

② Buck, Pearl S. *East and West*, Asia and the Americas, 1943 (6), pp.328-329.

是以其特有的方式表现其特定的生产方式、生活习俗、思维方式、历史承载，体现着人类的智慧、良知和价值，都是值得全人类尊重、借鉴和珍视的。因此不同文化间的交流互鉴，取长补短，共同发展乃是人类各大文明之间应有的共识和智慧。“美人之美”，在赛珍珠看来，首先是承认并理解他文化亦有其不可取代的价值，是值得本族文化借鉴和尊重的；其次是如何以一种平等尊重和宽容的态度对待显然不同于自身文化价值标准的他文化，避免“我族文化至上”的文化沙文主义心态，以一种理性智慧汲取他文化之美，丰润和强健自身文化；再次是一种文化能否以平等、尊重、宽容的心态善待他文化也标示着自身文化能否持续健康发展。“美人之美”彰显着一种文化的气度和智慧，是人类各大文明和谐共存、共谋发展的不二法则，这在赛珍珠的跨文化创作中得到了淋漓尽致的展示和不遗余力的倡导。

《东风·西风》是赛珍珠的第一部小说,也是揭示赛珍珠跨文化交流理念的重要作品。该小说分为上下两部分，上篇主要讲述的是一对中国小夫妻的故事。故事场景虽取于中国，主要人物也多是中国人，却置于中西方文化的交流冲突与融合这一时代主流语境中。妻子名叫杨桂兰，是一位传统的大家闺秀，琴棋书画、德言容工样样不俗，但深受中国传统文化浸淫的她认为三从四德、相夫教子便是女性天定的命数，母亲一贯的耳提面命便是“女人在男人面前应该像花一样悄然无声”，“你要顺从，就像花儿顺从阳光和雨露那样”。① 桂兰谨记母亲

① 赛珍珠:《东风·西风》，钱青等译，桂林：漓江出版社，1998 年，第 390 页、第 392 页。

教诲，恪守妇道，要做个低眉顺眼侍奉丈夫公婆的贤惠妻子。而丈夫孔先生是一位留洋达 12 年之久的海归医生，深受“西风”吹拂的他无论从行为规范、思维模式和价值理念上都已很大程度地西化了，他渴望的是一位从精神和灵魂上与他平等对话的妻子，真正的灵魂伴侣，而非一个仅仅生儿育女的妻子，这种新旧文化、东西文化的矛盾与冲突由此而生，并贯穿全书的细枝末节，折射出赛珍珠对跨文化交流沟通一贯秉持的态度。书中桂兰的丈夫孔医生是赛珍珠着力刻画的一个人物，在他身上赛珍珠寄予了厚望，是她自身跨文化理念的一个理想化人物。孔医生留学美国 12 年，他对待西方文化的态度是不卑不亢，他尊重、敬佩西方文明中一切优秀的成果，比如西方的科学技术和发明创造以及医疗卫生等。这从他对妻子桂兰的科普教育中可得知。桂兰不无自豪地说道：“他（我丈夫）所说的一切都是那么新颖有趣，我对那些外国人的事儿百听不厌，尤其是他们的那些了不起的发明创造：一转龙头就有热水或冷水流出来，看不见燃料却有火的炉子——它们被称作自来水和自来火。听着那些精彩的故事，那些在海上、天空、水底开动的机器和许多许多的奇妙故事，我简直惊呆了。”① 其实，这一段话能从桂兰口中说出已实属不易，须知桂兰来自一个相当保守的传统家庭，对外部世界，尤其是西洋的东西有着本能的抵触和反感，因为桂兰一开始总按自己的文化标准和思维定式去解读外来文化，包括她留洋归来的丈夫，因此桂兰与西化新派丈夫之间的矛盾冲突就不可避免了。在这一对夫妻的矛盾

---

① 赛珍珠:《东风 · 西风》，钱青等译，桂林：漓江出版社，1998 年，第 433 页。

中，赛珍珠没有简单地设定为“东风压倒西风”或是“西风压倒东风”。在这对小夫妻身上赛珍珠注入了自己对东西文化交流融合的思考，如何抛弃自身的偏见，以尊重宽容的心态看待彼此文化的理念和习俗。不论是一对夫妻间的中西文化碰撞，还是不同民族间的文化交往冲突，都会产生彼此相生相长的结果，这便是赛珍珠在《东风·西风》上部呈现出来的文化观念。因此桂兰上述这番言论说明丈夫孔先生已成功地打开了妻子原本闭锁的内心世界，让她慢慢有一种更开阔的心胸和眼界来看待西方文明。在丈夫的启迪下，桂兰开始自我反省并认识到天外有天，“我从来不知道除了我们中国还有别的文明古国存在。原来，外国人也有他们的历史和文化，不完全是野蛮人”①。她还向她家的用人宣传说：“你知道吗？世界是圆的，而且，我们伟大的国家并不在地球的中央，只不过是地球表面上的一片水土，和别的国家一样。”②

孔医生对西方文化中的一些优良传统、价值理念和习俗等在他回国后也奉行不怠，比如良好的卫生习惯和对女性的尊重等。身为他的妻子桂兰深有体会，譬如不随地吐痰，并督促家人及周围的人养成良好卫生习惯，更为重要的是他待她如一个平等的人，一个有着完整人格的人，而不是丈夫的附庸，这开启了桂兰新的人生。孔医生对自己妻子人生的再塑造是赛珍珠在书中最浓墨重彩的着力点，反映了东西方文化的激烈交锋。

① 赛珍珠:《东风·西风》，钱青等译，桂林：漓江出版社，1998年，第432页。

② 赛珍珠:《东风·西风》，钱青等译，桂林：漓江出版社，1998年，第433页。

大家闺秀桂兰小姐这辈子的愿望就是侍奉好丈夫，她所受的一切教育，包括琴棋书画、德言容工等皆为取悦丈夫，丈夫是她婚姻生活的主宰，是她名正言顺的主人。因此当洞房花烛之夜她受过西洋教育的丈夫用磁性深沉的声音对她说出下面一番话时，在她听来不啻是五雷轰顶般的震撼。

> 我想你不会马上就喜欢我，你是第一次见到我，而我也是第一次见到你。我们都是被迫结婚的。以前，我们对这桩婚事无能为力。可现在就我们两个在这儿，我们可以按照自己的愿望创造生活。就我本人来说，我愿按新方式生活。我将平等地待你。我不会强迫你做任何事情。你不是我的附属品，不是我的奴隶。你要是愿意，我们可以做朋友。①

桂兰对此的第一反应是“我和他平等？为什么？我不是他的妻子吗?”第二个反应是“这是父母之命，没人强迫啊。”第三个反应更要命“他不要我了！”当丈夫睡到隔壁的小房间后，她冲动地想跑回娘家，可她深知娘家的深宅大门今夜绝不会为她打开，这不仅关系到桂兰小姐的名节，更关系到整个望族的脸面啊，于是新娘桂兰小姐在孤寂的洞房哭泣到天亮。深受西洋文化熏陶的孔先生有着对婚姻灵肉相融的美好展望和最基本的情感与道德坚守，但孔医生并不仗恃自身西洋文化的背景而对闺阁中的妻子颐指气使，就像笔者前文提及的赛珍珠《发妻》中的李元，自以为站在道德和时代新风的制高点上，

---

① 赛珍珠：《东风 · 西风》，钱青等译，桂林：漓江出版社，1998 年，第 405 页。

把自己的发妻逼上了绝路。孔先生努力与妻子沟通，充分理解和尊重妻子，增强彼此的了解。这在桂兰“放脚”一事中体现得尤为明显。文中有几处细腻的描述：

屋子里静悄悄地，一点声音也没有……我丈夫合上书，关切地看着我。

“桂兰。”他开口道。

我的心跳了一下，这是他第一次呼我的名字。他要对我说什么呢？我胆怯地抬眼望着他，他继续说道：

“打结婚那天起，我就一直想问问你，是不是把裹着的脚松开，裹脚对你的全身都有害无益。不信你自己看看，你的骨头就像这样。”

他拿起一支铅笔在书上飞快地勾勒出一只可怕的、缠过的小脚……

“你怎么知道的?”我几乎透不过气来地问他。

“因为我学过西医啊，”他回答，“我想让你放脚，小脚一点儿也不美，也不再时髦了。不知你同意不?”他微笑着，并无恶意地看着我。

……

“桂兰，”他认真地说，“我知道你为了我这么做多么不容易，让我来全力帮助你。我是你丈夫。”

我一句话也没说就让步了。他握起我的一只脚，轻轻地脱去鞋袜，把里面的裹脚布松开。他的表情即严肃又心疼。

“你吃苦了!”他声音低沉，充满温柔地说，“你的童年太不幸了——而且这些痛苦毫无必要!”

……

他把我的脚在水里浸泡之后，用绷带松松地裹起来。难以忍受的疼痛又重新开始了。实际上，放足与裹足差不多一样疼。裹习惯了的脚慢慢展开一点，血液重新开始循环了……

"我们俩一起忍受，桂兰，"他对我说，"见你受这么大的苦，我心里也很难过。想想吧，这不仅仅是为我们自己，同时也是为了其他的人——是对旧的害人的传统习惯的抗议！"①

深受西方现代医学熏陶的孔医生对东方裹脚之陋习较之常人有着更深的认知，但面对妻子的小脚他不是一味地鄙弃，而是凭借自身的西方医学知识，对妻子动之以情，晓之以理，使桂兰克服心理障碍，自觉自愿地放开了那双她往昔珍视无比的小脚，放开小脚的同时，也解放了禁锢的心灵和思想，开始体验到一种新的生命自由，向往着能在精神和思想上与丈夫琴瑟和谐，鸾凤和鸣。

孔医生身上还有一点令人印象深刻的是鲜有留洋人士的通病——一旦留了洋，似乎"西方的月亮看起来都比东方的圆"——他总是理性平和地看待东西方的文化，他认为东西方文化之间有很多彼此可以借鉴的地方。我们可以从他们夫妻间的对话看出，桂兰说道："我还以为他们（洋人）是到我们国家来学习文明的呢。我母亲就是这么说的。"孔医生应道：

---

① 赛珍珠：《东风·西风》，钱青等译，桂林：漓江出版社，1998年，第414页、第430页。

“实际上，他们还以为他们到我们这儿来是传播文明呢。是的，他们应该向我们学很多东西。可他们认识不到这一点，就像你看不到我们可以向他们学到很多东西一样。”① 书中还有一位同样有着留洋背景的人物——刘太太，毕业于西方一所女子大学，赛珍珠对她的着墨不多，但她每次出场都是令人觉得神清气爽，赛珍珠借她之口告诉桂兰说：“尽量学习洋人的好东西，但抛弃那些不适合的东西。”赛珍珠在孔医生和刘太太身上诠释了自己跨文化交流所秉持的一大理念，即以平等尊重的心态去看待彼此的文化和文明，才会有真正意义上的交流互鉴，相辅相长。在孔医生和刘太太身上，我们可以看出，东西两种文明很好地融合到了他们的精神气质里，使他们更有眼光和智慧把握自己的人生。这才是不同文化交往的理想状态和理想范式。

而在《东风·西风》的下篇，赛珍珠讲述了桂兰留洋的哥哥与家庭之间不可调和的矛盾所导致的激烈冲突。桂兰的哥哥娶了西洋女子玛丽，遭到了双亲的激烈反对，他们拒绝承认玛丽为他们合法的儿媳妇。桂兰的哥哥杨大少爷一怒之下，断绝了跟父母的关系，最后导致母亲抑郁亡故，亲情崩裂，爱亲不再。在这出家庭悲剧中，冲突的缘由显然是东西文化不同价值观念的激烈碰撞所致，双方固执己见，互不相让。在赛珍珠的笔下，桂兰的父母是冥顽不化的守旧派，他们是“华夏中心论”（Sino-centralism）的绝对拥趸，排斥一切西洋的东西，更遑论一个西洋儿媳了。他们无论如何也不会允许他们杨家的

① 赛珍珠:《东风·西风》，钱青等译，桂林：漓江出版社，1998 年，第 432—433 页。

子嗣由一个来自“蛮夷”种族的女人去繁衍。老太太扬言“死也不要那个外国女人当她的儿媳妇”①。无独有偶，赛珍珠另一本有关异族通婚的小说《匿花》（*The Hidden Flower*）中，肯尼迪太太抵死不同意自己驻防日本的儿子，美军少尉艾伦·肯尼迪娶日本的酒井小姐为妻，并写给东京的上校夫人恳请其从中斡旋把她儿子调防欧洲，② 而当她得知小两口已在日本结了婚时，这位夫人咬牙切齿道：“他们不能结婚……本州的法律禁止白人和有色人种通婚。”③ 在这位母亲“白人至上”血统论的横加干涉下，这对年轻夫妻最终也只得劳燕分飞，上演了一幕西土地上的“孔雀东南飞”。而在杨家，当杨老爷得知他儿子的洋媳妇怀孕后给儿子修书一封，凌厉告诫他：“洋人不得加入我们的家族，她血管里流着异族的血。她的心为异族效忠，她怀的孩子不能成为我们汉人之子。血缘混杂，心就不能坚定专一。洋人的儿子不能进入祖宗祠堂，洋人怎能跪在列祖列宗神圣的牌位面前呢？只有先人的后代，血统纯正的后代才有资格跪在祖宗面前。”④ 并遣人扔给儿子一袋银钱，冷酷地要求儿子把怀孕的西洋女人打发掉，回家迎娶家里早已替他聘下的李家小姐，并声称他与西洋女人的轻狂之事已是全城皆知的一桩丑闻，令全族蒙羞。面对此种不顾亲情的羞辱和残忍，愤怒至极的杨家大少爷怒吼道：“滚！把他的臭钱拿回

---

① 赛珍珠：《东风·西风》，钱青等译，桂林：漓江出版社，1998年，第489页。

② Buck, Pearl S. *The Hidden Flower*. New York: Pocket Books, 1975, p.130.

③ Buck, Pearl S. *The Hidden Flower*. New York: Pocket Books, 1975, p.150.

④ 赛珍珠：《东风·西风》，钱青等译，桂林：漓江出版社，1998年，第518页。

去！从今天起我没有父亲了。我不姓杨了，我不要这个家族！把我的名字从家谱上划掉好了！我和妻子决不回头！我们会像外国青年那样自由自在，我们要有一个新的种族，摆脱这古旧、可憎、强加于我们灵魂的枷锁。”①

综观这起家庭悲剧，父母的冥顽不化是一方面，而杨大公子本身也有着不可推卸的责任。留洋归来的杨公子，不仅是外表发生了令人瞩目的变化，他的妹妹桂兰发现他许多地方都已经洋化了，往日清秀谦和的翩翩公子现在高昂着头，一脸的严肃持重，连眼神都变了，他的眼睛不再低垂，而是咄咄逼人地直视着每个听他讲话的人，坐相也受到洋人的影响，坐着时总是跷着二郎腿，也许桂兰看不到的是他整个观念的西化和对中国传统文化的鄙弃。少时也深受孔孟之道驯化的他沐浴了几年的“西风”后，对古老中国的千年传统礼俗也不那么上心了，一回家就把自己置于父母的对立面上。按理说，他应该对自己娶西洋女子一事对自己传统守旧的双亲产生的冲击有一个清醒的认识和充分的心理准备，而不应一回家就违母命，在母亲要求先单独见见他这个多年未见的儿子时，不顾母亲情感上的诉求，未经同意就贸然带着自己的西洋妻子闯了进去，他的这一举动在已接受西方文明洗礼的妹妹桂兰看来也显得唐突。“哥哥不选择单独进去的决定在一瞬间中止了母亲对他的喜爱和她渴望见见儿子的天然感情，但当时我仍止不住心中的惊异。”② 在桂兰的母亲杨老夫人看来，留了洋的儿子对母亲最起码的尊重都不顾，似乎把他的西洋妻子看得比父母更重要。《孝经》有

① 赛珍珠:《东风·西风》，钱青等译，桂林：漓江出版社，1998 年，第 519 页。
② 赛珍珠:《东风·西风》，钱青等译，桂林：漓江出版社，1998 年，第 483 页。

云："故不爱其亲而爱他人者，谓之悖德。不敬其亲而敬他人者，谓之悖礼。"因此，对未经同意而擅自闯入的儿子的西洋妻子更是不待见，嫌隙无以消释，彼此间针锋相对，互不宽容相让。受了西洋教育的儿子认定父母的思想僵化落后，传统文化中满是"古旧、可憎"的糟粕，父母则以为其与外族女子结婚是大逆不道，有辱门楣。西洋新文化与中国传统旧式文化激烈交锋，缺失真正意义上的交流和沟通，终酿成难以弥合之裂痕，导致母亡子决裂的家庭悲剧。

赛珍珠把以上这两个家庭故事并置其目的是显而易见的，有比较才有鉴别。孔医生和杨家公子同为海归人士，他们的身上带有浓厚的西方文化烙印，他们与中国传统文化的碰撞中，却有着两种截然不同的命运。赛珍珠在他们的悲喜剧中揭示了她毕生倡导的异质文化交流互鉴的一大原则，放弃我族文化中心论，不以自身文化的价值标准去衡量他文化，而以平等尊重宽容的心态去对待异族文化和不同种族的人民，以平和理性的眼光去看待和欣赏各族文化的价值所在，以智慧和气度去"美人之美"，才能取得"真经"，才有真正意义上的异质文化的交流互鉴，东西方文化的和合相生才真正有望。赛珍珠并不排斥，也不惧怕文化的冲突，在她看来异质文化有冲突才有生机和融合相生，她的这一理念很好地体现在对杨家大少爷与她西洋妻子所孕育的新生儿的祝福上。

> 对他们的孩子，我有两种猜测。他会独创自己的天地，他即不是纯粹的东方人，也不是纯粹的西方人，没人会理解他，他会被两个世界所抛弃。但我想，如果他吸取

了父母的精华，他一定会理解两个世界，会更强壮，更聪明。①

赛珍珠同时体认到一种文化能否以平等、尊重、宽容的心态善待他文化也标示着其自身文化能否持续健康发展，因此她对美国文化中普遍存在的对外族的冷漠以及对与他文化交流缺乏热情忧心忡忡。“今天，在我称心如意的居民区生活了二十年以后，我不得不说，我仍未发现任何一位普通美国人对亚洲人的生活方式有一丁点兴趣……倘若美国不是处在其历史紧要关头，那么美国人对其他民族有无兴趣都无所谓，也许只不过他们不能得到精神上的充分享受罢了。然而，由于我们不知道，也不理解其他民族，特别是亚洲民族，灾难性的后果已经产生了……然而，我又怀疑，我们的人民能否在十年，甚至经过一代人的努力后改变那种对其他民族惯有的漠不关心的态度，毕竟，人的秉性难移。”② 赛珍珠的这番言论确实道出了美国民族文化中最典型的一个特征——“我族中心”以及个体的“自我中心”。美国是典型的个人主义国家，强调“个人主义”（individualism），注重个体价值的社会，民众对与己无关的事鲜有热情，因此缺乏对外族的好奇心和关注度也算是情理之中的事。赛珍珠一方面寄希望美国人能改变民族文化中对外族根深蒂固的冷漠，另一方面又觉得美国人秉性难移，怕是很难在这一方面有所长进。她的忧虑倒不乏先见之明，且看风

① 赛珍珠:《东风·西风》，钱青等译，桂林：漓江出版社，1998 年，第 522 页。

② 赛珍珠:《我的中国世界》，尚营林等译，长沙：湖南文艺出版社，1991 年，第 102—103 页。

凰博报总监、美国国务院国际访问者王冲先生在《差距》中引用的以色列驻华外交官艾思卡对美国人的看法："美国人喜欢和你聊天，喜欢问你做什么工作，不过，你可千万别当真，他们只是问问而已，你回答什么，他根本不关心。"① 这番耐人寻味的话对美国式的傲慢冷漠刻画得入木三分，表面虚浮的热情仅为客套，而傲慢才是浸髓入骨的。书中有一句对美国人傲慢无知的经典评价："美国人对世界的无知是'地球人都知道的事情'。在美国人眼里，美国就是世界。"② 世界都得围着美国转，美国人还需要看世界吗？美国人"老子天下第一"（Second to None）的心态依然左右其对外政策的制定和对外事务的运作模式和理念上。作为当今世界唯一的超级大国，在这个全球化时代波谲云诡的国际局势下，这种心态的危害性尤其凸现出来。赛珍珠在当时就一针见血地指出，文化上的唯我独尊到头来危及的是自身文化的生存与发展。当时美国的有识之士就指出倘若美国在制定外交政策时，多听听赛氏的意见和建议，美国将少走多少的弯路。纵观美国此后在远东的太平洋战争、朝鲜战争和越南战争以及一系列的远东事务中，由于对东方文化和东方民族的傲慢无知所遭受的历史后果，也无须笔者在此赘言。

赛珍珠在那个东西方文化交流凝滞的时代，以开阔的国际视野和前瞻的眼光，举毕生之力，呼吁倡导东西方文化抛弃彼此间的傲慢与偏见，加强交流沟通，增进理解，在平等、尊重、宽容的基础上立己立人、达己达人。赛珍珠在其自传中声

① 王冲：《差距》，北京：东方出版社，2013年，第97页。
② 王冲：《差距》，北京：东方出版社，2013年，第96页。

称："文明意味着一种普遍的人道主义，其最终成果应该是和平。"① 和平首先是建立在良好的交流沟通之上的。没有各种族、文化之间的平等、尊重、宽容，鲜谈和平，没了和平，文明亦不复存焉。因此平等、尊重、宽容应是全球化语境下，人类各族文化奉行不悖的交往原则和应有的智慧和文化气度，是多元文化得以和合共生的基础。

第四节　和而不同：共构"人类命运共同体"

"和而不同"的和合理念是中国传统文化的精髓和核心价值。孔子有名言："礼之用，和为贵。"(《论语·学而》)"君子和而不同，小人同而不和。"(《论语·子路》)《中庸》亦道："和也者，天下之达道也。"《周易》说："保合太和，乃利贞。"《国语·郑语》中郑史伯提出："和实生物，同则不继。"著名汉学家安乐哲在其《和而不同：中西哲学的会通》一书中这样理解中国的"和"文化："在《论语》中，'和'的这种意义被赞美为一种最高的文化成就。在此，根据每一个个体对于所在的整个脉络的恰当的贡献来界定'和'的意义，就将'和'与单纯的一致（agreement）区别开来。"② 中国先哲们认为

① 赛珍珠:《我的中国世界》，尚营林等译，长沙：湖南文艺出版社，1991年，第420页。

② 安乐哲:《和而不同：中西哲学会通》，温海明等译，北京：北京大学出版社，2009年，第374页。

“和”是事物的源头活水，是形成世间万事万物的本体，也是一切事物存在、生存和发展的一种最佳状态①。“和”是在承认事物千差万别的多样性和差异性的前提下，把有着千丝万缕联系的异质异形的事物统一于一个相互依存的和合体中，“以他平他”（《国语·郑语》），彼此相克相生，相济相成，世界才能多姿多彩，万物才能生生不已。“以同裨同”（《国语·郑语》），同一事物毫无差异的简单累加，近亲繁殖，泯灭了事物的个性和差异，无疑会阻隔不同事物间取长补短，优势互补，从而扼杀世间万物的生机和活力，世界也将会一派荒芜和死寂。中国文化的“和合”揭示了天地万物生长的本质和生命力之所在，以及天地万物之间关系的融突和合联系，开出了有异于西方神创思维的独特的思维方式、价值观念、心理结构、审美情趣，以及处理人与自然、社会、人际、心灵、文明间关系的独特的方式方法。②

赛珍珠对中国传统文化的和合理念有着极为深刻的认识，她指出：“‘和’（harmony）是中国文明的关键词。”③ 赛珍珠把中国文化中“和而不同”的认识扩大到了中西文化的和合共生上来。在赛珍珠看来，中西文化都是人类文化中的“一元”，都有其不可替代的个性和价值，只有各种异质文化的和而生生，合而生生，才有人类文明生生不息的旺盛生命力。她

---

① 中国叶圣陶研究会编：《和合文化传统与现代化》，北京：人民教育出版社，2006 年，第 28 页。

② 张立文：《和合学概论——21 世纪文化战略构想》，北京：北京师范大学出版社，1996 年，第 4 页、第 75 页。

③ Buck, Pearl S. *China Past and Present*. New York: The John Day Company, 1972, p.69.

对人类各族文化之美的思考沉淀在其《中国之美》(*Beauty in China*, 1924) 一文中。她在该文中首先与我们分享了东西方那迥异却同样令人心醉的自然美景，以及四季轮回，人和天、地和谐与共的“和”之美。

> 我先前一直生活在中国，那儿一片宁静，风景如画，自有其独特的可爱之处：清瘦的翠竹摇曳生姿，荷塘倒映出庙宇翘起的飞檐，大地一片郁郁葱葱。亚热带明媚的阳光和繁星密布的夜空，又使它显得千般的娇、万般的柔。夏去秋来，金菊盛开，但转眼又是萧瑟西风，黄花憔悴，一片苍凉。有道是：残秋不堪忍，蓄芳待来春。①

有别于彰显东方神韵的雕梁画栋、碧瓦朱甍和水墨画似的清逸自然景致，以及四季轮回催发的那一分伤春悲秋的情怀，赛珍珠笔下英国原野夏末的那一抹淡紫和灰黄令人忘却尘世的喧嚣，沉醉于英格兰大地那静谧的良田、灰色的石房、袅袅的炊烟营造出的那一片安逸的天地中。而美国秋林的美令赛珍珠狂喜不已，美得她难以言表，那是一个缤纷斑斓的世界，有着令人难以置信的粗犷、艳丽，充满着野性的活力。

> 黝黑的峭壁下，一棵参天大树拔地而起，一株火红的藤蔓攀缘而上，俨然一位精神抖擞的哨兵……枫林中曲径通幽，犹如通往天国黄金大街的小路。漫步而去，头顶上枝丫交错，橙黄、粉红、猩红、深褐、淡黄……色彩纷呈。林中徜徉，仿佛踱在一块鲜艳的地毯上，这是北京地

① 赛珍珠：《我的中国世界》，尚营林等译，长沙：湖南文艺出版社，1991年，第181页。

毯也没有的鲜艳，是尽帝王之财力也难以买到的色泽。①

然后她笔锋一转，来到了位于白雪皑皑的阿尔卑斯山脉的瑞士，这个风光旖旎的小国有着赛珍珠许多温暖而美好的记忆，她细腻的描摹着她自然精致的独特之美：“在那块面积不大的土地上，梨树要小心的靠墙栽种，葡萄藤要认真修剪，不让它疯长，结出的串串果实也要仔细地数来数去。那儿的一切小巧整齐，自有其独特的美。”赛珍珠对同样地域极小的日本之美的发现也别有洞天：“日本人家家都有花园，如果命运不肯赏赐给一个穷人一平方英尺土地的话，他也会花一点钱，买上一大盘土，几个小时辛苦而又欢愉的劳动之后，他便逐渐有了一个微型花园：假山、凉亭、一汪清水。几片青苔，权作草坪；一些小草，充作树木；再把羊齿植物塞入石缝中，便有了一片灌木丛。”②

赛珍珠以曼妙的笔致和通透的心灵去描摹世界各处的自然景物，它们共享天地间的芳华雨露，以迥异的丰姿矗立于天地之间，勾勒出人千世界的缤纷多姿，生生不息。虽然描述的是自然景观，倘若先不说出何处的景致，读者也能猜个八九不离十吧，明显的地域特色和民族风情，凸现出东西方文化的个性和民族特质。“一方水土养一方人，一方人养一方水土。”(Land and people anywhere shape each other.)③ 这是有着多元

---

① 赛珍珠：《我的中国世界》，尚营林等译，长沙：湖南文艺出版社，1991年，第182—183页。

② Buck, Pearl S. *My Several Worlds: A Personal Record*. London: Methuen & Co. Ltd., 1955, p.192.

③ Buck, Pearl S. *China As I See It*. New York: The John Day Company, 1970, p.1.

文化背景、游历广泛的赛珍珠的切身体悟。大千世界不同的地域滋养着不同的人类文明，就像自然的精彩纷呈，人类的文明也呈现出多姿多彩的特质和纷繁复杂的文化个性，没有哪一种单一的文明能包容天地万物滋养的各色文明，就像天地间万物的同生共长，人类的文明也应是一个异质共存的生态有机体，只有在一个相互依存、互利互惠的文化大家园里才有人类文明的亘古绵延和繁荣昌盛。

不同地域景观之美是直观的，而各族文化之真正价值却不并存于事物的表面，它有待于一双慧眼和一颗真诚的心去发现。赛珍珠在文中引领我们去品味一种文化美之真谛和民族文化魂魄之所在。她来到了法国，找到了法国之美。

> 我不是在卢浮宫，而是在一位法国老妇人身上发现了法国。她身穿蓝色长裙，头戴白色纱巾，跪在叮咚作响的小溪旁槌洗衣服。这是一位多么任劳任怨、尽心尽职的老人啊。突然，她抬起头冲我笑了，那极富感染力的笑意中透着永恒的幽默和风情，布满皱纹的脸上一双灵动的眼眸，永载着年轻和生命的活力。①

那种质朴的浪漫在一位丹麦农民的身上更是得到淋漓尽致的发挥，赛珍珠引领我们走进了丹麦宁静富饶的乡村，见证了一位丹麦农民蕴涵在其朴拙的画作中的浪漫情怀和对世间生灵的悲悯情怀，那份人性的温暖和美令人感怀不已。

> 一个阳光灿烂的下午，我遇见一位农民在自家谷仓里

---

① Buck, Pearl S. *My Several Worlds: A Personal Record*. London: Methuen & Co. Ltd., 1955, p.191.

忙着作画，他既没有画在木制品上，也没有画在地板上，而是把画作在白石灰粉刷过的墙上，画中画的是绿树、田野和静静的湖水，画面颇为栩栩如生。当我问他为什么不画在画布上，而要把画作在谷仓的墙上时，他回答道："这是为我的奶牛画的，夫人。——冬天太长，它们喜欢看这些画，想一想夏天。我画画是让它们开心的。"①

她同样在中国的普通劳动者身上发现了东方古国的风情与活力："我想起了中国农妇。她们拎着衣服去村外水塘浆洗，一边用木槌捶打着放在一块平滑石头上的衣裳，一边说说笑笑……我完全相信她们一起说说笑笑地干活比我那位（用一大堆家电干活的）美国邻居开心多了。"② 在赛珍珠笔下一个民族的文化并不仅仅是一堆抽象的概念，而是充满鲜活的生命气息，她在普通民众的日常劳作中领略到一种文化的精神气质和民族特色。法国老妪身上令人沉醉的质璞而又浪漫的气息、东方女性天然去雕饰的随风而逝的爽朗笑声、丹麦农民幽默浪漫充满爱心的奶牛福利壁画协奏出一曲人类文明的交响曲，令人品味着不同文化的韵味和活力。赛珍珠的探寻之旅并未就此结束，她站在了东方的庐山之巅，极目远眺，思绪万千，思索着古老中国美之真谛。

几天前，我站在江西的庐山之巅，放眼百里大好河山。阳光下，溪水波光潋滟；长江悠悠，蜿蜒入海，恰似

---

① Buck, Pearl S. *My Several Worlds: A Personal Record*. London: Methuen & Co. Ltd., 1955, p.390.

② 赛珍珠:《我的中国世界》，尚营林等译，长沙：湖南文艺出版社，1991年，第59页。

> 一条黄色大通衢。绿树成荫，村舍掩映；块块稻田，绿如碧玉，犹如字谜拼图般整齐划一。山河美丽、岁月静好。①

但是山河风光无限好掩盖不了当时中国社会现实的窘迫，那是另一番黯淡灰浊的景色：到处拥挤不堪，又脏又乱，疾病滋生，民情堪忧。在如此反差强烈的对比中，赛珍珠是如何看待这个文明古国的？赛珍珠坚信这个古老帝国的美不在其颓废的表象。“这个古老的国家，几个世纪以来，一直保守内敛，无精打采，从不在乎其他的国家对它的看法，但正是在这个古老的国度，我发现了世上罕见的美。”② 在赛珍珠看来中国的美就是岁月沉淀下来的亘古不朽的东西——精美绝伦的工艺古玩、无与伦比的稀世书画、雕梁画栋的深宅大院、飞檐翘角的亭台楼阁，它们承载着中华文明崇高的思想，体现了历代精神贵族不懈的艺术追求。如果你有一双慧眼，一颗平和虔诚的心，那么与这种古老典雅的文明熏陶出的智慧长者来一次精神交游将是何等惬意的事。

> 临街高墙深苍，气势森严。但如果你恰有这院门的钥匙，你或许可以迈进这古朴典雅的庭院。院内，古老的方砖铺地，几百年的脚踏足踩，砖面已被磨损了许多。一株盘根错节的松柏，一池金鱼，一方雕花石凳，石凳上坐着一位鹤发长者，一袭米色丝绸长袍，面容沉稳，气宇轩昂，

① Buck, Pearl S. *My Several Worlds: A Personal Record.* London: Methuen & Co. Ltd., 1955, p.194.

② Buck, Pearl S. *My Several Worlds: A Personal Record.* London: Methuen & Co. Ltd., 1955, p.195.

犹如一位得道高僧。在他那苍白干瘦的手里，是一支顶端包银的长长抛光黑木烟袋。倘若你们有交情的话，他便会立马起身，向你施以躬礼，并礼数周全地陪你到客堂就座。宾主二人落座在高大的雕花楠木椅上，共品香茗。挂在墙上的丝绸卷轴古画让你赞叹不已，空中那雕梁画栋，又诱你神游太虚。美，到处是美，古色古香，含蓄幽雅。①

此情此景不禁使人心生艳羡，设想宾主是一对知己，那将会有一番何等灵魂交融、宾主尽欢的畅谈；又设想探寻者是一位远道而来的异域客人，即便双方言语不通，置身于如此古朴典雅、气韵绕梁的异国风情中，受着主人如此温润有礼的款待，也会是一番至美的精神体验吧。美流露于赛珍珠的笔端，倾诉着她对人类各色文明所呈现的与众不同的特质和价值的肯定和礼赞。“我又一次陷入了对美的冥想之中。寻找世界万物的可爱之处，思考各个民族的天性是怎样以不同的美的方式自然流露出来的，这一直是我引以为乐的事情。”②

赛珍珠的洞见不仅仅停留在对各族文化美之欣赏和推崇上，更体现在她对各族文化传统独特之美的保护和继承的思考上。当时身处内忧外患的中国，赛珍珠强烈感受到中国之美经受着严峻的考验，因此在盛赞中国古典美的同时，发出了忧心忡忡的叩问：“中国的古典美谁来继承?”③ 赛珍珠的担忧有着

---

① Buck, Pearl S. *My Several Worlds: A Personal Record*. London: Methuen & Co. Ltd., 1955, pp.195-196.

② 赛珍珠:《我的中国世界》，尚营林等译，长沙：湖南文艺出版社，1991年，第183页。

③ Buck, Pearl S. *My Several Worlds: A Personal Record*. London: Methuen & Co. Ltd., 1955, p.197.

几个方面的考量。一方面，赛珍珠意识到在中国追求美似乎是富贵阶层的特权，穷人们则认为那只是富人的消遣，与自己无关，大众缺乏美的教育和审美情趣的培养。因此，在与外来文化发生激烈碰撞时，就难以认清自己传统文化中那些无与伦比的艺术品，沾染上盲目崇洋的虚浮之气，而去抢购西方粗陋时髦的商品，由此赛珍珠发出痛心的责问："这个国家的许多特色之美是我们所热爱的，而现在我们却要看到这些特色一个个消失，这的确是一个伤心的问题，中国的古典美谁来继承？盲目崇洋所带来的必然堕落怎样解决？难道说随着人们对传统的抛弃，我们也必须失掉庙宇的飞檐翘角吗？"① 另一不容忽视的方面是，西方列强对中国美的掠夺和破坏，火烧圆明园更是令人发指、不可饶恕的罪孽，"英法联军"此等下作的贼寇行径永难从人类文明的耻辱柱上脱身。赛珍珠气愤地指出还有那些西方急不可耐的古玩搜集商、足迹遍及全球的冒险家和各大商行的老板不知从中国文化美的宝库中掠夺了多少稀世珍宝，而中国普通民众对古典美鉴赏力的缺失，更助长了他们的气焰和贪欲，极尽肆意掠夺之能事。五千年华夏文明在那一段满目疮痍的岁月中经受的屈辱、掠夺和破坏，令与中国人共度岁月沧桑巨变的赛珍珠有着感彻肺腑的生命体验和灵魂冲击。但赛珍珠对这个创造了如此罕见之美的民族还是充满了信心和乐观的期望。"一定会有一些人继承所有那些酷爱美的先辈，以大师的热情去追求美并把它带到较为太平的年代。"② 而当中国

① Buck, Pearl S. *My Several Worlds: A Personal Record.* London: Methuen & Co. Ltd., 1955, p.197.

② 赛珍珠:《我的中国世界》，尚营林等译，长沙：湖南文艺出版社，第189页。

普通民众接受了审美情趣的培养，懂得了美的真谛，那么一种崭新的精神将会在这块美丽的大地上传播开来，这是赛珍珠对这个她自小生活其中，并接受其哺育的文化的笃信和挚爱。她坚信这个古老的文明会在不久的将来携其非比寻常的文化影响力赢回她应有的国际地位，重新绽放中国文化的魅力和光彩，历史已回应了她不俗的眼力和先见。

接受多元文化哺养的赛珍珠领略过各色文明美之价值和精髓，深刻体悟各族文化之不可取代性。她在《我的中国世界》中发出由衷的感叹："两个世界！两个世界！彼此都不能成为对方，然而又各有千秋。"① 因此文化的多元并立，和合共生是赛珍珠智慧和情感共同指向的人类文明的和谐生态图景。但文化的"和合"并不意味着一种文化放弃自身的特质与他文化合二为一，也并不意味着一种文化独步天下，一统之"和"。"和合"是在平等、尊重、宽容的基础上求同存异、取长补短的"协调和谐，美美与共"。异质文化的和合相生常会催生强大的新的生命活力，而单一垄断的文化只会导致人类文化的整体萎缩乃至衰微。赛珍珠在《东方和西方》一文中指出，任何新生命的诞生都来自于合作共济，哪怕是生命最原始的受精和哺育。欧洲中世纪的文化复兴便是肇始于类似的文化合作。文化复兴前的中世纪欧洲尽管富足有余，却阴郁沉闷，缺乏生机和动力，缺失了勃发生命活力的文化因子，直至中世纪晚期，整个欧洲万马齐喑，面临着信仰的失落和价值符号错位的整体危机，人们在蒙昧的黑暗长夜直面生存的深渊，苦苦

---

① 赛珍珠:《我的中国世界》，尚营林等译，长沙：湖南文艺出版社，第59页。

思索和探寻欧洲文化之出路。而当时的东方文明在知识、科学、人文、社会生活的诸多领域都是远远走在世界前列的。“14世纪前，世界重要的科学成就和发明约300项，其中出自中国的约175项，占57%以上。中国的建筑技术、造船、航海、陶瓷与漆器生产等等许多工艺在当时都是世界领先。”① 东方文明在17世纪以前都是西方文明钦羡和仰视的文明参考系，是马可·波罗笔下繁华炫目的人类文明典范。

正当欧洲经历风云激荡的社会转型，遭遇文明发展的致命瓶颈时，通往东方之路的开辟为欧洲提供了发展的动力和文化参照。欧洲肥沃的土壤注入了来自东方的新智。激发出了无与伦比的活力与生机。英国哲学家弗兰西斯·培根（Francis Bacon，1561—1626）指出：“印刷术、火药、指南针三大发明的应用，改变了欧洲和世界的面貌。毋庸置疑，造纸、火药、印刷术、指南针四大发明，是古代中国对于人类的重大贡献。通过丝绸之路，通过阿拉伯人，中国的这四大发明辗转到了欧洲。文艺复兴时代就是四大发明在欧洲广泛传播和应用的时代。这种传播和应用，从根本上改变了欧洲在技术上的落后状态。”② 培根进而指出，印刷术、火药和指南针带来的“这种变化是如此之大，以致没有一个帝国，没有一个教派，没有一个赫赫有名的人物，能比这三种机械发明在人类的事业中产生

---

① 刘景华、张功耀：《欧洲文艺复兴史·科学技术卷》，刘明翰主编，北京：人民出版社，2008年，第5页。

② 刘景华、张功耀：《欧洲文艺复兴史·科学技术卷》，刘明翰主编，北京：人民出版社，2008年，第301页。

更大的力量和影响”①。而赛珍珠显然是认同这种评价的，她写道：因借东方文明对西方文明的哺育，从这个注入了东方文化新智的结合体中欧洲人的心智绽放出令后世仰止的瞩目华光。他们的想象力和创造力被充分激发出来，他们创立了崭新的艺术形式，开发了全新工艺制作、建立了新的行业并塑造了新的生活方式，这种影响渗透到社会生活的方方面面，并惠及社会的每个成员。② 这是人类历史上异质文化间一次成功的哺养与创造性吸收的范例。文艺复兴是欧洲文明史上璀璨夺目的一页，恩格斯给予了毫不吝啬的高度评价：“这是一个人类从来未经历过的最伟大的、进步的变革，是一个需要巨人而且产生巨人——在思维能力、热情和性格方面，在多才多艺和学识渊博方面的巨人的时代。”③ 赛珍珠坚信中世纪时西方文明敞开胸怀接受东方文明的哺养，吸收并融合了东方文化之精华是促进西方文明复兴一个不可或缺的重要因素。如果当时没有异质的东方文明的滋养，我们完全可以相信西方文明在黑暗中摸索的时间会更长。

然而当时的中华文明，赛珍珠不无遗憾地指出，借其强盛的经济和文化实力对复兴后的西方文化的反哺鲜有兴趣和认识，赛珍珠在此倒没有她一贯的词锋犀利，显得过于温和，却也不乏洞见。几千年的农业文明的重农抑商，封建专制的闭关

---

① 李约瑟：《中国科学技术史·第一卷导论》，王晓华等译，科学出版社、上海古籍出版社，1990 年，第 18 页。

② Buck, Pearl S. *China As I See It*. New York: The John Day Company, 1970, p.234.

③ 恩格斯：《马克思恩格斯选集·第三卷》，北京：人民出版社，1995 年，第 445 页。

自足的小农心态在“华夏至尊、蛮夷侍边”（黄宗羲语）的自我中心烘托下，硬是自绝于世界文化的大格局。当中国人沉浸在“天朝帝国”的旖旎梦境时，汲取了东方文明养分的欧洲文明以时不我待之势突飞猛进地发展，并将其文明拓展到了美洲大陆。世界正在发生翻天覆地的变化，依然故我的五千年古老帝国终于在短短两个世纪间沦落成任人瓜分宰割的半殖民地国家。赛珍珠毫不含糊地指出，得不到异质文化的滋养是近代中华文化衰落的一个不可忽略的因素。异质文化“和合”则兴，反之则衰。没有哪一种文明能超然于人类其他文明之外而能独保永久之繁荣昌盛，因此尊重文化的个性和多样性，倡导异质文化的和合共生，以开放的胸襟来融汇各族文化之优长，做到美美与共应是全人类不二之选择，也是人类应有的慧识。

赛珍珠在《亲历中国》中再次强调东西方文明和合共相生的理念：“在中世纪欧洲文艺复兴时，是东方文明给予了西方文明活力和生机；而在现代的亚洲文化复兴中，是西方文明来反哺东方文明。就现在的东西方文化而言，彼此都有值得互相借鉴的东西。基于彼此相互的需求和彼此拥有的丰富资源，人类将会诞生一个前所未有的丰裕而美好的未来。”① 的确，赛珍珠写到，西方文明优裕的物质条件、先进的医疗卫生水平、便利的工业化生活模式，更为重要的是西方现代民主机制为个体创造表达个人意见、行使在民治政府中的权利的途径等对东方文明都有着重要的借鉴和启迪意义。而东方文明能给予

① Buck, Pearl S. *China As I See It*. New York: The John Day Company, 1970, p.236.

西方文明怎样的启慧？在赛珍珠看来，文化是一种深刻而复杂的东西，承载着太多的内涵，不能仅以经济之强弱、国力之盛衰来评判文化之优劣。因此，尽管在当时“西学东渐”之风飚飚，赛珍珠以一种高屋建瓴的眼光指出：“我们西方文明比以往任何时候都需要精神的养分。我们沉醉于物质生活领域科技带来的惊喜而忘了人不能仅靠面包而活。这是两千多年前的来自东方的教诲，东方人从未忘记这古老的教诲，而现在轮到他们再一次教导我们西方人认识这一真理。”① 赛珍珠的这一看法倒与新儒学的早期代表人物、国学大师梁漱溟（1893—1988）在其《东西文化及其哲学》（1921 年）一书中论述的东西方文化不同的哲学理念一脉相承。

> 从东西文化的源流看，西方文化为人类文化的第一路向，其根本精神是人的意欲向前要求；中国文化为第二路向，其根本精神是人的意欲自为调和持中。……文化路向的不同源于东西方哲学的不同，西洋哲学注重探讨宇宙的本体，偏于外向，尚理智，主功利，略于人事，人生哲学很不发达。……中国哲学从不探讨宇宙本体，一贯主张顺乎自然，任直觉，不肯定，无功利，不向前，重调和，求平衡，讲中庸之道，人生哲学最为发达。中国文化中最重要的部分是孔子的人生哲学，中国人正努力实现这种哲学，一直走在人类文化的第二路向上。建立在西洋哲学基础之上的西方文化，因科学发达、物质进步，已暴露出众

---

① Buck, Pearl S. *China As I See It*. New York: The John Day Company, 1970, p.237.

多弊端，其人生哲学已走到末路，整个西方文化已到了非变不可的地步。①

赛珍珠认同东西文化不同的哲学和文化路向，认为以强大的器物为载体的现代西方文明不断显现其深层次的弊端，物质进步与道德沦丧、精神空虚伴随而生，金钱、权利、暴力、自我是深陷物欲泥淖中的西方社会显性的文化表征。赛珍珠认为西方文明缺失了东方文明中的某些特有的智慧，尤其是人生哲学等诸多人文精神领域的智慧和洞见，因此西方文明应汲取东方文明几千年积淀下来的人类共同的精神财富，为西方文明持续健康的发展注入新智。她呼吁西方人放弃一贯居高临下的睥睨之态，把目光再次透向那亘古绵长的东方文明，因为西方人将会从东方学到：

> 中国几千年文化累积的深邃智慧，也是中国人奉行不悖的处世原则：通情达理——教导人们如何和谐共处，互尊互敬，以及这种智慧文化滋养的个体人文精神价值；印度文化对人神关系的笃信和对永恒的信仰，这种信仰塑造着印度人民的生活方式、生存理念，并造就了他们坚忍隐忍的高贵民族特性；日本民族非同寻常的忠诚度和高度的责任感，哪怕有时其忠诚的对象压根就不配……②

赛珍珠倡导无论是近现代高度发达的西方文化，还是近代

---

① 转引自刘季：《东西文化论战》，《中国近代社会思潮 1840—1949》第三卷，第二版，吴雁南、冯祖贻主编，长沙：湖南教育出版社，2011 年，第 263—264 页。

② Buck, Pearl S. *China As I See It*. New York: The John Day Company, 1970, p.237.

以来处于劣势而源远流长的东方文化都应以更理性和智慧的眼光加强东西方文化的交流互鉴，取长补短，共创一个“和而不同，美美与共”的人类文化生态家园。为此理想，赛珍珠在《东方与西方》一文的最后由衷呼吁东西方人民相互理解，达成共识，敞开所有的通道，发挥每一份的智慧，穷尽一切方法和途径。

> 东方和西方，我们彼此需要。没有任何东西能把我们隔离开来，不论是商人的贪婪还是无知的偏见。这个星球上的普通大众必须互相了解，去发现各自拥有的最根本和最深邃的愿望原本是如此的相似。东方和西方，我们渴望着同样的东西，我们渴望爱，渴望家园和孩子，渴望养家糊口的工作，渴望在和平自由的环境下生活、思考和发展。这些并非不现实的愿望，也非难以实现的梦想。这些愿望是全人类共有的权利。这些愿望的实现有赖于各族民众的同心协力，同舟共济。①

---

① Buck, Pearl S. *China As I See It*. New York: The John Day Company, 1970, pp.237-238.

结　语

作为一名脚踏中西两大文明的跨文化公共知识分子，赛珍珠以其强力介入东西方公共场域的知识分子书写给予“生而逢时”的宏大历史叙事背景一个宏阔的回应，彰显了大时代背景下知识分子的良知、公义、担当和令人激赏的政治远见和情怀。

一、赛珍珠介入公共场域知识分子书写的文化特征

首先，赛珍珠“介入公共场域的知识分子书写”是其东西方文化共育的文化和价值理念的实践方式，东西方文化共同拓宽了她的精神视野，提升了她的理解力和同情心，塑造了她独特的文化批判视野和批判眼光。“入乎其内，出乎其外”的“双焦透视”令赛珍珠的跨文化书写总能兼具局内人和局外人的透彻、清醒和理智。正如她在《美国对我意味着什么》中写道：“我欣慰地发现我们所面临的问题，大体上也是其他民族都会遇上的问题……我们的国家并非极乐世界，也没有用之不竭的财富，而是一个人民努力生活、奋斗的国度，为了生计，为了生活的乐趣，为了家人、街坊邻居、朋友，我们竭尽全力，努力打拼。我相信，世界其他国家，概莫如此。在某些

方面我们做得比别国好，这主要在科技方面；而在其他层面，我们却不如他人，比如，日本的教育普及率就比我们高，尽管我们的教育体制比较完善；而就个人安全感而言，中国显然比我们强得多，因为他们有成熟强大的家族体制。”① 无论是针砭古老华夏“天朝大国”的傲慢自负，还是抨击西方白人种族主义的肆无忌惮，赛珍珠总是借其多元文化身份所赋予的历史纵深和开阔的眼界告诫人们，每个民族和文化都有自己的长处和短处，人类社会的任何一种文化都是以其特有的方式表现其特定的生产方式、生活习俗、思维方式、历史承载，体现着人类的智慧、良知和价值，都是值得全人类尊重、借鉴和珍视的。她视全人类为一个休戚与共的整体：“我就是你，你就是我，这就是我知晓的真理；若你哀伤哭泣，我亦难逃伤悲，无论我如何掩饰；若你开怀大笑，我亦同心欢喜，无论我如何掩饰；悲伤与欢喜，为了协调的生活，让我们搁置彼此的争端。”② 当我们站在人类整体的高度看问题时，也就找到了与赛珍珠内心世界的强烈共鸣源，她的着眼点便是全人类，“她是一个世界公民”③，她公开声称自己只对全人类感兴趣④，为全人类说话，而非某一特定的民族，特定的国家或文化。“我们以全球为家，为全人类而活。我们没有敌人，也不憎恨

① Buck, Pearl S. *What America Means to Me*. New York: The John Day Company, 1971, p.200.

② Harris, Theodore F. & Pearl S. Buck. *Pearl S. Buck A Biography*, Vol. II. London: Methuen & Co. Ltd., 1970.

③ 彼德·康：《赛珍珠传》，刘海平等译，桂林：漓江出版社，1998 年，第 269 页。

④ Buck, Pearl S. “This I Believe”. *New York Herald Tribune*, 18 Feb, 1952.

任何人。如果没有恨，就必然逃避不了爱。”① 这是赛珍珠“介入公共场域知识分子书写”最为关键的要义和基调，她总是站在人类整体的高度看待国际事务，表现出对人类整体命运的高度关切和思考，彰显了一名跨文化国际知名公共知识分子应有的眼界、智慧和“天下为公”的情怀。

其次，无论身处东方还是西方，作为一名有着深沉社会关切的公共知识分子，赛珍珠总是直面当下社会语境和历史思潮，聚焦公共场域问题。赛珍珠介入东西方公共场域的知识分子书写几乎浓缩地折射了20世纪上半叶东西方的全部高能见度历史事件。作为一名“深深介入”的公共知识分子，赛珍珠秉持知识分子“士志于道”“向权势说真话”的文化和人格内涵，以独立的批判精神，借助知识和精神的力量对社会表现出强烈的公共关怀，体现了知识分子“社会良知守护者”的角色担当，彰显一名公共知识分子所抱持的“形塑大众、范引天下”的神圣社会责任感和使命感。她以尘世传道者的姿态，以其纵横捭阖的笔力直指东西方公共场域的丑恶与不公，种族主义、军国主义、殖民主义、冷战思维、官僚腐败等无一例外成为她口诛笔伐的对象。从事批评和维持批判的立场无疑是赛珍珠知识分子书写至关重要的方面，完美诠释了萨义德对知识分子本质特征的界定：一个特立独行的人，能向权势说真话的人，一个耿直、雄辩、勇敢无畏的个体，对她而言，不管世间权势如何威严堂皇，都是可以批评，可以直截了当予

① Buck, Pearl S. *My Several Worlds: A Personal Record*. London: Methuen & Co. Ltd., 1955, p.301.

以批评的。[①] 为了寻求人世间的公义或“道”的世界，赛珍珠锋芒凌厉的笔从未停歇。

更为重要的是，赛珍珠介入公共场域的知识分子书写并未停滞于“批判”，而是通过自己的深度思考和实践，提供人们颇具启迪意义的解决之道。在此我们不妨略加回溯，在论及中国知识分子与普通民众严重脱离时，赛珍珠的笔锋是犀利而冷峻的，在她看来不接“地气”的知识阶层辜负了时代赋予他们的历史使命，无论是传统知识分子，还是留洋知识分子必须接通“地气”，了解“大地”上真正的人民和现实，而中国的现实便是占人口85%的中国农民和广阔的乡村，不深入农村，不了解农民，就不可能了解中国，更遑论改造中国。因此，赛珍珠作品中知识分子形象的塑造便凸现了赛珍珠对这一社会问题的深度思考和探索之道：“到人民中去”，“在实践中学习”(educating through doing)。赛珍珠笔下的诸多知识分子走向广阔的农村，扎根大地，为建设新农村贡献自己的才智和热血，诸如詹姆斯·梁、刘诚、峰谟等年轻一代的知识分子，可谓不胜枚举；再比如赛珍珠极为推崇的“平民教育运动”中，知识分子放下传统清高孤傲的架子，深入广大农村，理解尊重农民大众，设身处地为他们的所思所需服务，真正实现知识分子服务大众的宗旨。

再者，有别于传统知识分子“只知坐而论道不懂起而行事”的书生意气，赛珍珠介入公共场域的知识分子书写不是以一种高谈阔论的话语模式存在的，而是以一种实践的人格方

---

① Said, Edward W. *Representations of the Intellectual*. New York: Vintage Books, 1996, p.8.

式存在的。她的介入实践便是她作品理念的最有力的诠释和奉持，我们在此不妨回溯赛珍珠几桩引人瞩目的“起而行事”来做一个注脚。赛珍珠对中国抗战的支持远非停留在道义上的支持，赛珍珠充分利用自己诺奖得主的声望、广阔的人脉关系和社会活动经验，通过院外游说、广播、报纸、演讲、书信和民间社团活动等为中国人民伟大的抗战事业呐喊，呼吁美国人民慷慨解囊，严词谴责美国工业资本家为了牟取暴利，罔顾国际道义，大发战争不义之财，控诉他们助纣为虐，并强烈要求对日实施贸易禁运。与此同时，她马不停蹄筹建“紧急援华委员会”，由她本人担任委员会主席，后来又出任“联合援华会”主席一职，联合援华会在赛珍珠的统管之下实现了为中国抗战筹资数百万美元的目标。此外，她积极引荐中国大陆演员王莹进入白宫演出抗日剧目，上演了西方中国抗战叙事中浓墨重彩的“白宫之夜”，让中国的抗战在美国和世界范围内赢得更多的关注和支持，并对影响美国“二战”时的对华政策发挥了不可小觑的作用。作为坚定的反种族主义者，赛珍珠同样不满足于发表讨伐檄文，且看她和志同道合者为废除《排华法案》所采取的行动。

赛珍珠和丈夫沃尔什成立了一个没有中国人任领导的全国性组织——“废除排华法案公民委员会”（CCRCE），沃尔什任主席，……赛珍珠担任主要发言人。她发表了系列文章抨击排华法案。5月，在一队中国年轻人的护卫簇拥下，赛珍珠来到国会众议院，在移民委员会发表声明。她讲述了两条废除排华法案的理由：纯粹的体面和战争的需要。民主要求我们把中国人和其他民族平等对待；太平洋战争的胜利取决于中国是否相信美国是跟他们站在一起。①

任何一种道德的话语力量都来源于背后的个体实践，道德永远是一种实践伦理。② 赛珍珠介入公共场域知识分子书写正是由于其实践人格的加持才更显张力。在知识分子普遍好清谈理论，不擅实践的“知易行难”的比照下，赛珍珠的介入书写更令人信服和动容，就其介入的力度、广度和深度而言，综观世界文坛能出其右者寥寥无几，赛珍珠以其强烈介入公共场的知识分子书写彰显了公共知识分子最为根本的精神特质：为了（for）公共利益（乃至全人类的利益），以毫不妥协的批判精神和独特的批判视野，就（about）公共事务和公众关注的重大问题，向（to）公众（乃至全世界）亮明自己的态度、立场和观点。赛珍珠以其当时在东西公共场域所产生的国际影响力和正能量是无愧于真正意义上的“公共知识分子”的名号。

二、赛珍珠介入公共场域知识分子书写的当代性意义

19 世纪独领风骚的公共知识分子狄更斯针对 18 世纪工业革命蓬勃兴起，经济飞速发展，社会矛盾日益尖锐的时局写道：“这是一个最好的时代，这是一个最坏的时代；这是一个智慧的年代，这是一个愚蠢的年代；这是一个信仰的时期，这

① 彼德·康：《赛珍珠传》，刘海平等译，桂林：漓江出版社，1998 年，第 306 页。

② 许纪霖：《中国知识分子十论》，上海：复旦大学出版社，2015 年，第 25 页。

是一个怀疑的时期；这是一个光明的季节，这是一个黑暗的季节；这是希望之春，这是失望之冬；人们面前应有尽有，人们面前一无所有；人们正踏上天堂之路，人们正走向地狱之门。”① 这番经世言论经过几个世纪的时光淘洗，依然是 21 世纪人类社会的真实写照。在全球化浪潮的冲击之下，裹挟着高科技、后工业化时代资本的全球性运作，让人类社会的这幅二元对立与并存的图景成了人类社会世界性叙事的基调，这是一个危机深重的世界：一触即发的核危机，积重难返的生态危机，席卷全球的金融危机，不断升级的文化、种族、宗教、贸易等难以调和的冲突危机，已触发警戒线的极端贫富分化和发展不平衡等危机不啻是人类社会有史以来一个“最坏时代”的写照。然而，这亦是一个危机与机遇并存的人类社会，全球化带来的多元文化的交流沟通、高科技工业化带来的物质财富的迅猛增长，让人类社会以一种更多元的文化视角看待世界，观照自我，反思自身的问题，力图在“光明”与“黑暗”、“希望”与“失望”、“天堂”与“地狱”的博弈中为人类争得一个光明的前途。在当今世界这个纷繁复杂的国际局势中，我们需要自身的觉悟、勇气和力量，亦需要先人的智慧韬略的指引，赛珍珠借其多元文化身份和开阔的国际视野，以其知识分子强烈的济世情怀所折射的智慧、远见、公义和担当，无疑是值得我们仰赖的一个宝贵的精神和文化承传，对解决当下社会问题，改善民生，应对全球化语境中复杂的政治经济局势不无启迪。赛珍珠知识分子书写所涉及的对中国农民命运的关注

① Dickens, Charles. *A Tale of Two Cities*. London: CRW Publishing Limited, 2003, p.17.

和深度思考，对新农村改造和农村人文生态危机的前瞻意识，对宗教、种族、文化冲突的剖析和反思，对列强霸权、殖民意识的鞭挞和警惕，对少数族裔、妇女、儿童权益的伸张和维护等无疑“提供了通向当下各种社会和文化问题的途径”①。

特别值得一提的是，当我们把赛珍珠知识分子书写所蕴含的多元文化视野和前瞻的政治眼光置于当下中华民族伟大复兴的文化叙事背景下加以观照，则更显其与时俱进的文化意义。在中国国运多蹇、国力凋敝的20世纪30年代初，赛珍珠就表达了对中国和中国文化的坚定信心：“中国无疑将会在下一个世纪，甚至是本世纪下半叶影响着世界历史的进程……对世界的未来产生举足轻重的影响。”② 历史给予了她最正面和积极的回应，见证了她无与伦比的前瞻性和文化洞察力。随着中国在政治、经济、文化、军事上的崛起，中国的发展正在改变着世界格局，影响人类发展的历史进程，中国人民以崭新的精神状态和文化自信拉开了民族振兴的新篇章。而文化自主和文化自信是一个民族文化复兴之精神根基，在赛珍珠看来，中国之所以为中国是因为有中国民族文化之根。坚守民族文化的自主性就是要对民族传统文化有一个清醒的认识，既不抱残守缺，退而守愚，也不崇洋媚外，迷失自我；而是树立理性的文化自信心，坚守传统文化真正价值之所在。赛珍珠满怀信心地展望：“当中国发展自己的现代民主时，它必定是按它自己的模式，而非美国的模式，而在这样的模式中蕴藏着人民渴望的生

---

① Conn, Peter. *Pearl S. Buck: A Cultural Biography*. Cambridge: Press Syndicate of the University of Cambridge, 1996, p.xx.

② Buck, Pearl S. *China As I See It*. New York: John Day Company, 1970, p.17.

命、自由和追求幸福的机遇。”① 赛珍珠同时指出，坚持文化的自主性还应包含反求诸己、自恶其恶之精神，自觉摒弃民族文化之糟粕，不以他人之短粉饰己所短，以他人之恶凸现己所无辜，而是应守其长去其短，以开放、自信、理性的胸怀弘扬民族文化，同时以海纳百川的气度吸纳他文化之优长，一个民族的文化才能在百舸争流中生生不息，这无疑对当下中华民族书写伟大复兴的文化叙事有着现实的意义和启悟。

此外，“公共场域”“知识分子的公共性”依然是这个时代的热门话题，赛珍珠介入公共场域的姿态、立场、方式方法和价值取向等，都能在当下的社会语境中找到共鸣源。在知识分子面临“边缘化”“现代性危机”的多重时代压力下，知识分子何为、如何重塑知识分子形象依然是当下文化语境中亟待认真思考和回答的问题。赛珍珠介入公共场域的知识分子书写为我们提供了一大范例，给予我们极富实践性的启慧。她说明知识分子应该接受广义社会赋予的责任，为公益目标服务，并为之奉献自己的智识、精力和社会远见，以公义、理性和批判性引领公众舆论，为天下之大“道”，肩负起知识分子“社会良知守护者”的角色担当。

---

① Buck, Pearl S. *China As I See It*. New York: John Day Company, 1970, p.4.

参考文献

[1] Adams, J. Donald. *The Shape of Books to Come*. New York: Viking, 1944.

[2] Anthony II, Susan B. "Woman's Next Step, as Women See It". *New York Times Magazine* (12 Jan., 1941).

[3] Ayscough, Florence. *Saturday Review of Literature*, 1931, *The Good Earth*, *Reader's Supplement*, Washington Square Press, 1963.

[4] Borg, Dorothy. *American Policy and the Chinese Revolution, 1925—1928*, Octagon Books, 1968.

[5] Bourdier, Pierre. "The Corporatism of the Universal: The Role of Intellectuals in the Modern World". *Telos*, 81, Fall.

[6] Buck, Pearl S. "*A Chinese Woman Speaks*," part one, Asia, Volume XXVI, Number 4 (April 26, 1926).

[7] Buck, Pearl S. Pearl S. Buck to Polly Small (August 19, 1927), Randolph-Macon Woman's College archives.

[8] Buck, Pearl S. Easter, 1933. *Cosmopolitan*, 1933 (5).

[9] Buck, Pearl S. *The Mother*. New York: The John Day Company, 1934.

[10] Buck, Pearl S. Abstract of an untitled lecture at the University of Virginia (July 8, 1935). University of Virginia archives.

[11] Buck, Pearl S. Speech before the Institute of Public Affairs,

Charlottersville, Virginia, July 8, 1935.

[12] Buck, Pearl S. *The Exile*. New York: Reynal & Hitchcock, 1936.

[13] Buck, Pearl S. "A Debt to Dickens". *Saturday Review of Literature*, 4 April 1936.

[14] Buck, Pearl S. *Fighting Angel: Portrait of a Soul*. New York: John Day Company, 1936.

[15] Buck, Pearl S. "On Discovering America". *Survey Graphic*, Vol. XXVI, No. 6 (June, 1937).

[16] Buck, Pearl S. *This Proud Heart*. New York: John Day Company, 1938.

[17] Buck, Pearl S. Untiled speech at the Stop Arming Japan Rally (April 25, 1939), Pearl S. Buck Family Trust archives.

[18] Buck, Pearl S. *The Patriot*. New York: The John Day Company, 1939.

[19] Buck, Pearl S. "Asia Book-Shelf". *Asia*, November, 1939.

[20] Buck, Pearl S. *The Chinese Novel*. London: Macmillan & Co. Limited, 1939.

[21] Buck, Pearl S. *The Golden Flower*. Woman's Home Companion (Mar., 1940).

[22] Buck, Pearl S. We Must Stand Together. February 15, 1941.

[23] Buck, Pearl S. Pearl S. Buck to Franklin D. Roosevelt (January 31, 1941), Franklin D. Roosevelt Library.

[24] Buck, Pearl S. "East and West". *Asia and the Americas*, 1943(6).

[25] Buck, Pearl S. *Asia and Democracy*. London: Macmillan & Co. Ltd., 1943.

[26] Buck, Pearl S. *Tell the People*. New York: The John Day Company, 1945.

[27] Buck, Pearl S. "American Imperialism in the Making". *Asia*, August, 1945.

[28] Buck, Pearl S. "Where the People Stand". *Opportunity*, 23 (Fall 1945).

[29] Buck, Pearl S. "As One Reader Sees It". *People Trough Books*, 1 (Dec. 1945).

[30] Buck, Pearl S. *Pavilion of Women*. New York: The John Day Company, 1946.

[31] Buck, Pearl S. and Eslanda Goode Robeson. *American Argument*. New York: John Day Company, 1949.

[32] Buck, Pearl S. "Why Asia Hates Us". *Look* 15 (28 Aug., 1951).

[33] Buck, Pearl S. *Kinfolk*. New York: Pocket Books, 1952.

[34] Buck, Pearl S. "This I Believe". *New York Herald Tribune*, 18 Feb, 1952.

[35] Buck, Pearl S. *The Man Who Changed China: The Story of Sun Yat-sen*. New York: Random House, 1953.

[36] Buck, Pearl S. *My Several Worlds: A Personal Record*. London: Methuen & Co. Ltd., 1955.

[37] Buck, Pearl S. *The Good Earth*. New York: The John Day Company, 1958.

[38] Buck, Pearl S. and Carlos P. Romulo. *Friend to Friend: A Candid Exchange*. New York: The John Day Company, 1958.

[39] Buck, Pearl S. "Foreword" to the 1958 Pocket Book reprint of *The Townsman*.

[40] Buck, Pearl S. *The Delights of Learning*. Pittsburgh: University of Pittsburgh Press, 1960.

[41] Buck, Pearl S. *The People of Japan*. New York: Simon and Schuster, 1966.

[42] Buck, Pearl S. *China As I See It*. New York: John Day Company, 1970.

[43] Buck, Pearl S. *Of Men and Women*. New York: The John Day Company, 1971.

[44] Buck, Pearl S. *What America Means to Me*. New York: The John Day Company, 1971.

[45] Buck, Pearl S. *China Past and Present*. New York: The John Day Company, 1972.

[46] Buck, Pearl S. *All Under Heaven*. New York: John Day Company, 1973.

[47] Buck, Pearl S. *The Hidden Flower*. New York: Pocket Books, 1975.

[48] Buck, Pearl S. *The Promise*. Kingston: Moyer Bell, 2008.

[49] Cargill, Oscar. *Intellectual America: Ideas on the March*. New York: Macmillan, 1941.

[50] Cole, Jay and John R. Haddad (eds.). *Beyond The Good Earth: Transnational Perspectives on Pearls S. Buck*. Morgantown: West Virginia University Press, 2019.

[51] Convery, Ian, Gerard Corsane and Peter Davis. *Making Sense of Place: Multidisciplinary Perspectives*. Woodbridge: The Boydell Press, 2012.

[52] Conn, Peter. *Pearl S. Buck: A Cultural Biography*. Cambridge: Press Syndicate of the University of Cambridge, 1996.

[53] Coser, Lewis. *Men of Ideas: A Sociologist's View*. New York: The Free Press, 1965.

[54] Daniels, Roger. *Coming to America: A History of Immigration and Ethnicity in American Life*. New York: Harper Collins, 1990.

[55] Dickens, Charles. *A Tale of Two Cities*. London: CRW Publishing Limited, 2003.

[56] Doren, Carl Van. *The American Novel, 1789—1939*, rev, ed. New York: Macmillan, 1940.

[57] Doyle, Paul A. *Pearl S. Buck*. Boston: Twayne Publishers, 1980.

[58] DuBois, W.E.B. "The War for Race Equality". *Phylon* III (3rd quarter, 1942).

[59] Edgar, Andrew and Peter Sedgwick (eds.). *Key Concept in Cultural Theory*. London and New York: Routledge, Taylor and Francis Group, 2008.

[60] Editorial: "The Imperialist Trap". *Christian Century* 63, (2 Jan., 1946).

[61] Emerson, Ralph W. *The Journal & Miscellaneous Notebooks*. Cambridge: Belknap Press of Harvard University Press, 1961.

[62] Foucault, Michel. "The Concern for Truth", in Foucault, *Politics philosophy Culture: Interviews and Other Writings 1977—1984.*

[63] Grant, Wacker. Pearl S. Buck and the Waning of the Missionary Impulse. *Church History*, 2003, 72.

[64] Hackett, Alice Payne. *Sixty Years of Best Sellers*. New York: R. R. Bowker Company, 1957.

[65] Harris, Theodore F. & Pearl S. Buck. *Pearl S. Buck, A Biography*, Vol. I. London: Methuen & Co. Ltd., 1970.

[66] Hollander, Paul. *Political Pilgrims: Travels of Western Intellectuals to the Soviet Union, China, and Cuba 1928—1978.*

[67] House, Humphry. *The Dickens World*. London: Oxford University Press, 1960.

[68] Isaacs, Harold R. *Scratches on Our Mind, American Images of China and India*, New York: The John Day Company, 1958.

[69] Jespersen, T. Christopher. *American Images of China*. Stanford: Stanford University Press, 1996.

[70] Legge, James (Trans.). *The Four Books*, by Confucius et al. New York: Paragon, 1966.

[71] Liao, Kang. *Pearl S. Buck: A Cultural Bridge Across the Pacific.*

London: Greenwood Press, 1997.

[72] Lipscomb, Elizabeth J., Frances E. Webb and Peter Conn (eds.). *The Several Worlds of Pearl S. Buck*. Westport: Greenwood Press, 1994.

[73] Meade, Edwin R. "The Chinese Question". *New York Times*, 7 Sept., 1877.

[74] Miller, Stuart Creighton. "Ends and Means: Missionary Justification of Force in Nineteenth Century China". *The Missionary Enterprise in China and America*. Ed. John K. Fairbank. Cambridge: Harvard University Press, 1974.

[75] "Pearl Buck Wicked, Say Red Chinese," *Los Angeles Times* (December 11, 1960).

[76] Pearl S. Buck to Lily Wen (December 29, 1960), Pearl S. Buck Family Trust archives.

[77] Peffer, Nathaniel Peffer. Rev. on *Good Earth*, by Pearl Buck. Books. 1 March, 1931.

[78] Posner, Richard A. *Public Intellectuals: A Study of Decline*. Cambridge: Harvard University Press, 2001.

[79] Powers, H. H. "The War as a Suggestion of Manifest Destiny". *Annals of the American Academy of Political and Social Science* (September, 1898).

[80] Rampersad, Arnold. *The Life of Langston Hughes, volume II, 1941—1967: I Dream a World*. New York: Oxford University Press, 1988.

[81] Rohmer, Sax. *The Insidious Doctor Fu-Manchu, 1913*. New York: Pyramid, 1961.

[82] Rohmer, Sax Rohmer. *The Mystery of Dr. Fu Manchu*. London: Tom Stacey, 1972.

[83] Said, Edward W. *The World, the Text, and the Critic*. Cambridge:

Harvard University Press, 1983.

[84] Said, Edward W. *Representations of the Intellectual*. New York: Vintage Books, 1996.

[85] Schneider, Isiodore. "Mrs. Buck's New Novel", Review of *The Mother*, by Pearl S. Buck. *New Republic*, 78 (14 March, 1934).

[86] Shaffer, Robert. *Pearl S. Buck and the American Internationalist Tradition*. Ann Arbor: ProQuest Information and Learning Company, 2003.

[87] "Sino-Japanese Romance". *Times*, 33 (March 6, 1939).

[88] Spencer, Cornelia. *Revealing the Human Heart: Pearl S. Buck*. Chicago: Encyclopaedia Britannica Press, 1964.

[89] *The Christian Observer*, Louisville, Kentucky, April 5, 1899.

[90] Thomason, James. "Why Doesn't Pear Buck Get Respect?" *Philadelphia Inquirer* (July 24, 1992).

[91] Tsai, Shih-shan Henry. *The Chinese Experience in America*. Bloomington: Indiana University Press, 1986.

[92] Tuan, Yi-Fu. *Space and Place, the Perspective of Experience*. Minneapolis: University of Minnesota Press, 2001.

[93] Walsh, Richard J. "Conflict and Compromise". *Asia and the Americas*, 45 (July 1945).

[94] White Walter. *A Rising Wind*. New York: Doubleday, Doran and Company, 1945.

[95] Wilkins, Roy. "Talking It Over". *Kansas City Call* (December 23, 1932).

[96] Wolcott, L. T. "Are They 'Security Bases'?" *Christian Century*, 62 (12 Sept., 1945).

[97] Woolf, S. J. "Pearl Buck Finds That East and West Do Meet". *The New*

York Times, Nov. 20, 1938.

[98] "Woman's World", *Time* (November 25, 1946).

[99] Wu, William F. *The Yellow Peril*. Hamden, Conn.: Archon Books, 1982.

[100] Xi, Lian. *The Conversion of Missionaries: Liberalism in American Protestant Missions in China, 1907—1932*. Pennsylvania: Pennsylvania State University Press, 1997.

[101] Young, Arthur. *China and the Helping hand, 1937—1945*. Cambridge, MA: Harvard University Press, 1963.

[102] 安乐哲:《和而不同: 中西哲学的会通》, 温海明等译, 北京: 北京大学出版社, 2009 年。

[103] 班昭:《女诫》, 济南: 山东人民出版社, 2018 年。

[104] 保罗 A. 多伊尔:《赛珍珠传》, 张晓胜等译, 沈阳: 春风文艺出版社, 1991 年。

[105] 彼德·康:《赛珍珠传》, 刘海平等译, 桂林: 漓江出版社, 1998 年。

[106] 查尔斯·W. 海福德:《〈大地〉·革命和美国在华特殊阶层》, 奚兆炎译, 转引自董晨鹏、刘龙:《士的人格理想和儒家文化心态——试析赛珍珠的中国传统文化观》,《镇江师专学报》(社会科学版), 1998 年第 2 期。

[107] 萨义德:《知识分子论》, 单德兴译, 陆建德校, 北京: 生活·读书·新知三联书店, 2013 年。

[108] 常彬:《中国女性文学话语流变》, 北京: 人民出版社, 2007 年。

[109] 陈筠:《基督教对于最近时局当有的态度和措施》,《文社月刊》, 第 3 卷, 第 3 期, 1928 年 1 月。

[110] 陈桂棣、春桃:《中国农民调查》, 北京: 人民文学出版社, 2004 年。

[111] 陈生玺:《论语——张居正讲评论语》，上海：上海辞书出版社，2007 年。

[112] 陈意新:《美国学者对中国近代农业经济的研究》,《中国经济史研究》，2001 年第 3 期。

[113] 丁守和、殷叙彝:《从“五四”启蒙运动到马克思主义的传播》，北京：生活·读书·新知三联书店，1979 年。

[114] 董晨鹏:《走向世界的中国与世界主义的赛珍珠》，上海：上海文艺出版社，2013 年。

[115] 段义孚:《恋地情结》，志丞、刘苏译，北京：商务印书馆，2018 年。

[116] 恩格斯:《马克思恩格斯选集·第三卷》，北京：人民出版社，1995 年。

[117] 费正清:《观察中国》，傅光明译，北京：世界知识出版社，2002 年。

[118] 冯元元（编译）:《希拉里·斯布尔林、郭英剑关于〈埋骨：赛珍珠在中国〉的对话》,《江苏大学学报》（社会科学版），2012 年第 2 期。

[119] 葛兰·华克:《赛珍珠与美国的海外传教》，郭英剑、冯元元译，《江苏大学学报》（社会科学版），2007 年第 3 期。

[120] 葛兰西:《实践哲学》，徐崇温译，重庆：重庆出版社，1990 年。

[121] 顾长声:《传教士与近代中国》，上海：上海人民出版社，2013 年。

[122] 郭力:《二十世纪中国女性文学的生命意识》，哈尔滨：黑龙江教育出版社，2002 年。

[123] 郭英剑:《中国 20 世纪三四十年代的赛珍珠研究》,《外国文学研究》，1999 年第 2 期。

[124] 郭英剑:《抒写“海归派”知识分子的发轫之作——论赛珍珠长

篇小说〈同胞〉》，《江苏大学学报》（社会科学版），2002 年第 3 期。

[125] 郭英剑、郝素玲：《一部真实再现中国人民抗日战争历史的扛鼎之作》，《江苏大学学报》（社会科学版），2005 年第 3 期。

[126] 郭永江、姚锡佩：《〈大地〉折射的中国“三农”问题》，《赛珍珠纪念文集》第三辑，许晓霞、赵珏主编，镇江：江苏大学出版社，2009 年。

[127] H. G. 威尔斯：《简明世界史》，叶旭军、庄建华译，北京：蓝天出版社，2007 年。

[128] 郝志刚：《赛珍珠传》，长春：时代文艺出版社，2012 年。

[129] 胡适：《四十自述》，北京：中国文联出版公司，1993 年。

[130] 黄遵宪：《黄遵宪全集》上册，北京：中华书局，2005 年。

[131] J. 哈贝马斯：《关于公共领域问题的答问》，《社会学研究》，1999 年第 3 期。

[132] 江枫：《怀念中国人民之友赛珍珠》，《赛珍珠纪念文集》第二辑，许晓霞、赵珏主编，桂林：广西师范大学出版社，2006 年。

[133] 姜智芹：《文学想象与文化利用》，北京：中国社会科学出版社，2005 年。

[134] 津田道夫：《南京大屠杀和日本人的精神构造》，程兆奇等译，北京：新星出版社，2005 年。

[135] 康有为：《复教育部书》，《康有为政论集》，北京：中华书局，1981 年。

[136] 孔多塞：《人类精神进步史表纲要》，何兆武等译，北京：生活·读书·新知三联书店，1998 年。

[137] 雷蒙·阿隆：《知识分子的鸦片》，吕一民、顾杭译，南京：译林出版社，2012 年。

[138] 黎荔：《保留一个地方》，《女性文化》，2004 年第 4 期。

[139] 李昌平：《我向百姓说实话》，呼和浩特：远方出版社，2004 年。
[140] 李纲己（辑录）：《教务纪略》，上海：上海书店，1986 年。
[141] 李润章：《宗教与科学》，《少年中国》，第 3 卷，第 1 期，1921 年 8 月 1 日。
[142] 李约瑟：《四海之内——东方和西方的对话》，劳陇译，北京：生活·读书·新知三联书店，1987 年。
[143] 李约瑟：《中国科学技术史·第一卷 导论》，王晓华等译，科学出版社、上海古籍出版社，1990 年。
[144] 理查德 A. 波斯纳：《公共知识分子——衰落之研究》，徐昕译，北京：中国政法大学出版社，2010 年。
[145] 梁漱溟：《我们的两大难处》，《梁漱溟全集》第 2 卷，济南：山东人民出版社，1990 年。
[146] 梁启超：《小说丛话》，《新小说》，1903 年第 7 号。
[147] 梁启超：《湖南时务学堂札记批》，《梁启超选集》，上海：上海人民出版社，1983 年。
[148] 列宁：《中国的战争》，《列宁选集》第 1 卷，北京：人民出版社，1972 年。
[149] 林语堂：《中国人》，赛珍珠序，上海：学林出版社，1994 年。
[150] 刘景华、张功耀：《欧洲文艺复兴史·科学技术卷》，刘明翰主编，北京：人民出版社，2008 年。
[151] 刘增杰、关爱和（编）：《中国近现代文学思潮史》上卷，上海：上海文艺出版社，2008 年。
[152] 罗素：《罗素先生的讲演》（节录），章廷谦笔记，《民国思潮读本》第三卷，北京：作家出版社，2013 年。
[153] 吕德宏、赵建中：《蒙巴顿》，北京：世界知识出版社，1995 年。
[154] 路遇：《论中国传统生育文化》，《东岳论丛》，2002 年第 2 期。
[155] 鲁迅：《鲁迅全集》第 13 卷，北京：人民文学出版社，2005 年。

[156] 马克思、恩格斯:《共产党宣言》,《马克思恩格斯选集》,第1卷,北京:人民出版社,1972年。
[157] 马克思:《鸦片战争史》,《马克思恩格斯选集》第2卷,北京:人民出版社,1972年。
[158] 马克思:《资本论》第3卷,《马克思恩格斯全集》第25卷,北京:人民出版社,1974年。
[159] 马勒茨克:《跨文化交流——不同文化的人与人之间的交往》,北京:北京大学出版社,2001年。
[160] 马勇:《坦然面对历史的伤:重述1840—1911的故事》,北京:中华工商联合出版社,2013年。
[161] 茅盾:《1935年纪事》,《我走过的道路》(中),北京:人民文学出版社,1984年。
[162] 佩尔·哈尔斯特龙:《大地三部曲》之附录:《授奖词》,裕康译,桂林:漓江出版社,1998年。
[163] 平本道尧:《小访南京城》,《亚洲》,1938年1月。
[164] 秋瑾:《秋瑾集》,上海:上海古籍出版社,1979年。
[165] 裘廷梁:《论白话为维新之本》,《中国官音白话报》,1898年第19、20期。
[166] 赛珍珠:《我的中国阿妈》,《双周评论》,1932年6月号。
[167] 赛珍珠:《我的创作经验谈》,《女青年月刊》,1934年13卷3期。
[168] 赛珍珠:《旧与新》,常吟秋译,北京:商务印书馆,1934年。
[169] 赛珍珠:《亚洲览书》,《亚洲》,1938年第3期。
[170] 赛珍珠:《爱国者》,朱雯、唐齐、冯烇译,上海:美商华盛顿印刷出版公司,1939年。
[171] 赛珍珠:《我的中国世界》,尚营林等译,长沙:湖南文艺出版社,1991年。
[172] 赛珍珠:《同胞》,吴克明等译,桂林:漓江出版社,1998年。

[173] 赛珍珠：《龙子》，丁国华等译，桂林：漓江出版社，1998 年。
[174] 赛珍珠：《战斗的天使》，陆兴华等译，桂林：漓江出版社，1998 年。
[175] 赛珍珠：《东风 · 西风》，钱青等译，桂林：漓江出版社，1998 年。
[176] 赛珍珠：《向西方阐释中国》，张丹丽译，《江苏大学学报》（社会科学版），2002 年第 2 期。
[177] 司徒雷登：《在华五十年——司徒雷登回忆录》，程宗家译、刘雪芬校，北京：北京出版社，1982 年。
[178] 石岛纪之：《中国抗日战争史》，长春：吉林教育出版社，1992 年。
[179] 宋世琦等（编）：《记者笔下的抗日战争》，北京：人民日报出版社，1995 年。
[180] 孙威尔：《患难见真情》，《赛珍珠纪念文集》第二辑，许晓霞、赵珏主编，桂林：广西师范大学出版社，2006 年。
[181] 汪受宽：《孝经 · 译注版》，上海：上海古籍出版社，2007 年。
[182] 王冲：《差距》，北京：东方出版社，2013 年。
[183] 王栻（编）：《严复集》第一册诗文上，北京：中华书局，1986 年。
[184] 王星拱等：《非宗教者宣言》，《晨报》，1922 年 4 月 4 日。
[185] 吴雁南、苏中立：《中国近代社会思潮，1840—1949》第 1 卷，长沙：湖南教育出版社，2011 年。
[186] 谢纳：《空间生产与文化表征——空间转向视阈中的文学研究》，北京：中国人民大学出版社，2010 年。
[187] 向梅林：《女性生命自我的满足、焦虑与抗争》，《船山学刊》，2007 年第 1 期。
[188] 许倬云：《中西文明的对照》，杭州：浙江人民出版社，2013 年。

[189] 许纪霖：《中国知识分子十论》，上海：复旦大学出版社，2015 年。
[190] 中国叶圣陶研究会编：《和合文化传统与现代化》，北京：人民教育出版社，2006 年。
[191] 徐贲：《知识分子和公共政治》，北京：中央编译出版社，2016 年。
[192] 徐清：《赛珍珠小说对乡土中国的发现》，《赛珍珠纪念文集》第二辑，许晓霞主编，桂林：广西师范大学出版社，2006 年。
[193] 荀况：《荀子》，北京：中华书局，2007 年。
[194] 晏阳初：《中国抗战与平教运动之溯源》，《晏阳初全集》第 1 卷，长沙：湖南教育出版社，1989 年。
[195] 晏阳初：《平民教育的宗旨目的和最后的使命》，《晏阳初全集》，第 1 卷，长沙：湖南教育出版社，1992 年。
[196] 颜炳罡：《心归何处——儒家与基督教在近代中国》，济南：山东人民出版社，2005 年。
[197] 杨杨：《对赛珍珠的再思考》，《暨南学报》（哲学社会科学版），2014 年第 9 期。
[198] 姚君伟：《文化相对主义——赛珍珠的中西文化观》，南京：东南大学出版社，2001 年。
[199] 姚君伟：《当下中国赛珍珠研究：对象与方法》，《江苏大学学报》（社会科学版），2017 年第 6 期。
[200] 姚锡佩、郭永江：《日本永远不能征服你们》，《赛珍珠纪念文集》第五辑，蔡文俊主编，镇江：江苏大学出版社，2017 年。
[201] 叶公平：《卜凯的中国农村调查》，《书城》，2007 年第 12 期。
[202] 叶旭军：《和而不同——赛珍珠的中西文化和合观》，北京：中国文联出版社，2014 年。
[203] 尤尔根 · 哈贝马斯：《公共领域的结构转型》，曹卫东、王晓珏、刘北城等译，上海：学林出版社，1999 年。

[204] 尤尔根·哈贝马斯：《公共领域》，汪晖译，见汪晖、陈燕谷主编：《文化与公共性》，北京：生活·读书·新知三联书店，1998年。
[205] 余英时：《余英时访谈录》，北京：中华书局，2012年。
[206] 于曰良：《赛珍珠：最早向西方揭露日军暴行》，《金陵瞭望》，2004年第24期。
[207] 约瑟芬·多诺万：《女权主义的知识分子传统》，南京：江苏人民出版社，2003年。
[208] 展江：《哈贝马斯的"公共领域"理论与传媒》，《中国青年政治学院学报》，2002年第2期。
[209] 张立文：《和合学概论——21世纪文化战略构想》，北京：北京师范大学出版社，1996年。
[210] 朱坤领：《赛珍珠的中国妇女观——对〈大地〉三部曲的女性主义解读》，《江苏大学学报》（社会科学版），2003年第4期。
[211] 朱骅：《论"社会福音"思想与赛珍珠小说主旨的演变》，《江苏大学学报》（社会科学版），2017年第5期。

后　　记

自从 2008 年主持完成赛珍珠研究的首个课题至今，不觉间，十数载光阴已过。四季轮回，晨昏以待的研究历程，于笔者而言，赛珍珠已不仅仅是一个文学研究的对象，这位脚踏中西两大文明的智识女性，有着东西文化共同滋养的大智慧和大格局，她对世事人生的体悟、解读、阐释和态度立场深深影响着笔者对世界的认知和价值判断，亦深刻塑造了笔者的学术之路和学问之道。故此，本书不仅仅是赛珍珠研究的阶段性学术成果总结，亦是致敬这位不平凡的女性（无论是作为一名作家，一名女性，还是一名真正意义上的知识分子）。

经年的赛氏文本细读，对书中蕴含的颇具哲理的教诲常感怀在心，在本书付梓之际，笔者不由得想起赛珍珠在《亲历中国》一书中的一番言辞："……一切生命的诞生都源于合作过程（Any new birth comes from a cooperative process）。"① 本书的问世亦难例外，倘若没有来自多方面的合作支持，本书的诞生亦将充满变数。在此，谨借此后记表达自己最诚挚的谢意。

首先，要感谢赛珍珠中国故里——镇江的"赛珍珠研究

① Buck, Pearl S. *China As I See It*. New York: The John Day Company, 1970, p.234.

会”和江苏大学“国际赛珍珠文献资料中心”的倾力相助。镇江“赛珍珠研究会”是个活跃的学术团体，与“赛珍珠国际基金会”等交往密切，在镇江市人民政府的大力支持下，与江苏大学等单位合作定期举行“赛珍珠国际学术研讨会”，会上中外学者云集，学术交流踊跃，笔者有幸参加了四届，获益匪浅。以刘龙、王逢振、刘海平、姚锡佩、姚君伟、郭英剑、段怀清教授为代表的与会学者的精彩发言和点评，拓宽了笔者的赛珍珠研究的眼界和问题意识，亦为笔者了解赛珍珠国内外最新研究动态和导向提供了最为及时的信息，这无疑为本书的写作提供了强有力的学术支撑。在会下的交流中，笔者结识了许多年轻有为的“赛研”同道，像朱骅教授、董琇教授、梁志芳博士等年轻一代的“赛研”学者，他/她们才华横溢、视野开阔、眼光独到、学术功底深厚，给笔者留下了深刻的印象，也给予了笔者很多学术研究上的帮助、启迪和信心。

值得一提的是，江苏大学图书馆于2015年创建了全球首个“国际赛珍珠文献资源中心”，当时的馆长卢章平先生的一句话令出席座谈会的笔者记忆深刻：“只要是全球公开出版的有关赛氏研究的资料，我们都会想方设法收集到位。”对国内“赛研”学者来说，这无疑是一个福音，笔者显然是受惠者之一。笔者曾于2016年在该中心进行了为期一周的资料查阅工作，收获颇丰。笔者亦想借此后记对给予热情接待的资料中心戴清杰主任表示由衷的感谢。卢馆长言出必行，2019年10月笔者应邀出席《江苏大学学报》赛珍珠专栏的座谈会时，已卸任馆长接任镇江赛珍珠研究会会长的卢章平先生颇为欣慰地提到一个细节，对赛珍珠研究和中美文化交流非常重要的一份杂志《亚洲》（*Asia*），该“文献中心”无一遗漏地搜集了从1921—1946年的所有相关的471篇文章，从中可以窥见镇江学界对赛珍珠这张镇江的“文化名片”的重视和对赛珍珠学术研究工作所给予的幕后鼎力支持。笔者正是借此搭建了赛珍珠研究一个较为完整的文献体系，为本书的研究奠定了最为根本和关键的基础。此外，还要特别感谢镇江“赛珍珠研究会”的多任会长，许晓霞女士、蔡文俊先生、卢章平先生和副秘书长裴伟先生以及江苏大学出版社的芮月英老师和《江苏大学学报》潘亚莉老师多年来给予笔者的支持和关心，从他们身上可以感受到镇江这方极具历史和文化底蕴的水土滋养的镇江人那份热情谦和的学养，令人倍感温暖亲切，亦令笔者常怀感念之心。

在笔者多年赛珍珠研究的学术道路上，总有良师益友的促进和相伴。感谢我的硕士生导师，浙江大学的朱炯强教授和郭建中教授，两位教授现今都已高龄，但依然才思敏捷、笔耕不辍，令人感佩。先生们以严谨的教学和治学作风为学生诠释了学问之道的精髓。感谢两位先生对笔者赛珍珠研究一贯的支持，无论是学术上的探讨求教，还是文献资料的搜集，都给予了极尽所能的帮助。令人动容的是，郭老师在旅居美国期间，为笔者拍摄了数百张赛珍珠研究的宝贵资料，每每想起，总是心潮难平。感谢我的博士生导师，同济大学的李杨教授，虽然本书的研究内容是笔者读博前所申请的课题，也不与李老师的研究直接相关，但读博两年来，李老师言传身教所给予的充分的学术培养和磨砺，无论是方法论上，还是文本阐释的视角和问题意识等各方面都得到了相当的提升，是本书研究得以深化拓展的一个不可或缺的要素。此外，还要特别感谢浙大同学徐晓东博士，笔者与赛珍珠的结缘及之后“赛研”取得的进展很大程度上归因于徐晓东同学的不断促进和无私帮助。师恩难忘，同学情义亦铭记在心。

感谢浙江工商大学外国语学院领导和同事们多年来对笔者“赛研”工作的支持和关照，感谢浙江工商大学外国语言文学一级学科提供的出版资助。同时，还要感谢浙江工商大学图书馆各位老师提供的周到及时的文献搜集服务，没有他们的支持和帮助，本书的问世亦会艰难得多。

感谢我的家人多年来为我所付出的一切，先生总是尽己所能为我的学术研究营造一个温馨祥和的家庭氛围，感谢他在本书写作期间所给予的无微不至的关爱和支持，家人永远是我学术探究之路上力量和信心的最大傍依。

最后，谨向同济大学出版社的丁会欣老师表达由衷的感谢，为她的那份耐心、细心和严谨的编审作风，并向出版社其他相关老师一并致谢！

叶旭军

2020 年 7 月